RICH *Pretty* BOY

ELENA MAY

RICH *Pretty* BOY

ito

Les garçons montrent leur amour aux filles
en les embêtant.

Prologue

Le passé, voilà le véritable enfer, on n'en sort jamais.

Armand Salacrou

Gabriel
Présent

J'avais dix-sept ans le jour où je suis tombé amoureux de la seule et unique fille sur Terre qui m'était formellement interdite ; Andrea Cardinale, la petite sœur canon de mon meilleur ami. J'avais toujours dix-sept ans lorsque j'ai réalisé qu'ignorer ces sentiments revenait à essayer de cesser de respirer. Autrement dit, que cela était impossible, instinctif… et putain de déstabilisant.

Derrière la vitre sans tain du commissariat de police, j'observe scrupuleusement la petite brune qui s'agite nerveusement sur sa chaise et dont le poignet droit est menotté. Une expression sauvage danse dans son regard émeraude, ce regard émeraude que je n'ai jamais été capable d'oublier. Quant à ses longs cheveux de jais, ils contrastent avec son teint pâle de porcelaine, presque trop parfait pour paraître réel. Pour la faire courte, Andrea Cardinale aurait pu être le fruit des amours de Blanche Neige et Ana de Armas, si cela avait été génétiquement possible. Une vraie bombe.

— De quoi est-elle accusée ? demandé-je sans la quitter des yeux.

Le flic à ma gauche caresse l'arrondi de sa panse à bière, pas peu fier d'avoir coincé la magnifique petite brune qui panique à quelques mètres de nous.

— On l'a trouvée avec deux mille euros en petites coupures sur elle.

Et depuis quand on arrête les gens pour si peu ?

Face à mon air désabusé, le flic s'empresse de préciser :

— Les billets sont tous falsifiés.

Intrigué, je plisse les yeux.

Andrea, ma jolie Andrea, dans quoi t'es-tu fourrée ?

— Elle est entrée dans un night shop près du bar où elle travaille aux alentours de deux heures du matin, enchaîne-t-il. Elle a tenté de se payer un café avec la fausse monnaie qu'elle avait sur elle et un collègue se trouvait justement sur les lieux à ce moment-là.

L'officier continue de déblatérer à ma droite tandis que je toise la beauté froide qui se trouve si proche de moi sans même le savoir. Elle regarde fixement droit devant elle, comme si elle était capable de me voir à travers le vitrage qui ne le permet pourtant pas.

Une heure plus tôt quand son frère m'a appelé en panique au beau milieu de la nuit, me suppliant de venir en aide à sa petite sœur, je n'ai pas pu refuser. Premièrement, parce que les amis se rendent service. Deuxièmement, parce que je suis de confession catholique et qu'aider son prochain revient à s'offrir une place au paradis, n'est-ce pas ?

Et troisièmement, parce que la jolie garce qui a brisé mon cœur d'adolescent il y a des années de ça est dans la merde et que je suis tout bonnement putain d'incapable de lui tourner le dos, même maintenant.

— À présent, j'aimerais m'entretenir avec ma cliente, déclaré-je.

Accédant sans grand entrain à ma requête, l'officier dresse sa main vers la porte blindée, m'invitant à le précéder. Je souffle un coup, fais doucement craquer ma nuque en la balançant sur mon épaule gauche, puis abaisse la poignée.

Je n'ai pas fait deux pas dans la pièce que la belle brune exprime déjà son mécontentement :

— Qu'est-ce que c'est que ce bordel ? s'offusque-t-elle en me découvrant.

Accueil chaleureux, comme je m'y attendais.

Il faut dire que nos derniers échanges se sont déroulés dans des circonstances… disons délicates. Sans exagérer, il y a fort à parier qu'elle préfèrerait passer la semaine au cachot plutôt que d'accepter mon aide.

Enfin, bref.

Tout en ignorant les protestations de la petite sœur de mon pote d'enfance, je me contente de la saluer en tirant la chaise face à elle pour m'installer :

— Bonsoir Andrea.

— Au revoir, Gabriel, siffle-t-elle entre ses dents, sans même m'accorder un regard.

Impulsive, la seconde qui suit, elle bondit de sa chaise avant de retomber lourdement dessus, retenue par la menotte à son poignet droit qui la rattache à la table en acier.

Je réprime mon amusement en levant les yeux au ciel et m'installe plus confortablement dans ma chaise en posant une cheville sur mon genou. Sa colère semble redoubler face à mon calme olympien.

— Pourquoi t'ont-ils menottée ? demandé-je, curieux.

J'ai à peine terminé ma phrase qu'Andrea perd de sa superbe. Honteuse, elle mordille sa lèvre du bas avant de passer aux aveux :

— J'ai essayé de m'échapper. Et j'ai peut-être aussi menacé l'autre idiot de flic de… de lui arracher les couilles et de les lui faire bouffer.

Elle a marmonné la fin de sa phrase comme une gosse prise en faute. Je plisse les lèvres, retenant un ricanement. *J'aurais bien aimé voir ça, tiens.*

Tâchant de conserver mon sérieux, je lui demande :

— Et je peux savoir pourquoi tu as fait ça ?

Mon ton accusateur lui fait enfin lever les yeux dans ma direction. Si ma posture nonchalante et mon air impassible sont convaincants, le cœur qui bat à toute vitesse dans ma poitrine lorsque nos yeux se croisent, lui, est à deux doigts d'exploser.

Gamin, elle me rendait toujours un peu nerveux, à cran. Apparemment, les vieilles habitudes ont la vie dure.

— Tu sais pendant combien de temps ce connard de flic m'a fouillée ?

Elle ne me laisse pas le temps de deviner qu'elle s'emporte de plus belle :

— Environ dix minutes, sans compter l'attention toute particulière qu'il a réservée à mes fesses et ma poitrine ! Une fouille de routine n'est pas censée durer aussi longtemps, enfin je ne t'apprends rien puisque tu es avocat !

L'envie de rire me passe aussitôt. L'air vient de déserter mes poumons et la colère se déverse par grosses lampées dans mes veines. À présent, je n'arrête pas d'imaginer ce fils de pute de policier profiter de la situation pour la peloter. Je regarde brièvement par-dessus mon épaule, le regard furieux.

Si tu nous observes, connard, considère dès à présent que tu viens de perdre ton boulot.

Je reporte mon attention sur Andrea et me garde bien de lui faire part de ce qui se trame dans ma tête.

— Je m'occuperai de son cas plus tard, lui assuré-je.

Mais ça ne l'apaise pas, bien au contraire. Andrea me toise, tel un serpent prêt à se vider de son venin.

— Plutôt crever que d'être secourue par un connard tel que toi, crache-t-elle.

Sans la quitter des yeux une seconde, j'expire avec lassitude, puis penche légèrement la tête sur le côté.

— Toujours aussi mesurée à ce que je vois.

Mon sarcasme lui fait serrer les dents. Elle s'apprête à ouvrir la bouche, certainement pour m'envoyer paître, mais je ne lui en laisse pas l'occasion, car je reprends déjà :

— Écoute, c'est simple Andrea. Soit tu coopères, soit on y passe la nuit. C'est toi qui vois.

Un silence de cathédrale règne tandis qu'elle me fusille de ses billes vertes exaltées. Loin d'être impressionné par son regard assassin, je sors un document de mon attaché-case et le fais glisser jusqu'à elle.

— Pour commencer, tu vas me faire le plaisir de signer ça.

Sans se résigner, mais tout de même intriguée, elle parcourt rapidement la feuille des yeux avant de relever la tête.

— Hors de question que tu sois mon avocat, déclare-t-elle, encore plus sèchement que précédemment.

C'était prévisible. Je m'étais préparé à ce que ça ne soit pas aussi simple. Après tout, ça ne l'est jamais avec Andrea Cardinale. Une vraie casse-couilles, et ce, depuis l'enfance.

Impassible, pas franchement découragé – car soyons honnête, j'en ai vu d'autres –, je sors un stylo de la poche intérieure de mon veston et le dépose devant elle.

— Navré, mais tu n'as pas vraiment le choix, ma jolie.

Si des yeux pouvaient tuer, ceux de la petite brune me crucifieraient sur place. Et sans aucun état d'âme.

— Je veux un autre avocat, exige-t-elle en tapant de son poing libre sur la table. N'importe qui mais pas toi.

C'est fou ce qu'elle n'a pas changé ; toujours aussi fière, excentrique, totalement irréfléchie, et scandaleusement belle. D'ailleurs, ce que je m'apprête à lui dire ne va certainement pas adoucir sa haine à mon égard, mais comme il faut bien que quelqu'un se charge de la faire redescendre sur Terre et que je ne vois aucun volontaire dans la pièce – hormis moi –, je me lance :

— Tu n'en as pas les moyens. Maintenant, signe.

— Bien sûr que si ! se vexe-t-elle. Et ne me donne pas d'ordre.

Feignant la lassitude, je la toise droit dans les yeux, luttant comme un dingue pour ne rien laisser transparaître du trouble qu'elle continue de faire naître en moi.

Putain, elle en a perdu le droit il y a un bail. Rien que pour ça, elle ne mérite pas mon aide.

Impuissant face à la manière dont mon corps et mon minable de cerveau prennent la liberté de réagir, je me renfrogne :

— Et comment comptes-tu te payer un autre avocat, dis-moi ? Avec tes faux billets peut-être ?

Ma question à peine formulée, ses joues rosissent violemment. *Bon Dieu, aussi adorable qu'agaçante.*

— Francesco n'aurait pas dû t'appeler, s'entête-t-elle en détournant les yeux.

Le regard dans le vide, elle semble réfléchir à une échappatoire. Je ne peux pas m'empêcher de l'étudier. De profil, son petit nez qu'on remarque à peine se retrousse et une grimace se dessine sur ses lèvres boudeuses et pulpeuses, peintes d'un rouge à lèvres rouge mat. *Toujours aussi douloureusement belle.*

Tellement que ça me contrarie et me rend amer.

— Mais il l'a fait, conclus-je avec aplomb. Alors fais-nous gagner du temps en apposant ta signature sur ce document afin que je te fasse sortir d'ici au plus vite.

Et que je puisse m'éloigner de toi pour retourner à ma vie paisible dans laquelle je t'avais presque oubliée.

Les secondes s'égrènent durant lesquelles Andrea enfouit son visage entre ses mains en étouffant un grognement de frustration. Quand elle se redresse – au bout de presque une minute entière – et écarte ses doigts, elle semble plus calme, presque raisonnée. Plus vulnérable aussi.

Les yeux brillants, elle se met à murmurer et me prend de court :

— Est-ce que je vais aller en prison ?

Pour si peu ? Est-elle naïve à ce point ?

Je mordille l'intérieur de mes joues pour me retenir d'éclater de rire. Mais plus je l'étudie, plus je distingue la peur qui emplit ses jolis yeux verts inoffensifs. Alors je me radoucis et tâche de rester professionnel.

— Est-ce que tu trempes dans la contrefaçon de billets de banque, Andrea ?

Ses yeux s'arrondissent, scandalisés.

— Évidemment que non !

Bien.

— Alors tu n'iras pas en prison, conclus-je.

Primo, parce que je suis l'un des meilleurs avocats de Rome et que je n'ai jamais perdu un seul procès. Secundo, parce que je serais tout bonnement incapable de continuer à vivre avec l'idée de la savoir derrière les barreaux.

Chapitre 1

♫ *Mood*

VillaBanks ♫

Gabriel

Quinze ans plus tôt

Mood hurle à fond depuis mon enceinte portable Bluetooth que j'ai posée dans l'herbe. Concentré et en sueur, je travaille ma frappe en visant entre deux buis parfaitement taillés. *Et… Goal !*

Alors que je trottine avec nonchalance vers le ballon qui a roulé jusqu'au portail, j'entends des cris depuis la rue.

— Hé, Gueule d'ange ! Tu peux sortir ?

Je m'approche de la barrière, la main en visière pour me protéger des rayons du soleil. Je reconnais mon meilleur ami, Francesco Cardinale.

— Non, mec, j'peux pas, j'suis puni, mens-je.

Pour ma défense, je mens parce que c'est plus facile comme ça. Plus facile que d'expliquer à mes amis qu'il arrive parfois à ma mère de faire des crises d'angoisse aigües lorsque je mets un pied en dehors de la propriété et que ça me fait culpabiliser ensuite. Ma petite sœur n'avait que deux ans lorsqu'elle a été mortellement fauchée par une voiture. Quelques secondes d'inattention, un portail ouvert alors qu'il n'aurait pas dû et puis le drame... Bref, malgré les apparences, ma mère ne s'en est jamais vraiment remise.

— Encore ? se plaint-il. Pourquoi, t'as fait quoi cette fois ? T'as mangé ton poisson avec ton couteau à beurre ? se moque-t-il.

HAHAHA. Qu'est-ce qu'il est drôle ce con.

Francesco descend de son vélo et l'abandonne sur le trottoir tandis que j'entre le code sur le boîtier près du portail pour l'ouvrir.

— Tu restes et on se fait des passes ? proposé-je en lui lançant la balle.

Pour toute réponse, il la réceptionne avant de se mettre à jongler avec en alternant entre ses pieds et ses cuisses. Lorsqu'il shoote en l'air et tente de bloquer le ballon dans le creux de sa nuque et qu'il se loupe, je m'empresse de le lui voler et le dribble sur quelques mètres... avant d'être déconcentré par la silhouette qui est en train de s'approcher. Je stoppe tout mouvement, intrigué, et Fra me rentre dedans en dérapant sur les graviers.

— Ah ouais, je l'avais oubliée celle-là, commence mon ami en suivant la direction de mon regard.

Une gamine est en train de marcher à côté de son vieux vélo, rose et rouillé, en regardant partout autour d'elle, à la fois émerveillée et intimidée.

La *Villa Madama*[1] appartient à ma famille depuis quelques générations maintenant, et elle a souvent cet effet-là sur les gens. Qu'ils soient riches ou pauvres, d'ailleurs.

---

1. La Villa Madama est une villa suburbaine au pied du Monte Mario dans la périphérie romaine.

— Mec, je te présente ma petite sœur, Andrea. Je dois me la farcir pour la journée, ma mère est de garde à l'hôpital.

Lorsque cette dernière se trouve suffisamment proche pour que je remarque à quel point ses yeux sont verts, je réalise que je n'avais jamais vu de fille aussi jolie de ma vie. C'est le genre de beauté qu'on ne décrit que dans les livres ou qu'on ne voit qu'à la télé. Je l'inspecte de haut en bas, cherchant une ressemblance avec son frère. Pas la moindre, si ce n'est qu'elle me semble, tout comme mon ami, bien trop petite pour son âge. J'ai fait des recherches l'autre jour sur Internet. La raison qui expliquerait leur croissance déficiente viendrait d'une alimentation insuffisante. Ça me fait de la peine pour eux. Alors que privilèges et luxe sont mon quotidien, leur mère infirmière se tue à la tâche à son taf pour joindre les deux bouts. Quant à leur père, tout ce que je sais c'est que c'est un ivrogne qui a mis les voiles à la naissance de la cadette.

— Salut, fais-je en direction de la gamine.

Les sourcils froncés, elle se contente de hausser ses frêles épaules en m'évaluant des pieds à la tête. *Elle est au courant qu'être mignonne ne la dispense pas d'être polie ?*

— T'as perdu ta langue ? interrogé-je.

Elle me tire cette dernière, me prouvant par-là que non. Entre amusement et contrariété, je shoote dans le ballon en direction de ses jambes pour la taquiner.

— Aïe ! se plaint-elle.

Un petit rire suffisant m'échappe. *Mais quelle comédienne ! Je l'ai à peine touchée !*

— Menteuse, t'as même pas eu mal, l'accuse son frère.

Après quoi, Fra écrase son poing contre mon torse en soupirant :

— J'te jure, t'as bien de la veine d'être fils unique, frérot.

La piqûre de rappel fait toujours un peu mal. Mais je ne lui en veux pas, après tout il n'est pas au courant que fut un temps, moi aussi j'ai été un grand frère.

Francesco continue de se plaindre de sa petite sœur casse-pieds et ça dure jusqu'à ce qu'on n'en puisse plus de traîner dehors, sous la chaleur torride du mois d'août.

— Fifa ? proposé-je.

Il accepte immédiatement avec un grand sourire béat, comme je l'avais prédit. Je sais qu'il n'a pas de console chez lui, sa mère n'a pas la thune pour ce genre de conneries.

Dans ma chambre, c'est un peu plus respirable, grâce aux courants d'air qui s'infiltrent par la grande fenêtre du balcon. Fra démarre la PlayStation tandis que je tire les rideaux pour nous plonger dans une semi-obscurité.

— Tu es puni mais tu as le droit de jouer à la console ? Ils sont vraiment bizarres tes parents.

Piqué au vif, je me tourne vers la petite sœur de mon ami. *Perspicace, la gamine.*

— Oh, tu sais donc parler ? la taquiné-je en ignorant sa remarque sur mon éducation.

Elle hausse un sourcil en croisant les bras sous sa poitrine. *L'insolence incarnée.*

— Bien sûr que je sais parler, idiot.

Sa voix est particulière ; sensuelle, un peu rauque et écorchée. Je suis pratiquement certain qu'elle ne sait pas monter dans les aigus. Aucune chance pour elle d'intégrer la chorale des pensionnaires d'Artemisia et Rainaldi lorsqu'elle en aura l'âge.

— Ignore-la, grogne son frère, occupé à choisir son équipe de foot à l'écran. T'es pas obligé de lui répondre, moi je passe mon temps à faire comme si elle n'existait pas.

L'intéressée lui lance un regard assassin, profitant qu'il soit de dos pour lui faire un doigt d'honneur. Elle me fait rire, cette gamine. Je crois même que je l'aime bien.

— Quoi qu'il en soit, moi j'en connais une qui mériterait d'être plus souvent punie, fais-je en lui décochant un clin d'œil amusé.

Andrea plisse aussitôt sévèrement les yeux. Elle se croit menaçante et c'en est vraiment comique.

— Ça ne risque pas, je ne suis pas du genre à confondre mon couteau à homard avec celui pour le beurre, se moque-t-elle.

C'est clair, elle est en train de me traiter de fils à papa. Impressionné par sa témérité pour son jeune âge, je dois me contenir pour ne pas esquisser un sourire.

— Évidemment que non, concédé-je. Toi t'es plutôt du genre à avoir tellement pas d'humour que tu dois reprendre les feintes de ton grand frère, hein ?

Révoltée, elle crispe les poings, probablement mécontente d'avoir trouvé un adversaire à sa taille. *Quel plaisir de faire fermer cette petite bouche insolente.*

— Et pour ta culture générale, poursuis-je. On n'utilise pas de couteau pour le homard, mais des pinces.

Furieuse, vexée, elle se contente de me fusiller de ses yeux verts étincelants. Quand je me détourne pour aller retrouver son frère sur le canapé face à mon écran plat, je l'entends envoyer un coup de pied rageur dans je ne sais quoi qui devait traîner au sol.

Quel sacré tempérament, cette Andrea.

— Je vais te casser les reins[1], me promet mon ami en enfonçant son coude dans le creux de mon estomac.

Fra choisit l'équipe de la Juventus et moi de l'AC Milan. Le match ne va pas tarder à commencer, mais quand je sens le lit s'affaisser doucement dans mon dos, je ne résiste pas à l'envie de jeter un œil par-dessus mon épaule. Andrea vient de s'asseoir sur le rebord, les sourcils toujours froncés au-dessus de son regard scrutateur. Ses longs cheveux noirs encadrant son visage de poupée au teint de neige, elle promène ses doigts délicats sur la couette, semblant apprécier la haute qualité de la soie. On dirait une princesse Disney avec son air un peu farouche, rêveur et innocent.

Soudain, j'ignore pour quelle foutue raison mais je me mets à regretter de lui avoir parlé comme je l'ai fait tout à l'heure. J'ai bien vu qu'elle s'était sentie humiliée et ce n'était pas mon intention.

— Tu veux essayer une partie ? me surprends-je à lui proposer.

Tout aussi stupéfaite que moi, elle relève la tête pour croiser mon regard et me jauger. Alors que son beau visage se détend en réalisant que ma proposition

---

1. Expression imagée utilisée pour désigner l'action par laquelle un joueur dribble son adversaire de manière spectaculaire, c'est-à-dire en le laissant sur place ou en le faisant tomber.

est sérieuse, un sourire ravissant se dessine sur ses lèvres roses comme du bubble-gum. Aussitôt, mon cœur se met à trembler dans ma poitrine et c'en devient presque douloureux.

Elle termine à peine de faire « oui » avec la tête que son frère proteste déjà :

— Mais elle ne sait même pas jouer ! Elle va faire baisser ton score, mec !

S'il savait comme je m'en branle. Là tout de suite, rien ne m'importe plus que la petite Andrea qui vient enfin de me prouver qu'elle était capable de sourire. *Et de me montrer à quel point elle est, certes, très mignonne quand elle boude, mais à couper le souffle lorsqu'elle cesse d'être une petite peste imbuvable.*

Chapitre 2

On n'est en colère
que contre les gens qu'on aime encore.

Anonyme

Andrea
Présent

Je me laisse aller à observer l'homme qui me fait face et qui n'a presque plus rien à voir avec l'adolescent que j'ai connu. Grand, brun, charismatique et beau à faire damner une paroisse entière, Gabriel Léandro Cerretani arbore le look du parfait gentleman. Et pour ne rien gâcher, il réussit parfaitement dans la vie, ce qui lui confère cette assurance sans frein dont il semble déborder.

— Pourquoi t'avais autant de cash sur toi ? m'interroge-t-il.

Et je t'en pose, moi, des questions ?

Il est ton avocat, espèce de débile profonde.

Je rentre les griffes et tâche de rester évasive :

— Les pourboires sont généreux là où je bosse.

Mes yeux prennent la liberté de lorgner ses avant-bras développés, puis ses mains larges, soignées et… *Tiens, il ne porte pas de bague. Pas marié donc,* songé-je, tandis qu'il prend soin de noter dans son carnet le moindre mot qui sort de ma bouche.

— Ah oui, et mes sous-vêtements sont kaki. Euh non, plutôt vert irlandais, me corrigé-je à la volée, comme si cela avait de l'importance.

Je bats exagérément des cils pour me donner un air affable et inoffensif.

— Juste au cas où tu voudrais le mentionner dans ton journal intime, fais-je en désignant son calepin d'un signe bref du menton.

Appréciant moyennement mon ton railleur, sa mâchoire tressaute puis il mordille nerveusement l'intérieur de sa joue. Il n'y a pas l'ombre d'un sourire sur sa belle gueule de riche.

L'humour doit être en option.

— Merci, Andrea. Mais je me passerai de ce genre d'information, claque-t-il sur un ton suffisamment sec pour me faire froncer les sourcils.

Nos retrouvailles ne semblent lui faire ni chaud ni froid. Je ne sais pas si je dois être blessée ou m'en foutre royalement. Indécise, je le dévisage, sans retenue. Il a énormément changé. Enfin, j'imagine comme à peu près n'importe quel gamin qui passe de l'adolescence à l'âge adulte.

Alors qu'il ajuste sa cravate de couturier, attirant mon attention vers son cou, je me mets à l'imaginer sans sa chemise impeccablement repassée sur le dos. Je devine sa musculature sèche sous le coton. Et son torse imberbe. Une intuition, j'ai toujours eu un sixième sens pour ces choses-là.

— Le lieutenant qui t'a arrêtée a mentionné que tu travaillais tout près du night shop où ils t'ont trouvée. Dans un bar, précise-t-il. Tu es serveuse ?

— Danseuse, le corrigé-je.

Comme je m'en étais doutée, il cesse d'écrire et lève lentement la tête vers moi. Ses yeux gris s'assombrissent tandis qu'il demande d'une voix gutturale :

— De nuit ?

— Ça pose un problème ? rétorqué-je en haussant un sourcil.

Les lignes sexy de sa mâchoire se crispent et je crois même entendre ses dents grincer.

— Aucun, admet-il finalement.

Pour un avocat, il ment très mal.

Un silence flotte dans la pièce avant qu'il ne le rompe et pose la question qui, j'en suis certaine, lui brûle la langue :

— Ton frère est au courant de cette… activité ?

Ah voilà, on y vient.

Je n'aurais pas dû contacter Francesco pour lui demander de l'aide, j'aurais pu me douter qu'il ferait appel à son meilleur ami avocat. Le problème, c'est que je ne voyais pas qui appeler d'autre non plus. Asia est bien assez occupée avec sa progéniture et Belen se prend suffisamment la tête avec les préparatifs de son mariage qui approche à grands pas.

J'affiche un air détaché et l'informe :

— Mon frère n'a pas besoin de connaître tous les détails de ma vie, y compris comment je parviens à payer mes factures. Ni mes amis, ni personne. Ni même Dieu. Ce que je fais ne regarde que moi.

Sa pomme d'Adam remonte le long de sa gorge lorsqu'il déglutit.

— Andrea. Tu…

Pas intéressée le moins du monde par ce qu'il s'apprête à dire, je m'empresse de lui couper la parole :

— Je te rappelle que j'ai signé ton foutu contrat, Gabriel. Les clauses de confidentialité sont valables pour moi, comme pour toi, alors dépêche-toi de digérer l'info afin qu'on puisse passer à la suite.

Le regard sévère, la bouche déformée par un rictus, il expire fortement avant de hocher la tête d'un air entendu moyennement convaincant. Même contrarié, il continue de conserver cette élégance insolente et innée. *C'est… agaçant.*

— Je ne te juge pas, annonce-t-il finalement, un peu bourru.

Je laisse échapper un petit rire bref et méprisant.

— Il ne manquerait plus que ça, que tu me juges. On ne naît pas tous multimillionnaire, *Gabriel Léandro Cerretani quatrième du nom.*

Dire que sa famille et sa lignée pleine aux as dirigent Rome depuis des siècles est un euphémisme. Les Cerretani sont les Médicis des temps modernes. Il ne se contentent pas d'investir leurs millions dans l'immobilier, ils possèdent également des galeries d'art partout en Italie. Ce sont de grands collectionneurs et leur fortune s'élève à onze chiffres.

Si ma façon d'appuyer sur son nom le révolte, il n'en montre toutefois rien.

— Inutile de m'appeler par mon nom entier à l'avenir, Andrea. « Maître » suffira largement.

Sur quoi, ce sale petit con prétentieux se lève de sa chaise et coince son attaché-case sous son bras. *Quoi, on en a déjà terminé ?* Je veux l'imiter, un peu désabusée, avant de me souvenir que je suis menottée.

— Tu peux rentrer chez toi, je me charge du reste, déclare-t-il en sortant une clé de sa poche de pantalon, qu'il jette ensuite sur la table à laquelle je suis attachée.

Bouche bée, je fixe l'objet rebondir dans un clic-clic métallique particulièrement désagréable. *J'y crois pas.*

Il est en possession des clés depuis le début et il ne me détache que maintenant ?

Je n'ai pas le temps de l'insulter en bonne et due forme car il quitte la pièce à l'éclairage blafard et aux murs défraîchis, sans même un dernier regard en arrière.

Je reste encore quelques secondes sans bouger, interdite. Son parfum boisé et épicé, complètement entêtant, continue de flotter dans l'air après son départ précipité. Attestant que je n'ai pas rêvé.

Attestant que Gabriel Cerretani était bien ici.

Dehors, la température a chuté d'une dizaine de degrés. Le perfecto en cuir dont j'ai croisé les pans dans mon cou est trop léger, et le vent passe au travers des fines mailles de ma petite robe noire.

Je suis en train de me frictionner les bras, lorsqu'une porte s'ouvre à la volée. C'est Gabriel qui sort du commissariat et s'approche de moi. *Tiens, je le croyais parti depuis un moment.*

— Qu'est-ce que tu fais encore ici ?

Je pourrais lui poser la même question.

Du coin de l'œil, je le vois retirer sa veste. Je n'ai pas le temps de protester qu'elle repose déjà sur mes épaules. Elle me tient immédiatement chaud et même si je suis fière et têtue, je suis tellement frigorifiée que je ne peux tout simplement pas me résoudre à la lui rendre.

— J'attends un taxi. Ma voiture est restée sur le parking de ce foutu night shop quand ils m'ont…

Je m'arrête net de parler lorsque Gabriel passe devant moi, sans état d'âme. L'air parfaitement détendu, il se dirige vers sa voiture de sport rutilante, visiblement peu intéressé par ce que j'étais en train de raconter.

— Hé ! Je te parle, là, je te signale !

— J'ai posé la question par pure politesse, Andrea. Pour être tout à fait honnête, je me contrefous de savoir pourquoi tu poireautes sur ce parking.

Sur cette confidence, il déverrouille sa supercar et grimpe dedans. *J'hallucine !*

Je m'élance à sa suite et me penche légèrement à l'intérieur de l'habitacle lorsqu'il abaisse la vitre.

— Tu ne vas vraiment pas me proposer de monter pour me raccompagner ? m'étonné-je.

Le bruit puissant qu'émet le moteur de sa Ferrari lorsqu'il démarre me répond par la négative. Je m'écarte par réflexe et le vrombissement assourdissant est suffisamment significatif quant à la petite fortune qu'elle a dû lui coûter.

— T'es une grande fille, non ? Puis, souviens-toi, tu ne veux pas de mon aide.

Ma bouche est grande ouverte. *J'y crois pas.*

— Ôter les mots de cette insolente petite bouche est toujours un plaisir, ajoute-t-il avec un clin d'œil ravageur.

Et juste comme ça, sans même me laisser le temps de rétorquer quoi que ce soit, ou mieux, de donner un coup de talon aiguille dans sa carrosserie neuve, il enclenche une vitesse et disparaît du parking.

— Espèce de sale connard ! m'écrié-je en levant mes deux majeurs au-dessus de ma tête, bien dans l'axe de son rétroviseur.

C'est à cet instant précis que je réalise que l'adolescent au grand cœur que j'ai connu fut un temps est mort. Et qu'il n'en reste même pas une cendre.

Chapitre 3

Notre plus grande gloire
n'est point de tomber,
mais de savoir nous relever
à chaque fois que nous tombons.

Confucius

Andrea
Douze ans plus tôt

La *Villa Madama* est le véritable parangon des villas romaines. Estimée à quelques millions d'euros, pourvue d'une armée de domestiques, elle représente l'un des plus beaux chefs-d'œuvre de la Haute-Renaissance. Ses vastes baies vitrées à croisillons sont impressionnantes, quant aux fresques et aux centaines de toiles représentant des scènes mythologiques, elles sont à couper le souffle. *Je rêve de posséder une telle maison un jour…*

La plupart du temps, quand maman travaille à l'hôpital, je supplie Francesco de me laisser l'accompagner chez les Cerretani. Parce que si on omet les garçons qui me mènent la vie dure, je me sens vraiment bien chez eux. Tout est beau, lustré et ciré. Puis on ne manque de rien, ici.

Assise sur la dernière marche de l'immense escalier en marbre, je compte les petits pois rouges sur ma robe blanche pour faire passer le temps. Les garçons jouent à la console à l'étage et je n'avais aucune envie de traîner là-haut avec eux. En plus, aujourd'hui, la bande est au complet. Le sombre Matteo et l'effrayant Louca se sont ajoutés à l'équation.

Merveilleux.

J'ai presque terminé de compter les motifs circulaires du recto de ma robe lorsque la lourde et monumentale porte d'entrée s'ouvre sur Elisa Cerretani. Des sacs suspendus à chaque bras, elle souffle sur la frange brune qui dépasse de son chignon strict et impeccable. Je lui trouve des airs de Sophia Loren, en particulier cet après-midi, dans sa robe fourreau noire Versace qui lui sied à merveille.

Je me précipite dans sa direction et l'aide à se débarrasser des sacs. Mes yeux vont dans tous les sens. Fendi. Prada. Gucci, Burberry…

— Ma chérie, retiens bien cette leçon ; le shopping est le remède à tous les maux.

J'adore quand elle me dit ça. À peu près à chaque fois qu'elle revient d'une séance d'emplettes intensive sur la *Via Dei Condotti* et qu'elle culpabilise juste après.

— Je vais organiser une réception dans quelques mois et je tiens à ce que tout soit absolument parfait, déclare-t-elle subitement.

Devinant la suite, un énorme sourire vient me barrer le visage.

— Est-ce que tu accepterais de m'aider pour les préparatifs, ma chérie ? poursuit-elle, enjouée.

Comme si la question se posait ! Pour toute réponse, je hoche vivement la tête. J'adore l'aider à préparer des festivités.

La mère de Gabriel abandonne ses courses à l'entrée et, déjà, un employé accourt et se charge de les monter au dressing à l'étage.

Sur la terrasse, nous sommes installées à la petite table de jardin Fermob au style des années 1900, et Elisa me laisse carte blanche pour la composition des fleurs qui orneront les tables et le buffet. Je choisis des hortensias de Virginie Annabelle et des hydrangea mordorés. Madame Cerretani trouve que j'ai un goût très sûr pour mon jeune âge. Elle dit aussi que la classe est innée, qu'elle ne s'achète pas.

Chez moi, on n'achète jamais de fleurs. Maman trouve que ça coûte trop cher et que de toute façon c'est de l'argent jeté par les fenêtres étant donné qu'elles finissent toujours par faner et moisir. Ici, le problème ne se pose même pas. Les fleurs n'ont pas le temps de flétrir qu'elles sont déjà remplacées par des neuves.

Nous venons de boucler la composition des tables lorsqu'un employé de maison nous apporte des rafraîchissements dans un seau à champagne. Certains attendent les grandes occasions pour boire des grands crus, mais ce n'est pas le cas de la mère de Gabriel. Cette dernière vit dans la luxuriance la plus totale et profite de chaque avantage qui lui est offert avec un naturel et une grâce qui forcent le respect.

Quand Elisa remplit une coupe et qu'elle me la tend, j'écarquille les yeux.

— Pas un mot à ta mère, m'intime-t-elle avec un clin d'œil.

J'en fais le serment tandis qu'on s'échange un sourire complice.

— Leçon numéro deux, ma chérie ; une femme a toujours plus de prestance avec une coupe de champagne entre les doigts plutôt qu'une cigarette. N'essaye jamais de fumer, s'empresse-t-elle d'ajouter en tapotant le bout de mon nez de son index. Ça rend le teint terne et ça fait vieillir trop tôt.

Elle fait tinter sa coupe contre la mienne et conclut :

— En revanche, une coupe de champagne de temps en temps, ça rafraîchit et ça confère un blush naturel.

Je glousse en trempant mes lèvres dans le liquide à bulles glacé délicieux. En face de moi, Elisa siffle sa flute en consultant les aiguilles de sa Chopard.

— Oh, je n'avais pas fait attention à l'heure ! Je ferais mieux d'aller voir où en est le repas. Tu vas prévenir les garçons que le dîner va être bientôt servi, ma chérie ?

Crispée à la simple mention des *garçons*, je suis tentée de refuser… mais ce serait vraiment malpoli. Et puis Elisa est toujours aux petits soins avec moi, alors que rien ne l'y oblige. Lui dire non serait non seulement grossier, mais aussi complètement ingrat de ma part.

Sfera Ebbasta hurle à fond et transperce les murs de la chambre où sont enfermés les garçons depuis le début de l'après-midi. D'ailleurs, ce n'est pas la seule chose qui transpire des murs. Il y a aussi cette lourde odeur de chanvre qui embaume le couloir et que je commence à bien connaître avec le temps.

À deux doigts de me pincer le nez à cause de la senteur si prenante, j'expire brusquement et frappe à la porte de la chambre de Gabriel.

— Le dîner est bientôt prêt ! m'écrié-je pour couvrir la musique.

Aucune réaction. *C'était prévisible, vu le nombre de décibels.* Je m'apprête déjà à recommencer, mais cette fois en tapant de toutes mes forces avec le plat de la main. Et à l'instant où j'avance la paume, la porte s'ouvre à la volée sur Gabriel.

Sur Gabriel à peine vêtu, pour être plus précise.

— Qu'est-ce que tu nous veux, nain de jardin ?

Je dois m'y prendre à deux fois pour avaler ma salive. Son tee-shirt a disparu et je ne peux pas m'empêcher de lorgner les lignes verticales et horizontales qui strient ses abdominaux. J'en compte six au total.

Tiens, maintenant que j'y pense, est-ce que le V sculpté dans le bas de sa taille compte ?

— Hé oh, t'es sourde ?

Gabriel me met une pichenette sur le front et ça a le mérite de me faire revenir sur Terre illico. Je redresse le menton, avale l'excès de salive dans ma bouche et déclare sèchement :

— Madame Cerretani m'a dit de vous prévenir que le dîner allait être servi.

Je tourne les talons, esquisse un pas, puis m'arrête pour lui lancer un regard noir par-dessus mon épaule.

— Et arrête de m'appeler comme ça, Gabriel.

L'avant-bras appuyé contre le chambranle, il se met à sourire de toutes ses dents parfaitement alignées avec cette expression dans le regard qui lui est propre, à la fois ange et démon. Je déteste lorsqu'il se comporte aussi puérilement que mon frère.

— Sinon quoi, *nain de jardin* ? me provoque-t-il.

J'entends ses potes s'esclaffer depuis le canapé sur lequel ils sont affalés en train de jouer à la PlayStation. Même mon idiot de frère est hilare – enfin, quand il ne tire pas sur le joint de Louca Belmonte comme un putain de junkie. *Quel gros con celui-là, je ne peux jamais compter sur lui pour prendre ma défense.*

— Sinon… Sinon…

La colère m'ôte les mots de la bouche et semble beaucoup amuser le grand brun qui me fixe avec arrogance depuis son mètre quatre-vingt-cinq.

— Sinon rien du tout, conclut Gabriel pour moi. Tu ne vas strictement rien faire alors reste à ta place, *nain de jardin.*

Mon cœur bondit. *Ah ouais ? C'est ce qu'on va voir.*

Bien décidée à lui donner tort, je me jette sur lui en grognant comme un animal sauvage. Je veux le pousser des deux mains, mais au dernier moment l'enfoiré m'esquive et me tacle les jambes. Je perds aussitôt l'équilibre et tombe sur les genoux. Le tapis moelleux amortit ma chute mais ça reste douloureux… et humiliant.

Folle de rage, je tente déjà de me remettre debout, mais Gabriel ne l'entend pas de cette oreille. De sa main droite, il appuie sur mon crâne pour me maintenir au sol.

— Mes lacets sont défaits, Andrea, dit-il d'une voix atone.

Je redresse la tête et lui lance un nouveau regard meurtrier.

— Et alors, espèce de sale connard ?

Amusé par mon langage fleuri, il penche la tête et prend un air faussement innocent :

— C'est pas assez explicite pour toi ? J'aimerais que tu les refasses.

Une colère sourde et dévastatrice grimpe en moi et fait bourdonner mes oreilles.

— T'abuses, mec ! intervient un Matteo hilare qui observe la scène depuis le début.

— Quoi ? Elle est plus proche du sol que moi, proteste Gabriel, qui me surplombe toujours de toute sa hauteur.

Quand il souligne à nouveau ma petite taille, la bande au complet se met à ricaner.

Mes yeux toujours rivés à ceux de Gabriel, je sens mon cœur battre plus fort lorsqu'il me désigne d'un mouvement bref du menton et s'impatiente :

— J'attends, Andrea.

La respiration saccadée à cause de la rage qui me dévore toute crue, je me mets à trembler malgré moi. Ma poitrine monte et descend à vive allure tandis que des larmes de rage commencent à me monter aux yeux. Je les refoule, tant bien que mal.

Ne perds pas tes moyens. Ne perds pas tes moyens. Ne perds pas tes…

— Regardez, on dirait qu'elle va se mettre à chialer, prévient Louca, moqueur et cruel comme à son habitude.

J'ai envie de les tuer. Les uns après les autres. Mais je suis incapable d'esquisser le moindre mouvement. Mes genoux me donnent l'impression d'être coulés dans du béton, comme cloués au sol.

De tous les sentiments, celui que je hais le plus ressentir c'est bien l'humiliation. Il me fait perdre mon sang-froid et mes moyens.

— Andrea ? panique Gabriel au-dessus de moi.

Tout comme je suis incapable de bouger, je suis incapable de lui répondre.

Soudain alarmé par mon mutisme, l'enfoiré empoigne subitement mon bras et me force à me relever. Debout, je lui arrive sous le menton.

— Détends-toi, c'était juste une blague, minimise-t-il.

Comme je ne réponds toujours rien, il tire sur mon bras en réclamant :

— Hé oh, regarde-moi Andrea.

Je secoue la tête, refusant de lui donner satisfaction.

Refusant surtout de lui montrer à quel point ce genre de comportement m'atteint.

— Tu sais quoi ? continue le meilleur ami de mon frère. Pour me faire pardonner, je te laisse me frapper. T'en dis quoi ?

Sa proposition est alléchante et ranime ma fougue. Derrière lui, ses potes protestent mais Gabriel les ignore. Concentré sur moi, il baisse la voix de manière à ce que je sois la seule à l'entendre et renchérit :

— Tu peux même me mettre une droite, mais s'il te plaît, ne pleure pas.

Sa requête me révolte. En fait, il n'est pas du tout accablé par les remords, il cherche juste à me dissuader d'aller tout raconter à ses parents, afin qu'ils ne sachent pas que l'enfant qu'ils pensent être parfait n'est qu'un petit con qui aime intimider les autres. *Pfff, il n'a rien à craindre, je ne suis pas une balance.*

Je serre les dents et bien trop fière pour admettre que j'étais effectivement à deux doigts de craquer, je mens :

— Je n'allais pas chialer, connard.

Et au moment où il s'y attend le moins, je lève le genou pour le frapper entre les jambes. Gabriel fait un bond en arrière en protestant :

— Pas les couilles, merde !

Me foutant bien de son avertissement, je veux le frapper à nouveau en plein dans ses bijoux de famille, mais une fois encore, il m'esquive. Je lui assène alors une claque sur la tête, puis sur la joue, mais ça ne me rassasie pas alors j'attrape le premier objet qui me passe sous la main – une petite bouteille d'eau qui traînait sur sa table de chevet – et lui balance sur le crâne.

Poc.

Gabriel encaisse le coup, mais une grimace de douleur altère les traits parfaits et harmonieux de son visage d'aristocrate pure souche. Je crois que je lui ai vraiment fait mal. *Bien fait, il le mérite.*

— C'est bon, tu t'es assez défoulée ? demande-t-il sèchement.

Je secoue la tête et, parce que les actions valent plus que les mots, j'attrape un autre objet qui me passe sous la main – une paire d'écouteurs, cette fois – et lui jette dessus. Gabriel les intercepte de sa main gauche, avant même que ceux-ci l'atteignent.

— Tu sais quoi, j'ai changé d'avis, l'offre ne tient plus, annonce-t-il.

Je n'ai pas le temps de comprendre grand-chose qu'il me charge sur son épaule et me renverse sur son lit. Je rebondis avec ridicule sur le matelas tandis qu'il attrape mes bras et les bloque dans mon dos. Impuissante, je me mets à l'insulter de tous les noms, mais mes cris de détresse sont étouffés par les rires des autres enfoirés en train d'assister à la scène comme s'il s'agissait d'un spectacle de MMA.

— Tape trois fois ! hurle Gabriel au-dessus de moi.

Je crie plus fort que lui :

— Quoi ?!

— Tape trois fois ! répète-t-il, essoufflé.

Jésus de Nazareth, je rêve !

— On n'est pas sur un putain de ring, Gabriel !

Son visage enfoui dans mon cou, il se met à rire. Mes bras sont toujours emprisonnés dans mon dos lorsqu'il enfonce mon visage trois fois dans la literie en exerçant une pression avec sa paume sur mon crâne, me forçant à déclarer forfait.

Quand il me relâche enfin, je bondis hors du lit, enragée.

— T'es vraiment trop con et immature ! En plus tu m'as décoiffée !

L'ordure de service se frotte les yeux avec les poings, un air faussement chagriné taquinant ses traits. Quand il approche sa main de mon visage, j'en ai le souffle coupé et instinctivement, j'ai un mouvement de recul.

— Rassure-toi, même décoiffée tu restes jolie, dit-il tout bas en m'ébouriffant les cheveux.

Le rouge me monte aussitôt aux joues. Je tape sur sa main pour la chasser puis déguerpis de la pièce comme si j'avais le diable aux trousses.

— Je te déteste, Gabriel !

— Menteuse ! Tu m'adores ! s'écrie-t-il dans mon dos.

C'est ça ! Va crever !

Chapitre 4

La vie, ce n'est pas d'attendre que les orages passent, c'est d'apprendre à danser sous la pluie.

Sénèque

Gabriel

Douze ans plus tôt

Comme à peu près tous les dimanches soir depuis bientôt trois ans maintenant, Francesco et sa petite peste de sœur restent dîner à la maison. Ça arrange tout le monde – ma mère la première. Dire qu'elle adore Andrea comme s'il s'agissait de sa propre fille est un euphémisme. Je ne me suis jamais demandé si cela était sain ou non, jusqu'à ce soir, lorsque la langue de ma mère fourche et me glace le sang.

— Marie-Madeleine, peux-tu me passer le sel, ma chérie ?

Mon cœur rate un battement et je perds immédiatement l'appétit.

— Elle s'appelle *Andrea*, maman. Pas *Marie-Madeleine*, la corrigé-je sèchement.

— Qui est Marie-Madeleine ? s'enquiert innocemment la concernée.

Alors que ma mère bredouille « personne », mon père intervient aussitôt, un peu bourru :

— Notre fille. Elle est décédée quand elle était très jeune.

Son ton est suffisamment éloquent : le sujet est clos. De toute façon, on ne se dit jamais rien de très profond dans cette baraque. On préfère prétendre que tout va bien et qu'on ne se fait pas chier comme des rats morts entre les murs de cette énorme villa beaucoup trop grande pour nous trois.

Nerveux, j'évite le regard de Francesco qui pèse lourdement sur moi. À quoi bon l'affronter ? Je sais pertinemment ce que je vais y lire. De la pitié, des reproches… *et les questions.*

Pourquoi tu ne m'en as jamais parlé ?

On est amis, non ? Tu ne me fais pas confiance ?

Ma mère, qui s'était éclipsée sans que personne ne le remarque, revient dans la salle à manger en déclarant :

— Votre maman vient de téléphoner, les enfants. Elle est retenue à l'hôpital et ne pourra pas venir vous chercher de sitôt.

Francesco, dont l'attention est toujours braquée sur moi, bredouille :

— Pas grave m'dame, on a nos vélos.

— *Elisa*, pas madame, le corrige ma mère pour la énième fois. Et hors de question de vous laisser partir tout seuls sur vos vélos à cette heure-ci. Il fait nuit, Armando vous raccompagnera quand vous aurez terminé de manger.

— Est-ce qu'elle a dit à quelle heure elle terminerait ?

La voix d'Andrea, plus rauque qu'à son habitude, attire mon attention. Je l'épie s'entretenir avec ma mère, profitant de ce moment pour l'étudier d'un œil nouveau. Je n'avais pas fait attention avant ce soir, mais elle a vraiment changé depuis notre première rencontre. Son minois enfantin a mûri. À présent, je ne la trouve pas « juste mignonne », mais vraiment très belle.

— Non, elle ne l'a pas précisé, ma chérie. Désolée.

La jolie petite brune encaisse le coup en haussant les épaules. Elle fait toujours ça lorsqu'elle est mal à l'aise ou triste. Pour la consoler, mon père lui pince affectueusement la joue. En retour, elle lui offre un faible sourire absolument pas convaincant.

Je sais que leur mère fait du mieux qu'elle peut en enchaînant les heures sup, mais ça n'empêche que contrairement à Francesco qui a dix-sept ans tout comme moi, Andrea, elle, n'est encore qu'une gamine. Et la présence d'un parent au sein de leur foyer ne lui ferait vraiment pas de mal.

— Ils n'ont qu'à rester dormir, proposé-je. Ça soulagera Aurora de les savoir en sécurité ici plutôt que tout seuls chez eux.

Francesco semble tout de suite enchanté par cette idée. En revanche, du côté d'Andrea, je ne peux pas en dire autant. Son joli minois est littéralement en train de se décomposer.

— Bien sûr, vous êtes les bienvenus, les enfants. Toujours, précise ma mère. Mais avant, je dois prévenir Aurora.

Ma mère s'éclipse, téléphone vissé à l'oreille, avant de revenir quelques secondes plus tard avec le verdict : leur mère est d'accord.

— Mais je… je n'ai pas de pyjama, panique Andrea.

— On te trouvera quelque chose, ma puce. Ne t'en fais pas, la rassure ma mère.

Plus tard dans la soirée, un lit d'appoint se trouve au bout de mon lit sur lequel Andrea est assise et semble perdue dans ses pensées. Il est évident qu'elle ne se sent pas très à l'aise à l'idée de rester dormir ici. Ma mère lui a pourtant proposé d'occuper une chambre d'amis, ce n'est pas ce qui manque dans la maison qui en compte une bonne dizaine. Mais malgré l'animosité qu'elle voue à son grand frère, elle a préféré rester auprès de lui. Soudain, mes sourcils se froncent. *Peut-être est-ce ma présence le problème ?*

Est-ce qu'elle m'en veut encore pour la blague de tout à l'heure ? Je voulais juste la taquiner…

Ou alors elle est triste à cause de sa mère un peu trop souvent aux abonnés absents ?

— C'est ma sœur que tu regardes comme ça ?

La voix de Francesco m'extirpe illico de mon état de transe et j'ai un coup de chaud.

— Q-quoi ? m'étranglé-je, pris en flagrant délit.

Merde, qu'est-ce qu'il s'imagine ?

Je me racle la gorge et tente :

— Non… je… j'étais…

Soudain, son portable vibre dans ses mains et, sans me laisser le temps d'aligner les mots pour former une phrase cohérente, il enfonce son coude dans mes côtes, un sourire jusqu'aux oreilles.

— Mec, oublie, regarde, Luisella Benetti vient de s'abonner à mon compte sur Insta, dit-il en tournant l'écran de son portable vers moi.

Je relâche l'air retenu dans mes poumons, un peu trop soulagé qu'il soit déjà passé à autre chose.

— Bon, je fais quoi tu penses ? Je like toutes ses photos et j'attends qu'elle vienne me parler ? Ou je lui envoie direct un DM ?

Un rictus me vient.

— Tu m'as pris pour ce connard de Hitch ?

Il agite brièvement la main en tordant le poignet.

— Vas-y, tu sers à rien.

Tout de même intrigué, je me penche par-dessus son épaule pour lire ce qu'il envoie à la fameuse étudiante.

[Slt, cv ? Tfk ?]

Ce mec est une cause perdue.

Profitant qu'il soit concentré sur son téléphone, je jette un nouveau coup d'œil en direction de sa frangine. Elle n'a pas bougé d'un iota.

— On matte un film ? proposé-je, davantage à l'intention d'Andrea que de son frère.

Mais cette dernière ne bronche pas. Le regard plongé dans le vide, elle semble même ne pas m'avoir entendu parler.

— Oh ! Andrea ?! insiste son frère.

Perdant patience, il tend son pied et la pousse du bout des orteils pour la faire réagir. Immédiatement, la petite brune fait volte-face et nous confronte à sa moue pincée. Ses yeux sont humides et brillent plus fort encore que deux diamants polis.

— Qu'est-ce qu'il y a ? se vexe-t-elle.

Je tapote la place vide à côté de moi, lui intimant de venir nous rejoindre dans le lit.

— Viens choisir le film.

— Moi ? s'étonne-t-elle en se désignant du doigt.

Non, le pape.

Andrea paraît réellement choquée que je lui accorde cette faveur. Tout autant que son frère.

Et pour être tout à fait honnête, moi aussi.

— Mec, t'es pas sérieux, se plaint Fra.

Andrea, qui semble avoir retrouvé sa bonne humeur, s'empresse de grimper sur le lit et de m'ôter la télécommande des mains. Elle tape « Le diable s'habille en Prada », mais il ne semble pas faire partie du catalogue Netflix pour le moment. Déçue, elle me rend la télécommande.

— Tu ne veux pas regarder autre chose ? lui demandé-je.

Franchement, je suis prêt à regarder n'importe quoi. Même « Les Trois Petits Cochons », si elle veut. Tant que ça lui rend le sourire.

Andrea secoue la tête tandis que son frère m'informe :

— C'est le seul DVD qu'on a à la maison, elle connaît mieux les répliques que les acteurs eux-mêmes.

Ça me paraît clair, la petite Andrea a juste besoin de quelque chose de familier à quoi se raccrocher. Quelque chose qui lui rappelle chez elle. *Et apparemment, c'est Meryl Streep.*

— J'ai une idée, lâché-je. Viens avec moi.

Je lui tends ma main et elle y dépose la sienne après une seconde d'hésitation. L'idée qu'elle me fasse confiance m'attendrit, d'une certaine façon.

— Mais où on va ? questionne Andrea alors que je la traîne hors du lit sous le regard agacé de son frère, qui se serait bien contenté de regarder un match de foot.

Je hausse les épaules et, comme si cela coulait de source, je rétorque :

— Trouver ce foutu DVD, tiens.

Un sourire adorable étire ses lèvres et je me surprends à le lui rendre avant de la tirer à ma suite dans le couloir.

Quelques minutes plus tard, je nous fais entrer dans la bibliothèque qui se trouve à l'étage inférieur. Elle est presque aussi grande que celle de Rainaldi et contient peut-être autant de DVD que de bouquins.

— Il y a des chances pour que tu trouves ton bonheur car ma mère a adoré ce film, lui dis-je.

Cette information la réjouit suffisamment pour qu'elle se mette à sautiller sur place en frappant dans ses mains. *C'est plutôt mignon.* La seconde qui suit, impatiente, elle me plante là et se met à arpenter les rangées de DVD.

Je reste en retrait et la laisse farfouiller. Pour patienter, je sors mon portable de la poche de mon bas de training et commence à survoler Insta, avant de m'en désintéresser en surprenant Andrea marquer l'arrêt à quelques mètres. Intrigué, je range mon téléphone puis la rejoins en plissant les yeux.

— Alors, tu as trouvé ?

Je me penche légèrement pour lire le titre sur la pochette de DVD qui a attiré son attention.

— *L'Exorciste* ? m'étranglé-je. Compte pas sur moi, nain de jardin.

Mon refus catégorique lui fait hausser un sourcil.

— Pourquoi ? Tu as peur, Gabriel ?

— Pas toi ? rétorqué-je.

Nos yeux s'accrochent et se défient tandis que son sourire se fait malicieux.

— Nan.

Mais quelle dure à cuire, cette Andrea !

Je dirige mon regard au loin et commence à m'éloigner.

— Oh, est-ce que ce ne serait pas *Les Connasses s'habillent en Prada*, là-bas ? mens-je pour faire diversion.

Andrea ricane dans mon dos tandis que je pars à la recherche du fameux DVD avec une soudaine volonté de fer. Hors de question de regarder *L'Exorciste. Bordel, traitez-moi de couillon si ça vous chante, mais ce film est inspiré d'un fait réel.* J'ai pas envie de passer le reste de mes nuits à stresser à l'idée de croiser une meuf balafrée qui marche sur ses mains alors que je me lève pour aller pisser.

— Ça y est, je l'ai trouvé, lance Andrea au bout d'un moment.

Et je chuchote « Amen » dans ma barbe en reconnaissant cette bonne vieille Meryl Streep sur la pochette qu'elle brandit comme un trophée.

De retour dans la chambre, alors que Fra s'endort au bout de vingt minutes de visionnage, sa sœur, elle, est concentrée sur l'écran comme si elle découvrait le scénario pour la toute première fois. En tailleur au milieu du lit, le dos bien droit, elle murmure certaines répliques à l'avance.

Son grand frère n'avait pas menti. Elle connaît ce stupide film par cœur.

Concentré sur son profil, je me mets à contempler ses cheveux sombres qui lui arrivent au milieu du dos et qui ondulent légèrement aux pointes. Ils forment une masse lourde autour de son visage doux et juvénile. Ils sont vraiment magnifiques. D'ailleurs, je ne résiste pas à l'envie de les toucher. Curieux, j'attrape une de ses longues mèches et enroule mon doigt dedans. Ils sont soyeux, épais et – je m'approche pour les renifler – ils sentent le massepain.

Toujours complètement absorbée par l'écran, Andrea éclate de rire quand cette cruche d'*Andy* demande à son interlocuteur « Vous pouvez m'épeler "GABBANA" ? » De mon côté, impossible de prêter attention au film.

— T'as pas peur de t'étrangler pendant la nuit avec cette tignasse ? lui demandé-je distraitement.

C'est plus fort que moi, je peux pas m'empêcher de l'ouvrir pour l'emmerder.

— Hein, quoi ?

Andrea se tourne brièvement, pressée de retourner fixer l'écran plat, mais lorsqu'elle me surprend en train de toucher à ses cheveux, Anne Hathaway passe au second plan et son regard se fait aussitôt menaçant.

— Ôte tes sales pattes, Cerretani.

J'adore quand elle me donne des ordres, ça me donne envie de la taquiner encore plus.

— Demande-le plus gentiment et je verrai ce que je peux faire pour toi.

Histoire de la provoquer, je tire sur la mèche que je triturais il y a quelques instants. Pas très fort, mais suffisamment pour que sa tête parte légèrement en arrière.

Elle me repousse du coude.

— Arrête de m'embêter, Gabriel, râle-t-elle.

Alors qu'elle se détourne pour aller suivre les nouvelles frasques d'*Andy*, je me surprends à secouer la tête.

C'est plus fort que moi. J'aime trop ça.

Chapitre 5

Nous ne sommes jamais aussi mal protégés contre la souffrance que lorsque nous aimons.

Sigmund Freud

Gabriel
Présent

IIl y a encore quelques mois, si on m'avait dit que je me retrouverais assis à la même table que mes amis d'enfance, comme au bon vieux temps, j'aurais tout simplement trouvé ça absurde. Mais nous voilà bien là, tous réunis pour dîner chez Louca Belmonte et sa charmante future épouse Belen.

D'ailleurs, je n'en reviens toujours pas que mon ami ait eu le cran d'épouser la fille de la dernière femme de son père. Et surtout, que cette dernière ait accepté. Belen m'a toujours donné l'impression d'être une femme équilibrée et saine d'esprit. Même chose pour Asia, qui a eu la folie de dire oui à Matteo devant l'autel. *À croire que l'amour fait vraiment perdre la tête aux gens…*

Je jette un œil attentif à ma petite amie Carmen – avocate elle aussi – qui est en train de discuter avec

Asia et Belen. Elles ont l'air de s'entendre plutôt bien.

— Belmonte, tu me dois mille balles.

Intrigué, je me tourne vers mon ami Louca qui est en train de sortir une liasse de billets de son portefeuille pour les fourrer dans la main tendue de Matteo Scorsese.

— Pari sportif ? m'enquiers-je.

Mes deux amis ricanent en s'échangeant un regard complice. *J'ai dit quelque chose de drôle ?*

— En fait mec, on a parié sur ton orientation sexuelle. Louca était persuadé que tu avais viré de bord, explique Scorsese en désignant Carmen du menton, avant de retourner compter ses billets.

J'y crois pas. Quelle belle bande de salopards ces deux-là.

J'ai bien eu quelques aventures avant Carmen. Rien de très sérieux. Du moins, rien qui valait la peine d'être raconté. Et pour être tout à fait honnête, je ne sais même pas si Carmen et moi ça va durer. La semaine dernière, quand elle m'a dit que ses sentiments évoluaient, je me suis contenté de lui faire l'amour, à défaut de lui répondre quelque chose que je ne pensais pas. Franchement, je ne suis même pas sûr d'avoir des sentiments pour elle, qu'ils soient forts ou faibles d'ailleurs. Et puis, on se fréquente depuis seulement quatre mois, c'est un peu tôt pour éprouver quoi que ce soit, non ?

J'avance déjà le poing pour l'abattre violemment contre l'épaule d'un Belmonte complètement hilare lorsque je suis interrompu par Faël, le fils de Matteo et Asia, qui s'écrie, tout joyeux :

— Gadez, tata Andea est lààà !

À la mention de cette dernière, mon rythme cardiaque s'emballe. Toutes les têtes autour de la table se dirigent vers la silhouette que l'enfant pointe du doigt. Le poing encore suspendu dans les airs, je les imite et me raidis – y compris sous la ceinture. Mes yeux prennent la liberté de lorgner cette dernière, sublimée par la petite robe courte aux motifs fleuris qui épouse chaque foutu centimètre carré de son corps de déesse. Ses escarpins dorés lui font gagner une dizaine de centimètres non négligeables, ce qui la rend moins minuscule qu'à son habitude. Quant à ses cheveux, ils sont tirés en arrière en une longue queue de cheval qui se balance de gauche à droite jusqu'au milieu de son dos. Sa beauté est inqualifiable tant elle ne ressemble à aucune autre femme : des yeux de sirène d'un vert spectaculaire, un petit nez et une bouche effet mordu qui attire le regard comme le miel les abeilles. Elle ferait une muse parfaite pour un clip vidéo de Lana Del Rey.

Je n'en reviens pas qu'on ne se soit jamais croisés avant – si on oublie l'épisode du commissariat. Mais bon, quand on y réfléchit bien, maintenant que Louca, Matteo, Francesco et moi recommençons à nous fréquenter, ce n'était qu'une question de temps avant que l'inévitable arrive.

— Désolée pour le retard, s'excuse-t-elle en enlaçant Asia, puis Belen.

La compagne de Louca entame les présentations :

— Carmen, je te présente Andrea. Andrea, voici Carmen, la fiancée de Gabriel.

Petite amie, me retiens-je de justesse de la corriger.

Andrea serre chaleureusement la main que Carmen lui tend et je ne crois pas me tromper en disant que je la sens… *intriguée ? Surprise ?* Elle continue de saluer les autres et lorsque mon tour arrive, elle se contente de m'adresser un léger sourire neutre. Je n'ai pas le temps de le lui rendre qu'elle se détourne déjà pour hisser le petit Faël dans ses bras et le couvrir de baisers. Le petit veinard a l'air de beaucoup apprécier sa tante. Je sais que je ne devrais pas être jaloux d'un gamin de deux ans, mais ça ne m'empêche toutefois pas de serrer les molaires lorsque ce dernier décrète à l'intention de nous tous que celle-ci est son « amoureuse » et qu'il compte se marier avec elle.

J'entends mes amis parler foot, bourse et politique, mais je ne parviens ni à m'y intéresser, ni à détacher mes yeux de la sublime sœur de Francesco, qui semble déterminée à m'ignorer.

Le soir de son arrestation, lorsque je l'ai plantée sur le parking désert, je n'ai pas pu me résoudre à rentrer chez moi. Pas tant que je ne la savais pas chez elle, saine, sauve et en sécurité. Alors j'ai suivi son taxi à bonne distance, jusqu'à ce qu'il la dépose à sa voiture – une petite Fiat couleur café. Les feux toujours précautionneusement éteints, j'ai filé la cacahuète qui lui sert de moyen de locomotion jusqu'à ce qu'elle la gare en bas de chez elle. Après quoi, je suis rentré chez moi, j'ai passé quelques coups de fil et me suis assuré que le flic qui l'avait malmenée soit viré dès le lendemain à la première heure. Quand ça a été chose faite, je suis allé me coucher et je n'ai pas fermé l'œil de la nuit, bien trop préoccupé par nos retrouvailles.

Bien trop préoccupé par ce regard émeraude qui m'a toujours déstabilisé.

Discrètement, j'écoute d'une oreille attentive Carmen s'intéresser à Andrea. Elle lui demande ce qu'elle fait dans la vie et quand celle-ci répond qu'elle bosse comme serveuse dans un bar, je dois retenir un rire amer.

— Cool ! Quel bar ? On devrait aller boire un verre là-bas un jour !

Enthousiaste, Carmen s'est tournée vers moi en le proposant. Je n'ai pas le temps de répondre quoi que ce soit qu'Andrea s'empresse de la décourager avec une habileté qui laisse sous-entendre qu'elle en a l'habitude :

— C'est excentré et la circulation est horrible dans ce coin-là.

Et tu n'es pas vraiment serveuse non plus.

Évidemment, je garde cette réflexion pour moi.

Quelques instants plus tard, le bruit d'une cane qui frappe le sol se fait entendre. C'est Francesco qui nous honore enfin de sa présence. Il est accompagné de sa copine et semble respirer le bonheur ultime. Je ne peux pas m'empêcher de constater que tout le monde semble avoir trouvé chaussure à son pied, sauf la belle et indomptable Andrea. À croire que personne n'est assez bien pour elle.

Quand elle repose le petit Faël au sol puis qu'elle resserre sa queue de cheval, je remarque la marque rougeâtre qui enserre son poignet. Celui qui était retenu par la menotte, l'autre soir. J'aurais peut-être dû la détacher plus tôt, ça lui aurait évité de se blesser…

— Tout va bien ? murmure Carmen, à ma droite, avant de suivre la direction de mon regard.

Et merde.

Je commence à détourner mon attention de la petite sœur de Francesco, mais je ne suis pas assez rapide. Carmen, qui est loin d'être dupe et encore moins stupide, semble aussitôt mal à l'aise en découvrant mon intérêt envers la jolie brune. Ses grands yeux inquisiteurs plongent dans les miens dans une question silencieuse à laquelle je n'ai ni réponse, ni excuses. Et ça me fait me sentir comme le dernier des salauds.

Un peu maladroit, je pose ma main sur la sienne et caresse son dos en lui décochant un clin d'œil qui se veut rassurant. Mais cette démonstration affectueuse ne passe pas inaperçue. Rapidement, quelques regards se déportent sur nous. Parmi eux, je surprends Andrea en train de nous observer avec une curiosité à peine dissimulée et j'éprouve aussitôt le besoin de prouver… eh bien, je n'en ai pas la moindre idée. *Que je l'ai oubliée ? Que je suis heureux sans elle ? Comblé avec Carmen ?* Putain de merde, j'ignore ce que je cherche à faire, mais ça ne m'empêche toutefois pas d'arrêter de me comporter comme un con. Doucement, j'écarte les cheveux de ma copine et glisse quelques mots doux à son oreille, qui ont le mérite de la faire rougir et glousser. Exactement ce que je cherchais à faire ; feindre d'être épanoui et amoureux. En résumé, tout ce que je ne suis pas.

Incapable de résister à la tentation, je relève furtivement les yeux et croise le regard d'Andrea. Mais elle ne me laisse pas l'occasion d'y lire quoi que ce soit qu'elle tourne déjà la tête vers Belen qui lui demande :

— Alors, les amours, Andrea ?

En lui posant la question, la femme de Louca lui a tendu un verre de vin blanc qu'elle s'est empressée de porter à ses lèvres, semblant soudainement assoiffée. Je déglutis et tente d'ignorer mes épaules et absolument tout le reste de mon anatomie qui se tendent. Par chance, je suis un homme raisonnable qui apprend de ses erreurs, alors je tâche de regarder ailleurs, donnant l'impression d'être intéressé par ce que se racontent mes potes.

Très mystérieuse, Andrea reste évasive :

— Oh, rien de bien sérieux, l'entends-je répondre.

— Ah oui ? s'étonne une Belen déçue. Et ce mec que tu fréquentais, le beau blond avec les tatouages ?

À la mention d'un potentiel petit ami, j'avale de travers et me retiens de tousser pour ne pas attirer l'attention.

— Ça va, mec ? Tu deviens tout rouge, me fait remarquer Louca, en me toisant d'un drôle d'air.

Putain, oui. J'ai juste avalé de travers, pas besoin d'en faire un drame.

Je lui intime de reprendre où il en était et fais mine d'écouter ses dernières stratégies pour sa campagne électorale, alors qu'au fond, je n'ai qu'une idée en tête : détruire l'autre connard aux tatouages.

— On se fréquente, concède finalement Andrea.

Bordel, mais c'est qui ce type ?

Je fais l'erreur de tourner la tête dans sa direction et la surprends échanger un sourire coquin avec sa belle-sœur, ainsi que ses deux copines et ma meuf.

Incapable d'écouter un mot de plus sortir de sa bouche concernant sa vie intime, je me lève de table et annonce que je sors fumer.

L'envie de nicotine n'a jamais été aussi forte qu'aujourd'hui.

J'ignore depuis combien de temps je traîne sur le seuil de la porte d'entrée de l'immense baraque de Louca Belmonte à tenter de me raisonner en vain. Tout ce que je sais, c'est que je suis dehors depuis suffisamment longtemps pour qu'il ne reste plus qu'une clope au fond de mon paquet de Marlboro.

— Fumer rend le teint terne et fait vieillir la peau plus vite, résonne *sa* voix dans mon dos.

On croirait entendre ma mère.

La petite brune me contourne en prenant soin de me bousculer d'un coup d'épaule, ses clés de voiture suspendues au bout de ses doigts.

D'une pichenette, j'envoie mon mégot dans les rosiers et marche derrière elle d'un pas tranquille :

— Et que fais-tu de la leçon de ma très chère mère concernant le lap dance ? N'a-t-elle jamais mentionné que c'était vulgaire et pas franchement un métier respectable ?

Sa main atterrit contre ma joue sans que j'aie eu le temps de la voir venir. J'appose aussitôt ma paume contre ma pommette désormais en feu, encore surpris par son accès de colère – *amplement justifié, je dois bien l'admettre.*

— T'es vraiment qu'un sale enfoiré, Gabriel.

Ouais, je sais. Un enfoiré de connard jaloux, frustré et en colère. Pour ma pitoyable défense, j'ai regretté mes paroles à l'instant où elles ont franchi la barrière de mes lèvres. Mais Andrea n'a pas besoin de le savoir.

— Je suis honnête, nuancé-je, au risque de me prendre une nouvelle tarte dans la tronche.

— Ton jugement m'indiffère, siffle-t-elle en tournant les talons.

Et c'est bien ça qui m'emmerde, suis-je dangereusement tenté de lui répondre.

Je descends la volée de marches en pierre au pas de course et la rejoins en bas du perron.

— Attends !

Andrea a déjà déverrouillé sa voiture lorsque je me poste derrière elle et que je referme doucement la portière qu'elle venait tout juste d'ouvrir.

— Tu t'en vas déjà ? demandé-je, un peu désespéré.

Elle fait volte-face et me considère avec dégoût.

— Ouais, pourquoi ? Tu préférerais que je reste là à t'écouter m'insulter, peut-être ?

— Ce n'était pas mon intention, tenté-je d'une voix sourde.

Je m'apprête à ajouter quelque chose pour la retenir, mais elle ne m'en laisse pas l'occasion.

— Tu veux que je te dise, Gabriel ? Arrête de te comporter comme si je n'avais aucune raison de te détester. On n'est pas amis, on ne l'a même jamais été.

Ses mots me blessent, plus que de raison. Renfrogné et avec rudesse, j'ouvre finalement sa portière et déclare sèchement :

— Très bien, alors je pense qu'on s'est tout dit. Et sache que je n'en pense pas moins. Au plaisir de ne plus jamais te revoir, Andrea.

Elle est ahurie par la façon dont je viens de m'adresser à elle, sa bouche sensuelle s'entrouvre, sans produire le moindre son. Puis, comme Andrea est… eh bien Andrea, fière et obstinée, elle s'engouffre dans l'habitacle de sa voiture de Playmobil, sans se faire prier plus longtemps.

Et alors que je la regarde partir et s'effacer dans la nuit, je sais d'ores et déjà que je n'en pensais pas un traître mot.

Chapitre 6

♫ *Just Friends*

MIRA ♫

Gabriel
Douze ans plus tôt

Je suis réveillé au beau milieu de la nuit par des sanglots étouffés. Je jette un œil en direction de Francesco en train de dormir à l'autre bout du lit, pas dérangé pour un sou. Mon meilleur ami a un sommeil si profond qu'on pourrait organiser un concert de Måneskin dans la chambre qu'il n'entendrait rien et continuerait de pioncer paisiblement.

De mon côté, je décide délibérément d'ignorer les pleurs de la petite sœur de Francesco et de me rendormir… mais ceux-ci redoublent et je me rends vite compte que je suis incapable d'en faire abstraction.

— Nain de jardin ? craqué-je, après avoir expiré un bon coup.

Un reniflement peu distingué me parvient. J'insiste :

— Pourquoi tu chiales ?

Seul le silence me répond… puis un nouveau sanglot étranglé.

Fait chier.

Mi-agacé, mi-alarmé, je me redresse dans le lit et aperçois sa frêle silhouette se détacher de la pénombre dans laquelle est plongée la chambre. Je plisse les yeux et la distingue plus nettement, assise au bout de son lit d'appoint, les jambes ballantes et les épaules voûtées.

Quelque chose ne va pas.

Je tire les draps et sors du lit en grommelant dans ma barbe.

— Je te préviens, commencé-je. Tu peux essayer de m'attendrir tant que tu veux, on ne va pas regarder une deuxième fois « Les Connasses s'habillent en Prada »…

C'est faux. Si elle insistait rien qu'un peu et en battant des cils, je pourrais être capable d'accepter.

Paniquée, Andrea se lève du lit en bredouillant que tout va bien. Elle m'implore de retourner me coucher, mais supplier ne lui ressemble pas et c'est à mon tour de paniquer.

— J-je te j-jure, tout va bien, Gabriel. Je vais nettoyer…

Sa voix est chevrotante et la peur parvient à se lire sur son visage, même dans l'obscurité quasi totale.

Alors que je veux me rapprocher de son lit, elle se positionne face à moi pour me barrer la route. Je la sonde, complètement largué. *Qu'est-ce qu'il lui prend ?* Ne supportant pas de me regarder dans les yeux, Andrea baisse les siens sur ses jambes nues et je finis par l'imiter. Le tee-shirt que je lui ai prêté pour la nuit lui arrive sous les genoux et un mince filet de sang rampe sur sa jambe droite. Quand je relève la tête, des larmes de crocodile bordent ses yeux.

Oh merde.

— Viens.

Sans même lui laisser le choix, j'attrape sa main et la tire derrière moi pour nous faire entrer dans la salle de bain attenante à ma chambre. À aucun moment, elle ne proteste. Elle est comme… statufiée, semblant à l'article de la mort. Un peu nerveux, sans trop savoir ce que je fais, j'attrape un gant de toilette et l'humidifie sous l'eau chaude avant de le tendre à une Andrea complètement effrayée, qui vient d'avoir ses règles pour la toute première fois.

— Tu veux prendre une douche ?

Elle secoue la tête.

— Non !

Elle se radoucit, baisse à nouveau la tête et reprend :

— Je ne veux pas que Francesco se réveille… sinon…

Il va se moquer de toi, deviné-je facilement.

Ne sachant pas trop quoi faire de plus, ni quoi dire, je décide de lui laisser un peu d'espace et d'intimité. Mais alors que j'esquisse un pas en direction de la porte, Andrea me retient en agrippant mon biceps. Ses ongles s'enfoncent douloureusement dans ma peau, mais cela n'est rien en comparaison de la douleur que je lis dans son regard apeuré.

— Non, reste… s'il te plaît.

Le visage baissé en direction du carrelage, elle refuse toujours de croiser mon regard. Ça me bousille de la voir aussi désemparée. Je suis bien trop habitué à son tempérament de feu. J'ai presque envie qu'elle m'insulte, là tout de suite, maintenant. *Suis-je fou ?*

— Très bien, je vais rester, promets-je. Je ne bouge pas.

Le menton toujours incliné, elle semble aussitôt soulagée.

— Je vais juste me tourner, c'est d'accord ?

Elle fait oui avec la tête et je pivote sur mes talons pour lui offrir mon dos.

Quelques instants plus tard, sa voix rauque et faiblarde retentit entre les murs de la salle de bain lorsqu'elle annonce :

— C'est bon, tu peux te retourner.

Je m'exécute et tombe immédiatement dans son regard vert en détresse.

— Qu'est-ce que j'en fais ? panique-t-elle.

Je baisse les yeux vers sa main droite, crispée autour de sa culotte blanche souillée. Ses doigts sont blancs et tremblent comme des feuilles mortes. Inquiet, je redresse la tête et la regarde droit dans les yeux. Elle est à deux doigts de fondre en larmes et je ne suis pas certain de pouvoir le supporter.

— Donne-la-moi, exigé-je, sans hésiter même une seconde.

J'enveloppe sa main de la mienne et lui fais décrisper les jointures en passant mon pouce sous ses doigts délicats. Elle se laisse faire et sa bouche forme un O lorsque je lui prends ladite culotte des mains pour aller la jeter à la poubelle.

— Tu… tu n'es pas dégoûté ? s'embarrasse-t-elle.

En guise de réponse, je secoue la tête. Inexplicablement, je suis à peu près certain que rien de ce que pourrait faire Andrea me dégoûterait.

Dans des gestes un peu nerveux et confus, je me mets à fouiller les armoires de la pièce avant de tomber sur une pile de sous-vêtements propres. J'extirpe un boxer et le tends à Andrea.

— Mets ça.

Ses yeux s'écarquillent tandis qu'elle secoue la tête avec aplomb.

— Et si je fais une tache dessus ? angoisse-t-elle, morte de honte.

Je hausse les épaules avec désinvolture.

— On s'en tape, décrété-je du tac au tac.

Moyennement rassurée, elle s'empresse toutefois de l'enfiler sous son tee-shirt, sans même me laisser le temps de détourner mes yeux qui, en passant, sont toujours ancrés au fond des siens. D'ailleurs, ceux-ci paraissent toujours aussi déboussolés et tristes. Et ça me mine de la voir dans cet état.

— Tu as ce qu'il faut pour… ça ? fais-je en désignant du menton ses cuisses, serrées l'une contre l'autre.

Les joues brûlantes, elle secoue la tête.

— Je ne m'attendais pas à ce que ça arrive… aussi vite.

Sa réflexion m'interpelle. Elle ne devrait pas être aussi surprise puisqu'elle a tout à fait l'âge d'avoir ses menstruations.

— Qu'est-ce que je suis censée faire pour que ça s'arrête ?

Je me liquéfie.

Merde, sa mère ne lui a-t-elle rien expliqué ?

Je la sonde attentivement et la trouve tellement innocente que ça me tord aussitôt les tripes. Je ne peux pas la laisser dans l'ignorance et retourner pioncer comme si de rien n'était. Et inutile de compter sur son frère pour lui expliquer qu'elle vient d'avoir ses règles et ce que cela implique. Il en profiterait pour l'embarrasser davantage… comme n'importe quel grand frère un peu maladroit, remarque.

Ne sachant pas par où commencer, je pose mes mains sur ses épaules chétives, inspire un grand coup, puis annonce :

— Tu vas continuer de saigner pendant encore quelques jours, Andrea. Peut-être une semaine entière.

Son visage blêmit, perdant toutes ses couleurs, les unes après les autres, alors je m'empresse de la rassurer :

— Stresse pas, c'est normal. Toutes les… euh… femmes… passent par là.

Andrea arrondit les yeux. Soudain, elle me paraît tellement naïve et inoffensive, à des années-lumière de la peste à la langue trop pendue avec qui j'adore me chamailler, que j'éprouve le besoin viscéral de la protéger. C'est comme une pulsion. Comme si rien n'avait plus d'importance que de lui ôter la peur des yeux et de lui rendre son sourire malicieux. Celui qui fait cogner plus fort mon cœur dans ma poitrine et me pousse à me comporter comme un vrai petit con avec elle.

Au bout d'une dizaine de minutes, plus gênantes les unes que les autres, à expliquer à Andrea ce que ça impliquait d'avoir ses règles, elle se relève du couvercle du WC qu'elle avait rabattu sous ses fesses et me demande :

— Au fait, pourquoi tu m'aides, Gabriel ?

Sa question me prend de court. Je n'en ai pas la moindre idée, alors je dis la première chose qui me passe par la tête :

— Parce que tu es mon amie, Andrea.

Elle plisse les yeux, sceptique.

— Ah bon, on est amis ? s'étonne-t-elle.

Une petite grimace relève les coins de sa bouche rose et pleine, alors que je hoche la tête pour confirmer.

Elle a l'air de trouver ça absurde et reprend :

— Alors pourquoi tu passes ton temps à m'embêter ? Tu sais que je déteste ça. Les amis ne sont pas censés se faire du mal.

Ses grands yeux brillants et humides sondent les miens, emplis de rancœur. Elle doit être complètement chamboulée. Sa mère est rarement là, son frère se comporte comme un vrai tyran avec elle, la situation financière de sa famille est plus que précaire… et elle vient d'avoir ses règles pour la toute première fois devant le meilleur ami de son frère qui passe son temps à l'emmerder.

— Tu sais, les mecs passent leur temps à embêter les filles qu'ils aiment bien.

Sa bouche s'arrondit, puis ses yeux se plissent de nouveau, suspicieux.

— Donc tu es en train de dire que… tu m'aimes bien ?

Mal à l'aise, je passe une main sur ma nuque désormais en sueur.

— Oui… enfin… comme un grand frère qui aime sa petite sœur quoi.

Elle secoue la tête, l'air d'être d'un autre avis.

— Francesco ne m'aime pas. Il me déteste, dit-elle en croisant sévèrement les bras sur son buste.

Je ne peux pas m'empêcher de la trouver mignonne lorsqu'elle est contrariée. Et je ne parviens pas non plus à me défaire de ce besoin de la rassurer constamment.

— Il t'aime. Il a juste une drôle de façon de te le montrer.

Sa moue se durcit et son nez se plisse adorablement.

— Tu dis ça juste parce que je suis triste et que je te fais pitié, m'accuse-t-elle.

C'est à mon tour de secouer la tête.

— Non, Andrea. J'en suis persuadé, fais-moi confiance.

La jolie brune me sonde longuement et en silence, tandis que ses grands yeux inquisiteurs me donnent l'impression d'avoir la capacité de pouvoir lire tout au fond de mon âme. Ça me déstabilise suffisamment pour que ma gorge s'assèche et que je sente mon pouls s'emballer.

— Je suis désolée pour ta petite sœur, dit-elle au bout d'un moment.

La sincérité qui perce dans sa voix rauque m'apaise passagèrement.

— Merci, dis-je dans un souffle.

— Est-ce qu'elle te manque ?

Sa question me décontenance. Honnêtement, je ne me suis jamais posé la question.

— Je ne sais pas, ça fait longtemps. Je crois que…

Un peu honteux, je détourne le regard et me surprends à baisser la voix :

— Je crois que je me suis habitué à son absence. Parfois, c'est comme si elle n'avait jamais vécu ici…

Je regrette aussitôt mes paroles. Mais quand je tourne la tête et croise les grands yeux verts de la petite sœur de mon meilleur ami, ceux-ci ne me jugent pas. Pas un seul instant.

Un silence s'étend alors entre nous, puis Andrea me surprend encore en me tendant son petit doigt.

— On fait la paix ? propose-t-elle.

Un petit rire nerveux s'échappe de ma poitrine. Toutefois attendri, j'accepte et crochète mon auriculaire avec le sien.

Quand Andrea veut retirer son petit doigt, minuscule comparé au mien, je l'en empêche en enroulant plus fermement mon doigt autour du sien.

— À une condition, murmuré-je.

Son menton se relève et ses yeux verts larmoyants plongent dans les miens.

— Laquelle ?

De mon pouce libre, je cueille une larme sur sa joue.

— Je ne veux plus jamais te voir pleurer, c'est d'accord ?

Ses yeux me harponnent.

— Pourquoi ça ?

Je me penche dans son cou et lui chuchote à l'oreille, sur le ton de la confidence :

— Parce que tu es bien plus jolie quand tu souris.

Nos doigts sont toujours entrelacés lorsque je m'écarte légèrement pour contempler son minois adorable. J'ai menti. Même quand elle pleure, elle reste incroyablement belle.

— Tu me trouves vraiment jolie ? demande-t-elle, sincèrement étonnée.

La plus jolie fille que j'aie jamais vue.

— C'est important ? rétorqué-je.

Les pommettes aussi rouges que des tomates bien mûres, elle se contente de hausser ses épaules sous mon tee-shirt trop grand pour elle.

De retour dans la chambre, gênée, tétanisée sur place, Andrea fixe le matelas taché.

— C'est rien, la rassuré-je. Regarde.

J'enlève aussitôt les draps et les remplace par des propres que je sors d'une armoire. En moins d'une minute, la tache a disparu, comme si elle n'avait jamais existé.

Quand je reviens me poster face à elle, je capture le bas de son menton dans ma paume et chuchote :

— Tu vois, tout va bien. Pas de raison de pleurer.

Mais de nouvelles larmes menacent et commencent à border ses yeux.

— On a fait un pacte, Andrea, souviens-toi, soupiré-je sur le ton du reproche.

— Je ne pleure pas, se défend-elle avec aplomb.

Enjoué, je fais mine de regarder au-dessus de nos têtes.

— Non, tu as raison. Je crois qu'il pleut.

Andrea rit et je lui pince affectueusement la joue avant de lui ordonner :

— Maintenant, dors, nain de jardin.

Je commence à me diriger vers mon propre lit quand elle tire sur le bas de mon tee-shirt pour me retenir. J'ai à peine le temps de pivoter sur mes talons pour lui faire face qu'elle me prend de court et se jette sur moi pour enlacer ma taille.

Sa tête coincée sous mon menton, elle confesse tout bas, presque dans un murmure :

— J'aurais aimé avoir un grand frère comme toi.

Mon cœur se met alors à sprinter et je me surprends à jurer devant Dieu de la protéger, quoi qu'il m'en coûte. À jamais.

Chapitre 7

L'amour c'est l'amitié
avec une chose en plus : l'attirance.

Yves Michaud

Gabriel
Douze ans plus tôt

Quatre mois.

Quatre. Putain. De mois. Qu'elle n'accompagne plus son frère quand il vient à la maison.

Cent vingt et un interminables jours pendant lesquels je n'ai pas arrêté une seule foutue seconde d'espérer la voir franchir le portail sur le tas de ferraille rose qui lui sert de vélo.

Parce qu'elle a trop honte de l'incident de cette fameuse nuit ? Parce que j'ai fait quelque chose de mal ce soir-là ? Ou dit quelque chose qu'il ne fallait pas ? Bon sang, j'ai besoin de savoir ce qu'il se passe dans sa petite caboche brune, mais hors de question de cuisiner son grand frère. Mon meilleur ami trouverait ça louche et il aurait bien raison. Au fond, j'ignore moi-même pourquoi Andrea m'intrigue autant.

Rongé par la culpabilité, je jette un dernier regard vers la *Villa Madama* avant d'enfourcher mon scooter avec la ferme intention de me rendre chez les Cardinale. De toute façon, ma mère est bien trop occupée à organiser le banquet qui aura lieu demain à la propriété. Si je fais vite, elle n'aura peut-être même pas le temps de remarquer mon absence.

Sans perdre une seconde de plus, je m'engage sur la route et m'éloigne des quartiers friqués de Rome pour atterrir une vingtaine de minutes plus tard dans le petit village où vivent les Cardinale.

Ici, dans ce bled paumé, les maisons se ressemblent toutes, sans exception. Elles semblent avoir été construites sur un même schéma et le résultat est plutôt sinistre.

Malgré tout, je reconnais immédiatement la maison de mon ami. Le vieux vélo rose appuyé contre la façade la distingue des autres.

J'abandonne mon deux-roues sous un arbre à l'ombre, puis me mets à trottiner vers l'allée qui mène à la porte d'entrée. Le perron est couvert de dalles, certaines ensevelies sous les mauvaises herbes. Fut un temps, la petite maison au crépi blanc défraîchi avait dû être jolie, mais aujourd'hui elle donne l'impression d'être à l'abandon. Les murs sont lézardés et le toit, en mauvais état, menace de s'écrouler. Il me semble que Francesco a déjà mentionné qu'il fuit lorsqu'il pleut trop fort.

Un peu à cran, je fais craquer mes phalanges puis frappe à la porte. Quelques secondes plus tard, la poignée s'abaisse et Andrea apparaît dans l'encadrement en bois – ce qui n'a rien de surprenant puisqu'elle vit ici. Pourtant, ça n'a pas empêché mon cœur de battre un peu plus vite qu'à l'accoutumée lorsqu'elle est entrée dans mon champ de vision.

— Salut, dit-elle, étonnée de me trouver sur le pas de sa porte.

La bouche soudainement très sèche, je ne parviens pas à lui répondre en retour. Je me contente de la fixer, immobile, comme un con. C'est étrange mais je la trouve… différente. Toujours aussi incroyablement belle – si ce n'est plus – mais toutefois différente. Presque métamorphosée. Comme s'il ne s'était pas écoulé quatre mois, mais bien quatre longues années.

C'est trop bizarre, cette sensation.

— Gabriel ? Tout va bien ?

Nerveusement, je passe une main dans ma nuque. *Allez, reprends-toi, mec.*

— Euh… ouais tout va bien, désolé. Salut. Francesco est là ?

En parlant, j'ai oublié de respirer. Andrea rougit en le remarquant. Je crois que ma nervosité est si palpable qu'elle en est contagieuse.

— Non. Il est sorti il y a environ une heure et je ne sais pas quand il compte rentrer.

Est-ce que c'est du rouge à lèvres sur ses lèvres ?

Je plisse les yeux. *Bon sang, ouais, c'en est.*

— Euh… Gabriel ? insiste Andrea face à mon mutisme.

Je me détourne de ses lèvres pleines et rouges pour me concentrer sur ses deux émeraudes toujours aussi immenses… et perplexes. Eux semblent inchangés et ce constat me soulage instantanément.

J'inspire un coup et reprends mes esprits. Je crois qu'elle m'a posé une question.

— Je te demande pardon ?

— Je disais que Francesco est sorti et que je ne savais pas quand il comptait rentrer…

Ah oui.

— En fait, c'est toi que je suis venu voir.

La surprise illumine aussitôt ses traits.

Dans un sens, c'est rassurant de réaliser que ma présence ne la contrarie pas, mais ça ne m'explique toutefois pas pourquoi elle a pris ses distances. Pendant quatre foutus mois.

Andrea se décale sur le côté, m'invitant à entrer. Je m'exécute, passe devant elle, tandis que mes yeux balayent rapidement le hall d'entrée. C'est petit, peu décoré et impersonnel. Et puis il y a cette lourde odeur d'humidité qui semble provenir des caves.

Soudain, je réalise que c'est la première fois que je mets les pieds chez les Cardinale. Les rares fois où je suis venu par le passé rendre visite à Francesco, nous nous sommes toujours contentés de rester sur le perron à jouer à la Scopa ou à nous échanger des balles.

Andrea me précède dans le couloir étroit, intégralement recouvert, que ce soient les murs ou le plafond, par un papier peint en toile de Jouy bleu. Au fond se trouve une cuisine exiguë où traîne une montagne de vaisselle sale dans l'évier.

— Tu veux boire quelque chose ?

Je m'installe à la petite table en bois coincée sous la fenêtre.

— Euh, ouais, s'il te plaît. Comme toi.

Quand elle me tourne le dos pour aller nous chercher à boire, je ne peux pas m'empêcher de l'épier. Elle a vraiment beaucoup changé, je ne rêve pas. Elle semble plus… je ne sais pas… *mature, peut-être ?*

Alors qu'elle ouvre la porte du frigo pour en sortir une brique de jus d'orange, mes yeux prennent la liberté de la reluquer franchement. Son petit top moulant dévoile ses nouvelles formes de femme.

Bordel de merde, depuis quand Andrea Cardinale a-t-elle des seins aussi développés ? Je m'efforce de baisser les yeux et de ne pas m'y attarder plus longtemps, en repensant à mon arrière-grand-mère qui me répétait sans cesse, en pointant son index vers le ciel, « Dieu voit tout, Gabriel ».

Mon attention s'échoue alors plus bas, là où ses jambes fines et bronzées dépassent de son petit short en coton. Quand j'entrevois le pli de ses fesses, je m'étouffe en voulant avaler ma salive.

Bordel de merde, mais regarde ailleurs, espèce de pervers !

Raisonné, par miracle, je lève la tête à l'instant même où Andrea fait volte-face et dépose un verre devant moi. Il termine à peine d'atterrir sur la table que je le porte à mes lèvres et le vide cul sec sous son regard ahuri.

Andrea fait remarquer « Tu sembles assoiffé » au même instant où je lui demande :

— Tu as coupé tes cheveux ?

Ma question la décontenance.

— De quelques centimètres à peine.

Super, j'ai pas du tout l'air d'un psychopathe obsessionnel maintenant.

Mal à l'aise, je regarde autour de moi. À vrai dire, partout sauf vers les deux billes vertes translucides qui me font perdre mes putains de moyens, sans que je sache toujours pourquoi.

— C'est sympa ici.

— Menteur, tu ne le penses pas.

Elle a raison, je ne le pense pas. Mais l'admettre ne réussirait qu'à la blesser et à choisir, je préfère encore me scier la main droite – ouais, celle avec laquelle je me branle, c'est dire – que de lui partager le fond de ma pensée.

Je reviens sur son visage au teint de porcelaine si parfait que c'en est saisissant et la contredis :

— Bien sûr que si.

Elle rougit puis confesse, un peu honteuse :

— Pourtant c'est loin d'être aussi beau et classe que chez toi.

Alors qu'elle parlait, son visage s'est baissé sur ses doigts qui triturent la dentelle du napperon au centre de la table à laquelle nous sommes installés. Sans réfléchir, comme une pulsion – ou plutôt cette envie irrépressible de la toucher qui me démange depuis que je suis arrivé – je capture son menton entre mes doigts et le relève pour mettre ses yeux à hauteur des miens.

— Ça n'a pas d'importance, rétorqué-je. Je suis venu pour te voir toi, pas pour la déco.

Je termine à peine de parler que l'ampoule au-dessus de nos têtes se met à vibrer puis s'éteint. Tandis que nous levons la tête vers le plafonnier, j'ajoute :

— Ni pour l'électricité, d'ailleurs.

Ma réflexion lui arrache un sourire et j'ai l'impression d'enfin pouvoir respirer. À pleins poumons.

Ses grands yeux plongent dans les miens et je ne résiste pas plus longtemps à l'envie de lui poser la question qui me brûle la langue et me tient éveillé la nuit depuis quatre foutus mois :

— Pourquoi tu ne viens plus à la maison ?

J'attends une réponse, mais rien. Tout ce à quoi j'ai droit, c'est à un haussement d'épaules.

Avant que j'aie le temps d'insister, Andrea fuit mon regard, se redresse et m'offre son dos pour aller laver une casserole qui traîne dans l'évier.

— Je n'ai pas eu le temps, déclare-t-elle au bout d'un moment.

Sans me décourager, je me lève à mon tour et attrape le torchon suspendu à un bouton de la gazinière.

— C'est ça, fous-toi de ma gueule, Andrea.

Ses yeux sont semblables à deux rondelles de citron lorsque je lui prends la casserole des mains, une fois qu'elle a fini de la savonner puis de la rincer.

— Toi, Gabriel Léandro Cerretani, tu sais faire la vaisselle ?

Sa question, un brin insultante, m'arrache un rire amer.

— Ouais, tout comme je sais m'essuyer le derch tout seul, me branler et…

— C'est bon, j'ai compris, Gabi, me coupe-t-elle en esquissant une moue écœurée.

J'essuie le faitout, avant de le ranger dans un placard au hasard, puis reviens à la charge :

— Bon, maintenant dis-moi. T'avais quoi de si important à faire ? Ton frère m'a dit que tu n'avais même pas d'amis dans le coin…

La tasse qu'elle était en train de savonner lui échappe des mains et tombe bruyamment dans la vasque.

— Bien sûr que si j'ai des amis ! Fous-moi la paix, Gabriel !

Merde, je l'ai vexée.

Elle me contourne, prête à quitter la cuisine, mais je la retiens par le poignet.

— Pardonne-moi, je ne voulais pas insinuer que tu n'en avais pas, juste qu'ils n'étaient pas dans le coin.

Bien qu'elle ne tente plus de s'échapper, je ne la lâche toujours pas. J'en suis physiquement incapable. Je fais glisser ma paume le long de son bras, jusqu'à saisir ses doigts et les entrelacer aux miens. Du pouce, je caresse la peau douce comme de la soie du dos de sa main tout en m'étonnant qu'elle me laisse faire.

— On fait la paix ? je demande.

Têtue, elle continue de fuir mon regard.

— S'il te plaît, insisté-je.

Quand elle relève les yeux et croise mon air de chien battu, sa bouche se pince et elle se radoucit. Et puis, miracle, un autre sourire en coin naît à la commissure de ses lèvres et il est si contagieux que je me surprends à sourire à mon tour.

— Alors, c'est oui ? fais-je en lui tendant mon auriculaire, comme elle l'avait fait quelques mois plus tôt.

Du menton, elle désigne le sac en carton que j'ai déposé sur la table de la cuisine en arrivant.

— Ça dépend. Qu'est-ce que c'est ?

Cette fois, je ris franchement, sans me retenir.

— Andrea Cardinale, je ne te savais pas si vénale.

L'insolente lève les yeux au ciel puis croise les bras sous sa poitrine.

Sa poitrine.

Ne la regarde pas. Ne la regarde pas. Ne la regarde p… Trop tard.

Mal à l'aise, je détourne aussitôt la tête pour aller chercher le petit sac en kraft. Quand je reviens me poster face à elle, je me contente de plaquer le sachet contre son buste en l'informant :

— Ma mère tenait à ce que tu aies une jolie robe pour demain.

Andrea me donne l'impression que je lui parle chinois. Je précise :

— Le banquet, tu n'as pas oublié, hein ? Elle espère vraiment t'y voir.

Et moi aussi.

Les sourcils froncés, la petite sœur de Francesco s'affaire à déballer le cadeau de ma mère. Elle défait délicatement et avec énormément de précaution le nœud en satin rose poudré, appréciant sa qualité irréprochable sous la pulpe de ses doigts.

— Tu comptes y passer la nuit ? la pressé-je pour la taquiner.

Elle me gratifie d'un coup de poing à l'épaule, puis se décide enfin à ouvrir le foutu sac. En un éclair, ses yeux s'arrondissent, émerveillés. Je suis tenté de me pencher pour regarder à mon tour à l'intérieur du sac, mais finalement je me ravise. De toute façon, même vêtue d'un sac poubelle, je suis convaincu qu'Andrea demeurerait la plus belle fille de la soirée.

— Il faut que je l'essaye, déglutit-elle subitement. Tout de suite !

Empressée, elle attrape ma main et me tire derrière elle. Arrivés au pied de l'escalier du hall qui mène à l'étage, mon portable se met à vibrer dans ma poche. Je marque l'arrêt, le sors et mes narines se dilatent en découvrant un message de mon père.

[Rentre immédiatement. Si ta mère s'aperçoit de ton absence, elle va faire une crise. Et tu n'as pas envie d'en être le responsable. Parce que tu es un jeune homme raisonnable et intelligent, pas vrai, mon fils ?]

Fait chier.

— C'est qui ? s'inquiète Andrea.

Je dénoue nos doigts à contrecœur.

— Mon père. Je ferais mieux de rentrer.

Avant que ma mère ne pète un plomb et lance un putain d'avis de recherche.

— Quoi, me dis pas que tu es encore puni ? Qu'est-ce que t'as fait cette fois ? T'as osé mettre tes coudes sur la table pendant le repas ? se moque-t-elle.

Petite maligne.

Je lui ébouriffe les cheveux pour me venger et elle rouspète.

— Allez, j'y vais, on se voit demain.

J'ai déjà la main sur la poignée de la porte lorsqu'Andrea s'écrie dans mon dos :

— Gabriel, attends !

Mon cœur se met à tambouriner dans ma poitrine, avant même de savoir ce qu'elle s'apprête à me dire.

Boum. Boum. Boum.

Je me raidis tandis que je l'entends descendre la marche sur laquelle elle était perchée avant que je lui tourne le dos. Sa proximité me rend super nerveux.

— Je me suis trouvé un petit boulot. Ma vieille voisine me paye dix euros de l'heure pour m'occuper de sa maison, son jardin et ses chats… C'est pour ça que je ne viens plus.

La déception m'envahit, puis le soulagement. *Qu'est-ce que j'espérais, au fond ? Qu'elle me retienne et insiste pour que je reste ici, avec elle ?* Je pense que j'aurais pu céder, au diable ma mère et ses angoisses qui me pourrissent la vie autant qu'à elle.

Mais je me console en me disant qu'au moins, maintenant, j'ai ma réponse. Andrea ne me déteste pas et pendant tout ce temps, elle ne cherchait pas non plus à m'éviter, elle s'était juste trouvé un job.

Chapitre 8

Que c'est un dur métier que d'être belle femme.

Charles Baudelaire

Andrea

Douze ans plus tôt

C'est de notoriété publique, Elisa Cerretani n'est pas le genre de femme à faire les choses à moitié. Néanmoins, je ne peux m'empêcher d'être complètement ébahie et admirative par ce qu'elle a accompli. La réception organisée en l'honneur de la fondation caritative du père de Gabriel est une vraie réussite. La météo est clémente et la végétation luxuriante et bucolique me fait penser au tableau qui est accroché au-dessus de l'âtre dans le bureau de Monsieur Cerretani, *Les hasards heureux de l'Escarpolette* de Fragonard.

Absorbée par l'atmosphère glamour et le cadre somptueux, je me retrouve, sans trop savoir comment, avec une coupe de champagne entre les doigts. Je trempe mes lèvres et avale deux lampées en montant sur la pointe des pieds. Je cherche un visage familier parmi les invités.

Où est Gabriel ?

Je décide de partir à sa recherche lorsque je réalise que ce sont des hydrangea et des hortensias qui ornent le centre des tables et mange-debout, comme je l'avais suggéré.

Alors que je me penche sur une table au hasard pour les humer, j'entends des pas se rapprocher dans mon dos.

— J'ai bien fait de t'écouter pour les fleurs, ma chérie.

Le sourire aux lèvres, je pivote sur mes talons pour enlacer affectueusement Madame Cerretani.

— Elles vont à merveille avec le dressage des tables, poursuit-elle, réellement ravie de ce constat.

Je caresse des yeux l'argenterie Christofle ainsi que la vaisselle en cristal qui doit assurément coûter les yeux de la tête.

— Tout est merveilleux, concédé-je. Merci d'avoir pris mon avis en compte… et merci pour la robe.

Elisa baisse les yeux sur celle-ci avant de revenir sur mon visage et replacer une mèche derrière mon oreille.

— Tu es sublime, Andrea. Tu mérites ce qu'il y a de plus beau. Et de plus cher, précise-t-elle, enjouée.

Je n'ai pas le temps de rougir qu'elle reprend :

— Allez, viens, je vais te présenter aux filles de mes amies, s'enthousiasme-t-elle. Elles vont t'adorer !

Quelques minutes plus tard, à suivre à la trace Elisa en train de s'adonner à des embrassades avec les invités qui croisent sa route, nous nous retrouvons près d'un groupe de trois jeunes filles qui ont l'air d'être sœurs, tant leur ressemblance est frappante. Même chevelure blonde, les mèches aussi raides que des baguettes, même paire d'yeux bleus céruléens. Seule la couleur halée de leur peau trahit leurs gènes méditerranéens.

Lorsqu'elles remarquent notre présence, elles s'interrompent et affichent de grands sourires chaleureux.

Elisa entame les présentations :

— Les filles, je vous présente Andrea. Andrea, voici Simona, Béatrice et Ofélia.

Celle du milieu – Béatrice – est la première à réagir et à me tendre sa paume. Je n'hésite pas un seul instant en acceptant sa poignée de main.

— Les filles ? questionne-t-elle à l'intention de ses deux acolytes, qui n'ont pas encore bronché. Où sont passées vos manières ?

Aussitôt, Simona et Ofélia dressent leurs mains aux ongles manucurés d'une french dans ma direction.

Attendaient-elles l'assentiment de Béatrice pour me saluer ? J'en ai la drôle impression.

— Je vous laisse faire connaissance, déclare Elisa. Il me reste encore quelques invités à aller saluer.

Quand madame Cerretani s'éclipse, les trois filles reprennent la discussion qu'elles avaient avant d'être interrompues. Elles parlent de la coupe du monde de cricket qui se tiendra prochainement à Melbourne. Apparemment, elles ont des places et ça n'a pas été une mince affaire de les obtenir. Mal à l'aise, je me contente de les écouter en tripotant le pied de ma flûte de champagne. J'ai beau chercher, je n'ai strictement rien en commun avec ces filles qui exsudent l'influence.

— Et toi, Andrea ? Tu as déjà ton entrée ? me demande Ofélia.

Prise au dépourvu, je ne réfléchis pas et réponds spontanément :

— Pour être tout à fait honnête, j'ignorais que le cricket était un sport. Je ne connaissais que l'insecte jusqu'à aujourd'hui, plaisanté-je.

Simona et Ofélia se mettent à rire franchement et je les accompagne, légèrement plus détendue.

— Personnellement, l'ignorance m'afflige plus qu'elle ne m'amuse, claque Béatrice.

Aussitôt, les sourires joviaux des deux autres s'évanouissent – le mien y compris. Je n'avais pas rêvé, elles m'ont tout à fait l'air d'être sous la coupe de Béatrice.

— Excuse-moi, mais tu sors d'où toi, déjà ? m'interpelle sèchement cette dernière. Je ne crois pas t'avoir déjà croisée à un événement.

Ses grands sourires chaleureux ont disparu, tout comme Elisa, qui n'est plus du tout dans les parages. Béatrice ne me laisse pas le temps d'en placer une qu'elle promène son regard dédaigneux sur ma tenue :

— Et ce sac à ton bras, misère ! ricane-t-elle méchamment. Nul besoin d'être expert pour remarquer que c'est une contrefaçon.

Embarrassée, vexée et surtout très en colère, je sens mes poings se crisper jusqu'à sentir mes ongles pénétrer ma paume. *Pas besoin d'être un expert non plus pour deviner que tu es une connasse, Béatrice,* pensé-je très fort dans ma tête. Malheureusement, ma langue me semble soudainement plus lourde qu'à l'accoutumée et les insultes que j'ai sur le bout de celle-ci refusent de franchir le seuil de mes lèvres. *C'est tellement frustrant !*

— Mon verre est vide, je ferais mieux d'aller me rechercher à boire.

C'est tout ce que je trouve à dire pour ma défense. Je me sens tellement nulle. Faible. Et pauvre.

Naïvement, j'attendais… plus de cette soirée. J'étais excitée comme une puce à l'idée de rencontrer ces fameux amis importants et influents dont me parle sans arrêt Elisa Cerretani et de pouvoir leur faire bonne impression. J'espérais aussi pouvoir me faire quelques amies avec qui j'allais certainement partager des dortoirs du pensionnat d'Artemisia Gentileschi dans quelques semaines… Mais me voilà forcée de constater que je ne me sens pas à ma place au milieu de tous ces gens outrageusement riches. Et pour couronner le tout, il m'est impossible de me débarrasser de cette désagréable sensation d'être un vilain petit canard qui s'efforce de se transformer en cygne, en vain.

Désespérée, je me remets à chercher une tête familière parmi les invités et repère enfin Gabriel à quelques pas. Mon regard tombe directement dans le sien et le soulagement m'envahit aussitôt. Je lui souris et il me sourit en retour. Mais je le connais suffisamment pour remarquer qu'il se force et que ce n'est pas sincère. *Qu'est-ce qu'il lui prend ?*

Quand il tourne la tête et rompt notre échange visuel, mes sourcils se froncent et je décide d'aller à sa rencontre.

Pourquoi m'évite-t-il ? Qu'est-ce que j'ai…

Une voix masculine s'élève dans mon dos et me stoppe dans ma trajectoire – et mes pensées.

— Ah l'adolescence… soit ce sont nos plus belles années, soit ce sont les pires.

Je pivote sur mes talons pour confronter l'homme qui vient de parler et me mets à l'évaluer brièvement : grand, environ un mètre quatre-vingts, blond cendré, le teint mat et un visage en lame de couteau. Je lui donne la quarantaine. Peut-être un peu moins.

Est-ce à moi qu'il s'adresse ?

— Ces pestes sont juste jalouses, décrète-t-il en jetant un regard furtif vers Béatrice, Ofélia et Simona, toujours en train de discuter à quelques mètres.

J'ai ma réponse.

Horriblement gênée de réaliser que cet inconnu a été témoin de mon embarras, mon premier réflexe est de placer mon faux Chanel dans mon dos pour le dissimuler. Mais mon geste ne lui échappe pas et il se met soudainement à esquisser une risette, visiblement amusé.

— Arturo Gennaro, se présente-t-il en dressant sa main dans ma direction.

Après une courte hésitation, j'accepte sa poignée de main en déclarant :

— Andrea Cardinale et vous vous trompez, ces filles n'ont rien à m'envier. Regardez-les, elles ont de super cheveux, des fringues dignes de la garde-robe d'*Andy Sachs*[1] et leurs parents sont certainement plus riches encore que Crésus. Moi, je n'ai pas un rond, un père qui s'est barré à ma naissance et un grand frère qui passe son temps à me pourrir la vie.

— Qui est *Andy Sachs* ?

Au même instant, je réalise que je suis en train de déballer ma vie à cet homme qui – en passant – est

---

1. Personnage principal du film « Le diable s'habille en Prada ».

certainement tout aussi riche que les géniteurs du trio et je m'empourpre violemment, avec une folle envie de voir le sol s'ouvrir sous mes pieds pour m'engloutir. Et puis Elisa m'a toujours enseigné qu'il était de très mauvais goût de parler argent, en particulier avec des inconnus.

— Pardon.

Arturo Gennaro s'esclaffe, sans en faire trop, avec élégance.

— Voyons, mais de quoi vous excusez-vous, au juste ?

Mes sourcils tressautent et… aucune idée.

— Je ne sais pas, admets-je finalement.

Sur cette révélation, je vide ma nouvelle flûte d'une traite et le sourire du grand blond s'élargit encore.

— Croyez-moi, elles ont de quoi vous jalouser, dit-il en baissant un peu sa voix de velours.

En parlant, il a étudié ma silhouette de haut en bas. Sans surprise, il s'est attardé plus longuement au niveau de ma poitrine, mais pour l'heure, je n'ai pas le courage de m'en offusquer. Et pour être tout à fait franche, j'ignore si je dois me sentir flattée ou contrariée.

— Tu as une très jolie robe, commente-t-il. Elle te met en valeur.

Arturo Gennaro laisse tomber le vouvoiement tandis que je baisse les yeux sur le modèle mi-long et cintré en bredouillant :

— Euh… merci.

Enfin, je crois.

Je ne sais dire à partir de quel moment précis son regard a changé pour s'alourdir, mais rapidement la lueur qui le transperce me fait froid dans le dos.

Alors que ma peau se mue en chair de poule, je jette un œil en direction de Gabriel, qui est toujours là où je l'ai repéré tout à l'heure, près du bar. À nouveau, le soulagement m'envahit, avant de s'évanouir aussitôt. Il est accompagné à présent.

Est-ce une amie avec lui ? Une étudiante du pensionnat ? Sa cousine ?

Quand la fille en face de lui rougit timidement suite à ce qu'il vient de lui dire, je sens une vague de… je ne sais quoi, grimper à toute vitesse dans mes veines.

Soudain, une balle de tennis imaginaire m'obstrue la gorge et m'empêche de respirer quand je songe à une autre éventualité.

Est-ce sa petite amie ?

L'idée me glace le sang. À un tel point que mes jambes refusent de coopérer et décident pour moi de ne pas bouger d'un iota.

— Tu vas étudier à Artemisia ?

Amère, je me reconcentre sur le grand blond horriblement bavard. Je ne m'entends pas lui répondre quoi que ce soit, pourtant il reprend déjà :

— C'est un très bon établissement pour les jeunes filles. Certes, le niveau est assez élevé, mais c'est une vraie chance de pouvoir intégrer le pensionnat.

Alors que je l'écoute d'une seule oreille, une montée de stress me gagne, suite à sa réflexion.

— J'espère avoir le niveau requis.

— Et si ce n'est pas le cas ? s'enquiert Arturo.

Sa question me décontenance un instant.

— Je ne l'ai pas encore envisagé, avoué-je.

— À ta place, je ne m'en ferais pas trop.

L'homme se penche dans mon cou, son souffle près de mon oreille me volant un frisson. Ça n'a rien d'agréable, c'est même tout le contraire et pourtant, je ne bouge toujours pas. *Pour ne pas le vexer ? Parce que c'est la seule personne ici présente qui m'adresse la parole et m'accorde de l'intérêt ?*

Même Gabriel ne me calcule pas…

— L'avantage des très belles femmes comme toi, c'est qu'elles peuvent se contenter de se marier avec des hommes comme moi. Des hommes riches, précise-t-il.

Sa main se loge dans mon dos et ma respiration devient laborieuse. J'ai conscience que son geste est complètement déplacé – tout autant que ses paroles d'ailleurs – et pourtant, je ne bouge toujours pas d'un poil.

— Je suis beaucoup trop jeune p-pour me marier, bégayé-je.

Je réponds à côté, incapable de masquer mon trouble.

— Évidemment, concède-t-il dans un ricanement horripilant.

Son regard est lourd. Aussi pesant qu'une chape de plomb. Et il se tient si proche que son haleine alcoolisée parvient à infiltrer mes narines.

Je m'écarte, un peu nauséeuse et surtout horriblement mal à l'aise. Histoire d'occuper mes mains et par la même occasion me donner une contenance, j'approche mes lèvres de ma coupe, avant de me rendre à l'évidence. Elle est vide. Il n'en reste même pas une goutte.

Aussitôt, Arturo Gennaro attrape une bouteille qui traînait dans un seau à champagne à proximité. Je n'ai pas le temps de refuser qu'il remplit déjà mon verre et poursuit ses questions gênantes :

— Tu as un petit copain ?

Ça ne vous regarde pas, bordel !

— Non.

Mon ton est devenu sec mais il n'en fait pas cas.

— Une jolie fille comme toi ?

Bon sang, j'en ai ma claque d'entendre à quel point il me trouve à son goût. Je n'ai pas envie qu'il me trouve jolie, ce mec pourrait être mon père ! J'en viens presque à regretter d'avoir mis cette robe qui révèle bien trop mes jambes et mon cou. Et ce maquillage… *j'aurais peut-être dû en mettre moins ? Est-ce que j'envoie de mauvais signaux ? Ça n'était pas mon intention…*

Pour la énième fois de la soirée, mon instinct réagit en allant chercher du réconfort dans la direction de Gabriel. Rapidement, mon pouls s'emballe en ne le trouvant plus à la même place que tout à l'heure.

Où est-il passé ?

Je déglutis péniblement, je commence à paniquer… puis respire un peu mieux lorsqu'il se matérialise sous mes yeux. L'envie irrépressible de me blottir contre lui me prend aux tripes avant de s'évanouir aussitôt à la vision de ses pupilles étrécies et féroces. Il semble en colère.

Contre moi ?

La possibilité me fait reculer d'un pas. Puis d'un autre encore.

Chapitre 9

♫ *T'Amo*

Mahmood ♫

Gabriel
Douze ans plus tôt

Par-dessus mon verre, l'épaule appuyée contre un mur un peu à l'écart des invités, j'observe Andrea Cardinale dans sa robe couleur pistache qui lui va à ravir. Le modèle ajusté définit sa silhouette menue, attirant mon attention sur son ventre plat, ses seins ronds et ses épaules étroites et délicates. Sans parler de cette fente latérale qui dévoile la peau nacrée de sa cuisse et qui me rend fou.

Plus je la contemple, plus j'ai l'impression que le sang qui se balade dans mes veines a du mal à coaguler. En fait, il a carrément déserté mon cerveau pour se réfugier au sud, sous ma ceinture.

La petite sœur de mon meilleur ami n'arbore pas la robe la plus osée et extravagante de la soirée et pourtant, je ne vois qu'elle. Elle me met dans tous mes états et ça me contrarie qu'elle ait cet effet sur moi. Ça a commencé l'autre jour, lorsque je me suis pointé à l'improviste chez elle pour lui apporter cette satanée robe. Et ça semble continuer ce soir.

Pourquoi je ne peux pas juste arrêter de regarder dans sa direction ? C'est quoi mon problème ?

— Francesco est au courant ? s'élève une voix sur ma gauche.

Je détourne la tête et découvre Louca Belmonte, affublé d'un costume sombre similaire au mien.

L'expression sournoise et vicieuse qui se dessine sur son visage me met immédiatement en alerte.

— De quoi tu parles ? fais-je, sur la défensive.

Un ricanement sec s'échappe de la poitrine de mon ami puis il précise, comme s'il s'agissait d'une évidence :

— Que tu veux te taper sa sœurette, tiens.

Les muscles de ma mâchoire tressautent face à son accusation.

— N'importe quoi, rétorqué-je, avant de renverser la tête pour vider l'intégralité de mon verre dans ma gorge.

Un silence s'installe et perdure.

Étrangement, Louca n'agit pas comme je l'aurais cru et ne se fout pas de ma gueule. De toute façon, je n'ai pas besoin de l'entendre me dire à quel point il me trouve pathétique, je sais très bien de quoi j'ai l'air. Planté là, dans l'ombre, à l'épier comme un pervers, car trop perturbé pour aller la saluer – je me fais pitié.

— Ça te fait quoi quand tu la regardes ?

Sa question sortie de nulle part me prend au dépourvu. Je hausse les épaules, un peu paumé. Louca, dont l'expression est indéchiffrable, se met à insister face à mon mutisme :

— Est-ce que ça te fait mal au ventre au point d'avoir envie de gerber ?

Je déglutis, la gorge nouée. La sensation qu'il évoque ne m'est pas étrangère.

— Au point d'être en colère contre toi et surtout contre elle ? intervient-il encore.

La fêlure et l'insécurité dans la voix de Belmonte m'interpellent, je plisse les yeux et l'interroge :

— Pourquoi tu me demandes ça ? Qui te fait ressentir ça, toi ?

Son regard aussi noir que l'encre s'assombrit à la vitesse de l'éclair.

— Personne, claque-t-il, le regard fuyant.

Ça alors, moi qui le pensais incapable d'éprouver des sentiments, j'ignorais qu'une fille lui rendait la vie dure. Je m'apprête à le cuisiner, mais il me prive de ce plaisir en enfonçant son coude dans mon estomac.

— Regarde, on dirait bien que ta petite princesse adorée essaye de se faire des amies.

Intrigué, je suis la direction de ses prunelles aiguisées. Ces dernières sont dirigées en plein sur Andrea en train de discuter – ou plutôt en train de se faire humilier – avec trois filles qui ont l'air d'avoir à peu près son âge.

La moins jolie du trio se met à l'évaluer avec dédain en croisant les bras sous sa poitrine inexistante. D'ici, je ne peux pas entendre ce qu'elle lui dit, mais l'expression meurtrie qui se dessine sur le visage d'Andrea est suffisamment éloquente.

Bande de garces.

Je m'élance déjà vers le petit groupe, prêt à intervenir, mais Louca me retient en enroulant ses doigts autour de mon biceps.

— Qu'est-ce que tu comptes faire, au juste ?

Les nerfs à vif, je me dégage brusquement de sa poigne, mais il ne se décourage pas. Louca se positionne face à moi pour faire barrage, tandis que quelques regards curieux se déportent déjà sur nous, me dissuadant de me donner en spectacle.

Je siffle entre mes dents serrées :

— Décale-toi, putain.

Mais Belmonte ne cède pas.

— Crois-moi, tu ne lui rends pas service en volant à son secours à la moindre difficulté. Laisse-la s'endurcir.

Je déporte mon attention par-dessus son épaule et visualise une Andrea complètement désemparée à quelques mètres. Sa moue de chien battu me fend l'âme, impossible d'y être hermétique.

Putain, je déteste quand elle est triste. Ça me donne envie de péter des trucs.

Incapable de fixer la scène plus longtemps, je m'extirpe de la poigne de Louca d'un geste brusque et l'abandonne avec la ferme intention d'aller me servir quelque chose de plus fort que ce champagne rosé de merde.

Seul, accoudé au bar, les nerfs en pelote, j'interpelle la serveuse pour passer commande :

— Ce que vous avez de plus fort.

Après quoi, je termine à peine d'expirer un coup pour me calmer que je sens une présence dans mon dos. Puis une main qui me tapote l'épaule. Si c'est encore Louca qui vient me faire chier, je jure que je le défonce – qu'on ait un public ou pas.

Je fais brusquement volte-face et tombe, contre toute attente, sur Asia, la fille unique des richissimes Williencourt.

— S-salut Gabriel.

Je hausse mon sourcil droit.

— Salut, Asia.

Hésitante, cette dernière regarde à droite, à gauche, en triturant tantôt ses mains, tantôt ses ongles, tantôt les pointes de ses cheveux.

Toujours aussi timide, à ce que je vois.

— Tout va comme tu veux ?

Soudainement essoufflée, elle hoche la tête en passant nerveusement une main dans son cou gracile.

— Oui, super. Euh… toi aussi ?

— À merveille, mens-je.

Je me détourne pour ramasser le shot de vodka citron commandé à la barmaid, quelques secondes plus tôt.

— On va tourner autour du pot encore longtemps ? m'agacé-je. On sait tous les deux pour quelle raison tu viens me faire la causette, alors vas-y, demande-le moi qu'on en finisse.

C'est visible comme le nez au milieu de la figure qu'elle en pince pour mon pote Matteo. À chaque réception, elle se poste dans un coin et épie les invités un à un, désespérément à sa recherche. Je crois que son obsession pour lui a commencé quand elle était gamine et qu'il lui a offert une coccinelle.

Muette, la concernée se contente de rougir comme une pivoine. De mon côté, je roule des yeux, agacé, avant de mettre fin à son supplice :

— Il ne viendra pas.

La fille des Williencourt ouvre la bouche pour ajouter quelque chose, mais je n'entends pas ce qu'elle me dit. Aucun son ne parvient à mes oreilles et mon champ de vision se réduit pour se focaliser au-dessus de la tignasse d'Asia.

Bordel de merde, on peut m'expliquer pourquoi ce fils de pute d'Arturo Gennaro parle avec Andrea ? Et pourquoi il est en train de la bouffer du regard ?

D'où je me tiens, il ne m'est pas difficile de deviner que ce vicelard la drague et que celle-ci est très mal à l'aise en sa présence. Je le devine à sa posture, légèrement voûtée et à sa façon d'agripper le pied de son verre tandis qu'elle regarde partout autour d'elle, en détresse.

Putain, mais pourquoi ma mère a-t-elle invité ce pervers ?

— Gabriel ? Tout va bien ? panique Asia.

Sa voix me paraît lointaine. À des années-lumière. Je l'ignore et écarquille les yeux lorsque Arturo pose sa saloperie de main dans le bas du dos de la petite sœur de mon meilleur pote. À cet instant précis, je jure que mon sang bout dans mes veines. Genre, premier degré.

— Excuse-moi.

Je contourne Asia Williencourt et fonce vers Andrea, toujours en train de discuter avec ce connard d'Arturo Gennaro.

Rien à battre de ce qu'en pense Louca.

Plus je m'approche, plus je vois trouble. Mes phalanges craquent lorsque je serre les poings. À présent, je me tiens suffisamment proche d'eux pour entendre l'autre débile lui demander :

— Tu as déjà un petit copain ?

Andrea bredouille « non » tandis qu'il s'étonne :

— Une jolie fille comme toi ?

Putain, je vais le buter.

Andrea n'a pas le temps de lui répondre que j'interviens :

— Monsieur Gennaro, le salué-je froidement. Si j'étais vous, je virerais mes sales pattes. Et vite.

Mon intrusion soudaine le surprend. Par chance pour lui, il retire sa main et s'éloigne sagement d'Andrea, comme je viens de lui ordonner de le faire.

C'est mieux, enfoiré.

— J'étais simplement en train de…

Sans prendre la peine de baisser la voix, je le coupe et grogne entre mes dents serrées :

— De quoi ? D'essayer de séduire une gamine comme le gros porc que vous êtes ?

Quelques visages se tournent dans notre direction. Arturo racle sa gorge, semblant manquer d'oxygène. Il s'efforce de se composer un air détendu, mais la sueur qui perle sur son front trahit son malaise.

— Je ferais mieux de rentrer.

Pas si vite, enflure.

Je m'élance à sa suite avec un plan précis en tête ; l'attirer à l'écart de la foule et lui faire sa putain de fête. Mais je n'ai pas fait trois pas que je me rends compte qu'Andrea a déserté la réception.

Où est-elle passée, bon sang ? J'aurais juré qu'elle était à côté de moi, il y a encore quelques secondes.

À contrecœur, je laisse Arturo s'en aller – je sais où le trouver, de toute façon – et pars à la recherche d'Andrea.

Après plus de vingt minutes à la chercher partout, dans chaque recoin de la maison, je la trouve enfin à l'étage, dans ma chambre. La porte de la salle de bain est entrouverte et je l'entends s'agiter de l'autre côté.

J'avance l'index et frappe un coup contre le bois.

— Tout va bien, là-dedans ?

Un sanglot étouffé me parvient et mes tripes se serrent dans mon ventre.

— Je vais entrer, annoncé-je sans préambule.

Doucement, je pose le plat de ma main contre la porte et agrandis l'angle d'ouverture en écartant le battant. Aussitôt, sa silhouette frêle m'apparaît et je me surprends à respirer un peu mieux.

— Andrea, soupiré-je, soulagé.

Mais elle ne m'accorde aucune attention, bien trop absorbée par son propre reflet dans la glace.

Avec des gestes nerveux et maladroits, elle s'acharne à retirer son maquillage en frottant sa peau sous l'eau. Elle y met tellement d'ardeur que son épiderme rougit par endroits.

Incapable de tourner les talons et de la planter là, toute seule dans son malheur, je m'approche et agrippe délicatement son coude pour l'éloigner du lavabo. Elle se laisse étonnamment faire.

— Pourquoi tu fais ça, Andrea ? demandé-je, un peu perdu.

Ses yeux verts larmoyants me fuient et la lueur qui les transperce m'inquiète aussitôt. J'étudie ses traits, doux comme du miel, avec cette envie violente et irrépressible de lui retirer sa peine. Puis je remarque que le ras-de-cou en satin qu'elle portait un peu plus tôt dans l'après-midi a disparu et que son chignon distingué est en ruine.

Soudain, ça m'apparaît clair et elle n'a besoin de rien dire, rien m'expliquer.

Je lui relève le menton.

— Ça ne sert à rien ce que tu fais.

Elle peut essayer de se rendre moins désirable tant qu'elle veut, elle se fatigue pour rien. Retirer ces artifices insignifiants ne la rendra pas moins belle.

— Je n'avais pas envie de me sentir jolie à travers ses yeux, avoue-t-elle.

Je sais, bébé.

Le dégoût tiraille ses traits tandis qu'elle retourne se poster près de la vasque et pose ses mains de part et d'autre. Elle inspire un coup puis redresse les épaules. C'est à ce moment-là que nos yeux se croisent dans le miroir et que, ni elle, ni moi, ne détournons le regard.

— Tu veux que j'aille lui foutre une raclée ?

Elle rit tristement et renifle.

— Tu ne le ferais pas.

Elle ignore tout de ce que je serais prêt à faire pour elle.

Très sérieux, je soutiens son regard dans la glace et la défie :

— Vas-y, demande-moi. N'importe quoi. Tout ce que tu veux. Je le ferai.

Je suis déjà en train d'échafauder un plan dans ma tête pour buter l'autre fils de pute, quitte à passer par la case prison, lorsqu'elle me surprend en me demandant :

— Emmène-moi ailleurs dans ce cas.

Sans hésiter ne serait-ce qu'une seconde, j'avale la distance qui nous sépare en deux enjambées et prends sa main dans la mienne. Ses grands yeux plongent dans les miens, perplexes.

— Tirons-nous d'ici, déclaré-je.

Nos doigts scellés, je la tire à ma suite et nous fais quitter la chambre avec précipitation.

— Où allons-nous ? s'impatiente-t-elle, tandis que nous dévalons les escaliers comme des fous furieux.

— C'est une surprise.

Un sourire timide illumine son visage d'ange et provoque le mien.

Sans jamais lâcher sa main, je nous fais traverser le salon d'apparat, en prenant soin d'éviter les invités qui déambulent, ici et là. Lorsque nous dépassons la cuisine où le chef étoilé lance des ordres à tout-va à sa brigade, Andrea marque l'arrêt et attrape une bouteille de champagne qui traînait dans un coin.

— Qu'est-ce que tu fais ? la pressé-je.

Ses yeux sont encore rouges et bouffis de ses larmes lorsqu'elle m'offre un sourire canaille en posant son index contre sa bouche, m'intimant à la discrétion.

Très bien, tout ce que tu voudras, nain de jardin.

— Pourquoi ton scooter est garé si loin ? s'étonne Andrea. Vous n'avez pas un garage à la Villa ?

En réalité nous en avons deux. L'un est réservé aux voitures de collection et l'autre aux supercar. Mais je ne l'embête pas avec ces précisions inutiles.

— Ma mère ne sait pas que j'ai un scooter, alors j'évite de le garer dans la propriété.

Andrea arrondit les yeux.

— Mais comment te l'es-tu acheté ?

— Avec mon argent de poche.

Je regrette aussitôt mon aveu qui me fait sentir comme un odieux fils à papa.

— Le peu que me donne ma mère me permet à peine de m'acheter deux menus MacDo, relève-t-elle en grimaçant.

Sur cette distinction notable qui me fait me sentir comme un sale petit con trop gâté, je lui tends un casque.

— Et toi, tu n'en mets pas ? demande-t-elle en terminant de l'attacher après l'avoir enfilé.

Je secoue la tête et décrète :

— Je n'en ai qu'un et je préfère que ce soit toi qui l'aies.

Le soleil ne s'est pas encore couché lorsque, après une demi-heure à traverser campagnes et forêts sur mon scooter, le lac de Castel Gandolfo s'étend devant nous. D'ici, on aperçoit l'immense palais appartenant à Ettore Belmonte, le père de Louca.

— C'est magnifique, s'extasie Andrea.

Elle s'approche de la rive pour admirer la beauté du panorama de plus près. L'air frais fait virevolter ses longs cheveux noirs qui flottent désormais sur ses épaules, jusque dans le milieu de son dos.

Ouais, vraiment incroyable ce paysage.

Lorsqu'elle s'accroupit et se penche pour prendre la température de l'eau, je ne résiste pas à l'envie de la provoquer un peu.

— Tu n'as pas peur que je te pousse ?

Elle me regarde par-dessus son épaule et secoue la tête, mutine.

— Non, tu n'oserais pas.

Ah ouais, c'est ce qu'elle croit ?

J'ébauche un pas et elle se redresse, en alerte. *Tiens, tiens, on est moins sereine tout à coup.*

J'avance encore, d'une démarche lente de prédateur et en réaction, Andrea recule d'un pas et trébuche sur une pierre. D'un geste vif, je la rattrape par le col de sa robe.

— Je crois que tu te trompes, nain de jardin.

Joueur, je fais mine de relâcher ma prise et elle pousse un cri de terreur. Avant de rire de bon cœur en réalisant que je ne la lâcherai pas. Pour rien au monde.

Nous nous installons dans l'herbe et, tandis que je défais quelques boutons de ma chemise pour me mettre plus à l'aise, Andrea suit scrupuleusement mes gestes. *Est-ce que ses pupilles viennent de se dilater ou je me mets à prendre mes rêves pour une putain de réalité ?*

Finalement, elle met fin à mon questionnement sordide en déclarant :

— J'ai envie de me saouler.

Alliant le geste à la parole, elle attrape la bouteille qu'elle avait abandonnée dans l'herbe en arrivant et s'affaire à l'ouvrir. Elle s'y prend comme un manche mais au bout du compte, elle finit par réussir à faire voler le bouchon dans les airs. Rapidement, de la mousse se met à déborder du goulot et s'écoule sur ses doigts.

— Merde, se marre-t-elle.

Ses éclats de rire redoublent, faisant apparaître ses fossettes, puis elle fait ce truc qui me fout le barreau. Elle porte le goulot à ses lèvres pulpeuses après avoir léché la mousse. Putain, elle n'a pas conscience un seul instant de l'image torride qu'elle renvoie, là tout de suite. Et j'ai envie de me foutre des gifles de bander pour si peu.

Et surtout, pour la frangine de mon meilleur pote.

Je me racle la gorge, mal à l'aise.

— Andrea, l'avertis-je d'une voix rauque. Vas-y doucement.

Mais sans surprise, elle n'en fait qu'à sa tête. Elle étend son cou et reprend deux nouvelles lampées, presque sans grimacer.

— C'est pas une bonne idée, insisté-je.

Elle marmonne « casseur d'ambiance » au même instant où je me penche et lui confisque la bouteille de Dom Pérignon.

— Hé ! s'indigne-t-elle, mécontente.

Quand elle tente de me la reprendre, je soulève la bouteille de champ' suffisamment haut afin qu'elle soit hors de sa portée.

Découragée, elle retombe sur ses fesses et me supplie :

— Allez, s'il te plaît, sois cool ! J'ai jamais pris de cuite de ma vie. Tu préfères que j'essaye seule et sans surveillance ?

La garce sait parfaitement ce qu'elle doit dire pour que je cède à son caprice.

— Si je te laisse faire, ton frère va me tuer.

Espiègle, elle fait mine de regarder autour d'elle avant de déclarer d'un ton mielleux, presque séducteur :

— Mon frère ? Tiens, je ne le vois nulle part.

Avec une habileté que je ne lui connaissais pas jusqu'ici, elle se lève d'un bond et me reprend la bouteille des mains avant de s'éloigner à la hâte, consciente que je vais la pourchasser.

— Andrea, tenté-je une dernière fois de la sermonner.

Mais c'est inutile.

Elle penche la tête et bois encore. Elle a beau se cacher derrière ses grands sourires enjôleurs, je sais qu'elle pense encore à ce gros dégueulasse d'Arturo et à ses remarques déplacées.

Résigné, je me lève à mon tour et réduis la distance qui nous sépare. Une fois planté devant elle, la petite brune me défie de ses deux émeraudes. C'est là que mes tripes font encore ce truc qu'elles ont récemment pris l'habitude de faire en sa présence. Elles font des putains de nœuds.

Je déglutis, m'efforçant de faire fi de mon cœur qui s'acharne comme un fou dans ma poitrine et lui demande :

— Tu partages ?

Ravie de m'avoir corrompu, Andrea hoche énergiquement la tête.

Je sais que je ferais mieux de rester sobre et de garder la tête froide, mais mon petit doigt me dit que si je ne me joins pas à elle rapidement, elle serait bien capable de finir la bouteille toute seule. Et si aujourd'hui doit être sa première cuite, autant qu'elle ne termine pas à l'hôpital pour coma éthylique.

Mes yeux arrimés profondément aux siens, je penche légèrement la tête vers l'arrière et bois plusieurs gorgées. Andrea sourit comme un diablotin, satisfaite, puis nous nous rasseyons dans l'herbe en nous faisant passer la bouteille.

Quand la sœur de Francesco en a marre de compter les quelques nuages qui tachent le ciel, elle se met debout, chancèle, puis rit à gorge déployée. Un rire menace de sortir de ma poitrine, mais il meurt aussi vite qu'il m'est venu.

Dammi la buonanotte.
Souhaite-moi bonne nuit.
Anche se non lo sai, ho bisogno di te.
Même si tu l'ignores, j'ai besoin de toi.
Con me hai visto tutto il peggio prima del cash.
Avec moi tu as vécu le pire avant que l'argent n'arrive.
Sopra macchine a noleggio finiva il cash.
L'argent s'épuisait dans les voitures de location.
Ma no, non è facile da sola crescere.
Mais non, grandir seul n'est pas chose aisée.

Complètement bourrée, savamment désinvolte, Andrea commence à danser en fredonnant *T'Amo* de Mahmood. La bretelle de sa robe tombe de son épaule et elle ne la rattrape pas. Au contraire, elle commence à la retirer et j'ai l'impression de me vider de mon sang.

— Andrea, qu'est-ce que tu fous ? paniqué-je.

— J'ai chaud, se plaint-elle.

— C'est pas une raison pour se foutre à poil.

Ma remarque la fait rire.

— Je veux me baigner, déclare-t-elle de manière à clore le sujet.

Au même instant, sa robe tombe à ses pieds et c'est à mon tour d'avoir chaud. *Horriblement chaud.* La mâchoire serrée, le pouls affolé, je ne peux pas m'empêcher de la mater. De la courbe tentatrice de ses fesses à sa poitrine qui déborde de sa brassière en dentelle, en passant par sa peau d'albâtre.

Est-ce qu'elle veut ma mort ?

Plouf.

Andrea a plongé dans l'eau et je m'approche de la rive, bouteille à la main.

— Rejoins-moi, Gabi ! crie-t-elle lorsque sa tête brune émerge.

Je vide la fin du champagne dans le fond de ma gorge, puis balance la bouteille sur ma gauche.

Et puis merde.

Andrea cesse de s'agiter dans l'eau lorsque je me débarrasse de ma chemise puis de mon pantalon de costume pour terminer en boxer. Ses yeux voyagent sur ma peau, sans complexe. Elle a l'air d'aimer ce qu'elle voit et ça gonfle mon ego.

Histoire de me remettre les idées en place, je plonge dans l'eau glacée et nage pour émerger à la surface quelques secondes plus tard. Plusieurs mètres nous séparent avant qu'Andrea ne nage jusqu'à moi et entoure ma taille de ses jambes.

— J'ai pas pied, se justifie-t-elle tandis que, de mon côté, je prie pour qu'elle ne sente pas que je bande comme un malade.

Mais elle ne me laisse pas le temps de conclure ma prière, qu'elle enchaîne :

— Tu m'as ignorée pendant toute la réception, m'accuse-t-elle, alors qu'elle vient d'enfouir son visage dans mon cou. Pourquoi, Gabriel ?

Merde.

— Je ne t'ai pas ignorée.

Enfin, pas vraiment.

— Tu ne faisais que parler à cette fille, rétorque-t-elle, visiblement contrariée.

Je plisse les yeux avec un sourire en coin. *Elle veut parler d'Asia.*

— Attends, tu me fais une crise de jalousie, nain de jardin ?

Andrea relève la tête et me regarde droit dans les yeux.

— Ça dépend, admet-elle. Tu la trouves plus jolie que moi ?

Je me penche sur son oreille et chuchote :

— Personne n'est plus joli que toi.

Son minois s'adoucit et elle m'offre un sourire radieux. Soudain, je la trouve tellement magnifique que j'en ai des palpitations. Je me sens à bout de nerfs, sans aucune raison.

Même un peu ivre, il m'apparaît impératif d'instaurer de la distance entre nous. Mais alors que je commence à agripper ses cuisses pour la faire descendre de mes hanches, elle pose sa main derrière ma nuque pour la remonter dans mes cheveux. Un éclat de malice brille dans ses prunelles et je perds mes moyens. Pire, je ne retire pas mes mains de sous ses cuisses et me surprends à les agripper plus fort.

— Toi aussi t'es beau, Gabriel. Mais je crois que les filles te le répètent bien assez comme ça, pas vrai ?

Malgré la fraîcheur de l'eau, ma peau brûle au contact de la sienne.

Alors que du bout des doigts, elle suit le contour de mes sourcils jusqu'à l'arête de mon nez avec fascination, je m'enquiers d'une voix écorchée :

— Ah, oui, c'est ce que tu crois ?

Elle hoche la tête, sûre d'elle.

— J'ai bien vu comment elles te regardaient pendant la réception. Certaines de ces étudiantes rêveraient de devenir ta petite amie.

Je ricane nerveusement pour cacher mon trouble.

— Ah ouais ? Tu as vu tout ça ? m'intéressé-je d'une voix sourde.

Elle hoche encore la tête et ça me démange de lui demander si elle aussi rêverait d'être la mienne. Mais au lieu de faire une belle connerie, je me contente de la provoquer un peu :

— Tu sais, si tu veux plus d'attention, suffit de demander, Andrea.

Ses dents se plantent dans sa lèvre du bas et elle se met à rougir. Sa sensualité candide qu'elle ne soupçonne même pas m'atteint en plein cœur… et plus bas. J'ai conscience de jouer à un jeu dangereux en flirtant avec elle. Sans compter que je ne suis même pas sûr qu'Andrea en a conscience. Pour elle, on ne fait certainement que se taquiner, sans arrière-pensées, comme d'habitude. Mais la vérité c'est que je me sens de plus en plus à l'étroit dans mon caleçon et que ça me fait culpabiliser comme pas permis.

Finalement, je ne vaux pas mieux que ce porc d'Arturo Gennaro.

— Quelque chose ne va pas ?

— On devrait rentrer, fais-je, un peu bourru.

— Quoi, déjà ? se plaint-elle, tandis que je la fais descendre de ma taille, pour de bon cette fois.

Je nage jusqu'à la rive et Andrea finit par me suivre. Lorsque j'atteins la berge, je l'aide à sortir de l'eau en lui tendant ma main pour la hisser sur la terre ferme.

— On peut pas rester encore un tout petit peu ? supplie-t-elle en laissant un mince écart entre son pouce et son index.

Je l'ignore et suis en train de remettre mes vêtements à la hâte lorsque je la sens approcher.

— S'il te plaît, insiste-t-elle en me faisant les yeux doux.

Je suis à deux doigts de craquer et de lui céder… jusqu'à ce que mes yeux voyagent sur sa robe, qu'elle vient de remettre mais qui colle à sa peau encore humide et qui laisse ses délicieux tétons transpercer de façon éhontée le tissu. Écœuré par mon comportement indigne de l'amitié de son frère, je détourne le regard et refuse catégoriquement en secouant sèchement la tête.

— Est-ce que j'ai fait quelque chose… ?

Sa voix incertaine et cassée vibre dans l'air.

Ça me tue qu'elle se pense responsable de quoi que ce soit, mais pour l'heure, je suis bien trop chamboulé pour être capable de la rassurer.

— Écoute, il est juste tard, on ferait mieux de rentrer.

Sur le chemin du retour en direction de la *Villa Madama*, aucun de nous ne pipe un seul foutu mot. À vrai dire, je ne suis même pas sûr d'avoir encore la capacité de parler tant ma gorge est serrée.

Les derniers rayons de soleil ont fait sécher nos vêtements lorsque je rejoins le hall du palais, une Andrea contrariée sur mes talons.

— Gabriel, attends ! Dis-moi quelque chose. Je vois bien que quelque chose te tracasse.

En parlant, elle a agrippé un coin de ma chemise pour me forcer à ralentir la cadence. Je m'arrête, sans même prendre la peine de me retourner. Je jette un coup d'œil furtif à notre chauffeur, toujours disponible, qui se tient sur le perron et me déteste déjà d'avance pour ce que je vais faire.

— Armando, pouvez-vous ramener Mademoiselle Cardinale chez elle ?

Le quinquagénaire obtempère aussitôt en se dirigeant vers la Mercedes E500.

— Gabriel, pourquoi ?

Trop lâche pour la regarder dans les yeux et trop affecté pour lui mentir, je me contente de monter à l'étage, sans un mot de plus.

Une fois dans ma chambre, je ferme la porte à clé et me laisse aller contre le bois. Un chapelet de jurons s'échappe d'entre mes lèvres et j'ai envie d'enfoncer ma tête dans le mur.

Fait chier, putain.

Sans réfléchir, je sors mon téléphone et lui écris déjà un message :

[Désolé.]

Immobile, tremblotant comme une feuille morte, je fixe l'écran dans l'attente de sa réponse, tandis qu'on frappe à ma porte.

— Mon chéri, tu es là-dedans ?

Super, manquait plus que ma mère.

— Euh, ouais, qu'est-ce qui se passe ?

— Eh bien, nous avons des invités, tu as oublié ?

Je roule des yeux en plissant les lèvres.

— Ouais, je sais, mais je me sens pas trop bien, mens-je.

— Rien de grave ? C'est peut-être les fruits de mer…

Je n'ai rien avalé de la journée mais je confirme, pressé qu'elle se casse et retourne auprès de ses amis blindés.

— Ouais, ça doit être ça.

Silence.

— Mon ange, tu es certain que tout va bien ?

À merveille je te dis. Je suis juste en train de tomber amoureux de la petite sœur de mon meilleur ami et ça me fait péter les plombs. Mais sinon, tout roule.

Évidemment, je ne lui fais pas part de mes pensées. À la place, je continue de lui raconter des bobards et tâche d'être convaincant :

— Ouais, ouais, t'en fais pas, ça va passer.

— D'accord.

Nouveau silence.

— Et… est-ce que tu aurais vu Andrea ? Je ne la trouve nulle part.

Nouveau mensonge.

— Elle était fatiguée, Armando l'a ramenée chez elle.

— Oh, d'accord, s'étonne ma mère, visiblement déçue.

Quand je l'entends s'éloigner et descendre les escaliers, je soupire de soulagement.

J'ai bien cru qu'elle ne partirait jamais, bon sang.

Je m'empresse de consulter mes messages et rien. Aucune réponse. Juste ce « Vu » qui m'indique qu'Andrea a bien lu mon message et qu'elle ne compte pas me pardonner de sitôt mon rejet. Je l'appelle, mais elle raccroche au bout d'une sonnerie.

Merde. Merde. Merde. Putain.

Je réessaye.

Une deuxième fois.

Une troisième fois.

Une quatrième fois.

Vingt-quatre fois au total.

Mes muscles sont tendus, mon cœur bat la chamade et j'ai encore l'odeur naturellement sucrée d'Andrea dans les narines. Elle me rend dingue.

Je fonce dans ma salle de bain, retire mes sapes et file sous la douche. Mais même l'eau glacée ne parvient pas à me remettre les idées en place. Andrea ne veut pas quitter ma tête.

Force est de constater qu'Andrea n'est plus une gamine, et depuis un moment déjà.

À bout de nerfs, tremblant, je plaque les mains contre le carrelage froid de la douche et inspire fortement, en vain. Impossible de réguler ma respiration.

Et impossible de me défaire de mon érection.

— Bordel, grogné-je, en enfonçant mon poing dans le carrelage.

Mes phalanges éclatent et le fond du bac à douche vire écarlate.

— Sors de ma tête, Andrea, supplié-je à mi-voix.

Mais il n'y a rien à faire. Elle est toujours là, insouciante, téméraire, belle à se damner.

Mes abdos se contractent et je glisse une main sous mon nombril. Je ferme les paupières et attrape brusquement mon érection, avec ce besoin carrément primitif de me soulager.

— Sors de ma tête, répété-je en boucle.

Un échec. Encore.

Je me caresse, fais aller et venir mon sexe dans ma main. De plus en plus vite. De plus en plus fort. Presque douloureusement. J'ouvre les yeux, essaye encore une dernière fois de la faire disparaître de mon esprit, mais ça m'est impossible. Alors, tout en me détestant, je commets l'impardonnable en imaginant *ses* mains à la place des miennes et je jouis en songeant déjà aux portes de l'Enfer qui s'ouvriront à ma mort.

À la mort tragique que me réservera certainement Francesco s'il apprend un jour le genre de pensées que je voue à sa frangine.

Chapitre 10

♫ *What You Need*

The Weeknd ♫

Gabriel
Présent

Il est minuit passé lorsque je gare ma Ferrari 812 GTS devant le club de striptease où bosse Andrea, tout en sachant que c'est une mauvaise idée. D'ailleurs, siffler trois verres de whisky avant de rappliquer pour me donner du courage n'était pas non plus l'idée du siècle.

De l'extérieur, rien n'indique que des femmes se dénudent derrière les lourds battants en acier. Je sonne à l'interphone et, quelques secondes plus tard, les portes s'ouvrent. Je les franchis et entre, un peu à cran, tandis qu'une musique lascive perce à travers les hauts plafonds moulurés.

— Bonsoir, votre nom s'il vous plaît, m'accueille une hôtesse derrière une vitre teintée de couleur violette.

Toute en jambes, coiffée d'un short bob, elle semble à peine pouvoir respirer dans son corset duquel déborde sa poitrine généreuse siliconée. Je lui révèle mon identité, tandis qu'elle me fait remarquer que je ne figure pas sur la liste des clients. Et comme chaque problème a sa solution, je sors mon portefeuille.

— L'inscription coûte trois cents euros, m'informe-t-elle en me tendant le terminal de paiement par la fente rectangulaire du plexi semi-opaque.

J'insère ma carte bancaire, paye le montant, puis l'hôtesse m'invite à renseigner mes coordonnées ainsi que mon âge, ma profession, et tout le bordel, sur la tablette Android à ma droite.

Au bout de cinq longues et interminables minutes, je figure enfin sur leur foutu fichier client. Sans exagérer, j'ai mis moins de temps à acquérir un immeuble de quarante logements la semaine passée.

Je termine à peine de me faire la réflexion que l'hôtesse aux gros seins me tend un étui en satin dans lequel se trouve un véritable masque vénitien.

— Pour conserver l'anonymat, m'informe-t-elle de sa voix de téléphone rose. Je vous souhaite de passer une belle soirée, Monsieur Cerretani.

Un sourire enjôleur plus tard, elle m'indique du doigt une porte sur ma droite que je m'empresse d'emprunter. L'obscurité quasi totale m'accueille tandis que je masque mes yeux tout en progressant dans le couloir lugubre, exclusivement éclairé à la bougie. Mes pas sur le tapis d'église rouge sang étalé au sol sonnent sourds, comme étouffés. Bientôt, une silhouette féminine dans la pénombre tire une lourde tenture, m'indiquant le chemin. Je me laisse guider, jusqu'à atterrir dans une espèce de nef à plusieurs travées.

Une chapelle désacralisée réhabilitée en club de striptease… et moi qui pensais avoir déjà tout vu.

Je m'avance jusqu'au transept et m'accoude au bar pour commander un verre du meilleur rhum de la carte. Je jette un œil circulaire autour de moi, aucune trace d'Andrea.

Si on fait abstraction des serveuses en petite tenue qui déambulent, plateau à la main, l'endroit n'a rien de vulgaire. L'ambiance est feutrée avec des hauts plafonds habillés de dorures rococo d'époque. Il y a une scène au fond du club – jadis, le chœur – où une jeune femme danse de façon suggestive contre une barre de pole dance. Quelques hommes sont installés sur les bancs en bois face à l'estrade, comme s'ils assistaient à la messe du dimanche. La musique s'élève plus fort, tel un cantique et la quête débute. Les billets s'entassent rapidement, jusqu'à déborder du panier en osier qui voyage de rangée en rangée.

Je me détourne du show lorsque je sens une main se poser sur mon épaule avant de descendre lascivement sur mon biceps. Je baisse les yeux pour toiser les faux ongles qui sont en train de s'enfoncer dans le tissu de ma veste de costume, telles des griffes en quête de chair.

— Salut, mon chou. Tu cherches quelque chose ? Tu sembles perdu.

Perdu ? Sacré euphémisme.

Je me dégage poliment de la poigne de la rousse pour ramasser le verre de rhum qui vient de m'être servi. J'en bois une rasade, avant de sortir mon portable pour le tendre à la danseuse afin de lui montrer une photo d'Andrea.

— Je cherche cette fille. Tu sais où je peux la trouver ?

Le regard torve, elle s'écarte avec méfiance.

— T'es flic ?

Et elle, elle est aveugle ? Sans vouloir paraître condescendant, la montre à mon poignet vaut plus que ce que pourrait gagner un officier dans toute sa carrière.

— Non, rassure-toi, soupiré-je en sortant mon portefeuille.

En guise de bonne foi, je dépose quelques billets sur le bar – suffisamment pour que la rousse écarquille les yeux. Elle s'en empare pour les coincer dans le décolleté de son corset, tandis que sa bouche gonflée à l'hyaluronique s'étire en un sourire charmeur, me révélant qu'elle est enfin disposée à m'aider.

— Hey ! Luigi ! s'écrie-t-elle en montant sur la pointe des pieds.

Elle fait de grands signes à un vieillard posé dans un fauteuil capitonné à quelques mètres. J'observe le drôle de lascar en train d'abandonner son cigare dans un cendrier puis se diriger vers nous. Vu son attitude « file-moi le blé, poupée » j'en déduis facilement qu'il est le patron du club.

La pâle réplique de John Gotti lisse les quelques cheveux poivre et sel qui se battent en duel sur le haut de son crâne tout en allant se ranger derrière le bar. Je dois me maîtriser pour ne pas rire. Avec sa chemise noire et sa gourmette en or autour du cou, il ne lui manque plus que le chapeau Borsalino et la mitraillette sous la veste pour parfaire son look de malfrat.

— Il cherche Margherita, l'informe la rouquine en dressant mon portable dans la direction du mafioso.

— *Andrea*, la corrigé-je.

Plissant les yeux d'un air menaçant, le vieil homme se tourne vers moi.

— C'est la première fois que je te vois ici. Qu'est-ce que tu lui veux à Margherita ?

Andrea.

— Je dois juste lui parler. Je ne veux pas passer la nuit avec elle. En fait, je suis son avoc…

Je m'interromps face à ses lèvres qui tiquent et s'incurvent dans une grimace à la Marlon Brando dans *Le Parrain*.

— Mais où tu te crois, *cazzo* ? Dans un bordel ? Les filles ne couchent pas ici.

Là, je me sens con. Et soulagé.

Surtout soulagé.

Depuis que je sais qu'elle bosse dans ce bar, je n'ai jamais admis qu'elle puisse vendre son corps contre du fric, toutefois, en avoir la confirmation de vive voix rend soudainement ce poids dans ma poitrine moins lourd.

— De toute façon, elle est prise toute la nuit, déclare fermement Luigi. Passe demain.

Il s'affaire déjà derrière le bar, l'air d'en avoir fini avec moi. Et pour la énième fois de la soirée, je dégaine mon portefeuille.

— Combien ?

Intrigué, il me jette un regard carnassier semblant vouloir dire « ça va te coûter très cher, mon garçon » auquel je réponds par un hochement de tête signifiant « l'argent n'est pas un problème, connard ».

— Vous êtes un homme coriace, fait-il remarquer. Ça me plaît.

Et moi ça m'est égal.

Je sors ma black card et la glisse jusqu'à lui sur le comptoir, pas vraiment étonné qu'il soit subitement passé au vouvoiement. L'argent force le respect, ça ne date pas d'hier.

J'ignore sa remarque et insiste, impassible :

— J'ai dit : combien ?

Il ricane avec satisfaction, me dévoilant une rangée de dents grises. Son regard me scrute avec minutie, de ma montre suisse à mes boutons de manchette en or massif. Contrairement à la rousse, Luigi, lui, semble avoir l'odorat surdéveloppé pour le fric.

— Le problème, voyez-vous, mon cher monsieur, c'est que je vais devoir annuler le rendez-vous de Margherita. Certainement aussi le suivant.

Il marque une pause, gratte le sommet de son crâne quasi chauve, puis reprend son laïus :

— Va falloir rembourser les autres clients… Et les dédommager, évidemment…

Il continue de réfléchir à voix haute avec son air faussement chagriné placardé sur la tronche. Je jette furtivement un œil à ma montre, lui signifiant par-là que je commence à perdre patience.

— Votre prix, claqué-je.

Mon empressement fait briller ses yeux cupides. Sans bégayer, il déclare :

— Cinq mille et Margherita est à vous.

Les sourcils broussailleux et fièrement haussés, le mafioso me toise, s'attendant certainement à ce que je me rétracte. Je souris doucement. Au risque de paraître particulièrement odieux, c'est à peu près la somme que je gagne toutes les demi-heures grâce à mes bons placements en bourse.

— Bien, je prends. Annulez également ses rendez-vous pour le restant du mois.

Comme un piranha dans un bain de sang, ses yeux s'affolent, s'arrondissent et encore davantage lorsque je change d'avis et précise :

— Non, tout compte fait, annulez tous ses rendez-vous jusqu'à la fin de l'année. Je veux l'exclusivité.

Il doit me prendre pour un fou, mais je m'en branle.

— Ça va te coûter une fortune.

Il tourne en boucle, ma parole.

Me souvenant avoir renseigné mes coordonnées dans leur fichier client, je rétorque :

— Contentez-vous de m'envoyer la facture. Je la règlerai dès réception.

Le mafieux n'en croit pas ses oreilles. Si j'en juge à sa bouche grande ouverte, j'irais même jusqu'à dire que c'est le plus beau jour de sa vie. Au bout de trois secondes, ce dernier se reprend, faisant mine de rester digne – alors que, soyons clair, il me sucerait volontiers derrière son comptoir pour quelques billets de plus si je l'exigeais.

— On n'accepte pas le cash. On a eu des emmerdes récemment, dit-il en enfonçant ma carte bancaire dans le terminal.

Sans déc ?

Je garde ma remarque pour moi et règle le montant de cinq mille balles pour… *quoi déjà ? Un striptease ? Une danse sexy ?*

Quelques secondes plus tard, une autre nana qui travaille ici rapplique sous le claquement de doigts de Luigi. *Est-ce qu'il s'adresse à toutes ses employées de cette façon ? Andrea y compris ?* La forte possibilité me fait serrer les dents.

— Suis-moi, beau brun.

Je roule des yeux et me laisse guider. Nous traversons un couloir sinueux jusqu'à gravir une volée de marches en pierre. Pendant ce temps-là, la danseuse me briefe :

— Il y a des caméras dans chaque coin des salles. Quatre, précise-t-elle.

Elle ouvre une porte, m'invite à passer devant, puis ouvre encore une autre porte tandis qu'elle poursuit :

— Et on touche avec les yeux. Seulement avec les yeux ! Un vigile assiste systématiquement aux séances, c'est non négociable. Mais tu verras, beau brun, tu le remarqueras à peine, dit-elle en me décochant un clin d'œil coquin bourré de sous-entendus.

Compris.

La fille continue de débiter son monologue, mais plus on approche, moins je parviens à rester à l'écoute. À cause du parfum qui flotte dans l'air. Une odeur douce, sucrée, affolante.

Andrea est tout près, je la sens. Partout.

Mon cœur se met à battre la chamade tandis que le nouveau couloir que nous traversons me paraît un peu plus étroit et silencieux que le précédent. Rapidement, l'atmosphère devient pesante.

Lourde.

Suffocante.

— C'est ici.

Un Shōji coulisse devant mes yeux, sans émettre un seul bruit. Je pénètre dans la pièce sombre, tandis que l'employée verrouille derrière moi. Je crois l'entendre me souhaiter de passer un bon moment mais je n'en suis pas certain. Certainement à cause du bourdonnement incessant dans mes oreilles et de mon rythme cardiaque catastrophique.

La seule source de lumière provient d'un chandelier à sept branches posé sur une table basse au centre de la pièce. Je m'approche du fauteuil en retrait couleur rouge sang et m'installe dessus en expirant un coup. J'essaye de me détendre, mais tous mes muscles sont tendus sous mes vêtements. Autour de moi, c'est le noir complet. Je suis incapable de dire si la pièce est immense ou, au contraire, minuscule.

Soudain, une version chopped & screwed de *What You Need* s'élève et les réverbérations font vibrer les murs et les flammes du chandelier. *Et mon putain de cœur qui menace d'exploser dans ma poitrine à tout moment.*

Bon sang, mais qu'est-ce que je fous ici, déjà ?

Je passe nerveusement une main sur le bas de mon visage tandis que du mouvement se fait dans mon champ de vision. Une ombre se détache de l'obscurité et bientôt, des talons claquent sur le sol.

Clac… Clac… Clac.

J'avise la porte. *Je ferais mieux de me casser.*

Les pas se rapprochent encore et j'ai la nuque en sueur. Je m'apprête à me lever pour partir… puis je cesse tout mouvement lorsqu'*elle* apparaît sous mes yeux, comme dans un rêve érotique. Et pour ne rien gâcher : à peine vêtue, douloureusement belle, désirable et inaccessible.

Hors d'atteinte.

Je peine à déglutir tandis qu'une lumière violette se projette sur sa silhouette et lacère son corps de déesse qui accapare toute mon attention depuis qu'elle s'est plantée devant moi. J'avise sa poitrine généreuse en passant par son ventre plat, ses jambes fuselées, sans omettre ses chevilles délicates. Elle porte des escarpins noirs et une guêpière qui me semble être de la même couleur. Et des jarretelles. *Nom de Dieu, des jarretelles.* La perfection de sa plastique me subjugue à un point tel que j'en oublie que j'étais sur le point de m'en aller.

Comme si elle était capable de sentir mon malaise, Andrea me pousse doucement des deux mains. Mon dos retombe pour s'adosser docilement au fond du siège tandis que, derrière mon masque vénitien, mes yeux mi-clos subjugués rencontrent les siens.

Mon pouls s'emballe.

Boum… Boum… Boum… Boum.

Est-ce qu'elle me reconnaît sous ce masque ? Est-ce qu'on lui a donné mon identité ? Si c'est le cas, elle n'en montre toutefois rien. Avec une sensualité fébrile, elle fait glisser ses mains le long de son corps. Je suis leurs mouvements des yeux, la gorge sèche, hypnotisé. Comme un putain de pervers.

Dis-lui que c'est toi sous ce masque. Fais-la arrêter de danser. Tire-toi d'ici.

Mais Andrea enchaîne les poses lascives, quand elle ne se cambre pas de façon suggestive. Très vite, des fantasmes prennent vie dans mon esprit et m'empêchent de me montrer raisonnable. Complètement envoûté, je m'attarde sur ses courbes en mouvement et me laisse aller à imaginer me lever de mon siège et me placer derrière elle. J'ai envie de ramener ses cheveux sur son épaule, que son souffle erratique se calque au mien, de humer son odeur de massepain à pleins poumons. De faire glisser son string le long de ses cuisses, de la renverser sur le fauteuil, d'agripper ses hanches et… Bordel, je bande comme un malade.

D'ailleurs, quand elle glisse au sol et se positionne entre mes jambes écartées, je suis presque certain que je n'ai jamais été aussi ferme sous la ceinture.

Le souffle court, le regard sévère à cause de sa capacité à m'allumer de la sorte, je l'observe se redresser lentement pour aller attraper ma cravate. Elle l'enroule autour de son poing tandis qu'elle s'installe à califourchon sur mes genoux pour chevaucher ma bite en érection. La friction me fait pousser un râle et mes mains me démangent. Mais je me souviens que je n'ai pas le droit de la toucher. Et que je ne sortirai jamais indemne de ce club.

La musique prend fin et mon cœur en fait autant. Andrea ne s'écarte toujours pas et se penche dans mon cou. Son souffle chaud s'abat contre mon oreille, puis sa voix délicieusement cassée confirme mes craintes du début de séance :

— Qu'est-ce que tu fais ici, Gabriel ?

Mon cœur rate un nouveau battement. Elle sait. *Probablement depuis le début.*

— Je…

Étourdi, les mots peinent à franchir la barrière de mes lèvres. Je m'éclaircis la voix et tente à nouveau une phrase :

— Je voulais te prévenir que les charges ont été abandonnées.

Un rire léger, sexy et méprisant – *le sien* – fait vibrer l'air et je me sens grotesque.

Et con.

Imperturbable, la sœur de Francesco continue d'onduler avec une désinvolture savamment maîtrisée sur mon entrejambe sensible. Un râle rauque s'échappe de ma gorge, bien avant que je puisse le réfréner.

— Et tu ne pouvais pas te contenter de m'envoyer un SMS ?

J'aurais pu, et j'aurais dû. Mais je voulais la revoir, alors j'ai sauté sur le premier prétexte pour rappliquer. Mais pour l'heure, Andrea n'est pas prête à l'entendre.

Et moi à l'accepter.

Elle se redresse et tourne lentement sur ses talons aiguilles pour me présenter son petit cul ferme et rebondi. *Elle est parfaite.* Tellement parfaite que je suis incapable de regarder ailleurs.

— Andrea, fais-je, hors d'haleine à la simple vision de sa plastique époustouflante.

La plainte sourde m'échappe tandis qu'elle revient s'installer sur mes genoux, toujours dos à moi. Si je suis excité, je suis aussi extrêmement mal à l'aise.

Je me racle la gorge, en vain, et souffle d'une voix rocailleuse que je peine à maîtriser :

— T'es pas obligée de faire ça.

Ignorant ma remarque, armée d'audace, elle se penche en avant et fait saillir son fessier, comme une offrande. Aussitôt, l'intégralité de mon sang se réfugie au niveau de ma queue. Je n'ai jamais été aussi excité de toute ma putain de vie.

— Oh je sais, Gabriel. Mais tu vas en avoir pour ton argent, sois-en sûr.

Il y a de l'amertume dans sa voix. Mais j'ai du mal à m'en préoccuper lorsqu'elle se met à frotter ses deux globes parfaits contre mon sexe tendu à l'extrême.

— T'es là pour ça, non ?

Non.

Enfin, si. Je ne sais plus. Merde !

Les idées confuses, les paupières lourdes, ma mâchoire se crispe quand elle fait rebondir ses fesses en cambrant les reins, feignant une pénétration lente et suave, juste torride.

— Ou t'es juste venu pour m'humilier ?

Sur quoi, elle creuse davantage le dos et m'offre la vision exquise de son sexe bien fendu derrière son string. C'en est trop. Je pète littéralement les plombs. Le désir m'enivre, ma vision devient floue et… putain de merde, je suis à deux doigts de jouir dans mon pantalon.

Il me faut plusieurs secondes pour stabiliser ma respiration et reprendre mes esprits. Et réaliser qu'Andrea n'est plus sur mes genoux en train de se trémousser comme une diablesse.

Je retire brusquement mon masque, encore haletant. Les lumières se sont rallumées et ses mots me reviennent, résonnent, comme un coup de poignard dans l'estomac.

« Ou t'es juste venu pour m'humilier ? »

Je me lève de mon siège et avance jusqu'à elle, mais elle se crispe en me sentant approcher.

— Ce n'était pas mon intention.

Elle m'ignore et enfile un long kimono en satin qui était suspendu à un crochet.

— S'il te plaît, regarde-moi, Andrea, insisté-je.

J'attrape son poignet, frustré, perdu, et toujours un peu excité. D'un geste sec, elle se dégage de ma prise et fait volte-face.

— Tu n'as pas le droit de me toucher, rappelle-toi, siffle-t-elle.

C'est à ce moment précis que je remarque du mouvement sur ma gauche. Un molosse se tient près de la porte, prêt à intervenir. Je plisse les lèvres, contrarié. À présent, je me souviens de ce qu'avait dit l'autre fille qui m'a conduit jusqu'ici, sur la présence du garde du corps. Bon sang, il est là depuis le début et je ne l'ai pas remarqué. Pas un seul instant.

Parce que tu étais trop occupé à te rincer l'œil, espèce d'obsédé.

— Mon prochain client ne va pas tarder, va-t'en, Gabriel.

Quand elle mentionne les autres clients, tous ces autres hommes pour lesquels elle danse, une colère sourde gronde en moi.

Si Andrea pense qu'elle ne peut pas plus me haïr qu'en cet instant, elle va vite réaliser qu'elle se trompe. Et je ne peux même pas la blâmer, je me déteste tout autant pour ce que je m'apprête à déclarer.

— C'est moi le prochain client, Andrea. Je t'ai réservée pour toute la nuit.

Elle pince les lèvres, se retenant de toutes ses forces de me partager le fond de sa pensée. J'ai l'impression qu'elle pourrait me sauter à la gorge d'une seconde à l'autre… puis d'un seul coup, son visage se détend et l'expression assassine qui traversait ses prunelles émeraude a disparu.

— Massimo, ça devrait aller. Tu peux disposer.

Elle congédie le colosse, tandis que ce dernier déclare – surtout à mon intention – et juste après m'avoir jeté un regard hostile :

— Bien. Si jamais il y a un problème, je suis juste derrière la porte.

Le Shōji se referme derrière lui, nous laissant seuls dans la pièce. Dénuée d'émotions, comme si elle avait appuyé sur un bouton on/off, Andrea refuse toujours de me montrer quoi que ce soit. Tout ce qu'elle m'offre, c'est de l'indifférence – ce qui est pire que tout.

— Tu as dû payer unc sacrée somme pour m'avoir en exclusivité pour toute la nuit.

Sa voix est teintée d'amertume, *encore*.

— J'aurais payé n'importe quel prix, Andrea.

L'aveu m'échappe et ça fait doucement sourire la sœur de mon ami d'enfance. Ça semble l'exciter de foutre le bordel dans ma vie bien rangée. *Quelle belle garce…*

— Ta copine sait où tu es ?

Je retourne m'avachir dans le fauteuil et sors une cigarette du paquet qui était enfoui dans la poche intérieure de mon veston. Je la coince entre mes lèvres avant de l'allumer et d'inspirer une longue bouffée. Je recrache la fumée en renversant la tête.

— Je l'ai quittée, l'informé-je avant qu'elle ne me colle l'étiquette du salaud de service.

Le même soir que celui où tu m'as giflé et où j'ai réalisé que je n'avais rien ressenti d'aussi fort depuis un moment.

— On n'a pas le droit de fumer ici.

Elle m'indique du menton le panneau d'interdiction et je ris sèchement.

— Franchement, Andrea, avec la somme que tu m'as fait cracher pour ton joli petit cul, j'ai bien le droit de m'en griller une, tu ne crois pas ?

Mon ton lui plaît moyennement. Mais encore une fois, elle se contient et revient à la charge :

— Pourquoi tu l'as quittée ?

Ça l'intéresse on dirait.

— Je ne l'ai pas quittée pour toi si c'est ce que tu t'imagines.

Est-ce que ma révélation la rassure ? Ou bien peut-être qu'elle l'amuse ? Il m'est impossible de déchiffrer son expression et ça me rend dingue.

— C'est dommage, lâche-t-elle, sans en penser un mot. Avocate comme toi, elle semblait faire un bon parti.

Quand elle se plante face à moi, à nouveau dénudée, ma voix se fait plus basse. Plus rauque aussi.

— Je n'ai pas besoin d'un bon parti.

Juste d'une femme qui me fasse l'effet que seule toi me fais.

Cette pensée sortie de nulle part me prend de court et me met les nerfs à vif. Si bien que je me lève d'un bond, la contourne et m'empresse de gagner la sortie.

Sans un regard en arrière, je déclare sèchement :

— Merci pour la danse, Andrea. Ce sera tout pour aujourd'hui, tu peux rentrer chez toi.

Et puis je me casse avant de faire une connerie, du genre lui déballer mes sentiments, qui semblent être restés intacts malgré les années.

Chapitre 11

Il n'y a pas d'au revoir pour nous.
Peu importe où tu es,
tu seras toujours dans mon cœur.

Gandhi

Andrea
Douze ans plus tôt

Cela fait déjà deux semaines que j'ai intégré l'un des internats les plus prestigieux de Rome et il ne m'a pas fallu plus d'une journée pour réaliser que les rumeurs disaient vrai. Ici, c'est petit doigt sur la couture et respect strict des valeurs chrétiennes. Heureusement que j'ai rencontré Belen et Asia, à nous trois, on forme un trio de choc. Qui aurait cru que la demi-sœur par alliance de Louca Belmonte n'était pas une détraquée comme lui ? La pauvre, en comparaison, mon frère est un véritable enfant de chœur.

— Donatella à trois heures, intervient Asia.

L'évocation du nom de cette bonne sœur suffit à me faire frémir de la pointe des pieds à la racine des cheveux. Nous tournons mécaniquement la tête vers cette dernière, affublée de sa longue robe noire austère. Le regard dur, un bonnet blanc surmonté d'une coiffe nouée sous le menton, une Bible plaquée fermement contre son buste, elle traverse d'un pas pressé la cour pour rejoindre la chapelle privée réservée aux deux pensionnats de la *Villa Borghese* – Artemisia Gentileschi fréquenté par les filles et Rainaldi réservé aux garçons.

— Vous pensez que si un jour elle essaye de sourire, elle meurt sur le coup ?

La remarque de Belen nous provoque un fou rire.

Une fois remise de mes émotions, je redresse le menton et une drôle de sensation s'empare de moi. Je me sens observée. Par instinct, je tourne la tête à gauche et croise le regard de Gabriel. Bien que je l'aie surpris, il ne détourne pas les yeux. Il se contente de me toiser, assis sur le rebord de la fontaine circulaire qui délimite la frontière entre la parcelle réservée aux garçons et celle réservée aux filles. À ses côtés, sans surprise, Matteo, Louca et mon cher et tendre grand frère.

J'ai beau détourner mon attention, je peux toujours sentir les prunelles grises du meilleur ami de mon frère peser lourdement sur moi. Je ne sais pas ce qu'il a en tête à m'épier de la sorte, mais je lui en veux toujours pour son comportement de l'autre jour à la réception. S'il voulait se débarrasser de moi après notre baignade dans le lac, il n'avait qu'à me le dire cash au lieu de me jeter comme une vieille chaussette en ordonnant à son chauffeur de me raccompagner chez moi. Si vous voulez mon avis, les gosses de riches ont de sérieux problèmes mentaux. Et Gabriel en est l'archétype.

Contrariée, je me tourne franchement sur le banc sur lequel je suis assise afin de lui présenter mon dos – et me soustraire à ses regards incessants *et* insistants – lorsque mon téléphone vibre dans mon sac de cours. Je n'ai pas besoin de le sortir pour découvrir de qui vient le message. Toutefois irrésistiblement intriguée par son contenu, je craque et attrape discrètement mon portable pour lire le SMS entrant – on n'a pas le droit de l'utiliser pendant les heures de cours, pause de midi y compris.

[Rejoins-moi dans les toilettes des filles.]

Je m'apprête à lui répondre par un *emoji doigt d'honneur* avant d'avoir une meilleure idée. Avec un sourire rusé, je tape sur le clavier tactile :

[Excuse-moi, t'es qui ?]

Je ne résiste pas à la tentation de regarder discrètement dans sa direction pour guetter sa réaction. En lisant ma réponse, Gabriel sourit comme un diable avant de me jeter une œillade. Mon téléphone ne tarde pas à vibrer à nouveau.

[Garce.]

Attendez, c'est MOI la « Garce » ? Mon poing me démange. Quel petit con.

Je m'apprête à lui envoyer une réponse cinglante, quand je le vois s'éloigner de ses potes pour se diriger vers l'entrée du manoir d'Artemisia Gentileschi. Je bascule le dos discrètement en arrière et l'aperçois bifurquer directement à sa droite et entrer dans les toilettes des filles, comme annoncé. Ma mâchoire est à deux doigts de se décrocher, tant j'ai la bouche grande ouverte. Il est complètement fou, si une bonne sœur le voit, il risque de se faire coller et castrer.

Dans cet ordre.

Je rive un œil vers la rosace sous le clocher de la chapelle, qui abrite une horloge. Les aiguilles, qui ressemblent étrangement à des queues de serpent, indiquent 12 h 45. Autrement dit, il ne reste plus qu'un quart d'heure avant que les cours ne reprennent.

Pressée par le temps qui m'est compté et trop curieuse d'entendre ce qu'il a à me dire, je cède et me lève du banc.

— Je vais aux toilettes, préviens-je mes copines.

Le cœur battant, je jette un regard craintif autour de moi en progressant vers l'entrée du pensionnat. Une fois dans le hall immense, je prends une grosse bouffée d'air puis entre dans les toilettes à ma droite. Aussitôt, des gloussements féminins se font entendre. Dos à moi, une fille termine d'écrire son numéro dans la paume d'un Gabriel qui sourit de toutes ses dents en me découvrant par-dessus l'épaule de sa groupie.

Tellement arrogant.

Quand l'étudiante quitte les toilettes avec un sourire jusqu'aux oreilles, je ne peux pas m'empêcher de provoquer le grand brun :

— Je ne m'étais pas trompée.

Intrigué, Gabriel hausse un sourcil interrogateur et demande :

— Quoi donc ?

Je prends un air détaché – faisant fi de ma peur de voir débouler la vieille Donatella à tout moment – tout en allant me poster face au miroir au-dessus des lavabos. Je défais ma queue de cheval qui me tiraille le crâne et me file la migraine, étale du gloss sur mes lèvres puis, l'air de-ne-pas-y-toucher, je le toise dans la glace et lance :

— Elles veulent toutes sortir avec toi.

À ma réflexion, ses lèvres s'étirent en un petit sourire et une fossette creuse sa joue droite.

— Et ça te contrarie ?

Et c'est reparti. On flirte, enfin pas vraiment, mais quand même un peu. *Je me demande s'il en est conscient… Ou si ce n'est qu'un jeu puéril pour lui…*

— Si c'était le cas, ça te plairait, Gabriel ?

Ma question le surprend. Je l'entends déglutir puis il ouvre la bouche, hésitant. Le cœur battant à tout rompre, j'attends ses prochains mots. Mais finalement, il scelle ses lèvres lorsque des pas se font entendre à l'extérieur, dans le couloir. Quelqu'un va bientôt entrer. D'une seconde à l'autre. Je commence à paniquer en songeant à la forte probabilité pour que ce soit Donatella lorsque Gabriel tire précipitamment sur mon bras et nous enferme dans une cabine.

De la paume de sa main, il recouvre ma bouche, me réduisant au silence. Son corps est si proche du mien que je parviens à sentir chaque battement de son cœur.

Comme prédit, la porte des toilettes s'ouvrent et quelqu'un actionne un robinet.

Jésus, Marie, Joseph, si c'est un prof, je suis fichue.

Habile malgré l'espace ridiculement petit dans lequel on parvient étrangement à tenir à deux, Gabriel éloigne sa main de mon visage et s'accroupit pour regarder par l'espace sous la porte. Lorsqu'il redresse la tête, je réalise qu'il se trouve pile au niveau de l'élastique de ma jupe, soit juste sous mon nombril et bien en face de mon intimité. Je m'ordonne silencieusement d'en faire abstraction, en vain. Mes hormones sont en pleine ébullition et je sens mes joues s'échauffer.

— C'est rien qu'une étudiante, murmure Gabriel en se relevant – et par miracle n'ayant rien remarqué de mon état second.

Quand il se tient à nouveau debout face à moi et me surplombe, je ne peux m'empêcher de me sentir riquiqui et insignifiante. D'ailleurs, quand un sourire canaille taquine les lèvres du beau brun, je suis persuadée qu'il est en train de partager mes pensées. Alors que j'attends qu'il émette une critique sur ma petite taille, Gabriel me prend de court en passant la pulpe de son pouce sur mes lèvres luisantes.

Qu'est-ce qu'il fait ? Il ne compte quand même pas…

Comme si on m'avait plongé la tête sous l'eau, je retiens mon souffle, tandis que son doigt s'attarde sur ma lèvre inférieure.

— Tu sais que tu n'as pas le droit de te maquiller ici, petite rebelle ?

Sans se départir de son sourire en coin, Gabriel hausse un sourcil. Un peu contrariée de m'être imaginé des choses, je réagis à chaud et croise les bras sous ma poitrine en objectant avec mordant :

— Au cas où tu te poserais la question, je t'en veux toujours pour ton comportement après le lac.

Sa moue enjouée s'évanouit aussitôt.

— Désolé, je ne me sentais pas très bien. Je crois que c'étaient les fruits de mer qui n'étaient pas passés.

Je fais vibrer mes paupières, lui signifiant que je ne suis pas dupe et que je sais qu'il me baratine.

— Tu as vu marqué « débile profonde » sur mon front ?

Gabriel fait mine de vérifier en manipulant ma tête entre ses paumes, avant de secouer la tête, visiblement amusé par ma répartie.

Quel petit con insolent.

— Écoute, Andrea, je suis vraiment désolé, reprend-il. Je ne sais pas pourquoi j'ai agi comme ça…

Il marque une pause, passe nerveusement une main sur sa nuque, avant de la ranger dans la poche de son pantalon, complètement désemparé.

— En fait, j'ai pas d'excuses, admet-il.

Il a l'air sincère et tellement… je ne sais pas… *perdu ? Chamboulé ?* Soudain, je me souviens de ses confessions lors de cette fameuse nuit dans sa salle de bain, alors qu'il m'aidait et, tout à coup, je n'ai plus du tout envie de lui faire la gueule. *Peut-être que sa sœur lui manquait après tout.*

Je me radoucis et lui demande tout bas :

— C'est à cause de ta petite sœur ? C'est normal si parfois tu y repenses et que ça te rend triste…

Ma question le déstabilise. Si bien qu'il recule légèrement, jusqu'à ce que son dos rencontre la paroi derrière lui.

— Euh, ouais… je pense que c'est à cause de ça, bredouille-t-il, le regard fuyant.

Aussitôt, je presse son épaule pour attirer son attention. Lorsque je l'ai à nouveau, je lui offre un sourire triste et compatissant, signifiant que je ne lui en veux plus. Puis, très naturellement, comme on le fait souvent, je lui tends mon petit doigt. Gabriel le crochète avec le sien en me couvant d'un regard intense et reconnaissant.

Après quoi, je libère son auriculaire et annonce en feignant de trembler de la tête aux pieds :

— Maintenant, je ferais mieux de partir avant que Donatella ne remarque quelque chose.

Ma main repose déjà sur la poignée de la porte lorsque Gabriel me retient :

— Attends.

Brusquement, il saisit mon coude pour me retourner et m'attirer à lui. Plaquée contre son torse, je me sens minuscule entre ses bras. Et protégée. C'est peut-être idiot dit comme ça, mais c'est comme si avec lui à mes côtés, rien ne pouvait m'arriver. Soudain, je le surprends à inspirer fortement dans mes cheveux, à pleins poumons, puis soupirer d'aise.

— Euh, qu'est-ce que tu fous, Gabi ?

Il rit dans mes cheveux et me serre plus fort contre lui. Je peine à respirer tandis qu'il se défend :

— Rien, tu m'as juste manqué, nain de jardin.

Son aveu fait tambouriner mon cœur à toute vitesse dans ma poitrine. Lui aussi, il m'a manqué. Si seulement il savait à quel point ça a été dur d'ignorer tous ses appels et SMS. Je m'apprête à lui en faire part, mais il m'écarte de lui et fait ces gestes qui me réduisent à une gamine et que je ne supporte plus : il me pince la joue puis ébouriffe mes cheveux pour y foutre la pagaille.

Je ne suis plus une petite fille et je crois qu'une part de moi aimerait qu'il s'en rende compte.

Vexée, finalement, je fais le choix de garder tout ça pour moi et me contente de l'assassiner du regard.

— Tu sais que j'ai horreur quand tu me décoiffes, Gabriel.

Sur ces mots, je m'empresse de sortir de la cabine tandis qu'il m'accuse d'un ton rieur :

— Menteuse, Andrea Cardinale. Tu adores quand je t'embête. Tu ne vis que pour ça.

Chapitre 12

Le cœur connaît la vérité.
Le cerveau connaît le danger.

Jessica Simard

Gabriel
Présent

Je suis en plein milieu d'un rendez-vous important avec un client – un sénateur accusé d'avoir détourné près de trente millions d'euros à une compagnie pétrolière nationale – lorsqu'une furie fait une entrée fracassante dans mon bureau.

Andrea.

— TOI ! hurle-t-elle en me pointant du doigt.

Furibonde, elle avance jusqu'à moi, faisant abstraction de mon client, dont les yeux sont outrageusement écarquillés. D'ailleurs, je sais que ses mirettes sont en train de me toiser l'air de dire « Vous allez vraiment la laisser vous parler sur ce ton ? ».

En effet.

Dissimulant mon amusement – car, soyons clair, je m'attendais à ce qu'elle se pointe chez moi tôt ou tard – je m'efforce de jouer les indifférents, histoire d'inverser les rôles pour changer.

— Bonjour, Andrea, déclaré-je sans émotion. Comment es-tu entrée ?

— Armando m'a ouvert, me révèle-t-elle, avant d'attraper quelque chose sur mon bureau – un stylo en or blanc – et de me le jeter dessus. Mais c'est pas la question !

En effet, je sais très bien pourquoi elle est ici et dans cet état. Plus explicitement, complètement folle de rage et mortellement belle.

Incapable de résister à la tentation, je me mets à la détailler tout en réfrénant du mieux que je peux le désir qu'elle éveille en moi. Sous son trench beige, Andrea porte une robe fourreau qui conviendrait parfaitement à la panoplie de la secrétaire salope et des escarpins vertigineux. Je songe au fait qu'ils iraient à merveille de chaque côté de ma tête, un pied sur chaque épaule, lorsque mes yeux remontent et s'attardent dans son décolleté plutôt sage, toutefois ultra bandant. Lorsque je me détourne du renflement du tissu qui galbe son bonnet D pour toiser son visage de poupée, j'ai l'impression de me prendre une paire de claques. D'aussi loin que je me souvienne, sa beauté m'a toujours ébranlé. Un petit menton délicat, de grands yeux de biche à tomber qui lui donnent un air effarouché et un peu naïf, et puis cette bouche pulpeuse avec ce contour de lèvres naturellement plus ourlé et en relief. Elle est sublime. Tiens, ça me fait penser que je ne suis pas le seul homme de cette pièce doté d'une paire d'yeux pour le constater. Mes narines se dilatent et j'ai un coup de sang lorsque je surprends le sénateur Santarossa en train de se rincer l'œil. C'est peut-être extrême mais je suis dangereusement tenté de perdre le procès prévu pour la fin du mois, juste pour lui faire payer cette œillade déplacée.

— Tu as fait annuler tous mes rendez-vous de la semaine, espèce de connard ! reprend Andrea.

La semaine et le reste, ma jolie. Mais elle n'a pas l'air d'être au courant – ce n'est qu'une question de temps.

L'expression abasourdie de Santarossa m'amuse et j'ai beaucoup de mal à réprimer mon sourire. Le politique semble stupéfait par le petit bout de femme prêt à me faire la peau. Ouais, je sais ce qu'il se dit « Une telle beauté avec un tel caractère de chien, quel gâchis ». Mais il se trompe royalement. Je ne connais rien de plus parfait et enivrant que la folle furieuse qui est justement en train de me poignarder de ses billes vertes de l'autre côté de mon bureau.

D'ailleurs, concernant ces mirettes d'un vert prasin envoûtant, elles ont recommencé à hanter mes nuits, comme lorsque j'étais ado.

Réalisant que – à moins d'un miracle – Andrea n'acceptera jamais de patienter dans le couloir le temps que je clôture mon rendez-vous, j'affiche un sourire factice de circonstance et me lève de mon siège. D'un pas confiant – mais pressé – je contourne mon bureau pour aller échanger une poignée de main ferme avec mon client.

— Désolé d'écourter cet entretien, Monsieur Santarossa. Je vous recontacte dès que j'ai du nouveau, le congédié-je.

L'homme d'âge mûr hoche solennellement la tête avant de me couler un regard que j'interprète par une question silencieuse « Elle en vaut vraiment la peine, l'hystérique à ma gauche ? » à laquelle je réponds par un clin d'œil chargé de non-dits.

Oh que oui.

Sur quoi, ce bon vieil Armando fait son apparition dans le bureau puis escorte mon client jusqu'à la sortie. Par-dessus son épaule, mon chauffeur me présente une brève œillade affligée et désolée et je dois me retenir de lui révéler qu'il a au contraire, très bien fait d'avoir laissé Mademoiselle Cardinale entrer.

D'ailleurs, ça me fait penser, je suis curieux de savoir comment elle s'y est pris. *En le séduisant ? En le menaçant de lui arracher les couilles pour les lui faire bouffer, comme pour ce connard de flic, l'autre soir au commissariat ?*

Mon questionnement prend fin à l'instant où la porte de mon bureau se referme. Lentement, je pivote et braque toute mon attention sur une Andrea qui ne s'est toujours pas calmée. *Loin de là.* Tremblante de rage, elle plonge la main dans son sac, à la recherche de quelque chose.

Je m'attends à ce qu'elle sorte un flingue et réussis à trouver presque séduisante l'idée de me faire descendre par cette beauté froide.

Finalement, elle se contente de jeter des billets de banque contre mon torse et je note dans un coin de ma tête de prendre rendez-vous chez un psy.

— Reprends ton fric !

Une pluie de billets s'abat sur moi, lorsqu'elle ajoute en précisant :

— Il y a cinq mille euros, tu peux compter. N'interfère plus jamais dans mon boulot, Gabriel.

Sur cet avertissement, elle tourne les talons, prête à s'en aller. Mais je ne lui laisse pas esquisser trois pas que je la rattrape en saisissant son poignet au vol. Je tire brusquement dessus, de manière à ce qu'elle me fasse face.

— Démissionne de ce taf.

Ma requête m'échappe et nous étonne tous les deux. Soudain, comme le calme avant la tempête, ses beaux yeux changent d'expression et s'écarquillent de fureur. Un rire amer s'échappe de sa gorge gracile puis, réalisant que je suis très sérieux, elle s'exclame :

— Mais va te faire foutre !

Sur ce, elle pivote et me présente à nouveau son dos. Quand elle arrive au niveau de la porte, je déclare d'une voix étrangement calme et posée :

— Fais-toi une raison, tu n'auras jamais plus de clients, Andrea.

La jolie brune s'arrête net puis, très lentement, se tourne vers moi et me toise d'un air mauvais.

— Qu'est-ce que tu veux dire ?

J'ai parlé de tempête ? Eh bien, je crois que je n'ai encore rien vu.

Anticipant l'apocalypse qui menace, j'attrape une bouteille de whisky sur la desserte près de mon bureau et me sers deux doigts avant de changer d'avis et de finalement remplir mon verre à moitié. D'un mouvement du menton, je propose la même chose à Andrea, qui se contente d'approcher comme une tigresse prête à sortir les griffes.

— Réponds, Gabriel. Qu'est-ce que tu as fait ? insiste-t-elle, méfiante et fébrile.

Je lis au fond de ses prunelles qu'elle a sa petite idée sur la question, ce qui n'a rien d'étonnant. Après tout, Andrea est une femme futée et perspicace.

Alors que je l'observe par-dessus mon verre, elle siffle :

— Je ne sais pas ce que tu as en tête, Gabriel, mais sache une chose : tout ton putain de fric ne te permet pas…

Soudain, vient mon tour de perdre mon sang-froid. Mes yeux se plantent férocement dans les siens et je la coupe dans son élan :

— Détrompe-toi, ma jolie, il me le permet. La preuve, fais-je d'un ton bourru. Tu es ici en train de me casser les couilles à faire fuir mon client, plutôt que dans ce putain de bar à allumer tous ces types en te frottant à leur b…

Je ne termine jamais ma phrase à cause de la gifle monumentale qu'elle m'assène. Mon visage part violemment sur la droite et mes dents s'entrechoquent, tandis qu'un goût ferreux emplit aussitôt ma bouche.

Surpris qu'elle m'ait frappé – pour la deuxième fois en seulement quelques jours – j'essuie du revers de la main le sang qui s'écoule de ma lèvre désormais fendue puis tourne lentement la tête vers elle. Andrea et sa témérité sans limite soutiennent mon regard, mais ses lèvres tremblotantes la trahissent.

Est-ce de l'appréhension dans ses prunelles ?

Mi-furieux, mi-excité, j'abandonne mon verre et me rue sur elle pour la saisir à la gorge. Avec habileté, je la coince contre mon bureau avec mes jambes calées entre ses cuisses. Et alors que j'avance le menton, elle détourne le visage, comme si elle s'attendait à ce que je la frappe en retour.

Son mouvement de recul me contrarie.

— Jamais je ne lèverais la main sur toi, Andrea, grondé-je.

Elle est confuse, ses grands yeux expressifs s'affolent tandis que je penche la tête en avant.

— …Gabriel, s'étrangle-t-elle.

La pointe fine de son nez frôle ma joue tant nos visages sont désormais proches. Ce simple toucher m'embrase et me ravage le cerveau.

— Q-u'est-c-ce q-qui t-te prend ? panique-t-elle.

Ce qui me prend ? Si tu savais à quel point j'aimerais le savoir, Andrea.

Sa respiration devient alors si erratique qu'elle peine à parler. Mes yeux gris ancrés profondément dans ses deux émeraudes mi-clos, je crois halluciner lorsque je les surprends fixer ma bouche avec intérêt. Réaliser que je ne la laisse pas indifférente me donne l'impression d'être ivre. Complètement bourré. Ou sous codéine.

— Ne m'embrasse pas, me supplie-t-elle, en détresse.

Un mélange stupéfiant de peur et de désir transperce ses pupilles. Je ne peux pas m'empêcher de partager ses craintes. Ma santé mentale ne tient déjà qu'à un fil, alors s'il me prenait la folie de céder à la tentation… mon Dieu rien que d'y penser, j'en frissonne comme un puceau.

Raisonné, je tâche de reprendre mes esprits et siffle contre ses lèvres pleines :

— Rassure-toi, je n'y compte pas, Andrea.

J'effleure sa pommette de l'arête de mon nez et elle halète. Je bande comme un âne tant j'ai envie de succomber et d'assouvir cette passion qui me dévore de l'intérieur, mais je ne dois pas. Alors, je ferme les yeux une seconde en contractant la mâchoire et refrène mes pulsions.

— Ou plutôt devrais-je dire *Margherita* ? murmuré-je contre son oreille.

Comme escompté, Andrea se crispe contre moi.

De mon côté, je me compose une expression neutre et implacable puis m'écarte pour instaurer de la distance entre nous.

— À présent, tu m'excuseras mais j'ai du boulot, la congédié-je en avisant la porte. Tu connais la sortie.

Sans perdre une seconde, pressée de s'éloigner de moi, elle sort de la pièce en claquant les battants derrière elle.

Une fois seul, je ramasse mon verre encore plein et le projette contre la porte qu'elle vient de franchir.

Putain de merde.

Encore secoué par nos échanges et mon manque de discernement, je retourne derrière mon bureau et me laisse tomber dans mon fauteuil. Je donne du jeu à ma cravate dans l'espoir de respirer un peu mieux, en vain. Je dois me rendre à l'évidence, j'ai beau essayer de me prouver le contraire, que je le veuille ou non, j'ai toujours Andrea Cardinale dans la peau.

Comme un tatouage encré jusqu'à l'os.

Chapitre 13

L'amour est comme la guerre :
facile à commencer, mais très difficile à arrêter.

Henry Louis Mencken

Gabriel
Douze ans plus tôt

Il est 17 h quand sonne la fin des cours. Je ramasse mes affaires de mon banc et me dépêche de me rendre à la bibliothèque pour rapporter les ouvrages que j'avais empruntés pour mon exposé de physique. En progressant dans le couloir, je remarque immédiatement Andrea – bien avant son grand frère, planté devant elle en train de lui faire des remontrances. J'avance vers eux d'un pas mesuré et grince des dents en surprenant une bribe de leur conversation.

— Y a rien là-dedans ou quoi ? T'es venue au monde sans cerveau ?

Francesco fait mine de toquer contre le front de sa frangine lorsque j'arrive à leur hauteur. Andrea chasse sa main et lui envoie une insulte bien sentie.

— Qu'est-ce qui se passe ? demandé-je.

— Mec, c'est pas possible ! Elle a réussi à avoir zéro à son dernier contrôle de maths, me répond Fra dans tous ses états.

Andrea rougit violemment et j'ai envie de cogner Francesco. J'ai horreur lorsqu'il la rabaisse, surtout en public.

— C'était si dur que ça ? demandé-je calmement, en me tournant vers elle.

Elle fronce les sourcils.

— Pour moi, oui ! se vexe-t-elle. J'y peux rien, j'y comprends rien !

Francesco bondit sur place en faisant mine de s'arracher les cheveux. Je sais qu'il a reçu une bourse pour intégrer le pensionnat et que ça n'a pas été le cas pour sa petite sœur qui ne bénéficie que d'une mince ristourne. Et ce n'est un secret pour personne, les frais de scolarité sont hors de portée, à moins d'être issu d'une famille fortunée. Fra m'a déjà confié que si Andrea se faisait remercier d'Artemisia à cause de ses notes jugées trop faibles, sa mère les changerait tous les deux d'établissement en cours d'année. D'une part, par facilité logistique mais aussi pour des raisons financières. Mais sa réaction reste disproportionnée et je sais qu'au fond, le vrai problème, ce n'est pas les notes de sa sœur mais son joint qu'il n'a pas encore fumé.

Alors qu'Andrea tente de se défendre comme elle peut, son frère s'emporte de plus belle en agrippant ses épaules pour la secouer comme un prunier :

— Mais fais un effort, putain ! Sois moins conne, je sais pas !

Lorsqu'il lève les mains sur elle, je suis tout bonnement incapable de rester en retrait. J'interviens en m'interposant entre eux et de l'avant-bras, je repousse brutalement Francesco.

— Oh, qu'est-ce qui te prend ?! Range tes mains, sifflé-je d'une voix menaçante.

Légèrement surpris que je prenne la défense de sa cadette – mais toujours remonté à bloc – il m'ignore et pointe un doigt vers la tête brune qui dépasse dans mon dos.

— J'te préviens, t'as intérêt à t'améliorer, sinon tu me le payeras.

Sur quoi, il tourne les talons et se dirige vers la sortie qui mène à la cour principale. « Gros con » marmonne Andrea toujours derrière moi.

Je ris sous cape et pivote pour lui faire face :

— J'avoue, c'était mérité.

Mon commentaire lui vole un sourire qui a pour effet d'éclipser les larmes de rage qui bordaient ses cils quelques secondes plus tôt. Incapable de résister à l'envie de la toucher, je saute sur le premier prétexte et range une mèche folle – imaginaire – derrière son oreille. Andrea frissonne lorsque ma peau entre en contact avec la sienne et je me force à lui sourire en retour.

Je culpabilise à cause de mon mensonge de l'autre jour, dans les toilettes. Alors que j'étais en train de lui bredouiller des excuses bidon, Andrea m'a pris de court en m'offrant une issue de secours quand elle m'a demandé si c'était à cause de ma petite sœur et je me suis engouffré dedans comme un lâche, me sentant comme la pire des enflures.

Quand Andrea commence à s'éloigner, je m'empresse de la retenir. *Une vilaine habitude dernièrement.*

— Attends !

Elle s'arrête et me toise avec curiosité par-dessus son épaule.

— Je vais t'aider pour tes cours, déclaré-je, soudainement essoufflé.

Son visage s'illumine.

— Sérieusement ?

Je hoche la tête avec le plus grand des sérieux.

— Samedi ? proposé-je. J'enverrai Armando te chercher.

Et comme elle l'avait déjà fait une fois, elle court comme une dératée vers moi et saute dans mes bras. Je la rattrape de justesse.

— Merci Gabriel, t'es le meilleur ! s'enthousiasme-t-elle en enlaçant mon cou.

Elle me claque un bisou sonore sur la joue puis, à contrecœur, je la fais descendre de mes bras.

— À samedi ! lance-t-elle avec entrain.

Incapable de détourner les yeux, déjà pressé d'être à samedi, je reste planté au milieu du couloir et la regarde disparaître à mesure qu'elle s'éloigne en sautillant. Andrea a déjà presque atteint la sortie du bâtiment lorsqu'une étudiante sort de nulle part et la bouscule violemment d'un coup d'épaule. Aussitôt, mon petit nain de jardin s'effondre au sol, ses livres de cours éparpillés autour d'elle.

Une vague de colère fouette mon sang tandis que je fonce vers l'étudiante en train de rire à gorge déployée. Lorsqu'elle me voit arriver à vive allure, son sourire s'évanouit et elle prend ses jambes à son cou.

Attendez un peu, c'est la fille qui l'emmerdait pendant la réception, non ?

Alors que l'étudiante disparaît de mon champ de vision, j'aide Andrea à se relever.

— C'est quoi son problème ?

Andrea dépoussière sa jupe plissée dans des gestes nerveux. Puis, dans tous ses états, elle lève les bras en l'air, un peu désespérée.

— J'en sais rien ! Cette pétasse me déteste depuis cette fameuse réception chez tes parents !

Donc j'avais vu juste, c'est bien la même fille.

Je me dirige déjà vers la sortie pour retrouver la trace du bourreau d'Andrea lorsque cette dernière agrippe mon biceps de ses deux mains et s'y oppose fermement :

— Non, Gabriel !

Perdu et furieux, je plante mes yeux inquisiteurs dans les siens.

Quoi, elle compte se laisser malmener par cette connasse ?

— Je sais me défendre toute seule, argue-t-elle.

Elle a croisé sévèrement les bras – pour plus d'effet, j'imagine.

— Ce n'est pas l'impression que tu m'as donné pourtant.

Avec une moue indignée, elle me toise sévèrement. *Je sais que je l'ai vexée.*

— Mêle-toi de tes affaires, Gabriel, grogne-t-elle entre ses dents, confirmant mes doutes.

Puis elle s'accroupit, ramasse ses livres de cours et fonce à l'extérieur du bâtiment, sans un regard en arrière.

Fait chier.

***

Je crois que je n'ai jamais rien attendu d'aussi fort qu'en cet instant. Même pas les réveillons de Noël quand j'étais gamin. On est samedi après-midi et j'ai donné rendez-vous à Andrea pour l'aider pour ses cours. Sauf qu'entre temps, on s'est pris la tête à cause de cette étudiante qui semble lui mener la vie dure.

Et si elle décidait de ne pas venir ?

Avec son caractère bien trempé, elle est assez imprévisible quand elle veut. Mais quand on y réfléchit bien, au fond, on ne s'est pas vraiment disputés, si ? On s'est à peine pris la tête… trois fois rien… non ?

Je suis en train de mordiller nerveusement la pulpe de mon pouce en faisant les cent pas, le cerveau tournant à plein régime, lorsque la porte de ma chambre s'ouvre sur Andrea.

C'est peut-être con mais lorsqu'elle apparaît avec son petit sourire mutin ravageur au milieu du chambranle, je me sens immédiatement soulagé. Comme si un poids énorme venait d'être extrait de ma poitrine.

Andrea donne l'impression d'être venue en catastrophe avec ses cheveux encore humides de sa douche, son sweat enfilé à l'envers et son legging en simili cuir qui lui va un peu trop bien.

Affichant une moue boudeuse, elle se débarrasse de ses Doc Martens usées de couleur marron et les abandonne sur le pas de la porte, avant de se jeter à plat ventre sur mon lit en maugréant :

— J'ai pas envie d'étudier !

Ça commence bien, me retiens-je de rire en mordant l'intérieur de mes joues.

Lentement, j'approche du lit sur lequel elle est à présent étalée sur le dos.

— Une étoile de mer aurait plus d'allure, la taquiné-je.

Elle s'esclaffe en me présentant son doigt du milieu tandis que j'attrape sa cheville droite, intrigué.

J'inspecte ses chaussettes Winx et me surprends à les trouver… *je ne sais pas, mignonnes, peut-être ?*

— Tu chausses du combien ?

— 36. T'es fétichiste des pieds, Gabriel ?

Je ricane. *Elle est vraiment pas possible.*

Sans ménagement, je lâche finalement son pied et vais m'installer dans le fauteuil à roulettes près de mon bureau.

— Allez, viens *Oompa Loompa*, on a dû pain sur la planche. Tu vas nous dégoter un 20/20 à ton prochain contrôle.

Je réussis à avoir l'attention de la belle brune pendant environ deux heures. Après quoi, elle se met à se plaindre et prétendre que son cerveau va exploser quand elle ne simule pas une migraine atroce.

— Encore quelques exercices d'algèbre et après on regarde *Les Connasses s'habillent en Prada*, promets-je.

Je l'appâte parce que, primo, il faut impérativement qu'elle remonte sa moyenne et, deuxio, je n'ai aucune envie d'écourter le moment. J'aime trop traîner avec elle, même si c'est pour l'entendre râler ou faire semblant de m'écouter.

Alors que son visage s'illumine comme un sapin de Noël à la mention de son film préféré, je m'enquiers, faussement confus :

— Tiens, t'as plus mal à la tête pour ton film de meuf ?

Espiègle, Andrea lève le menton bien haut et confirme en me faisant les yeux doux :

— En effet, ça va beaucoup mieux tout à coup.

Elle papillonne des cils avec sa candeur irrésistible contre laquelle je ne suis toujours pas immunisé, tandis qu'un sourire adorable se dessine sur ses lèvres. Encore une fois, je la trouve tellement belle que j'en ai mal dans le creux de l'estomac rien qu'en l'observant.

Mal à l'aise, je détourne les yeux.

— Arrête ça, ça marche pas, mens-je.

Joignant ses mains l'une contre l'autre, Andrea me supplie en se laissant tomber à genoux :

— Allez, s'il te plaît, Gabriel ! Faisons une pause !

Alors que je secoue la tête, Andrea ne se décourage pas et se met à m'aduler :

— Oh Gabriel ! Le plus beau et le plus intelligent de la Terre entière !

Me retenant de rire, je la dévisage de haut et la questionne :

— Tu n'as donc pas d'amour-propre, Andrea ?

Elle secoue la tête, amusée et bien décidée à obtenir ce qu'elle veut, peu importe sa dignité.

Toujours à genoux, elle promet d'une voix plus basse :

— Je ferai tout ce que tu voudras.

Aussitôt, l'envie de rire me passe et mon cerveau de pervers disjoncte. Il fait des raccourcis sordides, impliquant Andrea dans la même position qu'actuellement mais me réclamant tout autre chose.

Lorsque je me sens durcir dans mon boxer, je me dégoûte d'avoir l'esprit aussi mal tourné et j'ai envie de me flageller.

L'innocente Andrea ouvre encore la bouche, prête à m'implorer, mais je m'empresse de l'interrompre, un peu bourru :

— Très bien, tais-toi, c'est d'accord. On va regarder ce film.

Sceptique, elle se relève et plisse ses yeux de chat.

— Vraiment, sans rien attendre en retour ?

Incapable de me défaire de mon érection tenace, je soupire un « oui », pressé de clôturer cette discussion. *J'ai vraiment besoin de m'éclipser de cette piaule un petit moment.*

— C'était facile, commente Andrea, plus que ravie d'être parvenue à ses fins.

Surexcitée, elle attrape la télécommande de la télévision, puis va s'allonger sur le ventre sur mon matelas avec ses jambes en l'air qui se balancent de gauche à droite.

Alors que je me dirige vers la porte, elle s'enquiert :

— Où tu vas ?

— Aux toilettes. Je reviens.

Confuse, elle indique du menton la salle de bain attenante à ma chambre.

— Bah, elles sont juste là les toilettes, Gabriel.

Et merde, j'aurais dû trouver autre chose.

Sous la pression, j'invente :

— J'ai besoin de couler un bronze, tu veux que je fasse ça à côté ?

Elle prend un air dégoûté qui, dans d'autres circonstances, m'aurait fait beaucoup rire.

— Oui, je sais, Andrea. Toi, tu chies des macarons multicolores.

Sur quoi, je m'empresse de quitter la pièce et de fermer la porte derrière moi. Quand c'est fait, je fonce dans la salle de bain qui se trouve au fond du couloir et verrouille la porte. J'appuie le dos contre le carrelage glacé, résiste quelques secondes puis cède à la tentation.

Je baisse ma braguette, puis mon pantalon en emportant mon boxer dans la foulée et libère mon érection. Sans plus de cérémonie, j'empoigne ma bite gorgée et palpitante et me soulage d'une main ferme. Moins de trente secondes plus tard, un râle m'échappe, ma vision se trouble et… je viens.

Putain, j'aurai l'air trop con quand le Paradis m'enverra me faire foutre en Enfer.

Je jouis contre mon torse par grosses giclées, le corps recouvert de sueur et le visage renversé en arrière, contre le mur.

Un chapelet de jurons m'échappe tandis que je reviens à moi. Contrarié, écœuré, je me débarrasse rapidement de mes fringues et entre dans la cabine de douche pour me rafraîchir, pertinemment conscient que ça ne suffira pas à me laver de mes péchés.

Quand je reviens dans la chambre, seulement vêtu d'une serviette nouée autour de la taille, Andrea s'étrangle :

— Est-ce que tu es…

Elle déglutit bruyamment puis achève sa phrase :

— Tout nu là-dessous ?

Me retenant de lever les yeux au ciel, je confirme en hochant la tête et Andrea cache son visage derrière ses mains. Je lui conseille de grandir un peu alors qu'elle me fait remarquer que j'ai été super long.

Est-ce qu'elle suspecte quelque chose ou je suis trop parano ? Tandis que je penche pour l'option parano, je me dirige vers ma penderie pour en sortir un bas de training et un tee-shirt.

Enjoué, désinvolte et libéré comme un mec qui s'est vidé les couilles il y a dix minutes, je me laisse aller à la provocation :

— Quoi, tu veux les détails ?

— Sans façon, refuse-t-elle du tac au tac.

Toujours dos à elle, sans la prévenir, je laisse tomber ma serviette au sol tandis qu'un cri strident résonne dans la chambre :

— Gabriel !

J'enfile mes vêtements, sans prendre la peine de mettre un slip sous mon jogging. Quand c'est fait, je prends soin d'effacer mon sourire en coin et me compose, à la place, une moue faussement innocente.

— Quoi ? Je pensais que tu cachais tes yeux derrière tes mains comme une gamine, me défends-je pour la taquiner.

Ma remarque produit l'effet escompté. Andrea se braque et riposte avec aplomb :

— Pour ta gouverne, je ne suis plus une gamine.

Mon sourire moqueur revenu, je viens prendre place sur le lit.

— Donc tu confirmes m'avoir volontairement maté ?

Mignonne à en crever, Andrea mord sa lèvre inférieure avant de poser sa tête dans le creux de mon épaule et de faire diversion en appuyant sur « play ».

— Chut, Gabriel ! me réprimande-t-elle. Le film va bientôt commencer.

Andrea blottie contre moi, je ne me prive pas de respirer son odeur de massepain chaud, comme un junkie en manque. Et comme pour le premier visionnage, sans grande surprise, je me lasse rapidement du scénario, préférant me concentrer sur la petite brune qui est en train de me niquer l'épaule.

Doucement, je déplace sa tête un peu plus bas sur mon ventre.

— Qu'est-ce que tu fais ? râle-t-elle. J'étais trop bien installée.

— Ouais ben c'est ça ou rien, je ne sens plus mon bras, me plains-je.

En échange, elle réclame des papouilles dans les cheveux et, évidemment, je ne me fais pas prier non plus. Je dénoue sa tresse et glisse ma main dans ses mèches soyeuses quand je ne les entortille pas autour de mon poing.

— Je serai une *Andy Sachs* plus tard. Ou alors je me trouverai un mari riche, rêvasse Andrea à voix haute.

Je ricane doucement.

— Un mari riche ? Comme ce vieux porc d'Arturo, tu veux dire ?

Révoltée par ma réflexion, Andrea se redresse sur un coude et m'observe du coin de l'œil avant d'enfoncer deux doigts dans sa gorge, faisant mine de se faire vomir.

Je suis content qu'elle réussisse à en rire aujourd'hui. Je sais que cette histoire l'a pas mal perturbée.

— Tu sais, moi aussi je serai un homme riche dans quelques années.

Intéressée, elle roule pour se tourner franchement vers moi. Ses yeux pétillent de malice – ou plutôt ils débordent.

— Et tu m'épouserais ?

Je la détaille longuement, la trouvant incroyablement belle, comme sortie d'un rêve, même avec ses cheveux emmêlés. J'avise ses grands yeux verts félins et ses traits angéliques avec un attrait tout particulier pour sa peau pâle et parfaite.

— Non, fais-je finalement en grimaçant.

Indignée, elle me frappe à la poitrine en m'accusant :

— Menteur !

— Anna Nicole Smith ! l'insulté-je en retour.

— En fait, je préfère être une Margherita.

Intrigué, je plisse les yeux.

— Comme la chanson de Riccardo Cocciante ?

Soudainement intimidée et un peu surprise que j'ai misé juste, elle souffle sur le ton de la confidence :

— Oui, j'espère devenir la Margherita de quelqu'un.

Sa révélation est touchante. Adorable. Spontanée. Du grand Andrea.

Sois la mienne. Sois ma Margherita ! j'ai envie de crier, sans y parvenir.

Parce que pour l'instant, je vais m'en tenir à mon plan – celui que j'ai échafaudé la nuit qui a suivi la réception : me contenter de l'aimer en silence, en attendant que ça me passe.

— À quoi tu penses ? m'interroge Andrea.

Et merde.

Je sors de ma torpeur et improvise un énième mensonge. *À ce stade, dans l'au-delà, Satan et moi, on sera bons amis.*

— Je me demandais, tu mesures combien au juste ?

Prise au dépourvu, Andrea prend une moue pensive puis soulage ma curiosité.

— Un mètre soixante.

Je ravale un petit rire narquois.

— Et maintenant, donne-moi ta vraie taille, sans tricher, réclamé-je moqueur.

Sa bouche forme un O indigné juste adorable, puis elle me tape la poitrine. Mon cœur bat si fort que j'en viens à craindre qu'elle ne le remarque.

— Comment tu sais que je me suis rajouté trois centimètres, déjà ?!

Elle plisse les yeux puis ajoute, horrifiée :

— Tu veux dire que tu t'es infiltré chez moi pendant la nuit et que tu m'as mesurée pendant mon sommeil, c'est ça ?

J'essaye de détecter une trace d'humour sur son visage, sans succès. *Cette dégénérée envisage réellement cette possibilité…*

Je secoue la main comme la promesse d'une fessée et lui révèle :

— Si j'avais eu l'occasion de m'infiltrer dans ta piaule, crois-moi, tu ne serais plus là pour m'obliger à me farcir ton navet, ma *grande*.

Andrea rit – soulagée – puis se détourne pour continuer de regarder le film. Mais je la connais suffisamment pour remarquer qu'elle n'est pas du tout concentrée et que quelque chose la tracasse.

J'ai misé juste lorsqu'elle refait volte-face et déclare :

— Lorenzo Di Carlo m'a demandé de sortir avec lui.

Je me fige, avec la désagréable sensation de me vider de mon sang.

La gorge serrée, je parviens par miracle à lui demander :

— Et ?

Dites-moi que je fais un cauchemar. Dites-moi que je vais me réveiller.

— Je crois que je vais dire oui.

Mon monde s'écroule. Je m'efforce de me composer une expression neutre, mais dans mon for intérieur, c'est le chaos. J'ai envie de défoncer ce Lorenzo Di Carlo de mes deux.

— Il est trop vieux pour toi, fais-je sèchement, incapable de maîtriser ma voix.

— Je ne te demandais pas ton avis, Gabriel. Puis, il n'est qu'une année au-dessus de moi, proteste-t-elle en faisant une grimace du genre « Non mais t'es sérieux ? » à laquelle j'ai envie de grogner : *Je ne l'ai jamais autant été, Andrea.*

Quand la petite sœur de Francesco attrape la télécommande et appuie sur pause, je sais que ce qui va suivre ne va pas me plaire. Du tout.

— En fait, si je t'en parle c'est parce que j'aimerais que tu me rendes un service.

À ce stade, je crois que je peux tout entendre.

— Dis toujours, grondé-je, bourru.

Andrea replie ses jambes sous ses fesses et entortille nerveusement une mèche autour de son index. *Elle gagne du temps.* Le dos bien droit, elle semble hésiter à aller au bout de sa pensée. Les secondes s'égrènent et se révèlent interminables. Puis, tout à coup, ses lèvres roses s'entrouvrent, à deux doigts de provoquer ma mort :

— Apprends-moi à embrasser.

Je m'étouffe avec ma salive.

— Pardon ?!

— Oh, allez quoi, Gabriel ! Sois cool !

Putain mais c'est qu'elle est sérieuse en plus !

Pendant une fraction de seconde, je me laisse aller à imaginer mes lèvres dévorer les siennes et je vois flou. De désir. De peur aussi. Si j'accepte, aucune chance pour moi d'en sortir indemne et sain d'esprit. Alors je décide de me préserver.

— Hors de question, ton frère est mon ami, ça ne se fait pas, prétexté-je.

— Tu es le mien aussi, non ?

Elle va pas me rendre la tâche facile.

— En plus, tu as bien embrassé Belen à ce stupide jeu de la bouteille cet été ! me reproche-t-elle.

Je songe *« Mais comment elle sait ça, déjà ? »* avant de percuter : son amie a dû lui dire, c'est bien connu, les filles se racontent tout.

— C'est pas pareil, Andrea.

— Mais pourquoi ? s'obstine-t-elle.

Parce que je ne ressens rien pour Belen ! ai-je envie de hurler.

— Tu sais, si toi tu me l'avais demandé, j'aurais dit oui ! Parce que les amis, c'est fait pour se rendre service !

Elle essaye de me faire culpabiliser, là ? Elle manque pas d'air.

— Aider une amie à s'améliorer en maths, ça c'est rendre service, Andrea. Lui demander de lui apprendre à rouler des pelles, c'est dépasser les bornes, sifflé-je d'un ton mordant.

Vexée, la petite brune descend du lit en grommelant :

— Ouais, c'est ça, laisse tomber.

Alors qu'elle se penche pour enfiler ses bottines, prête à partir, je commence à regretter de m'être emporté de la sorte. Andrea ignore que j'ai des sentiments pour elle et c'était injuste de ma part de les lui faire payer en la rabrouant aussi méchamment.

Et puis, bon sang, j'ai pas envie qu'elle parte. Pas encore.

Raisonné, je la rejoins près de la porte et n'attends pas qu'elle ait terminé de nouer ses lacets pour empoigner son bras et la forcer à se relever. Son doux visage est traversé par la confusion lorsqu'elle plante ses grands yeux inquisiteurs dans les miens.

— Gabriel ? panique-t-elle. Q-qu'est-ce q-que tu fais ?

Sans répondre, je la fais reculer jusqu'à ce qu'elle se retrouve coincée entre la porte et mon torse.

Doucement, je laisse tomber mon front contre le sien puis sillonne sa joue de la pointe de mon nez.

Son odeur de bonbon me fait tourner la tête et m'empêche d'avoir les idées claires.

Le pouls fébrile, le cœur à deux doigts d'exploser dans ma cage thoracique, je murmure d'une voix basse et grave que je peine à reconnaître :

— Je dois t'embrasser comment ?

Le silence s'installe, rompu par nos respirations saccadées.

— Avec la langue, s'il te plaît, halète Andrea au bout de presque une minute entière.

Bordel de merde, je ne m'en remettrai jamais.

Je ferme les yeux, inspire un coup pour me détendre sans y parvenir, puis les rouvre. L'avidité dans mes prunelles fait déglutir Andrea. Paradoxalement, je prends mon temps. Je remets de l'ordre dans ses cheveux, profitant de la toucher comme j'en ai rarement l'occasion.

— S'il te plaît, m'implore-t-elle, craignant sûrement que je change d'avis.

Ce ton suppliant. Ces yeux remplis d'espoir et brillants d'excitation…

Je deviens fou.

Je soulève son menton d'un doigt et me penche jusqu'à sentir son souffle chaud s'abattre contre ma bouche. Mon sang brûle comme de la paille dans mes veines, un juron m'échappe, et je lâche prise. J'écrase brutalement mes lèvres contre les siennes avec l'impression d'avoir été lâché dans le vide, sans aucun point d'ancrage à proximité. Je la dévore comme un affamé insatiable et elle gémit dans ma bouche en chiffonnant le bas de mon tee-shirt dans son poing crispé.

Le plus dingue c'est que j'ai l'audace de bander comme si je n'avais pas joui une heure plus tôt.

— Encore, réclame Andrea entre deux coups de langues torrides.

Suite à sa demande, ça détonne dans ma boîte crânienne. Ma main, vorace, glisse de sa joue à son cou que j'enserre doucement, puis un peu plus fort. En perte de contrôle totale, j'appréhende la réaction d'Andrea, mais réalise rapidement à ses pupilles dilatées qu'elle semble beaucoup aimer ça.

Ses ongles sous mon tee-shirt se plantent dans ma peau brûlante tandis que ma main libre coulisse pour aller empoigner ses fesses que je caresse par-dessus son legging. Andrea gémit de plus belle. Pire, elle me laisse faire et se colle plus étroitement à moi. Je veux réagir en la repoussant et éviter qu'elle s'aperçoive à quel point ma queue est super dure pour elle, mais elle est trop rapide.

J'attends qu'elle se recule et me traite de porc, mais elle n'en fait rien.

Pire encore, ça lui plaît.

Andrea commence à se frotter contre ma bite et je suis à deux doigts de péter les plombs.

Mais qu'est-ce que je fous, putain ?

Je termine de me poser la question que la réponse m'éclate à la gueule : *tu lui apprends à embrasser un autre type que toi, voilà ce que tu fais.* Brusquement, je m'arrache à sa bouche avec la tête qui bouillonne encore. Et son goût sucré sur la langue.

— Alors ? demande-t-elle essoufflée. J'ai été comment ?

La haine m'enivre et les regrets ne tardent pas à suivre.

C'est tout ce qui lui importe ?

— Alors ? insiste Andrea.

Je refoule ma rage, reprends mon souffle et mens :

— Ça peut aller.

Elle fait un pas pour combler la distance que j'ai instaurée et tente de m'attirer de nouveau à elle.

— On peut réessayer ? Je suis convaincue que je peux faire mieux.

Je fixe ses lèvres boursouflées par mes assauts. Bon sang, j'en ai envie. Non, j'en meurs d'envie. Mais j'ai aussi très envie de l'étriper d'être aussi aveugle.

Alors qu'elle saisit ma nuque, m'intimant d'approcher, je retire ses mains et m'écarte.

— Tu ferais mieux de rentrer, Andrea. Il se fait tard, ta mère va s'inquiéter.

Sur quoi, je la contourne et ouvre la porte en grand, histoire d'être suffisamment clair.

Elle bredouille « je peux pas avoir été si nulle que ça » et je fais mine de ne rien avoir entendu.

J'ai conscience de me comporter comme un vrai salaud mais pour ma défense, quoi qu'elle ressente en cet instant, elle est loin de souffrir autant que moi.

— Merci de m'avoir aidée pour les cours… et le reste.

Mal à l'aise, Andrea attrape ses affaires puis passe devant moi pour sortir de ma chambre. Et je dois faire preuve d'un effort surhumain pour ne pas la retenir et lui présenter des excuses que je ne pense pas.

Chapitre 14

*L'une des plus grandes douleurs
est d'aimer une personne que tu ne peux pas avoir.*

Proverbe africain

Andrea
Douze ans plus tôt

Àchaque fois que je repense à mon baiser avec Gabriel, j'ai des papillons imaginaires dans l'estomac et le sang qui brûle. Il a été si doux, et si sauvage à la fois que c'en est fascinant. Sans exagérer, il mérite amplement sa place dans « Le livre des records ». D'ailleurs, je tiens déjà le gros titre : « le baiser le plus excitant de la Terre ».

Je sais que c'était complètement fou – et déplacé – de lui demander de m'apprendre à embrasser, mais je tenais vraiment à ce que ce soit lui qui me donne mon premier baiser.

Je ne sais pas trop quand a commencé cette lubie. Ou plutôt cette obsession absurde. Peut-être lors de ce fameux jour dans les toilettes des filles quand je me suis surprise à espérer qu'il m'embrasse avant de réaliser que ça n'était pas son intention. Ou peut-être encore avant ça, au lac. Quoi que ce soit, depuis, j'ai l'ambition un peu naïve de réserver toutes mes premières fois à Gabriel Léandro Cerretani. Parce que j'ai le sentiment – non, la conviction – qu'aucun autre garçon ne pourra jamais rivaliser avec lui.

Pensive, des souvenirs plein la tête, je passe distraitement un doigt sur mes lèvres. Quand il m'a embrassée après m'avoir jeté son regard fiévreux, j'ai été tentée de me pincer pour m'assurer que je ne rêvais pas. Pendant quelques secondes, j'ai même eu la folie de croire qu'il en avait toujours eu envie. Qu'il avait attendu notre baiser depuis un moment sans jamais oser m'en parler. Et puis je suis redescendue sur Terre lorsqu'il s'est détaché de mes lèvres, l'air parfaitement indifférent et distant.

Ça faisait mal de l'admettre, mais en réalité, Gabriel n'avait rien fait d'autre qu'accéder à ma requête. En bon et loyal ami, il s'était simplement laissé prendre au jeu en réussissant à y mettre du sien. Peut-être avait-il imaginé une autre fille que moi dans ses bras. Plus grande, plus riche et même plus jolie ?

Sans aucun doute.

Dans mes rêves les plus illusoires, ça se déroulait toujours autrement. Gabriel m'interdisait fermement de sortir avec ce Lorenzo Di Carlo. Et pas à cause de mon âge, mais bien parce qu'il me voulait rien que pour lui. Parce qu'il crevait de jalousie à la simple idée de m'imaginer avec un autre.

Mais je dois me rendre à l'évidence, mon plan a foiré, et Gabriel me voit encore comme cette gamine facilement impressionnable sur son vieux vélo rose. Celle qu'il trouve certes mignonne, intrépide, et rigolote, mais qui ne sera jamais rien d'autre que la petite sœur casse-pieds de son meilleur ami.

Le moral à zéro, je referme la porte de mon casier en espérant ressentir la même passion dans le baiser que j'échangerai avec Lorenzo samedi soir – il m'a proposé d'aller voir un film et j'ai accepté.

Je m'apprête à quitter les couloirs pour aller à mon prochain cours lorsque j'aperçois Gabriel derrière les grandes baies vitrées à croisillons. Comme d'habitude, ses cheveux bruns coupés court sont en bataille, l'air de signifier « allez tous vous faire foutre, j'ai mieux à faire que de passer mon temps à vérifier mon apparence dans la glace ». Voilà ce qui caractérise Gabriel ; il n'a jamais besoin d'en faire trop. Tout comme il ne parle jamais trop fort pour attirer l'attention, pour la simple et bonne raison qu'il n'en a que faire d'impressionner les autres. De toute façon, son magnétisme naturel s'en charge pour lui.

Ses cahiers bloqués sous le bras, il se dirige vers le bâtiment des sciences pour son prochain cours. Franchement, comment le rater avec sa taille de titan et sa musculature athlétique qu'on parvient à deviner sous son uniforme toujours impeccable ? Sans oublier ce regard gris intense, intelligent et singulier qui me fait systématiquement perdre la notion du temps lorsque je m'y confronte un peu trop longtemps ? Gabriel Léandro Cerretani n'est pas juste un beau garçon. Non, il a ce petit truc en plus, cette arme redoutable qu'on appelle le charme.

Un étudiant que je ne connais pas l'arrête dans sa trajectoire pour lui taper dans la main. J'ignore ce qu'il lui dit mais ça a le mérite de faire sourire le meilleur ami de mon frère. Dans la lune, je fixe cette bouche sexy que j'ai eu la chance d'embrasser ce week-end. Cette même bouche qui est en train de s'étirer en un sourire en coin pour faire apparaître cette satanée fossette irrésistible… qui disparaît dès qu'il me remarque derrière la vitre à travers laquelle je l'épie.

Un peu maladroite, et surtout très perturbée par son changement soudain d'humeur, je lève la main pour lui faire un signe auquel il répond par un simple hochement de tête. Gabriel m'évite comme un grand frère embarrassé d'être dans le même établissement que sa frangine. *Super, comme si j'avais besoin de ça.*

Même nos échanges de SMS sont devenus froids. Ses réponses sont systématiquement brèves et expéditives depuis samedi et il met toujours des plombes à répondre. Hier quand je lui ai envoyé une photo de ma copie à laquelle j'ai obtenu un 13/20, il a réagi en m'envoyant un pouce bleu. *Un pouce bleu !* Je suis désolée mais j'estime qu'avant 50 ans, on n'a pas le droit de communiquer par pouce bleu.

Lorsque l'étudiant s'en va, Gabriel se remet à avancer à grandes enjambées vers le bâtiment des sciences. Je me précipite dehors et le rattrape, complètement essoufflée. Arrivée à sa hauteur, je me contente d'établir le constat suivant :

— Tu m'évites.

— Absolument pas, rétorque-t-il en continuant de marcher.

Mon œil.

— On sèche ?

Je termine de lui faire la proposition qu'il s'arrête net.

— Et on ferait quoi, Andrea ? T'apprendre à faire une branlette ?

Son ton est sec et violent. C'est la première fois qu'il me parle aussi… crûment. Alors que je m'écarte d'un pas, encore abasourdie, Gabriel poursuit :

— Écoute, j'ai un examen dans deux minutes et j'ai pas révisé.

Lui qui a toujours des notes exemplaires, ça ne lui ressemble pas de ne pas réviser pour un examen…

— Mais pourquoi ?

Parce qu'il a été incapable de penser à autre chose qu'à notre baiser ?

Tandis que je prends mes rêves pour des réalités, Gabriel esquisse un rictus agacé.

— Tu vas me faire la morale alors que tu as réussi à obtenir un zéro l'autre jour, Andrea ?

Le rouge me monte aux joues et je me sens aussitôt terriblement honteuse.

— Désolé, je ne sais pas pourquoi je t'ai dit ça. C'était méchant et…

Inutile ? me retiens-je de compléter pour lui. Refroidie, je lui coupe la parole :

— C'est bon, ça fait rien. Bonne chance pour ton test.

Sur quoi, je m'empresse de tourner les talons.

— Andrea, attends ! s'écrie-t-il dans mon dos.

Mais je l'ignore. Hors de question de lui montrer les larmes de colère et de honte qui ont pris la liberté de couler avec abondance sur mes joues. *Puis j'aurais l'air de quoi ? De la petite sœur pleurnicharde de son meilleur pote ?* Jamais de la vie.

— Je t'écris tout à l'heure, promet-il.

La gorge nouée, incapable d'élever la voix, je murmure pour moi-même :

— Je ne répondrai pas, Gabriel.

Chapitre 15

De toutes les manières que l'homme a trouvé de se faire du mal à lui-même, l'Amour est la pire.

Paul Coelho

Gabriel

Douze ans plus tôt

En tant qu'élève de dernière année et meilleur élément de mon équipe d'aviron, il me revient l'honneur de superviser le cours du vendredi après-midi, suite à l'absence du coach Caldarelli. Et avec ma chance d'enfoiré, je ne suis même pas surpris d'être tombé sur la classe de ce Lorenzo Di Carlo de mes deux.

Les soixante-quinze minutes de cours m'ont suffi à percer le personnage au grand jour. C'est un merdeux, une putain de grande gueule, et il n'est même pas bon dans sa discipline. Je suis tellement vert de jalousie que je ne suis certainement pas objectif.

À la fin du cours, dans les vestiaires, je me dépêche de prendre une douche et d'enfiler mes vêtements. Respirer le même air que ce débile me file des envies de meurtre si intenses qu'il devient vite impératif pour moi d'aller m'aérer l'esprit. *J'espère qu'il reste un peu de beuh à Francesco, j'ai vraiment besoin de me détendre.*

Je m'apprête à refermer le casier que j'occupais, prêt à me casser d'ici, lorsque j'entends Lorenzo Di Carlo formuler *son* prénom. Je me raidis et tends l'oreille, déjà échauffé à la simple mention de la petite sœur de mon meilleur ami.

Rapidement, j'apprends qu'ils sont sortis ensemble. Au cinéma. Et je vois pourpre.

Putain, Francesco est un grand frère de merde. Andrea est encore trop jeune pour sortir avec des mecs !

Mais elle l'est suffisamment pour se faire embrasser et peloter par toi ? me nargue une petite voix dans ma tête que je chasse aussitôt.

— Elle m'a roulé une de ces pelles, les mecs. J'ai jamais autant bandé, confesse l'autre connard.

Je suis saisi d'un haut-le-coeur et mes poings se serrent, faisant jaillir mes jointures sous ma peau.

Je vais le défoncer.

J'essaye de me calmer, de stabiliser mon rythme cardiaque, mais mes efforts s'évanouissent à l'instant où un de ses puceaux de camarade s'enquiert du fait qu'elle est encore vierge et qu'il rétorque que ce n'est plus qu'une question de temps avant que ce ne soit plus cas.

Fou de rage, je referme brutalement mon casier et me rue sur ce fils de pute de Lorenzo. Je l'attrape à la gorge et l'épingle contre les casiers dans son dos. Dans la manœuvre, un boum puissant et assourdissant retentit dans tout le vestiaire.

— Je peux t'assurer qu'elle va le rester, enfoiré. Et encore pour un bon moment, grogné-je contre son visage.

Une douzaine d'yeux estomaqués se braquent dans ma direction suite à mon intervention. Ils doivent me prendre pour un malade mental, mais je n'en ai rien à battre.

— G-gabriel, q-qu'est-ce qui t-te p-rend ? panique ce crétin de Di Carlo.

Je ferais mieux de le lâcher, mais je suis incapable de m'y résoudre. Il gémit qu'il ne respire plus mais je ne pourrais pas m'en foutre plus. Le problème, c'est que je suis bien trop préoccupé par les images salaces qui défilent dans ma tête pour prêter attention à ses jérémiades. Je n'arrête pas de visualiser les mains de ce petit con sur Andrea et ça me rend malade. Et suffisamment pour lever le poing et l'écraser contre son nez qui se met aussitôt à pisser le sang. Je n'ai jamais été celui qui provoque les bagarres, j'ai toujours été de ceux qui s'interposent et calment le jeu. À croire qu'il faut un début à tout…

— Monsieur Léandro Cerretani, dans le bureau du directeur. IMMÉDIATEMENT ! aboie dans mon dos un surveillant qui vient d'entrer brusquement dans les vestiaires.

Encore submergé par la rage, je considère l'étudiant qui git au sol en train de chialer comme une veuve éplorée, et je suis incapable d'éprouver le moindre remords.

— Touche-la encore et je te frapperai tellement fort que tu ne pourras jamais plus monter sur un bateau de compétition, sifflé-je d'une voix menaçante.

Pour toute réponse, ses lèvres frémissent de terreur.

— Monsieur Léandro Cerretani ! me rappelle à l'ordre le surveillant.

J'obtempère et avance à reculons jusqu'à la porte, en avisant chaque regard scandalisé, un à un.

— Et c'est valable pour vous tous. Faites passer le message.

Chapitre 16

On ne souffre jamais que du mal
que nous font ceux qu'on aime.
Le mal qui vient d'un ennemi ne compte pas.

Victor Hugo

Andrea
Présent

J'ai toujours été cataloguée comme une « belle fille ». Adolescente, on disait de moi « Oh, la pauvre chérie n'a pas de père et sa mère est fauchée comme les blés, mais qu'est-ce qu'elle est jolie ! Une vraie beauté ! ». J'étais réduite à un joli minois. À vrai dire, c'était mon seul atout. En revanche, lorsque les gens parlaient de mon frère, on disait de lui qu'il était intrépide, excellent à l'école sans même se donner la peine d'ouvrir ses livres de cours et qu'il était suffisamment bon au foot pour y faire carrière s'il le souhaitait.

Cette catégorisation, je n'en ai jamais vraiment souffert, j'ai juste appris à en tirer profit avec le temps.

Lorsque Luigi m'a engagée, trois années auparavant, je me contentais de tenir le bar. Je servais des verres et amassais des pourboires, plus ou moins généreux. Mais plus je côtoyais les danseuses du club, qui gagnaient en trois soirées ce que je gagnais sur le mois, plus je me disais que moi aussi, j'étais capable de faire comme elles. Danser, être sexy… être suffisamment belle pour en faire mon gagne-pain. On me l'avait suffisamment rabâché durant ma jeunesse, alors il ne me restait plus qu'à utiliser mon atout et en faire une force.

Nous sommes lundi soir et je viens d'apprendre que Gabriel ne s'est pas simplement contenté de faire annuler mes rendez-vous de la semaine passée, mais tous les autres à venir également. Abasourdie, je tourne nerveusement les pages de mon calendrier – jusqu'en décembre – et toise avec amertume tous les noms de mes clients réguliers soigneusement biffés à l'encre rouge et remplacés par les initiales G.L.C.

Gabriel Léandro Cerretani.

« Fais-toi une raison, tu n'auras plus jamais de clients ». Sa réflexion prend enfin tout son sens et fait bouillir le sang qui se balade dans mes veines. Je fonce dans le bureau de Luigi, sans prendre la peine de frapper. Je le trouve derrière son bureau Chesterfield, tout bronzé de ses vacances improvisées aux Caraïbes et en train de tirer sur un cigare fraîchement allumé.

— Margherita ! déclare-t-il avec entrain en me découvrant.

D'un pas fougueux, j'avance jusqu'à lui et me contente de lui fourrer mon planning sous le nez.

— Tu m'expliques ?

Crachant sa fumée sur le côté, il jette brièvement un œil aux feuilles tendues devant lui avant de relever le menton. Soudainement enjoué, il se met à sourire de toutes ses dents derrière la fumée dense de son habano.

— Tu as décroché le jackpot, ma belle. Un client a payé pour ton exclusivité jusqu'à la fin de l'année.

Ça n'était encore jamais arrivé à aucune fille du club. Faut croire que tu lui as sacrément tapé dans l'œil à cet avocat.

Face à mon silence, mon boss fronce les sourcils et s'étonne :

— Quoi, tu n'es pas contente, Marghé ?

Que ce soit clair, si ça avait été n'importe quel client, j'aurais déjà sauté au plafond depuis belle lurette. Mais venant de Gabriel, ça me donne juste envie de hurler de rage. Cerretani cherche tout simplement à me contrôler – ou à m'humilier – et je ne parviens pas à me faire à l'idée qu'il y arrive. Et aussi facilement qui plus est.

— Il a déjà payé en avance, m'informe Luigi, fier de lui. Ta part du fric est déjà sur ton compte avec un petit bonus.

Il me décoche un clin d'œil coquin et me complimente :

— Parce que tu es ma danseuse la plus rentable.

Mais je ne l'écoute déjà plus, trop occupée à vérifier ses dires. Je sors mon portable de mon sac, me connecte à mon application bancaire et… *merde, la somme est astronomique* – bien que très loin d'être suffisante pour apaiser ma frustration.

Quand je relève le nez de l'écran de mon téléphone, Luigi est occupé à consulter sa nouvelle montre – une Rolex vintage, rien que ça.

— D'ailleurs, que fais-tu encore là ? Il ne devrait pas tarder à arriver. Allez, file !

Ça, j'en doute fort, il n'est plus revenu depuis la dernière fois.

Et j'avais raison d'émettre des doutes, car comme je l'avais prédit, il ne se pointe pas.

Lasse de tourner en rond dans la pièce exiguë où je reçois mes clients d'habitude, j'avise pour la énième fois de la soirée l'horloge murale qui se trouve au-dessus de la tête de Massimo – mon garde du corps. Ses aiguilles indiquent deux heures du matin… et toujours rien.

***

Le lendemain ? Même chose.

Le surlendemain ? Encore chou blanc.

Bon sang, mais qui irait se payer une stripteaseuse à l'année avec l'ambition de ne pas en profiter ?

On est fin de semaine et il est presque quatre heure du matin lorsque je monte dans ma voiture garée sur le parking privé du club. Je prends le chemin qui mène à mon appartement puis, sur un coup de tête, je fais demi-tour et conduis jusqu'à la *Villa Madama*.

Une vingtaine de minutes plus tard, me voilà dans les quartiers chics de Rome pour la deuxième fois en moins de deux semaines. Gabriel a hérité de la maison de son enfance, il me semble avoir entendu dire que ses parents, devenus trop vieux pour habiter en ville, ont élu domicile dans leur maison de vacances à Syracuse. J'ai une pensée pour Elisa. Je l'imagine très bien chapeau haute couture sur la tête, le visage à peine marqué par le temps, en train de siphonner son champagne rosé hors de prix dans un club de plage select.

Arrivée devant le gigantesque portail en fer forgé, je cesse de rêvasser et me ressaisis. Je relève le frein à main, abaisse la vitre et tape le code sur le boîtier. Par chance, il s'avère que c'est toujours le même qu'autrefois. Quelques secondes plus tard, je traverse l'allée en gravier puis abandonne mon véhicule au pied du perron. Et à mesure que je monte les marches, je constate qu'aucune lumière n'est perceptible depuis l'extérieur.

Pourvu qu'il dorme paisiblement, car je vais me faire une joie immense de l'arracher à son sommeil.

Sans hésiter une seule seconde, le sourire aux lèvres, je frappe le heurtoir avec véhémence et acharnement. Je ne m'arrête de le cogner contre la porte que lorsque Gabriel l'ouvre en grand. Son expression mécontente se change rapidement en de la stupéfaction lorsqu'il me découvre sur son perron.

— Andrea ?

Je le détaille rapidement, de sa cravate défaite qui pend autour de son cou à sa chemise froissée dont les premiers boutons sont ouverts. Il est débraillé mais de façon sexy. Comme si une femme s'était jetée sur lui et avait tenté de le déshabiller sans toutefois y parvenir. *Est-ce que je l'ai interrompu dans quelque chose ? Une partie de jambes en l'air, peut-être ? Est-ce qu'il s'est remis avec son ex ?* songé-je encore, contrariée en réalisant que l'idée me déplaît… pour une raison qui m'échappe totalement.

Déstabilisée par cette pensée, je redresse le menton, éloigne mes yeux du triangle de peau dorée qui orne son cou, et vais droit au but :

— Tu as trop d'argent, Gabriel ? Tu ne sais plus quoi en faire ?

Mon ton amer lui fait arquer un sourcil. Tandis qu'il me considère en jouant les impassibles, je l'imite et hausse un sourcil à mon tour, signifiant que j'attends une réponse de sa part.

— On n'en a jamais trop, Andrea. Et détrompe-toi, je sais parfaitement quoi faire de mon argent.

Il avise la Cartier à son poignet avant d'ajouter :

— Sinon, dis-moi, ça t'arrive souvent de déranger les gens à quatre heure du mat pour leur poser des questions de merde ?

Son petit air supérieur me donne envie de lever le genou en plein dans ses parties intimes. Mais inutile d'en venir aux mains – pour l'instant, du moins.

Je décide de conserver mon calme et à la place, je déclare sèchement :

— On avait rendez-vous.

Avec nonchalance, Gabriel appuie une épaule contre le cadre de la porte et se contente de rétorquer :

— J'avais du boulot.

Mais à quoi il joue, bon sang ?

— Comptes-tu te présenter au club demain ? tenté-je, sans me démonter.

— Je crains que non.

J'ai vraiment du mal à le suivre et ça me rend dingue. Je poursuis, les dents serrées :

— Les autres jours, alors ?

— Négatif.

Je m'emporte :

— Mais tu as déjà payé, Gabriel ! Pour une putain d'année entière !

Le grand brun se redresse et fait étalage de son mètre-quatre-vingt-cinq. Je n'ai pas d'autre choix que de renverser la tête pour le regarder droit dans les yeux, et ça me contrarie. Plus que de raison.

— C'est Luigi qui t'envoie ? s'enquiert-il avec méfiance. Dis-lui qu'il peut dormir sur ses deux oreilles, je ne compte pas réclamer mon argent.

Complètement larguée, j'essaye de comprendre :

— Mais à quoi ça rime ? À alimenter le fantasme ? Un étalage de pouvoir ?

Gabriel secoue légèrement la tête.

— Rien à voir avec ça.

— Alors, quoi ? Pourquoi tu fais tout ça ?

Il soupire puis me regarde droit dans les yeux. Le gris de ses iris est saisissant.

— Parce que tu vaux mieux que ça, Andrea.

Chapitre 17

Gabriel
Présent

Andrea ne s'attendait pas à cette réponse et pourtant, qu'elle le veuille ou non, c'est la stricte vérité. Je n'ai pas dépensé des milliers d'euros dans ce club pour faire étalage de ma condition financière plus qu'aisée et encore moins dans le but de l'insulter, de quelque manière que ce soit.

— Ce n'est pas à toi de décider de ma valeur, Gabriel.

Sur ces mots, la petite brune en colère pas plus haute que trois pommes tourne les talons et marche jusqu'à sa voiture. Avant de s'empresser d'aller s'installer au volant, elle me jette un dernier regard assassin par-dessus son épaule, m'exprimant toute sa rancœur.

— Andrea, attends, soupiré-je dans une vaine tentative de la retenir.

Mais elle se contente de sortir son majeur par sa fenêtre. *Cette meuf est infernale.* Je descends à mon tour les quelques marches du perron et une fois au niveau de sa bagnole, je pose les mains sur le capot et me penche par-dessus la vitre baissée.

— Est-ce que je peux au moins savoir pourquoi tu t'obstines à percevoir le moindre mot qui sort de ma bouche comme une insulte ?

Andrea grommèle en insérant ses clés dans le neiman :

— Parce que tu… tu…

Les sourcils froncés, elle s'interrompt, tente à nouveau de mettre le contact, sans succès. Je profite de son silence pour exposer ma théorie :

— Moi, je vais te dire pourquoi. Parce que tu es une casse-couilles, Andrea. Une casse-couilles de compét'. Tu es tellement une emmerdeuse que-

Mais c'est à mon tour de me taire lorsqu'elle tente pour la troisième fois consécutive de mettre le contact, sans toutefois y parvenir.

— La batterie est morte, fais-je remarquer à l'instant même où elle refait un essai, tout aussi vain que les précédents.

Andrea écarquille les yeux et, un cri de frustration plus tard, elle tape rageusement contre le volant.

— Super ! peste-t-elle. Génial !

Je m'écarte et évite de justesse de me prendre un coup de portière dans les parties lorsqu'elle s'extirpe brusquement de l'habitacle ridiculement petit de sa voiture de pétasse. Les bras croisés sous sa poitrine, elle s'adosse ensuite contre la carrosserie et porte son téléphone à son oreille avant de l'écarter d'un geste sec et de réaliser à voix haute :

— J'ai plus de batterie, c'est une blague ?

Je retiens un ricanement et commente :

— Décidément.

Alors que je commence à tourner les talons, Andrea m'interpelle, légèrement paniquée :

— Hé ! Où tu vas ?

Je mords l'intérieur de mes joues afin de conserver mon sérieux. L'envie de tester les limites de sa fierté est vraiment tentante. Je ne résiste pas plus longtemps :

— Dormir, peut-être ? C'est pas comme s'il était quatre heures du matin, Andrea.

Que ce soit clair, je n'ai nullement l'intention d'aller me coucher et de la planter là, dehors dans le froid à cette heure de la nuit. Mais ça ne m'empêche toutefois pas de savourer coupablement la situation. Alors que je me mets à gravir la volée de marches du perron, Andrea s'indigne, telle une gamine en colère à qui on aurait refusé quelque chose :

— Gabriel !

Je la considère brièvement par-dessus mon épaule et feins d'être blanc comme neige :

— Oui, Andrea ?

J'avise ses pommettes roses et sa bouche pincée en m'efforçant de ne pas sourire de manière victorieuse. *Messieurs, dames, Andrea Cardinale dans toute sa splendeur : têtue et trop fière pour demander de l'aide.*

Comme elle n'a toujours rien dit, refusant d'admettre qu'elle a besoin de moi, je m'enquiers avec désinvolture :

— Tu as quelque chose à me demander, Andrea ?

Dès lors qu'elle comprend mon petit jeu, ses émeraudes se plissent et son regard se fait assassin. *Adorable.* Elle ouvre la bouche, à deux doigts de craquer, mais se ravise au dernier moment.

— Rien du tout.

Je hoche la tête, sans parvenir à refouler un demi-sourire cette fois.

— Bien, alors bonne nuit.

Je termine tout juste de lui présenter mon dos, qu'elle se ravise :

— Très bien, tu as gagné. Raccompagne-moi chez moi, s'il te plaît.

S'il te plaît ? Je n'en attendais pas tant de la part d'Andrea Cardinale, l'effrontée de service.

Chapitre 18

Tant que le cœur conserve des souvenirs,
l'esprit garde des illusions.

Chateaubriand

Gabriel
Présent

Andrea dans mon dos, nous accédons au garage qui se trouve au sous-sol – l'une des rares zones de la maison qu'elle n'avait encore jamais visitée jusqu'ici. À chacun de nos pas sur le béton lissé, le balisage encastré dans le bas des murs s'enclenche, dévoilant mes voitures une à une, tels des joyaux. Le spectacle est digne d'un James Bond.

— À quoi ça te sert d'avoir huit voitures ? demande Andrea.

Question à laquelle je me contente de répondre :

— À quoi ça sert d'être pété de thunes si ce n'est pas pour en profiter ?

Elle murmure distraitement un « pas faux » tout en contournant ma Ferrari. Du bout des doigts, elle caresse la carrosserie gris métallisé, comme si elle la convoitait. *Comme si elle s'imaginait au volant de celle-ci à arpenter les rues de Rome.* Je penche la tête et l'observe en retrait.

— Elle te plaît ?

— Pas mal, dit-elle en s'efforçant de ne pas paraître trop impressionnée.

Tandis qu'Andrea évolue autour de ma 812 GTS, je me surprends à songer que cette bagnole lui irait parfaitement.

— Tu veux la conduire ?

Ma proposition lui fait brusquement relever la tête.

— Sérieusement ?

Pour toute réponse, je sors les clés de ma poche de pantalon et les lui lance. Elle les attrape au vol en poussant un petit cri hystérique et je suis tenté de souligner son engouement soudain pour ma Ferrari qu'elle venait de qualifier de juste « pas mal » sans grand enthousiasme.

— Elle a combien de chevaux, au juste ? s'enquiert-elle en s'installant derrière le volant alors que je prends place sur le siège passager.

Il y a de l'excitation dans sa voix.

— 800. Attache ta ceinture, Andrea.

Sa bouche forme un O parfait tandis qu'elle s'exécute.

— La mienne n'en a que 69.

Sur cette confession, j'appuie sur le bouton Start pour démarrer le moteur et lui décoche un clin d'œil.

Fais-toi plaisir, bébé.

Nous sommes propulsés dans le fond de nos sièges lorsqu'Andrea nous engage sur la route en accélérant à pleine balle, un sourire jusqu'aux oreilles. Elle paraît heureuse et insouciante et le spectacle est si renversant que je ne peux pas m'empêcher de la contempler rayonner, même dans la nuit.

— Cette voiture est dingue !

— Ouais, j'en suis plutôt satisfait, fais-je distraitement, incapable de me détourner de son profil.

— Mais te fais pas d'illusion, je t'en veux toujours, s'empresse-t-elle de préciser.

Je me doutais qu'une simple balade au volant de ma bagnole n'allait pas suffire à faire table rase. *Du moins, pas avec Andrea Cardinale.*

— Que dois-je faire pour que tu me pardonnes d'avoir évincé tous ces pervers ?

Andrea fait mine de réfléchir, mais rien qu'une seconde.

— Donne-moi cette voiture et j'oublie tout.

Petite maligne. Je hausse un sourcil, impressionné et amusé malgré moi par son audace légendaire.

— C'est d'accord.

Abasourdie, elle se détourne du pare-brise pour me jeter un regard scandalisé.

— Je déconnais, Gabriel !

Ah, oui ? Merde alors.

— Moi aussi, qu'est-ce que tu crois ? mens-je. Maintenant, regarde la route.

Inattentive, dans l'euphorie, Andrea s'est mise à accélérer de plus belle. Elle ne freine à aucun moment et ne remarque pas non plus le piéton qui est en train de traverser la route, juste devant nous. Je déglutis et tout se passe très vite. *Trop vite.* Tandis qu'elle songe à voix haute « je vais la repeindre en violet », j'évalue rapidement le temps de freinage – trop long – avant de me pencher sur le volant pour en prendre le contrôle. Je braque sur la gauche pour éviter de justesse le piéton et on échoue de l'autre côté de la route en rasant une camionnette qui fonçait à toute allure. Andrea enfonce la pédale de frein et les jantes de ma Ferrari s'effritent contre la bordure du trottoir.

Bordel de merde, on l'a échappé belle.

Je reprends doucement mes esprits et replie mon bras gauche qui, par réflexe, s'était tendu devant la belle brune dans un geste protecteur. Je réalise soudain qu'aucun mot n'a franchi ses lèvres depuis qu'on a frôlé la mort.

Dans la précipitation, je détache ma ceinture, puis la sienne, avant de capturer son menton entre mes doigts pour diriger son visage vers moi. Ses yeux hagards sont si humides qu'ils brillent de mille feux.

— Andrea, tout va bien ? Parle-moi, insisté-je.

J'inspecte ses traits avec minutie et écarte les cheveux collés à son front, soulagé de remarquer qu'elle n'affiche pas la moindre égratignure.

— J'aurais pu nous tuer, réalise-t-elle à voix haute, comme hantée par ses pensées.

Sur sa joue roule une larme solitaire que je cueille du pouce par automatisme. *Comme si on était redevenus ces deux adolescents maladroits dans ma chambre.*

— Je vais payer les réparations. Je te le promets, enchaîne-t-elle dans un souffle.

La détresse et la vulnérabilité dans sa voix me font réaliser que la femme fatale au tempérament de feu n'est en réalité qu'un rôle qu'elle joue à la perfection. Une façade pour tromper les hommes.

Et ces derniers jours, elle a d'ailleurs presque réussi à me duper, moi aussi.

— Sors de la voiture, ordonné-je doucement, avant d'en faire de même.

Je contourne le capot sans même prendre la peine d'évaluer les dégâts. *C'est le cadet de mes soucis.* En poussant un long soupir, je m'installe au volant, avant de réaliser que le siège passager est vide. Andrea est toujours sur le trottoir, stoïque et l'air totalement paumée.

Qu'est-ce qu'elle attend ? La chute des feuilles ?

J'abaisse la vitre et m'impatiente :

— Tu montes ?

L'incertitude et l'étonnement traversent ses prunelles. Je fronce les sourcils, interloqué. *Attendez un peu, me dites pas qu'elle s'imaginait que je l'avais fait descendre de la voiture pour la planter là ?* J'hésite entre me vexer, rire nerveusement ou la secouer pour réanimer ses neurones.

Quel genre de connard a-t-elle bien pu fréquenter par le passé pour s'attendre à ce type de réactions ?

— Andrea, soupiré-je. Je t'ai demandé de descendre de cette voiture car tu n'étais plus en mesure de conduire. Monte à présent, je te raccompagne chez toi.

Le rouge lui monte aussitôt aux joues et il lui faut plusieurs secondes pour se ressaisir et s'exécuter. Une fois installée à ma droite, elle recommence à broyer du noir :

— J'aurais pu nous tuer…

— N'y pense plus, soupiré-je tout en m'engageant dans la circulation.

— Mais j'ai rayé tes jantes…

Je marque l'arrêt au feu rouge, puis tourne le visage vers elle pour la considérer gravement.

— Andrea, si tu savais à quel point je m'en branle.

— Mais…

— Est-ce que tu penses pouvoir t'en remettre, un jour ? la coupé-je.

J'avance le dos de ma main près de son visage et caresse sa joue encore humide. C'est la deuxième fois que je m'autorise à la toucher et qu'elle ne s'en plaint pas.

Elle hoche la tête, silencieuse et peut-être aussi troublée par ma main qui vient de descendre dans son cou pour saisir sa nuque. En réalisant que je la touche de façon inappropriée, je retire ma paume et la replace sur le volant.

— C'est tout ce qui m'importe, conclus-je, un peu bourru.

Le reste du trajet se déroule dans un silence gênant durant lequel Andrea m'indique le chemin de son appartement – que je fais semblant de ne pas déjà connaître.

Un silence durant lequel je crève d'envie de lui poser tout un tas de questions. Sur elle, sur sa vie, sur la musique qu'elle écoute. Si, lorsqu'elle regarde « Le diable s'habille en Prada », il lui arrive de penser à nous ? Mais je n'y parviens pas.

Lorsque je me gare en bas de son immeuble, Andrea se contente de sortir de l'habitacle en me bredouillant pour la centième fois de la soirée qu'elle est désolée pour mes jantes. Et alors que je la regarde se diriger vers la porte d'entrée du bâtiment, un vide immense se creuse dans ma poitrine, avant de se combler à nouveau lorsque la petite brune fait volte-face et court jusqu'à moi.

Elle se penche au niveau de la vitre baissée de ma Ferrari et propose :

— Tu veux monter une minute ?

Mon palpitant s'affole. *Ai-je bien entendu ?*

— Je t'ai réveillé à quatre heures du mat, j'ai abîmé ta caisse et manqué de nous tuer. Je te dois bien un verre, se justifie-t-elle face à mon expression ahurie.

Dans l'ascenseur, Andrea regarde partout autour d'elle sauf dans ma direction. Notre proximité semble la mettre mal à l'aise. Alors que je m'apprête à lui dire que si elle a changé d'avis, je peux toujours m'en aller, elle me prend de court en entamant la conversation :

— Tu sais, je ne compte pas faire ce boulot de danseuse toute ma vie. C'est… temporaire.

Même si je sais pertinemment que je n'ai pas mon mot à dire et encore moins de jugement à émettre, cela me rassure de l'entendre l'affirmer. Quoi qu'on en dise, je reste d'avis que se dénuder et danser pour des hommes qui paient reste quelque chose de dégradant. Et qu'elle mérite mieux que ça.

— Est-ce que j'ai le droit d'être soulagé par ta confession sans me manger une baffe ?

Ma remarque lui vole un petit rire spontané qui fait augmenter ma chaleur corporelle d'un cran.

— Après ce que j'ai fait à ta Ferrari, je crois que oui, concède-t-elle en fronçant le nez.

Je hoche la tête, amusé et satisfait.

— Donc… tu ne m'en veux plus ? ne puis-je m'empêcher de lui demander en lui tendant mon auriculaire.

Un sourire espiègle envahit son visage.

— Bien sûr que si, rêve pas, dit-elle en ignorant mon doigt tendu. Mais je suis crevée, Gabriel. Je continuerai de te détester demain.

Cela me semble être un bon compromis.

L'ascenseur s'ouvre au niveau du quatrième étage. Andrea sort la première de la cabine et insère sa clé dans la serrure de la troisième porte du couloir, en partant de la gauche. Autrement dit, la seule porte des trois qui n'est pas blindée.

— Tu devrais mettre une porte plus robuste. Un coup de pied suffirait à défoncer ton entrée.

Elle hausse les épaules.

— Je loue cet appartement, je ne vais pas débourser mille balles pour changer la porte.

— La sécurité n'a pas de prix, Andrea, la réprimandé-je.

— Quand on est un Cerretani, peut-être, mais pas lorsqu'on est une Cardinale.

Sur quoi, elle pousse le battant d'un coup de hanche et m'invite à la précéder en effectuant une petite courbette. Je m'exécute, tout en observant les alentours d'un regard circulaire. Son appartement est décoré avec goût, certes très féminin, mais très cosy. Des bougies sont disposées un peu partout, et il y a un portrait de Monica Belluci dans *Malèna.*

— Ça te plaît ?

— Ça te correspond…, commencé-je avant de m'interrompre, distrait par le soutien-gorge qui vient de tomber à mes pieds dans un bruissement.

Je relève le menton, la bouche soudainement très sèche. Dos à moi, Andrea vient de retirer sa robe et tout ce qu'elle porte, à présent, c'est un minuscule string noir en dentelle. Je déglutis et détourne le regard en réalisant que je l'ai suivie jusque dans le dressing, sans m'en rendre compte.

Pour me donner une contenance, je me concentre sur les penderies et constate qu'elles sont pleines à craquer. Certains vêtements ont même encore des étiquettes.

Je siffle, impressionné :

— Je vois que tu as enfin ton dressing à la *Andy Sachs.*

À l'instant où j'établis ce constat, Andrea fait volte-face.

— Tu t'en souviens ? s'étonne-t-elle.

Je me souviens de tout, me retiens-je in extremis de rétorquer.

Je délaisse ses grands yeux verts curieux pour aviser le petit short en coton qu'elle a enfilé à la va-vite et l'énorme sweat-shirt à capuche dans lequel elle nage. Elle fait tellement jeune dans cet accoutrement que j'ai l'impression d'avoir fait un saut dans le passé. *Encore.*

Mal à l'aise, je survole d'un coup d'œil furtif son dressing et redirige la conversation :

— Où est mon veston ?

Armée de son sourire spécial garce qui m'est exclusivement réservé, ses yeux reviennent se planter dans les miens, faussement innocents.

— Hum ?

Quelle piètre comédienne.

— Celui que je t'ai prêté l'autre jour, au commissariat, précisé-je inutilement.

— Oh, celui-là ? Je l'ai vendu sur Vinted.

Je me mords l'intérieur de la joue pour retenir un rire nerveux. *La garce a dû se faire un beau paquet de fric.* Ma veste Kiton vaut au moins trois smic.

— Tu y tenais ? s'enquiert-elle en battant des cils.

— J'en ai d'autres, rétorqué-je en lui adressant un sourire faux-cul.

— Tant mieux alors.

J'ai envie de l'étrangler. Et de la baiser. En simultané.

Andrea m'emboîte le pas et m'intime de la suivre jusque dans la cuisine. Celle-ci est petite mais fonctionnelle, avec un îlot en son centre auquel je m'adosse. Tandis qu'elle sort deux bières du frigo qu'elle décapsule avant de m'en tendre une, elle me demande :

— Alors, pourquoi c'est fini avec ta copine ?

Décidément, elle y tient.

Elle a pris un air désabusé en me posant la question, l'air de ne pas y toucher, mais elle oublie que je suis avocat. Je sais lire entre les lignes. Elle crève littéralement d'envie de savoir pourquoi j'ai rompu avec Carmen.

Je me laisse aller à la tentation de la provoquer un peu :

— Ton célibat est si pesant que ça pour que tu t'intéresses autant à la vie intime des autres ?

Elle hausse un sourcil.

— Qui te dit que je n'ai personne ?

Je suis peut-être avocat, mais j'avais oublié qu'elle était une provocatrice hors pair. Je l'observe par-dessus le goulot de ma bière, soudainement curieux et *très* jaloux.

Est-ce qu'elle voit encore ce fameux blond aux tatouages ?

— Si tu as quelqu'un, il ne doit pas beaucoup compter pour toi, rétorqué-je.

Ses yeux perçants et malicieux plongent dans les miens.

— Pourquoi ça ?

Je l'étudie brièvement, de ses jolis petits pieds nus vernis à sa bouche pulpeuse.

— Tu viens de faire monter un autre homme dans ton appartement. Si tu étais à moi, je n'apprécierais pas.

Intriguée, désireuse d'en apprendre plus, Andrea pose ses coudes sur la surface du bar et me fixe intensément. Plonger dans le vert de ses yeux me déstabilise. C'est comme sauter pieds joints dans l'abîme, avec la certitude de ne pas en sortir indemne. Je dois être suicidaire car je ne détourne quand même pas le regard.

— Ah non ? fait-elle en fronçant les sourcils.

J'imite sa position sur le comptoir et confie d'une voix rauque et basse :

— Ça me rendrait fou.

Notre proximité est telle que lorsqu'elle parle, son souffle chaud frappe mon visage.

— Mais tu as toujours été très jaloux. Et possessif.

Je renverse le cou pour boire une gorgée de ma bière, sans jamais rompre le contact visuel.

— Seulement quand ça compte, admets-je.

J'ignore qui de nous deux s'est mis à avancer, mais on se tient vraiment très proche l'un de l'autre à présent. Suffisamment pour que sa poitrine effleure mon torse à chacune de ses respirations.

— Pourquoi tu l'as quittée ? insiste-t-elle dans un murmure rauque.

— Pourquoi tu tiens tant à le savoir ?

Sa bouche s'entrouvre mais ne produit aucun son. Je me mets à insister :

— Qu'est-ce que tu veux entendre, Andrea ?

Elle inspire brusquement.

— La vérité.

Très bien, si tu y tiens tant, je vais te la donner.

Je réduis le mince espace entre nous pour capturer son menton dans le creux de ma paume. Andrea tressaille tandis que du pouce, je redessine les contours de sa bouche ourlée dans un geste appuyé et explicite. Je m'attends à ce qu'elle me repousse, mais son regard voilé ne veut pas lâcher le mien, qui oscille de ses yeux à ses lèvres, dans un lent va-et-vient.

— Parce que Carmen ne me faisait pas ressentir…

Je m'interromps, Andrea suspendue à mes lèvres.

— Quoi ? Qu'est-ce qu'elle ne te faisait pas ressentir ? insiste-t-elle dans un souffle.

Et puis merde.

— Ça.

Brusquement, je redresse son menton toujours bloqué entre mes doigts et écrase mes lèvres avides sur les siennes. Andrea gémit lorsque j'enfonce ma langue dans sa bouche et la dévore comme on goûte un fruit défendu ; avec urgence et ivresse. Et à deux doigts de perdre la tête.

Notre baiser est lascif et devient si obscène qu'il m'est presque difficile de m'arrêter. Au bout d'une dizaine de secondes, c'est Andrea qui y met un terme en me repoussant des deux mains.

— Q-qu'est-ce q-que t-tu…

Les joues roses, hors d'haleine, elle a le regard d'une biche prise dans les phares d'une voiture. Les mots semblent se bousculer dans sa bouche, comme s'ils refusaient de franchir ses lèvres boursouflées par mes assauts.

— Je t'avais interdit de m'embrasser, me reproche-t-elle en reprenant doucement ses esprits.

— Et je n'ai jamais été très obéissant, sifflé-je en contrepartie.

Ma réponse la contrarie. Suffisamment pour qu'elle soit tentée de lever la main à hauteur de mon visage pour me gifler. *Une fois de trop.* J'attrape son poignet au vol pour l'en empêcher et la tire à nouveau contre moi.

— La prochaine fois que tu essayes de lever la main sur moi, je porte plainte contre toi, Andrea, soufflé-je contre sa bouche, menaçant.

Alors que ses cils papillonnent en réaction à mes paroles acerbes, son menton s'avance et ses lèvres s'entrouvrent, volontaires. Affamées. *Elle ne sait pas ce qu'elle veut et ça me rend fou.* J'esquive sa bouche et une décharge électrique remonte le long de ma colonne vertébrale lorsque, d'un geste habile, je lui tords le poignet et m'aide de ma prise pour la retourner contre le plan de travail. Son cul butte contre ma bite lorsque je pose ma paume au milieu de son dos pour qu'elle se plie en deux.

— Je rêve où tu allais me rendre mon baiser, Andrea ?

Ses bras bloqués dans son dos et retenus par ma main droite, elle me jette un regard mi-affolé mi-assassin par-dessus son épaule, avant d'articuler :

— Jamais de la vie.

Je suis tellement ferme et gonflé qu'on peut deviner chaque contour de mon sexe à travers le tissu de mon pantalon de costume. Et je ne suis pas le seul à le remarquer dans cette cuisine. Andrea me jette un autre regard par-dessus son épaule, à mi-chemin entre indignation et… *lubricité ?*

— Tu es une piètre menteuse.

— Et toi, ne m'embrasse plus jamais.

— Tu n'as pas eu l'air de détester ça pourtant.

— Détrompe-toi, j'en ai détesté chaque seconde.

Je ne la crois pas. Elle a gémi dans ma bouche. Ce baiser, elle était prête à me le rendre. *Ou peut-être que le désir m'a aveuglé et que je me mets à réfléchir comme un connard qui pense avec sa queue ?*

Indécis, troublé de m'être peut-être effectivement fait des idées, je la lâche et m'écarte d'un pas.

— Alors, je ne t'embrasserai plus. Tu as ma parole.

Quand Andrea se retourne, son visage affiche une expression que j'ai du mal à déchiffrer. Je crois y lire du questionnement et de la déception. Mais peut-être que je me trompe encore et que je vois simplement ce que j'ai envie de voir. Je ne veux pas prendre une seconde fois le risque de mal interpréter la situation.

— Je ferais mieux de rentrer, déclaré-je.

Mais je n'ai pas l'occasion de faire plus de deux pas vers la sortie qu'Andrea me retient dans un halètement :

— À quoi tu joues, Gabriel ?

Je m'arrête en décelant un soupçon de colère dans sa voix.

Finissons-en.

— Je n'ai pas été honnête avec toi, avoué-je, toujours dos à elle.

— À quel sujet ?

Je pince les lèvres, hésitant, puis craque :

— Quand j'ai dit que tu méritais mieux.

Quand je la sens approcher, je me détourne de la porte pour la regarder droit dans les yeux.

— Ce n'était pas la seule raison.

Elle déglutit et je poursuis, en esquissant un pas dans sa direction :

— Si j'ai payé, c'est parce que t'imaginer avec tous ces hommes me rendait fou de jalousie. J'en dormais plus la nuit. Je ne pensais qu'à ça.

Andrea recule d'un pas tandis que j'en esquisse un nouveau.

— Je maudis ton frère de m'avoir appelé l'autre soir. Je regrette de t'avoir revue dans ce commissariat. De t'avoir laissé réveiller mes vieux démons, ceux obsédés par toi depuis l'enfance.

Je marque une pause et me contente de la sonder avec dureté.

— Tu me reproches de t'avoir embrassée, fais-je en ricanant nerveusement. Mais tu ignores encore tellement… tout. Tout ce que tu éveilles en moi, Andrea. Je te désire avec tellement de force que c'en est de la torture.

Je l'entends déglutir. Mes aveux doivent certainement l'effrayer.

— Alors maintenant que tu sais tout, je ferais vraiment mieux de partir.

Je termine à peine de me détourner que sa voix délicieusement rauque et incertaine perce l'air :

— Montre-moi, Gabriel.

Cet ordre sonne comme une prière. *Ou plutôt un péché.*

— Ces choses que j'éveille en toi. Montre-les moi, insiste-t-elle.

Bon sang.

Elle me jette un autre regard, dans lequel je me perds totalement.

— Tu ne sais même pas ce que tu me demandes, grogné-je, tenté malgré moi par sa proposition indécente.

Mais ce n'est pas le genre d'Andrea Cardinale de faire marche arrière.

— Montre-les moi, juste une fois, réclame-t-elle.

Sa dernière supplique réveille une colère sourde en moi et me rend aussitôt amer.

— Je crois que je n'ai pas été assez clair. Je ne veux pas tout « juste une fois ». Je veux tout. Toi, tout entière et tout le temps.

Cette ultime confession la fait tressaillir. Elle recule d'un pas, affolée, vulnérable. Perdue.

— Tu ne peux pas me demander ça, Gabriel.

— Et toi, tu ne peux pas me reprocher de savoir ce que je veux, Andrea.

Ce que j'ai toujours voulu.

Chapitre 19

Une fille prend trop de temps à aimer
et quelques secondes à détester.
Mais un garçon met quelques secondes à aimer
et trop de temps à haïr.

William Shakespeare

Gabriel
Douze ans plus tôt

— T'as eu de la chatte sur ce coup, ricane Louca, sur le départ.

Une fesse sur le rebord de ma fenêtre, il souffle la fumée de son joint vers l'extérieur avant de me tendre le pétard. Je tire une latte en acquiesçant.

Ouais, on peut dire que j'ai eu de la chance sur ce coup, en effet. Après avoir brisé le pif de Lorenzo Di Carlo, j'ai seulement écopé de quelques jours de renvoi. Si j'avais eu un palmarès de conneries de l'envergure de celui de Louca, j'aurais certainement été définitivement remercié du pensionnat Rainaldi.

Toc. Toc.

On frappe à ma porte.

— Mon chéri ? Tu as de la visite, annonce ma mère depuis le couloir.

J'écrase le joint sur la pierre bleu de l'appui de fenêtre avant de balancer le mégot dans les rosiers, quelques étages plus bas. Je commence à me détourner, m'attendant à voir entrer Matteo ou encore Francesco, mais certainement pas à découvrir Andrea dans l'encadrement de la porte avec un énorme seau à pop-corn dans les bras.

Qu'est-ce qu'elle fout ici ?

— Oublie pas que c'est de sa faute si t'en es là, glisse discrètement Louca à mon oreille, avant de se diriger vers la sortie.

D'un coup d'épaule brutal, il la bouscule en passant et Andrea se contente de l'assassiner du regard en se massant le haut du bras.

Belmonte a tort. Si je suis dans cette situation délicate, c'est à cause de moi. Je suis l'unique fautif. Personne ne m'a demandé de réagir comme une brute.

Lorsque la porte de ma chambre se referme sur Louca, la sœur de Francesco expire d'aise avant d'avancer d'un pas incertain.

— J'ai appris pour ton exclusion…

Comme je ne réponds rien, me contentant de la sonder froidement, Andrea réouvre la bouche :

— Je me suis dit que ça te ferait du bien de voir une amie. Qu'on pourrait passer du temps ensemble ici et regarder un film… C'est pour ça que j'ai ramené du pop-c…

— Tu sors avec lui ? la coupé-je.

Ma question la décontenance. *Ou peut-être est-ce la sécheresse dans ma voix et ma posture distante qui lui font froncer les sourcils de cette façon ?*

— Tu parles de Lorenzo ? Je ne sais pas… on est juste sortis une fois…

— Tant mieux, inutile de t'attacher à lui, je ne veux plus que tu le revoies.

Suite à ma requête – enfin, mon ordre – la petite brune écarquille les yeux en croisant ses bras sous sa poitrine, l'air de me prendre pour un fou furieux. *Et je ne peux même pas le lui reprocher, car c'est exactement ce que je suis à cet instant.*

— Il est trop vieux pour toi, m'empressé-je de poursuivre en réalisant que je n'ai pas donné de motif valable quand je lui ai ordonné de garder ses distances.

J'ai l'impression d'être un vieux disque rayé qui tourne en boucle au niveau du refrain.

— N'importe quoi ! s'emporte-t-elle.

— Peut-être, mais je refuse quand même, sifflé-je entre mes dents serrées.

J'ai cru que ça allait être aussi simple ? Je suis bien naïf.

La cadette Cardinale hausse un sourcil moqueur et d'un ton mordant, rétorque :

— Mais tu n'as pas ton mot à dire, Gabriel.

Le plus frustrant dans tout ça ? C'est que j'en suis bien conscient.

Alors que je me mets à progresser dans sa direction, Andrea fait l'inverse. Elle recule, à deux doigts de prendre la fuite.

— C'était une mauvaise idée de venir, chuchote-t-elle, comme pour elle-même.

L'insécurité qui me prend à la gorge à l'idée qu'elle s'en aille en plein milieu d'une dispute me rend malade. Et pourtant, au lieu de la retenir, je fais tout l'inverse. Je déballe ma haine et la lui jette à la figure.

— Ouais, une idée de merde, Andrea.

Mon ton lui plaisant moyennement, elle abandonne son pop-corn sur le lit et comble le vide entre nous en fonçant droit sur moi pour enfoncer son index au milieu de mes pectoraux. Ses yeux sont si expressifs qu'on lit à travers eux comme on le fait avec un livre ouvert. Ils traduisent la fureur, la rage, l'incompréhension et le plus difficile à encaisser… la déception.

— C'est quoi ton putain de problème, à la fin ?

Un ricanement sec m'échappe, incontrôlable. Effroyable.

— C'est toi, mon putain de problème.

« Oublie pas que c'est de sa faute si t'en es là ». Plus ça tourne dans ma tête, plus je me dis que Belmonte n'a peut-être pas si tort finalement.

— Q-quoi ? s'étrangle-t-elle. Mais qu'est-ce que j'ai…

J'avise la porte d'un geste bref du menton et la coupe froidement :

— Allez, dégage d'ici, Andrea.

Avant que je dise des choses que je ferais mieux de garder pour moi. Pour toujours.

— Je croyais qu'on était amis.

— J'ai menti, on ne l'est pas, craché-je.

Ses beaux yeux verts deviennent brillants et très vite, des larmes se mettent à en border les cils.

La voir dans cet état me ravage le cœur. Je me déteste de lui infliger ça, mais je ne parviens pas non plus à revenir sur mes paroles. *Tout simplement parce que c'est la vérité. Je n'ai jamais considéré Andrea comme une amie. J'ai toujours espéré plus. J'ai juste mis du temps à le comprendre et à l'admettre.*

— Tu ne le penses pas, m'accuse-t-elle.

Un nouveau rire mauvais s'échappe de ma poitrine sans que je puisse rien y faire.

— Tu crains de perdre mon amitié ? Ou tu as juste peur de devenir mon ennemie, Andrea ?

Ses lèvres s'entrouvrent, tremblotantes. C'est la première fois que je m'adresse aussi durement à elle et il est évident qu'elle a du mal à y faire face.

— Ne sois pas méchant, m'implore-t-elle, maladroite.

Je tique.

— Et toi, ouvre les yeux.

Bon sang, tais-toi, Gabriel.

— Sur quoi ? s'enquiert-elle, complètement larguée.

Sur le fait que je t'aime comme je n'ai jamais aimé ni désiré personne aussi fort, putain !

J'ai envie de le lui hurler au visage mais l'admettre à voix haute reviendrait à signer mon arrêt de mort.

Parce qu'elle ne partage certainement pas mes sentiments et que cette possibilité plus que probable me terrifie.

Finalement, je me contente de déclarer avec suffisance :

— Il veut juste te baiser, Andrea, te fais pas d'illusions.

— Et alors ?

Mon sang se glace et je me fige. *Ce n'est pas la putain de réaction à laquelle je m'attendais.*

Entre mes dents serrées, je la mets en garde :

— Je t'interdis de…

— Tu ne m'interdis rien du tout ! hurle-t-elle. Va te faire foutre, Gabriel ! T'es pire que mon frère en fait.

Elle est en train de se diriger vers la sortie lorsque, sans réfléchir, je la rattrape. J'agrippe son bras et la retourne, avant de la plaquer contre la porte. Exactement comme cette fois où elle m'avait demandé de lui apprendre à embrasser et que j'ai fait l'erreur de céder à son caprice.

Je me penche dans son cou et siffle contre son oreille :

— Et pour écarter les cuisses pour l'autre connard, ça va aller ? Pas besoin d'entraînement ?

À mes mots violents, son teint devient livide puis elle me gifle de toutes ses forces. Mon visage part sur la gauche et son assaut fait naître un rictus mauvais sur mes lèvres.

— Je ne te reconnais plus, crache-t-elle.

J'essuie le mince filet de sang qui s'échappe de ma lèvre fendue et rétorque amèrement :

— On est deux, bébé.

Ce sont les derniers mots que nous nous adressons avant qu'Andrea ne sorte de ma piaule, sans se retourner, et en emportant avec elle mon putain de cœur brisé comme du verre. Une partie de moi espère qu'elle va se couper avec les débris, et une autre, toute aussi amère, n'arrive même plus à espérer quoi que ce soit.

Chapitre 20

♫ *Empty*

PLAZA ♫

Andrea
Douze ans plus tôt

La rumeur qui court concernant des rassemblements clandestins entre les étudiants de Rainaldi et les étudiantes d'Artemisia dans les sous-sols condamnés des pensionnats de la *Villa Borghese* n'est définitivement pas un mythe. Et je vais bientôt en avoir la preuve irréfutable, puisque je m'apprête à participer à l'une de ces réunions.

Par-dessus l'épaule de Belen, j'étudie la série de plans surprenants réalisés par Matteo Scorsese. Ce dernier les a confiés à Asia un peu plus tôt dans la journée et ils représentent très justement le rez-de-chaussée d'Artemisia ainsi que ses niveaux inférieurs, dont je ne soupçonnais guère l'existence jusqu'ici.

Arrivées au bout d'un couloir, face à l'œuvre originale Saint-Jérôme, nous empruntons, comme l'indique le croquis, le couloir de gauche où se trouve une première volée étroite dc marches en pierre. Puis une deuxième. Une troisième. Et encore une quatrième. Alors que Belen active la lampe torche de son portable pour éclairer la porte qu'Asia désigne du doigt, je murmure avec soulagement :

— Une chance que nous soyons déjà parvenues jusqu'ici sans avoir alarmé une bonne sœur.

Nous continuons de suivre le plan encore une vingtaine de minutes, jusqu'à être confrontées à un vieil ascenseur pas franchement rassurant.

— Regarde, m'intime Asia en me donnant un coup de coude.

Je suis la direction de ses yeux et remarque une statue blasphémée du Christ grandeur nature à ma gauche. Un collier Hawaïen repose autour du cou du Tout-Puissant et un bob est enfoncé sur son crâne, mais c'est loin d'être ce qu'il y a de plus grotesque. La clope roulée coincée entre ses lèvres ainsi que la croix gammée rouge sang sur sa poitrine me laissent sans voix.

Pas de doute, on approche du pot aux roses.

Je détourne mon attention vers les portes de l'ascenseur lorsque celles-ci s'ouvrent devant nous dans un « ding » et que Louca, le demi-frère de Belen, apparaît subitement, comme dans un mauvais slasher.

— Mesdames, bonsoir, nous accueille-t-il.

Belen monte la première dans l'ancestral monte-charge rétro. Asia et moi la suivons, sous les encouragements de son demi-frère taré :

— Allons, un peu de couilles, les meufs !

Franchement, l'idée de suivre ce psychopathe ne m'enchante pas, mais je dois bien admettre qu'une partie de moi a hâte de découvrir ce qui se cache aux étages inférieurs.

— Tenez, buvez ça, exige-t-il en nous tendant une petite bouteille. Et jusqu'à la dernière goutte.

Nous obtempérons et avalons chacune à notre tour quelques lampées de son mystérieux alcool qui brûle aussitôt nos œsophages.

Quelques instants plus tard, nous voilà en train de descendre au niveau -6. Entre les émanations de beuh et la musique qui commence à se faire plus distinctement entendre, je repense à la discussion que j'ai eue avec Lorenzo quelques heures plus tôt.

— *On devrait ne plus se parler, Andrea. Ça vaut mieux, fais-moi confiance,* a-t-il répété une bonne centaine de fois.

Quand il parlait, il ne cessait de regarder par-dessus mon épaule, blême comme un linceul. Comme s'il redoutait que je ne sais qui se pointe. Nous étions pourtant seuls à la bibliothèque.

— *Dis-moi au moins de quoi tu as peur ?* ai-je insisté.

Il a jeté un nouveau regard par-dessus mon épaule, hésitant. Au bout de quelques secondes interminables – et après avoir réalisé que je ne comptais pas lâcher l'affaire de sitôt – il a capitulé :

— *Cerretani m'a défendu de t'approcher, tu comprends ? Je tiens à ma vie, Andrea !*

Je me doutais bien que Gabriel y était pour quelque chose mais de là à le menacer… genre mortellement ? Je ne m'y attendais pas.

— *Tu sais, je suis vraiment bon à l'aviron,* a-t-il repris. *J'ai de bonnes notes et j'aspire à reprendre le cabinet de notaire de mon grand-père…*

L'étudiant m'a déballé tout ce qu'il m'avait déjà dit lors de notre premier rendez-vous. *Il n'avait fait que parler de lui, ce soir-là au cinéma.* Je n'ai pas attendu qu'il termine son laïus et l'ai planté là, sans un mot. *J'en avais largement assez entendu.*

— Les mecs, regardez qui a finalement trouvé son chemin ! lance Louca, moqueur.

Perdue dans mes pensées, je viens seulement de réaliser que je marchais derrière lui aux côtés d'Asia et Belen. Alors que je m'écarte, je tombe immédiatement dans le regard gris et enténébré de Gabriel.

Il est temps que j'aie une discussion avec cet enfoiré de service qui se croit tout permis.

Les nerfs à vif, je vais me planter devant lui tandis que mon frère et les autres lancent le jeu de la bouteille. Francesco ne nous accorde aucune attention – il est bien trop occupé à tenter de draguer Belen et c'est tant mieux.

— Faut qu'on parle, déclaré-je avec aplomb.

Peu intéressé, l'enfoiré continue de fumer sa cigarette en m'ignorant. C'est comme ça depuis qu'il est de retour au pensionnat après sa semaine d'exclusion. Il est froid et distant, comme si on lui avait jeté un sort. Et il semble m'avoir définitivement rayée de sa vie, au point de ne même plus vouloir m'accorder ne serait-ce qu'un regard.

— Gabriel ! insisté-je.

Les yeux toujours rivés ailleurs, il s'enquiert d'un ton insolent :

— Ta bouche ne se fatigue-t-elle jamais de parler sans cesse ?

J'avais presque oublié le son que produit sa voix grave. J'en ai des frissons et de la nostalgie. L'époque où il s'adressait à moi comme à une égale me semble loin. *Trop loin.*

— Et toi, jouer au con, c'est pas lassant à la longue ?

Il rit. *Comment ose-t-il rire ?*

— Parle, tu as deux minutes, m'intime-t-il, après avoir craché sa fumée sur le côté d'un air mauvais.

Les mots se bousculent dans ma tête. J'ai tant de choses à lui reprocher. Pourtant, tout ce que je parviens à dire c'est :

— Tu lui as interdit de me fréquenter !

Gabriel voit tout de suite de qui je veux parler.

— S'il a des couilles et qu'il te veut vraiment, il se battra pour toi.

Argh, mais quel poète !

— Tu l'as menacé pour sa vie, espèce de malade !

Gabriel rit à nouveau, mais son sourire narquois n'atteint pas ses yeux. Je ne le reconnais définitivement plus.

— Apprends-moi quelque chose que je ne sais pas déjà, s'agace-t-il en bâillant.

— Il croit à tes menaces !

À cette nouvelle intervention, il laisse tomber son attitude nonchalante et j'ai enfin droit à une réaction sincère de sa part. Sa mâchoire se crispe et les muscles de ses avant-bras se bandent et font jaillir les veines qui les serpentent lorsqu'il agrippe fermement l'accoudoir du fauteuil dans lequel il est installé.

— Et il a bien raison d'y croire, Andrea.

Son regard devient si sombre que j'en ai des picotements sous la peau. *Est-ce qu'il a bu ? Peut-être n'est-il pas dans son état normal…* J'avise rapidement la canette d'Ice Tea devant lui avant de relever la tête et de retomber dans le piège de ses yeux perçants et malheureusement bien lucides. Je ne parviens plus à retrouver l'éclat familier qui les animait autrefois, et j'en oublie comment respirer.

— Ce ne sont que des paroles, tu ne lui feras rien, ahané-je.

Il part dans un rire amer glaçant.

— Tu ignores ce que je serais prêt à faire lorsqu'il est question de toi, confesse-t-il sombrement en baissant la voix.

Je sens mon cœur s'accélérer dans ma poitrine, pratiquement certaine d'avoir mal entendu.

— Q-qu'est-ce que… tu viens de dire ? bredouillé-je.

La lueur qui anime ses yeux ombrageux change encore, et ils se font impitoyables et brûlants de haine.

— Je te demandais d'aller gentiment te faire foutre, Andrea.

Bien que sa nouvelle façon de s'adresser à moi continue de me déstabiliser, je prends sur moi et tâche de ne pas le lui montrer. Avec une indifférence feinte, je croise les bras sous ma poitrine et refoule les larmes qui ne vont pas tarder à s'écouler le long de mes joues.

— Par qui, s'il te plaît ? Il se pourrait bien que tu aies découragé tous les mecs du bahut d'oser m'approcher !

Un sourire en coin provocant se peint sur ses lèvres.

— Pas faux, admet-il. Alors il se pourrait bien que tu conserves ta virginité encore un bon moment.

C'en est trop.

— Je déteste la personne que tu deviens, Gabriel.

Il m'évalue rapidement de la tête aux pieds avec dédain.

— Qu'est-ce que ça peut me foutre, Andrea ?

Sans même me laisser le temps de répondre, il se lève du fauteuil en abandonnant sa clope encore fumante dans un cendrier.

— Maintenant si tu as fini, va jouer plus loin, tes deux minutes sont écoulées, grogne-t-il en me bousculant d'un coup d'épaule.

Désappointée, j'encaisse le coup. Il me faut presque dix secondes pour reprendre mes esprits… et faire face au spectacle répugnant qui m'attend à moins d'un mètre.

Gabriel vient d'attirer Beatrice à lui… avant de l'embrasser fougueusement en lui agrippant sauvagement les fesses.

Je déglutis, tandis que ses yeux gris se plantent férocement dans les miens et me prennent au piège. Figée, j'entrevois sa langue plonger entre les lèvres de l'étudiante qui me persécute depuis le début de l'année et je laisse mes larmes couler le long de mes joues, incapable de les retenir plus longtemps.

Même Louca n'a jamais fait quelque chose d'aussi infect.

Chapitre 21

♫ *Dirty Sì*

VillaBanks ♫

Gabriel

Douze ans plus tôt

Ce soir, c'est la première fête clandestine organisée dans les sous-sols des pensionnats Rainaldi et Artemisia. Ils sont presque tous condamnés, à part quelques-uns rouverts par certains de nos prédécesseurs qui voulaient s'enjailler avec les filles d'Artemisia. Et depuis, d'année en année, les étudiants font perdurer la tradition en prenant soin de ne pas se faire surprendre à errer dans les couloirs après le couvre-feu.

Ces réunions sont normalement réservées aux élèves de dernière année, mais il arrive fréquemment que des étudiants des autres niveaux s'y incrustent. D'ailleurs, je crois que c'est Matteo qui a convié le trio composé de Belen Altieri, Asia Williencourt et Andrea Cardinale. Mais j'aurais préféré que ce con s'abstienne d'inviter la dernière de la bande.

Je profite qu'elle ne regarde pas dans ma direction pour l'observer discrètement. Elle porte un slim et un tee-shirt moulant qui met en valeur la rondeur ferme de sa poitrine. Quant à ses cheveux longs et disciplinés, ils encadrent son visage sans défaut dépourvu de la moindre trace de maquillage. Andrea l'ignore, mais la semaine passée, les mecs de Rainaldi l'ont élue « meuf la plus bonne de première année ». Et presque à l'unanimité. Quand j'ai eu vent de cette élection sordide, ça m'a mis dans une colère noire épouvantable.

Mais je mentirais si je disais que c'est l'unique raison qui m'a donné envie de me venger en allant rouler une pelle à sa pire ennemie.

Comme à chaque fois qu'on approche de la fin de la nuit, la soirée dérape. Ça doit être l'idée de retourner en cours incessamment sous peu qui fait disjoncter Louca Belmonte parce que tout à coup, il baisse son froc pour recevoir une pipe d'une étudiante dont il oubliera le prénom juste après avoir éjaculé. Il est tellement défoncé que je ne suis même pas certain qu'il en tirera du plaisir.

— Le premier qui jouit a perdu ! lance Francesco.

Mon meilleur ami ne peut pas s'empêcher de se laisser entraîner dans les conneries de Belmonte. Ces deux-là n'ont décidément aucune pudeur. Je les observe, désapprobateur, et décèle cette même soif dans leur regard. Ce même besoin vital de devoir faire de la merde pour se sentir vivant.

Je me dirige vers Fra qui est déjà occupé à faire glisser sa braguette vers le bas.

— Ta sœur est ici, qu'est-ce qui te prend ? tenté-je de le raisonner.

Ses yeux injectés de sang se font moqueurs lorsqu'il les dirige par-dessus mon épaule, un peu au ralenti.

— Ma sœur ? Mais non, regarde, elle se casse !

Il plisse les yeux avant de constater d'une voix atone :

— La conne ! Elle est en train de se barrer dans la mauvaise direction.

D'un mouvement vif, je me tourne pour vérifier et, en effet, elle fonce droit vers l'escalier qui mène au couloir le plus proche des appartements des Sœurs. *Mauvaise idée, Andrea.*

— Rattrape-la, non ? propose le soulard qui me sert de pote.

Le fait qu'il se permette de me donner des ordres alors qu'il ne tient même plus debout me fout en rogne.

— C'est toi son frère, pas moi, claqué-je d'un ton tranchant.

Un sourire perfide envahit ses lèvres asséchées par les trois grammes qu'il a fumés avec Belmonte, un peu plus tôt dans la nuit.

— T'as pris quoi pour être aussi à l'ouest ? m'exaspéré-je de son état.

Il se marre de plus belle, les yeux mi-clos, complètement défoncé.

— Un peu de sirop pour la toux.

D'un geste brusque, je lui prends son gobelet des mains et vérifie son contenu. *De la Lean*. Je balance rageusement le gobelet au sol et commence à me détourner, lorsqu'il me hèle pour me retenir :

— Hé, Gueule d'ange !

…

— Tu te contentes de la ramener à son dortoir, ma frangine, c'est d'accord ?

Je reviens sur mes pas, mon pouls s'acharnant sous ma peau.

— Qu'est-ce que tu veux dire ?

Il me désigne d'un mouvement bref et dédaigneux du menton en crachant :

— Je suis peut-être défoncé la plupart du temps, mais j'ai des yeux et des oreilles. Touche à un de ses cheveux et t'es un homme mort.

Donc il sait.

Au fond, je ne suis pas surpris. Frapper cet idiot de Lorenzo m'a mis en mauvaise posture, je sais que des rumeurs se sont mises à circuler à mon sujet depuis que mon poing est entré en collision avec son nez. À cet instant, je ne sais même pas quoi ressentir. De la honte ? De la colère ? Aucune putain d'idée. Les menaces de Francesco ne m'effrayent pas, pas plus que les regards indiscrets qui se sont tournés vers moi suite à sa mise en garde. En fait, ce qui me fait le plus chier dans cette histoire, c'est de réaliser qu'absolument tout le monde est au courant que j'en pince pour Andrea Cardinale.

Tout le monde mis à part la principale concernée.

Contrarié, les nerfs à fleur de peau, je le plante là et me dirige vers l'escalier. Celui que sa sœur a emprunté une minute plus tôt.

Je grimpe les marches comme un dératé et la repère une fois que j'ai atteint le palier. Étant la plus petite de sa bande, Andrea court désespérément derrière ses copines, qui ont pris pas mal d'avance sur elle.

D'ailleurs, ces dernières sont si empressées de retrouver leur dortoir qu'aucune d'entre elles ne remarque ma soudaine présence derrière la petite brune essoufflée.

J'accélère le pas et la chope par la taille. J'anticipe le cri perçant qui s'échappe de sa gorge et l'étouffe en la bâillonnant avec ma main.

— Il faut vraiment travailler ton endurance, nain de jardin, susurré-je à son oreille, tandis que je l'attire dans un renfoncement en avançant à reculons.

Une fois à l'écart de l'axe du couloir, Andrea tente de s'extirper de ma prise comme un petit animal enragé – genre, un chihuahua. Amusé, je resserre mon étreinte alors qu'elle mord à pleines dents dans la chair de mon biceps.

— Aïe, me plains-je.

Aussitôt que je la lâche, elle se positionne face à moi, fulminante.

— Espèce d'enfoiré ! J'ai failli faire une crise cardiaque par ta faute !

En élevant la voix, elle a dû alerter un surveillant ou une bonne sœur, car des pas précipités se font bientôt entendre au-dessus de nos têtes, quelques étages plus haut.

— Arrête de gueuler, on va se faire repérer.

— Me donne pas d'ordre, connard.

C'est l'insulte de trop. Je pince les lèvres puis la soulève par le col de son tee-shirt pour échanger nos positions. Quand je l'épingle au mur dans son dos, je la devine terrifiée, trahie par sa poitrine qui monte et descend à toute vitesse.

— Surveille ta vilaine langue, la préviens-je.

Du tac au tac, elle rétorque d'un ton tranchant :

— Et toi, va te faire mettre.

Je la relâche avec un rire moqueur.

— Tu es si innocente, Andrea, fais-je en lui effleurant la joue du dos de la main. Tu ignores peut-être comment ça fonctionne, mais sache que c'est moi qui la mets aux filles, pas l'inverse.

Semblant dégoûtée par mes propos, elle repousse ma main avec hargne et siffle :

— T'es qu'un connard.

— Tu l'as déjà dit, rétorqué-je sur le même ton qu'elle.

Alors qu'elle ouvre à nouveau sa bouche insolente – certainement pour m'envoyer une nouvelle insulte à la tronche – je décide de ne pas lui octroyer ce plaisir. Je la coupe dans son élan et saisis fermement son bras pour la forcer à me suivre.

— Qu'est-ce que tu fais ? panique-t-elle. Où est-ce que tu m'emmènes ?

— Ton frère m'a demandé de te raccompagner à ta chambre.

Son bras minuscule entre mes doigts, je nous fais traverser le couloir avant de franchir une porte sur notre gauche qui mène à un raccourci que je connais bien. L'unique escalier face à nous fait passer par une salle de banquet dont l'une des portes donne accès à la réserve de la bibliothèque. Je termine à peine de poser une semelle sur la première marche qu'une lampe-torche en haut des escaliers braque sa lumière sur nous.

Et merde.

Je me cache le visage du bras pour éviter d'être identifiable et rebrousse chemin.

— Changement de programme, déclaré-je à l'intention d'Andrea.

Le surveillant s'élance derrière nous, mais nous sommes plus rapides que lui. On parvient à le semer au bout de quelques minutes.

— Oh mon Dieu ! s'exclame Andrea, bien forcée de suivre le rythme que je lui impose. J'ai l'impression d'être dans un film où je suis pourchassée par des zombies !

Sans m'arrêter de courir, je lui décoche un bref clin d'œil par-dessus mon épaule. *J'adore son imagination. Puis si ça peut la faire avancer plus vite, tant mieux.*

C'est en sueur et essoufflés d'avoir couru comme des dératés que nous nous trouvons enfin face à la statue grandeur nature de la Vierge qui trône à l'angle du dortoir des étudiantes de première année.

Lettre à Elise en fond sonore dans les haut-parleurs qui émettent ses dernières notes avant de reprendre au début, je lâche à contrecœur la main frêle d'Andrea. Lentement, la petite brune détourne son attention de nos doigts qui se séparent et trouve immédiatement mon regard qui la couve. Le sien de regard, en revanche, me révèle qu'elle m'en veut toujours. *Il faut dire que, dernièrement, j'ai été particulièrement odieux avec elle.* J'ouvre la bouche pour dire quelque chose, mais je n'ai pas le temps de prononcer une syllabe que des pas se font entendre dans l'escalier derrière nous.

— Ta chambre, vite, ordonné-je.

À présent, c'est au tour d'Andrea de me tirer derrière elle. Sa main à nouveau dans la mienne, elle enfonce la cinquième porte en partant du fond du couloir avant de la refermer et d'appuyer son dos contre celle-ci en haletant.

— C'était une Sœur, angoisse-t-elle. Je crois avoir reconnu Donatell…

Je ne la laisse pas terminer sa phrase et la fais taire en posant mon doigt en travers de sa bouche. Les pas dans le couloir se sont rapprochés. L'écho est plus distinct. D'ailleurs, lorsque Andrea s'en aperçoit, ses yeux s'écarquillent instantanément.

Au bout de plusieurs secondes interminables où Andrea semblait tenir en apnée, le calme s'établit à nouveau derrière la porte. Je retire mon doigt, précédemment posé contre ses lèvres pleines.

— C'est bon, elle est partie, soufflé-je.

Mais ni elle, ni moi, ne bougeons. Sa poitrine se gonflant contre mon torse à chacune de ses inhalations, je me surprends à fixer ses lèvres roses avec avidité. Quand je relève la tête, Andrea m'interroge de ses beaux yeux verts hagards.

J'ai du mal à interpréter la lueur qui les anime. J'ignore si elle me supplie de la dévorer ou au contraire, si elle m'implore de m'éloigner. Dans l'immédiat, la deuxième option me paraît impossible. Il y a tellement de proximité entre nous que chacune de ses expirations saccadées frappe mon visage comme un appel au péché auquel je meurs d'envie de céder. *Ou alors je me fais de sacrés films.*

— Je voudrais te poser une question, murmure-t-elle.

Un peu nerveux sans aucune raison, je plante brièvement mes dents dans ma lèvre inférieure avant de lui donner mon autorisation d'un mouvement sec de la tête.

— Vas-y, pose-la.

Andrea prend une profonde inspiration puis, d'une traite, me demande :

— Est-ce que tu as frappé Lorenzo parce que tu le jugeais trop vieux pour moi ? Ou parce que tu crevais d'envie d'être à sa place ?

Je m'écarte brusquement, pris de court en réalisant que je ne suis absolument pas prêt à avoir cette conversation avec elle.

Le cerveau tournant à plein régime, je me fais violence et m'efforce d'afficher une expression neutre, presque impassible.

— Tu dis des conneries, nain de jardin.

Mon ton est trop virulent, bien trop sur la défensive pour paraître crédible et ça me tue d'en être aussi conscient.

— Ah ouais ? Et pourquoi tu sors avec mon ennemie jurée, alors ?

— Je ne sors pas avec elle, nié-je avec un rictus.

Son sourcil droit s'arque, reflétant tout son mépris pour moi.

— Non c'est vrai, excuse-moi, je rectifie : tu te sers d'elle pour me blesser.

D'habitude sa perspicacité me plaît, mais pas ce soir.

— Je ne suis plus une gamine, Gabriel. Je ne suis pas idiote, je vois bien comment tu me regardes depuis quelque temps.

Je déglutis, mal à l'aise, la nuque en sueur et le cœur battant à tout rompre. Je me suis trompé tout à l'heure, il n'y a finalement pas une seule personne qui ignore mes sentiments pour cette peste.

Pas même la peste en question.

Le seul aveugle dans cette histoire, c'est moi. *Ça a toujours été moi.*

J'esquisse un pas en arrière en m'entêtant :

— Tu délires.

Andrea ricane, visiblement d'un autre avis.

— N'oublie pas qu'avant d'être des ennemis, nous avons été amis, Gabriel.

Son ton ne me plaît pas. Et suffisamment pour me faire grincer des dents. Incapable de la regarder dans les yeux, je fixe un point imaginaire sur la porte derrière elle.

— Où veux-tu en venir ? grogné-je.

Brusquement, Andrea attrape le bas de mon visage entre ses doigts fins et tente de le braquer dans l'axe de ses deux billes vertes tourmentantes. Mais je résiste, refusant de lui montrer à quel point je suis terrifié par la tournure que prend cette discussion.

— Quand tu mens, tu fuis le regard, m'accuse-t-elle. Exactement comme en cet instant. T'es qu'un lâche.

Son insulte fait déferler une vague d'adrénaline en moi. Furieux, déstabilisé, je me plie finalement à sa volonté. Je tourne sèchement la tête et la regarde droit dans les yeux.

— Et comment je te regarde, hein ? Vas-y, balance, éclaire ma putain de lanterne, Andrea.

Échauffé, incapable de me dominer, je réagis à son silence en la plaquant violemment contre le mur. Andrea déglutit, le cou renversé vers l'arrière pour soutenir le regard glacial que je lui jette. Je ne peux pas m'empêcher de la trouver diablement belle, courageuse et putain d'audacieuse, alors même qu'on se dévisage avec une animosité démesurée.

— Tu me regardes comme si… comme si…

C'est à son tour de faiblir face à mes prunelles qui la traquent sans retenue.

— Comme quoi ? grondé-je d'une voix forte.

Ma mâchoire se contracte et mes narines se dilatent. Soudain, plus rien à foutre de réveiller la vieille et aigrie Donatella. *Qu'elle ramène sa fraise, si ça lui chante.*

— Comme…

Aussitôt, je réalise qu'elle n'en a aucune idée et je crache avec mordant :

— Tu ne sais absolument rien, Andrea.

Tu ne sais rien d'à quel point je voudrais t'avoir pour moi.

D'à quel point je t'ai dans la peau, comme un putain de cancer incurable qui me bouffe à petit feu.

Incapable de soutenir ses grands yeux inquisiteurs plus longtemps, je pose une main sur la poignée de la porte et commence à la tourner, décidé à me barrer de sa piaule… Mais Andrea se décale aussitôt pour se placer en plein milieu du châssis, refusant de s'écarter.

— Est-ce mon rang social le problème ?

Mais qu'est-ce qu'elle raconte ? Je m'en fous de son rang. Puis ma mère l'adore.

— Ou bien c'est parce que je suis la petite sœur de ton meilleur…

— Ton frère est déjà au courant, la coupé-je sèchement.

Peu impressionnée par cet aveu, elle relève son menton bien haut et articule sèchement :

— Au courant de quoi, Gabriel ?

Elle est bien décidée à me faire cracher le morceau. *Pourquoi m'oblige-t-elle à faire ça ? Est-ce un jeu pour elle ? Mes sentiments à sens unique l'amusent ?* Je la sonde durement, complètement dépassé par la situation.

— M'oblige pas à le dire à voix haute. C'est déjà assez compliqué comme ça.

Mais une fois encore, espérer raisonner Andrea Cardinale est peine perdue. Déterminée, elle décolle son dos du bois de la porte et me provoque en me repoussant de ses deux mains à plat contre mon torse.

— Sois un homme, Gabriel. Aie des couilles, me pousse-t-elle à bout en reprenant les termes que j'avais moi-même employés tout à l'heure pour parler de ce fils de pute de Lorenzo Di Carlo.

Cette fille veut ma mort.

Alors qu'elle avance une seconde fois avec les paumes dressées devant mon torse, je la devance et la bouscule en retour. Et suffisamment fort pour qu'elle retourne s'échouer contre la porte, les yeux grands ouverts. À bout de nerfs, sans la lâcher une seconde du regard, j'appuie les mains contre le bois derrière elle, la prenant au piège.

— Vas-y repose-moi ta première question, Andrea.

Emprisonnée entre mes bras, son visage est si proche du mien qu'elle louche en me toisant par-dessous ses longs cils noirs.

— Est-ce que… est-ce que tu as frappé Lorenzo parce que tu le jugeais trop vieux pour moi ?

Elle marque une pause, inspire maladroitement, puis poursuit :

— …Ou parce que tu crevais d'envie d'être à sa place ?

Mon sang pulse à toute vitesse. Je me penche sur sa bouche et grogne tout contre :

— Deuxième option.

Elle avale sa salive, les yeux mi-clos et le pouls affolé.

— On est bien silencieuse tout à coup, fais-je remarquer, amer.

J'ignore ce qu'elle ressent à cet instant. La liste doit être longue. *Dégoût ? Colère ? Indifférence ?* Ça me rend malade de ne pas savoir ce qui se trame dans sa jolie petite tête et ma fébrilité refuse toujours de retomber. Hors de moi, je l'interroge :

— Tu veux savoir à quel point, Andrea ?

Elle expire brusquement en hochant la tête et je me penche davantage vers ses lèvres. Je fais mine de vouloir l'embrasser puis au dernier moment, je change d'avis. J'esquive sa bouche tentatrice pour plonger dans son cou et lui infliger une morsure. Je veux marquer sa gorge. Je veux que demain, lorsqu'elle découvrira l'hématome violet dans le miroir, elle se souvienne d'à quel point elle ne me fait pas juste de l'effet, mais à quel point elle me rend fou. Fou de désir, putain.

— C'est suffisamment explicite pour toi ? grondé-je.

Son regard confus se focalise sur mes lèvres lorsque je saisis fermement son cou et l'incline de manière à diriger ses beaux yeux à hauteur des miens. Alors qu'elle se met à secouer la tête de droite à gauche, je penche doucement la mienne et lui réclame :

— Je veux une réponse audible, Andrea.

Elle inspire profondément en fermant les yeux.

— Non, halète-t-elle au bout d'un moment qui m'a semblé être une éternité.

Excité par sa réponse, je déplace ma main pour aller empoigner ses cheveux et elle laisse échapper un hoquet de surprise que j'étouffe en enfonçant ma langue dans sa bouche.

Ma respiration s'accélère à un rythme infernal, en parfaite synchronisation avec celle d'Andrea. Je saisis ses fesses et la hisse dans mes bras. Ses jambes entourent ma taille avec un instinct qui me fait bander encore un peu plus fort.

— C'est toujours pas assez clair pour toi ?

Elle secoue la tête et bientôt, c'est elle qui prend le contrôle. C'est sa langue à elle qui s'entortille à la mienne. Sa main à elle qui tente de se glisser dans mon pantalon.

Avec un juron, je la fais descendre de mes hanches et, complètement ivre de désir, me contente de l'observer s'agenouiller devant moi.

— Qu'est-ce que tu fais ? m'étranglé-je.

Son sourire espiègle est sans équivoque. Aussitôt, mon sang se met à chauffer dans mes veines avec une violence inouïe et j'ai la tête qui tourne.

Je me penche en avant, encore pantelant, à fleur de peau, proche de la folie, tandis qu'Andrea me fixe en contre-plongée de ses grands yeux candides et gourmands.

— J'y pense depuis un moment. J'ai regardé des vidéos, je peux m'en sortir, confesse-t-elle.

Pourquoi l'idée qu'elle ait maté du porno m'excite-t-elle à ce point ?

— Andrea, non, ce n'est pas bien ce qu'on fait…

Désobéissante – comme à son habitude – elle ignore mes protestations et retrousse mon tee-shirt sur mes abdos. Un voile de lubricité – presque pervers – recouvre ses beaux yeux et je m'entends grogner ces paroles ridicules :

— Tu aimes ce que tu vois ?

Mais ferme-la et empêche-la d'aller plus loin.

Scandaleusement audacieuse, Andrea hoche la tête dans ma direction et passe sa langue sur ses lèvres, avant de baisser les yeux sur la bosse notable qui déforme les coutures de mon pantalon.

Pour l'amour de Dieu, arrête-la, Gabriel.

Alors qu'elle commence à faire glisser ma braguette vers le bas, quelqu'un cogne doucement son poing contre la porte.

C'est une chose de se faire prendre par un surveillant dans la chambre d'une première année, mais c'en est encore une autre de se faire surprendre avec la bite profondément enfouie dans sa bouche.

— Psst, Andrea. C'est Belen. On t'a laissé des messages sur ton portable mais tu ne répondais pas. On s'inquiétait avec Asia.

Bordel de merde.

Je passe nerveusement une main sur mon visage, avant de réaliser avec effroi qu'Andrea est toujours entre mes jambes, genoux ancrés dans le sol, le regard perdu dans le vide.

Est-ce qu'elle vient seulement de réaliser ce qu'elle s'apprêtait à faire ?

Et moi qui ne l'en empêchais pas...

Furieux contre moi, je m'inflige une claque mentale et aide Andrea à se relever. Une fois debout, d'un mouvement sec du menton en direction de la porte, je lui intime de rassurer sa copine.

— Euh oui, tout va bien, chuchote-t-elle. Je... je dormais.

— Tant mieux. On avait peur que tu te sois fait choper par Donatella...

Silence.

— Bon ben bonne nuit alors.

Alors que Belen s'éloigne du battant, je ne parviens toujours pas à réaliser que j'allais laisser Andrea me… *Bon sang.*

Si un mec avait tenté de profiter d'elle comme j'ai failli le faire ce soir, je l'aurais déjà tué à mains nues… sans scrupules, et sans éprouver le moindre remords.

Je me dégoûte.

— Gabriel ? panique Andrea.

Je crois que ça fait un moment qu'elle tente de capter mon attention.

— Je ferais mieux de partir, le jour ne va pas tarder à se lever.

— Non, me retient-elle, en agrippant mon bras pour m'empêcher d'ouvrir la porte. Tu ne peux pas partir comme ça.

Déstabilisé, encore nauséeux de mon comportement répugnant et frustré à cause de la tension sexuelle qui n'est pas encore tout à fait retombée de mon côté, je me renfrogne :

— Regarde-moi faire, Andrea.

Elle tente encore de faire barrage en se plaçant en travers de mon chemin.

— Et ces choses que tu m'as dites, alors ? me reproche-t-elle.

Incapable de l'écouter dire un mot de plus, j'expire un coup puis plante mes yeux dans les siens.

— Ça va me passer.

Elle fronce les sourcils.

— Mais de quoi tu parles ?

— De mes sentiments. Je vais les faire disparaître. J'y travaille. C'est pour bientôt, je te le promets.

Sur cette promesse, je l'écarte de ma route, tourne la poignée et quitte sa chambre, sans un regard en arrière.

Chapitre 22

Si Dieu a fait un monde d'amour,
vous êtes faits pour le retrouver.

Patrice de La Tour du Pin

Andrea
Présent

Le lendemain, alors que je m'attends à son inconditionnelle absence au club, je le découvre avec stupéfaction installé dans l'unique fauteuil positionné au centre de la petite loge qui m'est attitrée.

Une cheville sur un genou, Gabriel est vêtu d'un costume bleu marine qui lui sied un peu trop bien, comme à son habitude. L'air de n'avoir que cinq minutes à m'accorder de son précieux temps, il lève les yeux de sa Cartier et me transperce de son regard pénétrant. En réaction, mon cœur a un raté.

— Bonsoir, Andrea, me salue-t-il de sa voix grave et assurée.

Je n'ai ni le temps de reprendre mes esprits, ni de m'étonner de sa présence qu'il entre dans le vif du sujet :

— Je ne compte pas rester. Je suis juste venu parler à ton patron.

— Ah bon ?

Les mots m'échappent, tandis que Gabriel hoche gravement la tête, sans me quitter des yeux.

— Je l'ai informé que je ne comptais plus jamais revenir après ce soir, m'informe-t-il.

Euh… d'accord…

— Est-ce qu'il t'a… remboursé ?

Gabriel secoue la tête, le regard vide d'émotions.

— Je vais lui parler, déclaré-je.

Lorsque sa main saisit mon poignet pour m'arrêter dans mon élan, je réalise qu'il s'est levé et se trouve désormais dans mon dos. Sa proximité me donne la chair de poule. Il exerce une légère pression sur mon bras, me poussant à faire volte-face et je m'exécute, à cran.

— Je ne veux pas récupérer mon argent, Andrea. En fait, je l'ai informé que tu n'étais plus obligée de m'être exclusive.

Il marque une pause et je décèle de la contrariété dans son regard. Visiblement, il n'est pas favorable à cette idée. *Pourquoi l'avoir fait dans ce cas ?*

— Enfin, si c'est ce que tu souhaites, termine-t-il gravement.

J'ai vraiment du mal à le suivre.

— Et tu es ici… pour me dire ça ?

Son expression mécontente s'atténue doucement tandis qu'il secoue légèrement la tête pour nier.

— Pas seulement.

Il marque une nouvelle pause et, tandis que les secondes s'égrènent, mon pouls s'emballe sous ma peau.

— J'aimerais t'inviter à dîner.

Attendez, pause. On rembobine. *Q-quoi ?*

— Tu veux m'inviter à dîner ? répété-je, abasourdie.

— C'est ce que je viens de dire, confirme-t-il, moqueur, comme s'il s'adressait à une débile.

Je creuse mes méninges, cherchant l'entourloupe.

— Même si je décide de reprendre des clients ? supposé-je.

Son humeur est comme des montagnes russes. *Up and down.*

— Oui, même si j'aimerais vraiment que tu ne le fasses pas. J'ai mis du temps, mais j'ai compris que ce choix ne me revient pas.

Je suis larguée. D'abord il paie une somme affolante dans l'unique but de me faire perdre mes clients et maintenant il m'annonce… ça ?

Ça n'a pas de sens, si ?

— Pourquoi tu fais ça ? ne puis-je m'empêcher de lui demander.

Sa réponse ne tarde pas.

— Parce que tu avais raison, rien ne m'autorisait à m'immiscer dans ton travail.

Je le toise, méfiante. *C'est trop facile.*

— C'est quoi le piège ?

— Il n'y en a pas, j'essaye juste de réparer mes erreurs, Andrea.

Je plisse les yeux et croise les bras sous ma poitrine, faisant mine de réfléchir.

— Tu dois bien y trouver un intérêt. Alors, dis-moi, quel est-il?

En réaction à mes propos, Gabriel esquisse un lent sourire en coin toujours aussi irrésistible et auquel je suis loin d'être insensible. Ou alors c'est à cause de sa manière d'occuper l'espace et de saturer l'air de son parfum ambré entêtant qui me déstabilise.

— Un rendez-vous avec toi, il est là mon intérêt.

Avec sa déclaration, l'argenté de ses iris s'est intensifié, les rendant plus saisissants encore qu'à l'accoutumée. Sans décroiser les bras, je réplique :

— Pourquoi tu tiens tant à dîner avec moi ?

Un nouveau sourire enjoué éclot sur sa belle gueule.

— Tu fais passer un interrogatoire à tous les hommes qui t'invitent à sortir ?

— Seulement aux plus vicieux.

Ma remarque le fait tiquer et semble le vexer.

— Que ça ait été réciproque ou non, et contrairement à ce que j'ai pu dire à l'époque, tu étais mon amie, réplique-t-il sur un ton abrupt.

Sur ce, il me contourne, réajuste habilement son veston puis poursuit, en marquant l'arrêt au niveau de la porte japonaise :

— Mais nous savons tous les deux que ce n'est pas la seule raison. Tu connais mes intentions envers toi, Andrea.

Le rouge me monte aussitôt aux joues lorsqu'il mentionne ses aveux de la veille. Ses confessions qui m'ont empêchée de fermer l'œil cette nuit.

« Je ne veux pas tout "juste une fois". Je veux tout. Toi, tout entière et tout le temps ». « Tu ne peux pas me reprocher de savoir ce que je veux, Andrea ».

Lorsque ces confidences se sont échappées de sa bouche, mon corps tout entier s'est mis en alerte. Les mains moites, le cœur à deux doigts d'imploser, j'étais comme statufiée. Des années auparavant, j'avais rêvé d'entendre ces mots un nombre incalculable de fois, mais cette nuit, je les détestais chaque seconde un peu plus à mesure qu'ils me consumaient. J'étais à la fois flattée et effrayée. J'avais envie de le retenir et en même temps de m'échapper, de m'éloigner, sans jamais me retourner.

Tandis que Gabriel se dirige vers la sortie, faisant naître un goût amer de déjà-vu sur ma langue, une montée de panique me submerge et je me surprends à lancer :

— Je vais y réfléchir.

***

Il est 22 h passées lorsque je rentre d'un dîner en compagnie de Belen et Asia et que je découvre un homme en salopette de travail en train de vérifier je ne sais quoi sur ma porte d'entrée… *attendez, pause.* Je rectifie, ce n'est pas ma porte d'entrée. La mienne était loin d'être aussi design tout à l'heure, lorsque je l'ai claquée derrière moi.

— Andrea Cardinale, c'est vous ? m'interpelle l'ouvrier lorsqu'il me remarque.

Je hoche la tête, interdite.

— Vos nouvelles clés, déclare-t-il en les lâchant dans ma main désormais tendue dans sa direction.

Un peu paumée, je réceptionne machinalement les documents qu'il me tend ensuite, admirant par intermittence ma nouvelle porte par-dessus son épaule.

Gabriel Cerretani est complètement…

— Avec ça, aucune effraction. Passez une bonne fin de soirée, mademoiselle.

…*fou.*

— Vous aussi, soufflé-je distraitement.

Sidérée, je fixe mon nouveau châssis encore quelques secondes, avant de me ressaisir et de passer sous le cadre.

J'en reviens pas.

À la hâte, je sors mon téléphone portable de la poche arrière de mon Levi's 501. Mon iPhone dans la main droite, je feuillette de ma main libre les documents que m'a laissé le serrurier. Et c'est sur la copie de la facture que je trouve son numéro de portable.

[Tu as fait remplacer ma porte.]

Sa réponse est immédiate.

[L'ancienne n'était pas sûre.]

[Je n'ai pas besoin d'un sugar daddy qui subvient à mes besoins.]

[Ne m'insulte pas, je n'ai même pas quatre ans de plus que toi, Andrea.]

Je repose mon téléphone en levant les yeux au ciel et, dans la manœuvre, croise mon reflet dans la paroi vitrée du four. Je surprends un sourire niais qui flotte sur mes lèvres mais que j'efface aussitôt, renfrognée.

Alors que je commence à me diriger vers la salle de bain – après avoir décrété que j'avais mieux à faire que de texter Gabriel – le son d'un SMS entrant me fait courir dans le sens opposé.

Une fois devant mon portable posé sur le bar, je m'efforce de rester digne et me retiens de me jeter dessus comme une camée pour découvrir son nouveau message.

Sauf que c'est une pub Uber Eats. J'ai gagné un coupon de quinze euros pour trente-cinq euros dépensés.

Un sentiment qui s'apparente à de la déception me prend au dépourvu.

Contrariée par mes propres réactions, je me réinstalle sur mon tabouret de bar au style bistrot et tape distraitement « Gabriel Cerretani » sur Instagram. Rien, même pas un malheureux compte qui dort. Sans me décourager, je cherche son profil sur Facebook qui ne comporte qu'une seule photo de lui et qui ne lui rend pas justice, avant de m'en remettre à Google. *Ah !* Déjà, plusieurs photos récentes apparaissent à l'écran. Un poing sous le menton, je clique sur l'une d'elles qui a attiré mon attention. Sur le cliché, il sort d'un tribunal, entouré de quelques journalistes à l'affût, micros tendus dans sa direction. L'affaire semble avoir été médiatisée et vu le léger sourire en coin esquissé par Gabriel – suffisamment discret pour passer inaperçu aux yeux des autres mais pas des miens – j'en déduis facilement qu'il venait de remporter le procès et qu'il en était très satisfait.

En analysant l'image, je me rends rapidement à l'évidence : qu'il soit bleu, gris ou encore noir, le trois-pièces lui va vraiment bien. Il respire l'élégance, le pouvoir et l'intelligence dans un savant mélange charismatique qui crève les yeux, même à travers un écran. Soudain, je ne sais l'expliquer, mais j'ai une pensée pour Carmen, son ex. Je me souviens encore très nettement du regard aimant qu'elle lui portait, ainsi que de sa façon de tressaillir et rougir lorsqu'il lui souriait de son air canaille. J'avais fait de mon mieux pour le cacher, mais j'avais été très jalouse lorsque j'avais fait sa rencontre chez Louca et Belen. Et aujourd'hui, voilà que je me surprends à compatir. Tout simplement parce que je sais mieux que quiconque à quel point ça peut faire mal de se faire jeter par Gabriel Léandro Cerretani.

En faisant glisser mon doigt sur l'écran pour quitter la page, je clique par accident sur un blog de la faculté de droit de Milan sur lequel ladite photo de Gabriel a été republiée.

Une étudiante, sous le pseudo de Katekate *– peut-être un jeu de mot pour Kitkat, parce que cette dernière aime autant le chocolat que les chats ?* – a laissé un commentaire :

`Je pourrais commettre un crime juste pour être défendue par ce beau gosse.`

À ça, quelqu'un a réagi :

`Ce mec est hot et doué avec sa langue. Pour défendre ses clients, bien sûr. C'est ce que je voulais dire, n'allez surtout pas vous méprendre.`

Très drôle.

Du pouce, je fais glisser l'écran vers le bas et réalise, complètement sidérée, qu'il y a encore au moins cent autres réactions de ce genre. J'en lis un dernier pour la route, qui vient de La-revanche-d-une-rousse :

`Je ferais bien un stage dans son cabinet. Je suis persuadée de pouvoir me rendre` *`très`* `utile.`

Les emojis qui suivent son commentaire sont sans équivoque ; un poing serré à côté d'un smiley dont la bouche est grande ouverte.

Classe, songé-je.

Mais pourquoi je suis aussi aigrie, moi déjà ?

Distraite et pensive, je décide de mettre Belen dans la confidence – Asia est bien trop occupée avec son petit bonhomme aussi vif que l'éclair.

[Gabriel m'a invitée à sortir.]

Je repose mon téléphone sur le bar, rivant les yeux au plafond en attendant la réponse de mon amie. *Pourvu qu'elle ne dorme pas déjà.* Une fraction de seconde plus tard, mon portable vibre. Je me penche par-dessus et mon cœur loupe un battement. C'est Gabriel.

Curieuse, je déverrouille l'écran d'accueil pour découvrir son message.

[Tu devrais accepter, ce mec est génial.]

Hein ?

Je sens les traits de mon visage passer de l'incompréhension à la stupeur en un éclair et j'ai subitement du mal à respirer.

Ne me dites pas que j'ai envoyé le SMS à Gabriel plutôt qu'à Belen… Je me fige en lisant le message juste au-dessus du sien.

Si, je l'ai fait.

Maintenant qu'il sait que j'en fais toute une histoire, allant jusqu'à impliquer mes copines, je me sens un peu conne. Et prise au piège.

[Et puis, tu as quand même rayé les jantes de la Ferrari de ce pauvre homme, tu lui dois bien un rendez-vous, non ?]

Je roule des yeux, avant de me souvenir qu'il ne peut pas me voir.

[Est-ce du chantage affectif ?]

[Évidemment. On dit samedi ?]

Déjà ? Mais c'est seulement dans deux jours ! L'estomac soudainement noué à cette pensée, je déglutis et tape sur le clavier tactile :

[Je n'ai pas encore dit oui.]

Les trois petits points dans la bulle d'écriture sautillent, à l'instar des battements dans ma poitrine.

[Pas encore. On attend l'assentiment de qui ? Asia ou Belen ? Les deux ?]

J'imagine sans mal ce salaud sourire derrière son écran. Après tout, ce n'est rien qu'un dîner. Pas besoin d'en faire tout un plat, si ?

[C'est d'accord. Mais sache que si j'accepte, c'est seulement pour me débarrasser de toi une bonne fois pour toutes.]

[Je ne peux rien te promettre.]

[Et parce que je m'en veux toujours d'avoir abîmé ta bagnole de riche.]

[C'est louable de ta part, j'apprécie.]

[Et que j'ai la drôle d'impression que tu n'es pas près de lâcher l'affaire de sitôt.]

[Toujours aussi perspicace.]

[Et parce que tu vas m'inviter dans un endroit suffisamment chic pour porter une robe de couturier.]

Et peut-être aussi parce que j'ai besoin de me trouver des excuses pour accepter ce rencard dont j'ai curieusement envie depuis qu'on a démarré cette conversation. Mais c'est plus fort que moi, le stress me transforme en garce.

[Starfuckeuse.]

Je me surprends à rire bêtement en lisant sa réponse.

[Consciente de ma valeur.]*

[Et de la mienne par conséquent. Je suis flatté.]

Je ne résiste pas à l'envie irrépressible de le corriger une seconde fois :

[Non, chanceux.]*

[N'exagérons rien.]

Enfoiré, songé-je, amusée. Je réfléchis à une réponse qui lui clouerait le bec, mais il me coupe l'herbe sous le pied :

[Au fait, pourquoi tu ne dors pas ? Est-ce l'attente insoutenable d'être à samedi qui te tient éveillée ?]

Quel prétentieux.

[Plutôt les regrets et la chaleur.]

Dehors, l'air est encore tiède et me rend moite.

[Est-ce ta façon, plus ou moins subtile, de me demander de t'acheter une clim, sugar baby ?]

Je secoue la tête, partagée entre rire ou lever les yeux au ciel. Finalement, je fais les deux et me surprends à rentrer dans son jeu.

[Pourquoi, ça fonctionne ?]

[Bof. Montre-toi plus convaincante.]

En lisant sa réponse, je me surprends à l'imaginer sourire en s'humectant les lèvres derrière son écran et j'ai un coup de chaud. Un coup de chaud que je mets aussitôt sur le compte de l'air tiède qui s'infiltre par la fenêtre ouverte de ma cuisine.

[Au cas où tu l'envisagerais, non, je ne vais pas t'envoyer des nudes, Gabriel.]

[Je n'en attendais pas tant mais maintenant que tu le dis… ;).]

Bon sang, mais on flirte là, non ?

Je ferais mieux de couper court à cette conversation… et en même temps, j'ai toujours eu un faible pour son esprit espiègle.

[Et toi alors, pourquoi tu ne dors pas ?]

Il m'envoie une photo en guise de réponse. Soudain, j'angoisse. J'ai peur de cliquer dessus, me houspillant de lui avoir donné des idées. *Et si c'était une dick pic ?*

Je finis par ouvrir la pièce jointe, presque déçue lorsque j'entrevois son bureau et son ordinateur posé devant lui.

[Un dossier qui me prend la tête.]

Je ne tourne vraiment pas rond, ce soir.

Sur cette pensée, j'analyse plus en profondeur la photo qu'il m'a envoyée quelques secondes plus tôt. J'aperçois son reflet dans l'énorme miroir qui trône au-dessus de la cheminée devant son bureau, à quelques mètres. Il porte une chemise blanche dont les manches sont retroussées sur ses avant-bras hâlés. Je parviens même à distinguer sa cravate dénouée qui repose lâchement autour de son cou, et… *ça fait déjà une minute entière que je zoome sur l'image comme une perverse.*

[Je ne te dérange pas plus longtemps et te laisse travailler, alors.
Bonne nuit, Gabriel.]

[Bonne nuit, Andrea.]

Quoi, c'est tout ? Il ne me retient pas ? Il ne me dit pas « tu ne me déranges pas. Jamais quand c'est toi » ?

Mais pourquoi je suis aussi excessive, bon sang ?

J'abandonne mon téléphone sur le bar et pars m'enfermer dans ma chambre. Rien de tel qu'une bonne nuit de sommeil pour se remettre les idées au clair.

Chapitre 23

Il est bien rare que le cœur mente ;
mais on n'aime pas l'écouter.

Denis Diderot

Andrea, présent

J'arrive devant l'entrée du restaurant avec vingt minutes de retard. Pas parce que je me trouve suffisamment jolie pour faire poireauter Gabriel, comme l'exige la règle, mais bien parce qu'il m'a fallu la moitié de la journée pour choisir une tenue.

Parce que je tenais vraiment à être parfaite, ce soir. Aussi parfaite qu'on cherche à l'être pour un ex à qui on voudrait donner des regrets.

Mon rouge à lèvres carmin mat contraste avec la robe couleur chocolat que je porte comme une seconde peau. Courte avec des liens en satin qui dévoilent mes jambes et mes flancs, le modèle est glamour et adapté à ma morphologie, ce qui rend mon look scandaleux mais pas vulgaire.

D'un pas certain, je redresse fièrement le menton et entre dans le restaurant. Comme j'en avais fait la demande, le cadre est chic, pompeux et en adéquation avec ma robe Jean-Paul Gaultier. *Gabriel*

Léandro Cerretani ne s'est pas foutu de moi en choisissant cet endroit. Mes talons aiguilles fouettent le sol en marbre Perlato tandis que je le cherche des yeux parmi les clients attablés.

Ça y est, je le vois.

Mon regard percute immédiatement le sien. Je crois que ses yeux étaient déjà posés sur moi bien avant que je le repère.

Alors que je me mets à progresser vers sa table, mon rythme cardiaque prend la liberté de s'accélérer. Gabriel me détaille tout du long, de mes pieds au diadème dans mes cheveux. Le léger sourire approbateur qui ourle ses lèvres pleines me révèle qu'il apprécie ce qu'il voit. D'ailleurs, il ne se retient pas de me le confirmer lorsque j'atteins enfin sa table :

— Tu es divine, murmure-t-il à mon oreille, après s'être levé de sa chaise pour tirer la mienne.

Son compliment fait monter une vague de chaleur à mes joues, qui refuse de redescendre. Je décide de mettre ça sur le compte de la météo suffocante de ces derniers jours.

— Laisse-moi te dire que ton humour est douteux, Gabriel.

Quelques heures plus tôt, il a fait livrer de magnifiques escarpins à mon domicile. Le ravissant paquet était accompagné d'un mot « Porte-les ce soir » signé de « Ton sugar daddy ».

— Ça ne t'a pas empêchée de porter les chaussures, rétorque-t-il en jetant un bref coup d'œil sous la table.

Sa répartie me fait esquisser un sourire que je m'empresse d'effacer en mordant ma lèvre inférieure.

— Refuser des Miu Miu ? Certainement pas, non.

Il lève un sourcil, intrigué.

— Dois-je comprendre que tu as toujours l'ambition de te marier à un homme riche ?

— Pourquoi ? Tu veux te porter volontaire ? rétorqué-je du tac au tac.

— Je l'ai toujours été.

Sa voix grave, plus basse que précédemment, me fait lever les yeux vers les siens. *Mauvaise idée.* Infiniment gris, sincères et bien trop intenses pour me permettre de soutenir le contact visuel une seconde de plus.

Mal à l'aise, je picore un bout de pain pour me donner une contenance et décrète :

— Merci pour la proposition, mais je ne suis pas suffisamment désespérée.

Prétendre que Gabriel n'est pas le candidat idéal est peut-être la chose la plus grotesque que j'aie jamais dite jusqu'ici. Mais me comporter en garce est le seul mécanisme d'autodéfense que j'ai en ma possession.

— Dommage, *Margherita* de Cocciante me semblait être une bonne musique pour une ouverture de bal.

Lorsqu'il évoque le passé, je me crispe et manque de m'étouffer avec le morceau de pain que je mâchouille. Le serveur choisit ce moment précis pour se présenter à notre table et déposer des coupes de champagne devant nous. Je meurs inexplicablement de soif tout à coup.

Je laisse Gabriel choisir le vin – je n'y connais rien, de toute manière – et l'entends commander un Barolo – qui vu le millésime doit avoir un goût exceptionnel – tandis que je me mets à parcourir le menu des yeux.

Profitant qu'il soit occupé à discuter cépages avec le sommelier, je me laisse aller à l'observer une seconde par-dessus la carte. Rasé de près, une mâchoire carrée et virile, des lèvres sexy, ni trop fines, ni trop épaisses et enfin des iris chromés qui vous font perdre tous vos moyens en une seule œillade. Gabriel Léandro Cerretani est vraiment bel homme.

— Et pour madame ? m'interpelle le serveur.

Brusquement, je détourne les yeux du visage du beau brun face à moi – priant intérieurement pour qu'il ne m'ait pas vue me rincer l'œil en douce – et disparais derrière le menu, que je consulte en un éclair pour la seconde fois.

— Je vais prendre le ceviche de bœuf en entrée et le poisson du jour en plat, s'il vous plaît.

Je n'entends pas ce que commande Gabriel de son côté, bien trop concentrée sur mon rythme cardiaque qui refuse toujours de se stabiliser. *Mais qu'est-ce qui m'arrive ?*

Une coupe de champagne et deux verres de vin plus tard, je parviens presque à me détendre. Le tout c'est d'éviter au maximum les iris argentés de Gabriel.

Alors que je me penche légèrement par-dessus la table pour planter ma fourchette dans un gnocchi de son assiette, il me taquine :

— Tu n'as pas assez avec ton plat, Andrea ?

— Le tien a l'air meilleur, rétorqué-je avec espièglerie.

Du bout de sa fourchette, il me provoque en retirant la petite pomme de terre que je venais d'attraper avec la mienne.

— Laisse-moi goûter cette pomme de terre, Gabriel, exigé-je, menaçante.

Il secoue la tête, enjoué, avant de proposer :

— Et si tu me suppliais ?

— Je ne supplie pas, riposté-je avec aplomb.

Il arque un sourcil d'un air songeur.

— Jamais ? me défie-t-il.

Je secoue la tête pour confirmer, tandis qu'un sourire indécent et lourd de sens éclot sur ses lèvres, l'air de signifier qu'il est d'un tout autre avis. Son audace, bien que familière, parvient toutefois à me sidérer.

— Jamais, confirmé-je.

Un soupir plus tard, il hoche la tête et cède :

— Je ne peux de toute façon rien te refuser, Andrea Cardinale.

Ce simple aveu me comprime la poitrine. Mais je n'ai pas le temps de m'en préoccuper plus longtemps qu'il dirige sa fourchette vers moi. Son intention est claire, toutefois je l'interroge :

— Qu'est-ce que tu fais ?

— Je te fais goûter mon plat, déclare-t-il avec une condescendance sans frein.

Je secoue la tête en rougissant comme une pivoine. Il ne va quand même pas me donner à manger par-dessus la table comme un de ces couples neuneus gênants, si ? En guise de réponse, un sourire canaille irrésistible éclaire son visage et me fait serrer les cuisses sous la table. Ce salaud s'amuse de la situation et le pire c'est qu'il ne s'en cache pas.

— Arrête ça, grogné-je entre mes dents en sentant quelques regards se poser sur nous.

Ou plutôt sur la fourchette de Gabriel toujours tendue devant ma bouche qui refuse d'avaler ce qu'il me tend.

— Laisse-moi faire un transfert sur cette fourchette, ajoute-t-il en baissant la voix.

Il vient vraiment de faire une deuxième allusion sexuelle en moins de cinq minutes et je ne le trouve quand même pas lourd ? Qu'est-ce qui m'arrive, nom de Dieu ?

Je me compose un air neutre, faisant fi de mes joues brûlantes. La situation me déstabilise. Gabriel se comporte avec moi comme si toutes ces années sans se voir s'étaient envolées. Comme si nous étions redevenus ces deux gamins maladroits qui se cherchaient désespérément.

Alors que je ne fais qu'éviter malaise sur malaise depuis que j'ai mis les pieds dans ce restaurant, Gabriel, lui, semble maîtriser ses émotions à la perfection. On dirait presque que dîner avec moi l'indiffère.

Pressée d'en finir, je mords dans le gnocchi au beurre de sauge et… merde, c'est délicieux.

— Tu préfères mon plat ? s'enquiert-il.

Je rouvre les yeux que j'avais brièvement fermés en dégustant cette bouchée exquise et commets l'erreur de croiser ses beaux yeux gris. La lueur taquine qui les animait un peu plus tôt s'est atténuée et m'indique que sa proposition est sérieuse. Au fond, je ne suis pas vraiment surprise. Du plus loin que je me souvienne, Gabriel a toujours été comme ça avec moi. Taquin, provocateur, mais tout aussi prévenant et soucieux de satisfaire le moindre de mes caprices.

En prendre conscience me noue l'estomac. Je n'aurais pas dû accepter ce dîner.

— Tout va bien ? m'interroge-t-il, inquiet de mon mutisme.

Incapable de le confronter, je garde le menton baissé sur mon assiette et perds l'appétit lorsque je réalise que ce n'est pas juste le passé qui m'embarrasse, mais tout simplement la version homme de Gabriel qui m'intimide. L'attirance n'est pas que physique, ça va bien au-delà. C'est lorsqu'il parle, bouge, respire. C'est la facilité avec laquelle il parvient à me mettre dans tous mes états. Sa façon de m'écouter parler, sans m'interrompre et d'accorder une réelle importance à ce que je dis et pense. C'est son regard intense qui me convoite, comme si je représentais tout ce qu'il avait toujours désiré de plus fort. C'est cette tension évidente que je fais mine de ne pas ressentir en le rabrouant sans arrêt depuis que nos routes ont décidé de se recroiser, trop effrayée par mes sentiments envers lui.

— Nain de jardin ? insiste Gabriel, usant du sobriquet dont il m'avait affublée à l'époque et qui ne réussit qu'à amplifier la douleur dans ma poitrine.

C'est peut-être dingue, dit comme ça, mais danser pour lui en petite tenue m'avait paru plus facile que ce dîner en tête à tête. *Bien moins intime.*

— Désolée, m'entends-je murmurer.

— Tu es désolée de quoi, Andrea ?

Son timbre est éraillé, moins assuré que précédemment. Pressée de fuir, de *le* fuir, je repose brusquement mes couverts sur la table. Aussitôt, le tintement de l'argenterie attire les regards curieux de quelques couples à proximité.

Accepter ce dîner était suicidaire.

— Il faut que je rentre, déclaré-je en me mettant debout après avoir reculé ma chaise.

— Mais attends… Tu ne veux pas un dessert… ? bredouille-t-il, pris de court.

J'attrape mon sac avec précipitation en bafouillant :

— Je… non… désolée… je… Au revoir, Gabriel.

Et sur ces quelques mots, je prends la fuite. Comme une lâche.

Chapitre 24

La haine n'est pas sans remède,
sauf quand elle naît de la jalousie.

Proverbe arabe

Andrea
Douze ans plus tôt

« Je vais les faire disparaître. J'y travaille. C'est pour bientôt, je te le promets ».

Ces quelques mots prononcés par Gabriel refusent toujours de quitter ma tête. Ils tournent en boucle, sans arrêt, incrustés comme une tumeur. Cette nuit-là, lorsqu'il a formulé sa promesse avec conviction et amertume, je n'ai pas réussi à trouver la force de lui dire que je partageais ses sentiments. Pas alors qu'il était aussi pressé d'effacer les siens.

« Je vais les faire disparaître. J'y travaille. C'est pour bientôt, je te le promets ».

En traversant l'immense patio qui sépare les dortoirs des salles de classe, la chaleur du soleil sur ma peau me rappelle douloureusement Gabriel.

Son toucher brûlant.

Ses yeux gris incendiaires qui criaient leur désir pour moi.

Sa façon de m'embrasser comme s'il goûtait à une toute nouvelle drogue addictive.

« Je vais les faire disparaître. J'y travaille. C'est pour bientôt, je te le promets ».

Depuis ce jour, nous ne nous sommes adressé la parole en tout et pour tout, que… zéro fois. Et la seule fois où je l'ai croisé – en sortant de la bibliothèque alors qu'il s'y rendait – j'ai eu droit à un check un peu maladroit.

Je me demande s'il est déjà passé à autre chose et la forte probabilité me noue la gorge.

— Qui voilà, *Princesse Fiona* !

Perdue dans mes pensées, je n'avais pas remarqué Béatrice, flanquée de ses deux acolytes, à ma gauche.

— Je préfère être *Fiona* que *Shrek*.

À peine ai-je grommelé ces quelques mots que je suis tirée violemment par le bras, avant de me retrouver dans les toilettes des filles avec la porte dans mon dos.

Messieurs, dames, la reine des abeilles.

— J'ai vu Gabriel quitter les sous-sols l'autre nuit pour partir à ta recherche, siffle-t-elle. Ça me fascinera toujours qu'un mec puisse se contenter de pâtée pour chat après avoir goûté au caviar.

Elle est en train de citer Blair Waldorf, *je ne rêve pas ?* Ça en dit tellement long sur son manque de personnalité.

— J'ai cours de religion, je vais en profiter pour prier Padre Pio afin qu'il t'aide à guérir de ta jalousie, Béatrice.

Alors que je tente de me détourner pour gagner la sortie, elle m'en empêche en me tirant par les cheveux. *Aïe, putain !*

— Tu n'es pas spéciale. Tu es juste pauvre et suffisamment mignonne pour éveiller sa charité.

Empoignant toujours sauvagement mon cuir chevelu, elle me tire jusqu'aux lavabos.

— Mais peut-être que je peux te rendre moins jolie.

J'ai à peine le temps de réaliser ses intentions qu'elle me plonge la tête dans l'un d'entre eux et ouvre le robinet, après l'avoir bouché. Rapidement, la vasque se remplit d'eau et je bois la tasse. *J'ai eu tort de sous-estimer la méchanceté et la jalousie de cette tarée.* J'essaye de me débattre mais Béatrice est beaucoup plus grande et robuste que moi et je ne réussis qu'à me noyer davantage en liquidant mes dernières forces. Au bout de quelques secondes de torture, mon bourreau me relâche. Je sors la tête de l'eau en aspirant brusquement l'air.

Dans mon dos, le trio s'éloigne en direction de la porte.

— N'oublie jamais une chose : un mec comme Gabriel ne finira jamais avec une fille comme toi, Andrea.

Sur ces dernières paroles, Beatrice et ses sbires quittent la pièce dans une envolée de rires mesquins.

Je déteste cette école et ces gosses de riches qui y étudient. Je déteste Gabriel et ses sentiments qu'il ne veut pas assumer. Et par-dessus tout, je me hais de les partager sans avoir eu le courage de les lui avouer.

***

Au-delà des collines de Monte Mario, la *Villa Madama*, impériale et somptueuse à bien des égards, défie fièrement l'horizon. Flanquée de mon frère, je me dirige vers la double porte d'entrée laissée grande ouverte pour accueillir les invités, tout en m'efforçant de réprimer l'angoisse naissante dans le creux de mon estomac. Elisa nous a conviés aux dix-huit ans de Gabriel et j'ai longtemps hésité à venir, doutant que ma présence soit souhaitée par ce dernier. Madame Cerretani ignore que son fils et moi ne sommes plus aussi proches.

— Bouge-toi le cul, Andrea, me presse Francesco, m'arrachant brutalement à mes pensées.

Je m'exécute, accélère le pas et franchis l'entrée au linteau mouluré, juste après lui. Elisa avait parlé d'une fête en petit comité et pourtant, sans vouloir exagérer, nous sommes au moins une soixantaine dans l'immense hall réaménagé pour les festivités. Quelques mange-debout sont dressés autour de la fontaine intérieure en marbre et le champagne coule à flots tandis qu'une demi-douzaine de serveurs, plateaux à la main, proposent des petits fours sophistiqués aux richissimes convives.

Madame Cerretani vient de nous repérer, Francesco et moi et nous fait de grands signes enthousiastes avant de se faire accaparer par un couple d'un certain âge venu la saluer. Comme à son habitude, Elisa est renversante. D'énormes boucles d'oreille en or massif frôlent ses épaules sur lesquelles repose une étole en soie. Quant à sa robe – certainement spécialement dessinée par son styliste personnel pour l'occasion – elle pourrait faire partie d'un musée.

Je balaye les environs d'un regard circulaire, avisant les toilettes plus ravissantes les unes que les autres des femmes qui gravitent autour dc moi. Ce n'est visiblement pas la crise pour tout le monde.

Participer à une réception chez les Cerretani, c'est comme regarder *Dallas* ou *Dynastie*, mais sans avoir besoin de fixer un écran de télévision.

Alors que j'attrape une coupe de champagne du plateau d'un serveur qui passait par là, je réalise que mon frère s'est éloigné et a trouvé refuge près du buffet où il empile des petits fours dans une assiette, comme s'il n'avait jamais vu de nourriture de sa vie. La bouche pleine, il me décoche un clin d'œil en levant son pouce en l'air et je fais mine de ne pas le connaître.

En me mettant un peu à l'écart de la foule, je trempe mes lèvres dans ma coupe et me reconcentre sur mon objectif. Parce que je suis venue avec une idée en tête aujourd'hui : avouer mes sentiments à Gabriel Léandro Cerretani, peu importe que les siens se soient atténués, voire carrément envolés.

Mais il n'est nulle part.

Sans m'en rendre compte, je me détache de la foule d'invités et m'aventure dans un couloir dont le fond est une loggia aux peintures fantaisistes. À ma droite se trouve une immense baie coulissante donnant sur la piscine olympique intérieure. Je m'y dirige, distraite une seconde par l'eau qui fume à la surface et rend la peau de mes jambes moite lorsque je m'arrête au bord.

— Tu cherches quelque chose ?

Je sursaute au son de sa voix, frôlant de peu l'arrêt cardiaque. Une fois remise de mes émotions, je pivote sur mes talons pour le confronter. Accoudé au balcon qui surplombe la piscine, Gabriel m'observe scrupuleusement derrière la fumée de sa cigarette.

— Euh… oui… toi en fait. Bon… anniversaire.

La clope au bec, il grogne :

— Merci.

Sa réponse est sans chaleur, tout comme l'expression de son visage, fermée et glaciale.

À l'instar de son comportement de ces derniers jours avec moi.

Visiblement mal luné, le beau brun fraîchement majeur continue de tirer sur sa cigarette en fixant un point imaginaire au milieu de la surface de l'eau.

— Tu ne te joins pas à ta propre fête d'anniversaire ? tenté-je pour réengager la conversation.

Ma remarque lui fait esquisser un rictus.

— Ma fête d'anniversaire ? relève-t-il en ricanant sèchement. Ce n'est qu'une excuse pour ma mère histoire d'organiser une nouvelle réception pour impressionner ses amis, c'est tout.

Le cou toujours renversé vers l'arrière pour le toiser depuis ma position inconfortable, je m'enquiers :

— Je peux monter te rejoindre ?

En guise de réponse, Gabriel hausse les épaules. Son engouement proche du néant est blessant, mais je ne perds pas de vue mon objectif : assumer ce que je ressens. L'accepter, quitte à finir avec le cœur en mille morceaux.

Les mots se bousculent dans ma tête alors que je gravis les marches. *Comment aborder le sujet ? Par où commencer ?* Mal à l'aise, je tente de gagner du temps :

— Ta copine n'est pas là ? ne puis-je m'empêcher de le provoquer en le rejoignant près de la balustrade.

Poule mouillée. Dégonflée. Trouillarde.

— De quelle copine tu parles ?

Son sourcil droit arqué accentue son étonnement.

— Tu sais, la seule fille que je peux pas encadrer. Béatrice.

Taquine, je le bouscule d'un coup d'épaule, mais il ne bouge pas d'un poil. S'il avait été de meilleure humeur, *mon* Gabriel aurait déjà fait mine de tomber à la renverse tel un acteur de soap opera, puis il m'aurait chopée par le creux de son bras pour me décoiffer.

— Je ne sors pas avec elle, je te l'ai déjà dit, soupire-t-il.

Merde, je crois que je l'ennuie.

Alors qu'il écrase son mégot dans le bac d'une plante, visiblement sur le départ, je le retiens en haussant un peu la voix :

— Tu sais l'autre jour, quand tu m'as avoué tes sentiments…

Je laisse ma phrase en suspens lorsqu'il se tourne vers moi pour me lancer un regard torve, comme s'il me défendait d'embrayer sur ce terrain.

— Ce n'est bientôt plus que de l'histoire ancienne, Andrea, siffle-t-il.

Bientôt ? Donc ses sentiments sont toujours d'actualité ? Mon cœur s'emballe à cette éventualité.

— Ce jour-là, reprends-je en ignorant sa mise en garde et en tentant de stabiliser mon rythme cardiaque subitement effréné. Tu ne m'as pas laissé le temps de te répondre… Je dois t'avouer quelque chose.

La pomme d'Adam dans son cou lorsqu'il déglutit me distrait une seconde. Son masque d'impassibilité se fissure et fait naître une lueur d'espoir en moi.

— Qu'est-ce que tu veux dire, Andrea ? me presse Gabriel, soudainement à cran.

Plus de retour en arrière possible. La machine est lancée. *Je vais lui dire. Maintenant. Hors de question de me débiner.*

— Je…

Ses iris couleur acier me harponnent, m'intimant d'en finir. Il semble aussi tendu que moi et le réaliser me réconforte. *Rien n'est fichu.*

— Tu… ?

Il y a de l'excitation dans sa voix, c'est subtil mais lorsqu'il est question de lui, je vois tout. Je décèle le moindre détail. De sa mâchoire qui se contracte à la manière dont ses épaules se tendent sous son costume sombre.

— Je…

— Les enfants ?! m'interrompt Elisa qui vient d'apparaître à l'étage du dessous, mains sur les hanches d'un air mécontent.

Je me raidis alors que Gabriel n'accorde aucune attention à sa mère. Il est concentré sur moi, attendant la suite de mes confessions, comme si rien n'était en mesure de le perturber.

— Mais qu'est-ce que vous faites ? s'agace-t-elle. On a des invités ! Allez, venez, j'aimerais annoncer quelque chose et ça requiert ta présence, Gabriel.

Annoncer quelque chose ?

Gabriel et moi échangeons un regard. Le mien est perplexe et le sien parfaitement indéchiffrable.

— Ouais, on arrive ! Dans cinq minutes, lance-t-il distraitement.

— Non, maintenant, tout de suite ! exige-t-elle.

Le beau brun semble prêt à lui tenir tête mais pas moi.

— Allez, viens, insisté-je en lui faisant les gros yeux.

Alors que je commence à me diriger vers les escaliers, il me retient par le poignet.

— On reprend cette discussion juste après, hein ? s'assure-t-il, sérieux comme je l'ai rarement vu l'être.

Est-ce qu'il se doute de quelque chose ? Est-ce qu'il sait ce que je m'apprêtais à lui avouer ? J'en suis pratiquement certaine lorsqu'il se détend et m'offre un sourire en coin ravageur qui fait battre plus vite mon cœur dans ma poitrine. Rougissante, je promets en hochant la tête avec un sourire timide.

Ma main dans la sienne – un simple geste mais qui me rend toute chose – nous rejoignons les invités dans le hall d'entrée. Elisa se tient près du Bösendorfer à queue, une coupe dans une main qu'elle fait tinter contre un couvert de l'argenterie familiale pour porter un toast.

— Mes chers amis, merci à tous d'avoir répondu présent pour l'anniversaire de notre fils adoré, Gabriel.

Quelques applaudissements retentissent tandis qu'Elisa marque une pause dans son discours.

— Notre petit garçon en est un grand, à présent, poursuit-elle, émue.

Son mari, Bruno, la rejoint près du piano, avant de faire signe à Gabriel qui se trouve à mes côtés d'aller les rejoindre. Ce dernier a un moment d'hésitation. Je presse sa main, l'encourageant à y aller et il finit par s'exécuter sans entrain.

— Gabriel a une nouvelle très importante à vous annoncer. Une nouvelle qui nous rend tellement fiers de lui.

Dans le flou total, je fixe ce dernier dont le sourire est crispé, absolument pas naturel. Si ladite nouvelle réjouit ses parents, en revanche c'est loin d'être le cas pour leur rejeton. *Je me demande bien de quoi il s'agit.*

Encouragé par ses géniteurs, Gabriel ouvre la lettre que son père lui tend. Ses traits ne trahissent aucune émotion lorsqu'il se met à parcourir ledit courrier des yeux. Tous les invités sont suspendus aux lèvres de Gabriel, qui reste de marbre. Face à la non-réaction de son fils, Elisa s'empresse de regarder par-dessus son épaule, avant d'intervenir.

— Notre fils chéri a été accepté dans la plus prestigieuse école de droit de New York !

Aussitôt, la foule s'émeut autour de moi alors que je me raidis, le cœur chavirant, à deux doigts de se décrocher de ma poitrine.

Q-quoi ?

Noyée par les applaudissements vigoureux des invités, je sens mon pouls qui bat à toute allure. Des larmes incontrôlables bordent mes yeux, interprétées comme des larmes de joie par quelques regards compatissants qui me toisent discrètement. Tout le monde semble trouver l'idée que Gabriel projette d'aller étudier à l'autre bout de la planète merveilleuse. *Hormis moi, qui ignorais qu'il prévoyait de quitter Rome.*

Je repère mon frère à quelques mètres en train de décocher un clin d'œil approbateur à son meilleur ami. Tout comme les autres convives, il semble ravi de cette opportunité qui s'offre à lui. *Respire, Andrea. Respire.* Je porte le dos de ma main à mes joues humides, tentant de plaquer un sourire sur mes lèvres tremblotantes. Un échec. Mais le plus difficile n'est pas de faire semblant au milieu de tous ces gens. Non, le plus dur, c'est de sentir le regard de Gabriel peser sur moi en cet instant précis, certainement dans l'attente d'une réaction, d'un assentiment, et de demeurer incapable de le confronter.

Parce que je n'ai pas le droit de gâcher la fête en lui montrant ma peine. Et encore moins son avenir prometteur.

Non, tout ce à quoi j'ai droit, c'est d'admettre que c'est Beatrice qui avait raison. Les mecs comme Gabriel ne sortent pas avec des filles comme moi, sans avenir et sans le sou. Les mecs comme lui vont à l'autre bout du monde suivre des études dans des écoles de bourges en Amérique.

***

Plongée dans le noir, allongée sur mon lit, j'ai mal au ventre, à la tête, et au cœur. Je fixe le plafond en silence, vidée mentalement par les sanglots qui ne cessent de secouer ma poitrine depuis que je suis rentrée de la fête d'anniversaire de Gabriel. Mon esprit refuse de me laisser me reposer. Il ne cesse de ressasser les images de Gabriel, entouré de ses parents qui annoncent son départ avec des yeux pétillants de fierté.

J'aurais tellement aimé pouvoir partager leur joie, mais comment aurais-je pu alors que le garçon que j'aime secrètement depuis presque un an compte partir à huit mille kilomètres de moi ?

Après l'annonce réjouissante, Gabriel a été accaparé toute la soirée par les invités désireux de lui présenter leurs encouragements. Moi, je n'ai même pas été capable d'aller le féliciter. Je me suis trouvée horrible pour ça et je suis partie comme une voleuse vers l'arrêt de bus qui se trouve à une quarantaine de minutes à pied de sa maison, mes escarpins à la main. J'étais à peine à mi-chemin lorsque mon téléphone portable a vibré dans ma poche, annonçant l'arrivée d'un SMS.

[Où es-tu ?]

Je n'ai rien trouvé à lui répondre. Dix minutes plus tard, il m'envoyait un autre message.

[Tu es partie.]

Trois mots. Une constatation. Une simple phrase dans laquelle je pouvais ressentir sa déception, égale à la mienne. De simples mots qui ont fait couler les larmes que je ne pouvais pas retenir une seconde de plus.

Un impact contre le carreau de ma fenêtre me fait sursauter et m'interrompt dans mes pensées. Je porte une main à ma poitrine et au même instant, un message apparaît sur l'écran de mon portable.

Il vient de Gabriel.

[Viens m'ouvrir, je suis en bas de chez toi.]

Je déglutis en sentant mon sang déserter mon visage et mes poumons se vider d'air.

Un nouveau projectile contre la vitre me ramène à moi. Rejetant mes draps, je me précipite à la fenêtre de ma chambre, mes jambes menaçant de se dérober lorsque je le distingue à côté de son scooter, le visage uniquement éclairé par l'écran de son portable. Il tient une poignée de cailloux dans sa main droite qu'il lâche avec soulagement lorsqu'il me voit.

Mes pas dans l'escalier sont mesurés lorsque je descends pour aller lui ouvrir. Francesco dort profondément à l'étage, tout comme maman, exténuée de ses heures sup' à l'hôpital.

Doucement, j'écarte le battant et découvre Gabriel sur le seuil. Je fuis ses mirettes grises et le scanne, de son bas de training, dans les poches duquel il a enfoncé ses poings, à son tee-shirt blanc qui épouse un peu trop bien ses biceps, en passant par ses cheveux humides de la douche qu'il a dû prendre juste avant de venir. Il sent bon le gel douche et le parfum. Et l'idée qu'il ait pris la peine de s'en mettre pour venir me voir au beau milieu de la nuit me rend toute chose.

— Tu as pleuré, constate-t-il.

Les yeux baissés, je mens, même si c'est inutile :

— Non.

Je n'ai pas besoin de confronter mon reflet dans la glace pour découvrir à quel point mes yeux doivent être gonflés et rouges. Tout comme je n'ai pas besoin de lever le menton pour lire l'expression incrédule sur le visage de Gabriel.

— Ce n'était pas une question, souligne-t-il gravement.

Mes yeux brillants de larmes que je ne vais pas pouvoir retenir très longtemps, je réagis impulsivement, sans réfléchir. Refoulant un nouveau sanglot, je tente de refermer la porte, mais Gabriel la bloque avec son pied, sans aucun effort.

— Andrea, soupire-t-il. On peut discuter ?

Non.

Oui.

À quoi bon ?

Je finis par hocher la tête. Je lui dois bien ça après être partie sans un mot, tout à l'heure.

— Allons dans ma chambre.

Gabriel acquiesce et me suit à l'étage. Ses pas, plus lourds que les miens, font gémir le parquet sous les semelles de ses baskets de marque.

— Si ton frère me trouve, il va me casser la gueule, chuchote-t-il en ricanant, l'air de trouver ça drôle.

Ou peut-être qu'il essaye de détendre l'atmosphère parce que je suis une vraie boule de nerfs et que mon stress est palpable.

Alors que je ferme la porte de ma chambre après l'avoir invité à entrer d'un signe de la main, il ajoute :

— Et je l'aurai bien mérité.

— Pourquoi ? ne puis-je m'empêcher de demander.

Le grand brun fait volte-face et me met une pichenette sur le front.

— Peut-être parce que je me trouve dans la chambre de sa petite sœur à deux heures du matin ?

Je ne le regarde toujours pas dans les yeux et me contente de le contourner pour fuir sa proximité, qui me fait perdre tous mes moyens.

— J'ignorais que tu voulais aller étudier à New York, fais-je en allant m'asseoir au bout de mon lit.

Gabriel m'imite et le matelas s'affaisse sous son poids.

— J'ai posé ma candidature en début d'année, je n'y croyais pas un seul instant en postulant.

— C'est une belle opportunité, dis-je en regardant droit devant moi.

— C'est très loin, rétorque-t-il.

Silence.

Que suis-je censée répondre à ça, bon sang ? Qu'attend-il de moi ? Que je lui demande de rester ?

Je refuse d'être celle qui brise ses rêves.

Alors que je continue de fixer un point imaginaire sur le mur face à moi, trop lâche pour le confronter droit dans les yeux, je peux toutefois sentir son regard peser lourdement sur moi. J'en ai des frissons et des palpitations. Partout.

Dans la moindre cellule de mon corps.

— Tout à l'heure, tu as voulu me dire quelque chose et on a été interrompus.

Il ne me lâche pas une seconde des yeux et moi je ne détourne toujours pas mon attention de la tapisserie en toile de Jouy. Un goût amer emplit soudainement ma bouche.

— Je ne m'en souviens plus, mens-je.

Je le sens se crisper à côté de moi.

— Ne fais pas ça, Andrea.

La vulnérabilité qui transperce sa voix grave, la rendant plus rauque et fêlée qu'à son habitude, me brise un peu plus. *À quoi il s'attendait après tout ? À ce que je lui déclare ma flamme alors qu'il compte partir à l'autre bout du monde ?*

— Regarde-moi, exige-t-il de sa voix profonde et éraillée.

Je me mets à secouer la tête tandis qu'il perd patience et attrape le bas de mon visage dans le creux de sa paume pour le tourner vers lui.

— Andrea, supplie-t-il.

Son ton est plus dur, moins conciliant, davantage désespéré aussi. J'ai envie de m'arracher le cœur pour ne plus ressentir quoi que ce soit. Pour pouvoir rendre les choses plus faciles, moins tragiques.

— Ouvre les yeux, ordonne-t-il encore.

De nouveau, je secoue doucement la tête tandis qu'il appuie son front contre le mien et expire fébrilement.

— Me fais pas ça, m'implore-t-il tout bas, me brisant le cœur en mille morceaux.

— Va-t'en, Gabriel.

Il décolle brusquement nos fronts et une sensation de vide me comprime aussitôt la poitrine. Mais encore une fois, je l'aime suffisamment pour ne pas me montrer égoïste et changer d'avis.

Le matelas bouge à ma gauche et, bientôt, sa silhouette surplombe la mienne.

— Quand tu auras rafraîchi ta mémoire, fais-moi signe, Andrea.

Des larmes ingérables brouillent ma vue tandis que je trouve enfin le courage de tourner la tête vers lui.

Mais il est déjà parti.

Je reste assise au bout de mon lit en pleurant silencieusement encore longtemps. Bien après avoir entendu la porte d'entrée se refermer. Et encore après avoir entendu le moteur rugissant de son scooter fendre le calme de la nuit.

Chapitre 25

♫ *Treason*

Tinashe ♫

Andrea
Présent

À bout de souffle, je franchis la sortie du restaurant avec pour dernière image de Gabriel, son visage traversé par la confusion et la déception, tandis qu'il sortait son portefeuille pour jeter une liasse de billets sur la table.

Pressée d'être loin d'ici. *De lui.* Je m'apprête à monter dans le taxi garé devant le restaurant, qui vient de libérer ses passagers… lorsqu'une main se matérialise devant moi et referme la portière sous mon nez.

— Laisse-moi au moins te raccompagner chez toi, Andrea.

Sa voix chaude et profonde glisse dans mes oreilles et me réconforte autant qu'elle me rend nerveuse.

— Je…

— S'il te plaît, insiste-t-il doucement. Ça me rassurera de te savoir bien rentrée.

Comment peut-il encore se faire du souci pour moi, après que je l'ai planté sans explication dans ce restaurant ? Soudain, je le déteste de demeurer aussi parfait, mais je me déteste encore davantage d'être aussi imparfaite et lâche. Lentement, je tourne le dos au taxi pour me retrouver face à une paire d'yeux gris métallique intenses. *Trop intenses.* L'absence de rancœur me fait immédiatement lâcher prise… et culpabiliser.

— C'est… d'accord.

Je m'installe côté passager et attache ma ceinture, sans prononcer le moindre mot. Gabriel en fait autant derrière son volant et, pour la première fois de ma vie, le silence ne m'a jamais paru aussi bruyant. Jusqu'à être rompu au bout de plusieurs minutes.

— J'ai dit ou fait quelque chose qui t'a contrariée ?

Je ne décèle toujours pas la moindre trace d'amertume dans sa voix et ça me fait culpabiliser encore plus. *Et réaliser à quel point ma réaction au restaurant était peut-être disproportionnée.*

— Non ! m'exclamé-je.

Gabriel expire brusquement, semblant soulagé, tandis que je me radoucis et reprends plus calmement :

— C'est juste… moi. Je n'y arrive pas.

Mais comme je m'en étais doutée, ma justification ne lui suffit pas. Du coin de l'œil, je le vois plisser le front tandis que sa main gauche agrippe le volant.

— Tu n'arrives pas à quoi, Andrea ?

Prisonnière des pensées qui se bousculent dans ma tête, je peine à trouver les mots.

Je ne les ai toujours pas trouvés lorsque nous arrivons en bas de mon immeuble. Et toujours pas lorsque je sens ses doigts saisir délicatement mon menton pour le diriger vers lui.

— Regarde-moi, Andrea, ordonne-t-il d'une voix dure et profonde. Qu'est-ce que tu n'arrives pas à faire ?

J'ouvre brusquement mes yeux, que j'avais fermés quelques secondes plus tôt, mais ma vision est floue à cause des larmes qui les bordent et que je refuse de laisser couler. Du pouce, Gabriel me caresse distraitement le bas de la joue et ce toucher, rassurant et familier, m'électrise. Je cligne des paupières et les larmes que je m'efforçais de retenir jusqu'ici se déversent, sans que je puisse rien y faire.

Ma voix se brise légèrement :

— À te pardonner.

Le confesser à voix haute me serre la gorge avec une violence inouïe. Je défais ma ceinture à la hâte et sors de la voiture, en manque d'air. Alors que je me dirige d'un pas précipité vers la porte d'entrée de mon immeuble, du mouvement dans mon dos m'indique que Gabriel vient de sortir à son tour de la Ferrari. Le bruit qu'émet sa portière lorsqu'il la referme violemment me fait sursauter.

— Qu'ai-je bien pu te faire de si impardonnable, Andrea, hein ? gronde-t-il.

Ses pas dans mon dos se rapprochent et les battements dans ma poitrine redoublent.

— À part tomber un peu plus amoureux de toi à chaque fois que tu m'as souri, me condamnant à t'aimer toujours davantage et à t'attendre désespérément ?

La vulnérabilité qui transpire de ses paroles me cloue sur place.

— On dit que Dieu ne punit jamais deux fois, mais moi il me punit tous les jours à t'aimer démesurément.

Le visage baigné de larmes, je n'ai pas la force de résister lorsque sa main agrippe ma nuque pour me tourner vers lui. Ses yeux fous, perdus et inquisiteurs retiennent les miens en otage tandis qu'il réclame d'une voix plus forte encore :

— Dis-le-moi, Andrea. Qu'est-ce que tu me reproches ?

Cette fois, je ne me débine pas. Je déglutis et l'affronte :

— D'être parti.

Pourquoi les mots blessent-ils toujours davantage lorsqu'ils s'échappent de nos têtes pour être prononcés à haute voix ?

Ma confession le fait reculer d'un pas. Puis d'un autre encore. Ses yeux, à présent noirs de colère, semblent me défendre de m'aventurer sur cette pente.

— Tu ne voulais pas que je reste, souviens-toi, rugit-il.

Alors qu'il me dévisage avec animosité en contractant la mâchoire, c'est à mon tour de progresser dans sa direction.

— Que pouvais-je bien faire d'autre, Gabriel ? T'empêcher d'aller vivre ta vie ? D'aller faire tes études ? J'aurais été bien égoïste.

Moins d'un mètre nous sépare à présent. Sa fébrilité, égale à la mienne, semble le submerger lorsqu'il se passe les mains sur le visage, comme s'il tentait de se réveiller d'un cauchemar qui a trop duré.

— J'aurais tellement aimé que tu le sois, Andrea ! explose-t-il.

Il recule encore, le visage déformé par le dépit, tandis que sa voix descend d'une octave :

— Ça m'aurait évité pendant toutes ces années de croire que tu ne m'aimais pas suffisamment, alors que j'étais littéralement prêt à crever pour toi.

Ses aveux me déstabilisent à un point tel qu'il m'est presque impossible de respirer.

— Tu as décidé pour nous *ce jour-là*. C'est pas à toi de m'en vouloir, c'est à moi, Andrea.

Alors qu'il contourne déjà le capot de sa voiture, je cours vers lui en hurlant :

— À toi ?! Et que fais-tu de la fois où tu es revenu de New York ? De ce que tu m'as fait ?

Je tire sur le bas de sa veste pour qu'il me confronte, mais il refuse de bouger.

Résignée à m'adresser à son dos imposant, je poursuis avec véhémence :

— Je vais te le dire moi. Tu as pris ma virginité et puis tu t'es barré et je n'ai jamais plus eu de nouvelles de toi, craché-je.

Sur ces mots, Gabriel fait brusquement volte-face. Ses narines se dilatent tandis qu'il siffle entre ses dents avec tout le mépris du monde :

— Et alors, Andrea ? Tu t'étais bien permis de me briser le cœur, trois ans auparavant, non ?

Je secoue la tête, écœurée. Un impact de balle dans le cœur m'aurait fait moins mal.

— Tu m'avais dit que tu m'aimais encore, murmuré-je, comme pour moi-même.

Sa bouche se tord en un sourire triste tandis qu'il rétorque :

— Et je n'avais pas menti.

L'impression de revivre le passé me cloue sur l'asphalte tandis que j'observe Gabriel s'engouffrer dans sa Ferrari puis s'éloigner, comme un coup de tonnerre dans le ciel.

Chapitre 26

C'est tuant, les souvenirs.

Samuel Beckett

Andrea
Douze ans plus tôt

Les dernières semaines à Artemisia s'écoulent au compte-goutte, sans que rien ne s'arrange entre Gabriel et moi. De toute façon, je crains qu'il n'y ait rien à arranger. Il va partir et m'oublier. Et il ne me restera plus qu'à espérer pouvoir en faire autant.

Je n'ai plus mis un pied chez lui depuis le soir de ses dix-huit ans, mais lui est venu quelques fois à la maison. À chaque fois, je m'arrangeais pour ne pas le croiser tandis que lui restait enfermé dans la chambre de mon frère à fumer des joints à la fenêtre.

C'était mieux comme ça, j'imagine.

Mais il y a eu cette fois où j'ai reconnu ses pas dans le couloir et où il s'est soudainement arrêté à hauteur de ma porte pour glisser un mot sous le mince interstice entre le sol et le châssis.

Ce jour-là, mon cœur a battu si fort dans ma poitrine que je me suis mise à craindre de faire un arrêt cardiaque sur le coup. J'ai attendu que ses pas résonnent dans l'escalier puis que la porte d'entrée claque derrière lui pour me précipiter sur le mot. C'était un ticket de caisse pour des feuilles à rouler et un Caprisun et sur lequel il avait écrit au dos :

« Tu as retrouvé la mémoire ? ».

Je chasse ce souvenir de ma tête et me laisse tenter – une fois de trop – à relire quelques vieux SMS entre nous. Du pouce, je fais défiler la conversation et tombe sur ceux-ci, qui me font sourire :

[L'Exorciste sur la Rai Uno à minuit.]

[Et ? mdr.]

[Regarde-le !]

[Mais oui, bien sûr, Andrea.]

[Chochotte.]

[Psychopathe.]

[T'as déjà vu un film d'horreur au moins ?]

[Les Harry Potter, ça compte ?]

Je fais glisser mon doigt sur l'écran et tombe sur des messages moins récents. C'était un peu avant qu'il me donne un coup de pouce pour les cours… et qu'on s'échange notre premier baiser.

[Tu mesures 16 iPhone.]

[J'en sais rien.]

[C'était pas une question. C'est un fait.]

[D'accord. Arrête de penser à moi et concentre-toi en cours.]

[Peux pas, on parle du nanisme.]

[Connard.]

J'en lis encore d'autres, beaucoup d'autres, jusqu'à ce que mon sourire s'efface et que des larmes bordent mes yeux et rendent ma vision si floue qu'il m'est bientôt impossible d'y voir clair.

***

Gabriel

L'*Oppio Caffè*, le bar que l'on squatte depuis bientôt deux heures avec Louca, Francesco et Matteo, se situe juste en face du Colisée, dans les hauteurs. Le soleil de la fin de journée brille derrière l'arène romaine et bien que ce soit l'hiver, les températures sont relativement douces.

— Ça me casse grave les couilles de retourner dans ce cénacle de catholiques coincés ! se plaint Louca par-dessus le goulot de sa bière.

La reprise des cours approche à grands pas et ça me réjouit presque autant que lui.

— Bon, les gars, moi j'vous laisse, annonce subitement Fra en se levant de table.

Son portable à la main, il pianote dessus en souriant comme un con. Et comme je connais ce mec comme ma poche, je lève ma bière pour porter un toast en déclarant, sans l'ombre d'un doute :

— J'en connais un qui va s'envoyer en l'air.

Il acquiesce avec un sourire canaille, puis palpe ses poches en blêmissant.

— Merde, jure-t-il. Qui pourrait me dépanner d'une capote ?

En secouant la tête d'exaspération, Louca ouvre son portefeuille avant de lui en balancer une, qu'il rattrape au vol.

— On se voit en cours, les branleurs !

Alors qu'il forme le « L » de loser avec son pouce et son index contre son front, Louca lui balance son briquet.

— C'est ça, dégage, rage-t-il, jaloux.

Ce dernier s'apprête à reboire un coup de sa Moretti, avant de stopper son geste. Il baisse le goulot et s'écrie avec une joie feinte carrément diabolique :

— Mais regardez qui voilà ! La Bande à Picsou !

Imité par Matteo, je suis la direction que viennent de prendre ses yeux derrière sa paire de Cartier. Andrea, flanquée de Belen et Asia, est en train d'approcher de notre table. Aussitôt que je croise les yeux verts de la frangine de mon meilleur ami, je me tends et ressens une pointe au niveau de la poitrine.

— On peut s'asseoir avec vous ? demande Belen.

Louca désigne du menton les places vides qui jalonnent la terrasse.

— Quoi, y a pas assez de tables là-bas ? rétorque-t-il méchamment.

Belen lui jette un regard noir empli de mépris, avant d'attraper ses copines par les bras.

— Connard, décrète-t-elle à l'intention de son demi-frère. Venez les meufs, on se casse.

Andrea termine tout juste de tourner les talons pour suivre ses copines que je me mets à paniquer. Sans réfléchir, je les retiens – enfin, surtout *elle* :

— Il déconne, asseyez-vous avec nous.

Immédiatement, je sens Matteo me fixer étrangement, tout comme Louca. Il ne m'est pas difficile de deviner leurs pensées. Belmonte sait déjà pour mes sentiments envers la sœur de Francesco, et Matteo n'est pas dupe.

D'ailleurs, lorsque je propose d'aller sur les collines voir le feu d'artifice prévu pour ce soir, Matteo m'assassine carrément du regard. En réponse, je lui jette une œillade tout aussi meurtrière. *Mêle-toi de tes putains de fesses, Scorsese.*

— Je commençais à me faire grave chier de toute façon, alors allons-y ! cède Louca.

Une dizaine de minutes plus tard, Asia, Belen et Andrea sur les talons, nous allons récupérer nos scooters respectifs sur le trottoir d'en face.

Belen – qui m'a l'air d'être la plus extravertie de la bande – monte, sans se faire prier, derrière son demi-frère qui ne cesse de la chambrer :

— N'en profite pas pour me peloter, vicelarde.

Pour toute réponse, elle lui donne une tape sur son casque en soupirant :

— Oh ta gueule, Belmonte.

Je m'approche d'Andrea.

— Tu montes avec moi ?

Question à laquelle elle répond par l'un de ses rares sourires timides qui me rendent toujours un peu plus dépendant.

Il faut vraiment qu'elle arrête de faire ça. Et moi de surréagir.

Sans plus tarder, j'enfourche mon scoot et elle monte derrière moi. Contrairement à la première fois, elle ne galère pas. Elle enjambe la selle comme une pro et entoure ma taille de ses bras. Sa chaleur, sa proximité, son odeur… putain, je ne suis pas certain de pouvoir m'en passer un jour.

Pressé de m'éloigner de mes potes pour passer du temps seul avec elle, je lance :

— On se rejoint en haut des collines.

Après quoi, je m'engage sur la route et quelques minutes plus tard, nous sommes suffisamment haut pour admirer le feu d'artifice sous son meilleur angle.

Je coupe le moteur de mon deux-roues et laisse Andrea descendre, avant de l'imiter.

— Installons-nous là-bas, déclare-t-elle en se dirigeant vers le morceau de pelouse séchée à quelques mètres.

Je la suis d'un pas mesuré, l'admirant de dos, cheveux au vent, dispersant des notes d'amande dans l'air.

Cette fille est en train de causer ma perte, de plus en plus.

— À quelle heure est prévu le feu d'artifice ?

Je jette un œil à mon portable avant de le ranger dans ma poche et de m'asseoir à même l'herbe à ses côtés. De mes bras, j'entoure mes jambes et réponds :

— D'ici dix minutes.

Elle hoche la tête en se frictionnant les bras. Lorsque je remarque qu'elle tremble, sans réfléchir, je frappe mes cuisses en la regardant.

— Viens, je vais te réchauffer.

Merde, j'ai quand même pas… Je n'ai pas le temps de regretter ma proposition qu'Andrea accepte, sans y voir un geste déplacé. Elle rampe jusqu'à moi pour se coincer entre mes jambes.

— Est-ce que c'est bizarre ? demande-t-elle.

Évidemment que ça l'est. On ne peut pas se comporter comme si rien n'avait changé. Comme si je n'étais pas complètement fou d'elle et qu'elle ne le savait pas déjà.

— Non, t'inquiète, mens-je.

Je mens parce que même si sa proximité me fait plus de mal que de bien, je ne bougerais de là pour rien au monde.

Andrea expire d'aise lorsque je l'enveloppe de mes bras pour la maintenir au chaud. J'ai envie de lui demander si elle a retrouvé la mémoire, mais pour éviter de passer pour un lourd, je décide de ne pas le faire.

— Pourquoi tu sens toujours bon comme ça ?

— Tu dis ça comme si c'était une mauvaise chose, relève-t-elle.

Parce que c'en est une. Parce qu'en plus de crever de désir pour ton minois, ta voix et ton sale caractère, je n'ai pas besoin d'être obsédé par ta putain d'odeur.

Voyant que je ne réponds rien à sa réflexion, elle insiste :

— Tu es sûr que c'est pas bizarre ?

Il y a encore quelques mois, elle ne se serait jamais posé la question. Et c'est de ma faute. Parce que c'est moi qui ai changé ça entre nous. Moi et mes putains de sentiments impossibles à réfréner.

— Si tu poses encore une fois la question, je te balance dans le vide, nain de jardin.

Elle rit. Ça faisait trop longtemps que je n'avais pas été à l'origine de ce son merveilleux.

Alors qu'elle se détourne en jouant avec une mèche de ses cheveux, un sentiment de frustration me gagne. Bien que mes bras l'entourent, je n'en ai pas assez. J'ai envie de déposer un baiser dans son cou et de la respirer. Qu'elle me traite de fou et que je lui prouve à quel point elle est la cause de cette folie.

— Je ne me laisserai pas faire, s'enorgueillit-elle.

Je peux presque entendre le sourire malicieux dans sa voix tandis que je fixe ses doigts fins avec ses ongles couleur prune jouer dans ses boucles. *Bon sang, même ses mains me font de l'effet.*

Je fais mine de m'intéresser au bracelet à son poignet, mais ce n'est qu'une excuse pour la toucher.

— C'est joli.

— C'est un élastique à cheveux.

Je fais claquer le cordon sur sa peau avant d'éloigner ma main.

Super, j'ai pas du tout l'air con maintenant.

— C'est quoi ta couleur préférée ? demande-t-elle subitement.

Vert. Comme tes yeux.

— J'en ai pas, mens-je.

Elle se détourne légèrement pour me regarder par-dessus son épaule et commenter « triste », juste avant de plisser les yeux et de me défier :

— Maintenant, devine la mienne.

Rouge, comme les semelles des Louboutin.

— Rose ? la taquiné-je.

Elle fronce le nez et rétorque sans surprise :

— Raté, c'était le rouge.

Je le savais.

— Mon plat préféré ?

C'est un piège. Elle ne s'est jamais décidée entre les pâtes carbo et les sushis.

— Les cannelloni ?

— T'es nul, râle-t-elle, déçue.

— Les escargots ? tenté-je encore.

Elle fait mine de se faire vomir avant de sourire malicieusement.

— Bon, une dernière. Par contre si tu te loupes, je te parle plus.

On ne se parle déjà plus depuis des semaines, me retiens-je de faire remarquer. À la place, je redresse le menton, l'invitant à poursuivre. Je crois que ça lui fait autant de bien qu'à moi de retrouver notre complicité, même si nous savons, elle comme moi, que ça ne durera pas.

— Mon film préféré ?

— Facile, fais-je. *La Reine des Neiges.*

Sa bouche s'arrondit au même titre que ses yeux, puis elle me frappe à la poitrine en réprimant un sourire.

Elle peut me tester tant qu'elle veut, au fond je la connais par cœur.

Chapitre 27

♫ *Sobredosis*

Lpee ♫

Gabriel
Douze ans plus tôt

« Un Judas paye toujours pour ses péchés » ne cesse de ressasser Louca Belmonte derrière le volant de la bagnole qu'il a piquée à son père pour la nuit. Il n'a pas de demi-mesure et ne trouve satisfaction que dans les extrêmes. Jamais personne ne sait ce qui se trame dans sa tête, et d'ailleurs, je n'ai toujours pas très bien saisi pourquoi lui et Matteo sont aussi remontés contre Francesco. Ils ont décidé d'aller lui jouer un sale tour dans lequel ces deux ploucs sont en train de m'entraîner, alors que je n'ai rien demandé à personne.

— On lui fout juste la peur de sa vie, on est bien d'accord, hein ? m'assuré-je en claquant la portière.

— Ferme-la, Gabi, tu m'emmerdes avec ta sagesse, crache Louca en enfilant une cagoule qu'il a sortie de la poche arrière de son jean.

Alors qu'il fait le tour de l'Audi pour aller ouvrir le coffre, il enchaîne :

— Rentre-toi l'info dans le crâne, jamais Francesco ne t'autorisera à sauter sa frangine. Alors arrête de jouer au preux chevalier avec moi ou je t'allume, toi aussi.

Fils de pute.

Jusqu'ici, je n'ai jamais été le genre de mec à se complaire dans la violence. Lorenzo Di Carlo était le premier type que je cognais, mais étrangement, je pourrais volontiers recommencer avec cette tête de nœud de Belmonte. Quand il est dans ses bons jours, c'est un charme, mais lorsqu'il se laisse dévorer par ses démons, il est complètement imprévisible. *Un peu comme ce soir.*

— Me casse pas les couilles avec ça, l'avisé-je en avançant vers lui d'un pas menaçant.

— Quoi, sujet sensible ? me provoque-t-il.

Je vais le défoncer.

Mais je n'ai pas le temps d'avancer le poing que Matteo réagit aussitôt en se plaçant entre nous. Louca fait un pas en arrière, son sourire vicieux verrouillé sur son visage lorsqu'il brandit une bouteille en verre de sa main droite.

— Déconne pas, Belmonte.

Aucune émotion ne transparaît. C'est comme s'il était… éteint. Déshumanisé. Soudain, face à ce spectacle, lui faire entendre raison me semble impossible. *Utopique.* Tout se passe au ralenti. Mais entre le moment où il lève le bras et celui où je me jette sur lui pour l'arrêter, c'est déjà trop tard.

Sans se départir de son sourire en coin effroyable, il balance le cocktail Molotov en plein sur le scooter de Francesco, garé à quelques mètres de nous, appuyé contre la façade. Le deux-roues ne tarde pas à s'enflammer et bientôt, le feu se propage et grimpe le long du crépi, jusqu'à atteindre l'étage.

— J'espère que c'est sa chambre, à ce traître, ricane-t-il froidement après avoir craché au sol avec dédain.

Il déblatère encore d'autres conneries du genre, mais je ne les entends bientôt plus alors que je me mets à courir à en perdre haleine vers la porte d'entrée. Rongé par la peur d'arriver trop tard, j'enfonce mon pied à plusieurs reprises au milieu du châssis en y mettant tout mon poids, faisant fi des protestations de Matteo qui me supplie de ne pas m'aventurer à l'intérieur. Quand la porte cède enfin, le cri de détresse que pousse Andrea depuis l'étage me glace le sang. Les flammes me brûlent les joues et les yeux à mesure que je gagne le niveau supérieur où je n'hésite pas une seule foutue seconde à enfoncer la porte de sa chambre.

— Andrea, lâché-je avec soulagement lorsque mes yeux tombent sur son corps recroquevillé sur son lit.

Il n'est pas trop tard, je peux l'aider.

— Qu'est-ce qui se passe ? panique-t-elle, les lèvres gonflées par le sommeil.

Alarmée par la fumée et les crépitements du feu, ses yeux s'écarquillent, avant qu'elle ne parte dans une quinte de toux.

Je me précipite vers elle et, presque sans effort, je la soulève du lit et la porte dans mes bras, courant déjà vers l'escalier pour aller la mettre à l'abri des flammes. Je couvre son visage du mieux que je peux en le bloquant sous mon menton pour la protéger de la fumée, mais elle commence à s'agiter, dans tous ses états.

— Mon frère ! s'écrie-t-elle. Je suis sûre qu'il ne s'est pas réveillé !

Je marque l'arrêt pour jeter un œil par-dessus mon épaule en direction de la porte de ce dernier. Au même moment, une nappe de gaz vient recouvrir le plafond et une poutre se détache pour aller entraver l'entrée de la porte de sa chambre.

Rapidement, l'incendie prend des proportions énormes, s'échappant des ouvertures des fenêtres comme un dragon qui crache son feu. Je dévale les escaliers comme un fou tandis qu'Andrea s'exclame de plus belle :

— Qu'est-ce que tu fous ?! On doit l'aider !

Je sais, putain, mais je n'ai que deux mains.

— Je dois d'abord te mettre en sécurité et après j'irai.

— Gabriel ! proteste-t-elle encore.

Elle donne des coups de poings contre ma poitrine et en réaction, je la serre plus fort contre moi. Elle se fatigue pour rien, je ne la lâcherai pas.

Alors que je parviens à gagner l'extérieur, des renforts sont déjà sur place. Je repose Andrea au sol, mais quand je m'élance à nouveau vers la maison, on m'en empêche en me tirant par mes vêtements.

— Laissez-nous faire notre travail, jeune homme.

— Mais mon ami est là-dedans ! m'époumoné-je.

Je tente de me débattre, mais bientôt plusieurs paires de bras me retiennent et m'en empêchent. Parmi eux, ceux d'Andrea m'agrippent aussi.

Lorsque nos regards se croisent, je me sens légèrement apaisé. *Parce qu'elle va bien, putain.*

Voyant que je me calme, les gros bras qui me retenaient jusqu'ici se relâchent et je me mets à avancer vers Andrea pour l'étreindre contre moi. Je bloque sa tête sous mon menton et embrasse le haut de son crâne en fermant les yeux.

— Putain, j'ai eu trop peur.

Andrea reste muette, le pouls fébrile. Je réalise qu'elle ne me rend pas mon étreinte quand elle murmure tout bas :

— Comment as-tu fait pour agir à temps ? Pourquoi étais-tu là, Gabriel ?

Je me glace tandis qu'elle s'écarte de moi avec un regard empli d'effroi.

— Tu y es pour quelque chose, devine-t-elle en déglutissant.

Alors qu'elle esquisse un pas en arrière, je tente aussitôt de combler la distance qu'elle vient de créer en une enjambée.

— Non, Andrea, écoute-moi…

Mais je suis interrompu par l'agitation soudaine autour de nous. Des ambulanciers viennent de sortir de la maison un brancard sur lequel mon meilleur ami est allongé, semblant inconscient.

— Francesco ! crie Andrea, en détresse.

La petite brune s'élance vers lui en me bousculant violemment pour m'écarter de son chemin. Puis soudain elle marque l'arrêt et sans même un regard, elle m'ordonne dans un sifflement :

— Dégage d'ici, Gabriel. Rentre chez toi et ne reviens jamais plus.

***

Dans la poche de ma veste, mon téléphone vibre pour la quatrième fois de la matinée. Je lâche une main du guidon de mon scooter pour le sortir et vérifier l'écran d'accueil. Trois appels manqués de

Matteo, l'autre vient de Louca. Ce qu'ils ont fait est impardonnable. Me harceler d'appels et de SMS jour après jour n'effacera rien. *Qu'ils aillent se faire foutre.*

Comme à chaque fois que je mets les pieds dans le quartier pourri où vivent les Cardinale, je me surprends à le trouver toujours un peu plus triste et délabré qu'à mes précédentes venues. J'actionne les freins de mon scooter lorsque j'approche de la petite maison blanche dont la façade est désormais noire de suie, avec ce besoin devenu familier, carrément obsessionnel, d'arracher Andrea à ce décor lugubre. Avec cette envie irrationnelle de lui offrir la vie qu'elle mérite et que je suis en mesure de lui servir sur un plateau d'argent. Une vie où rien n'est trop beau ni trop cher pour elle. Un jour, elle m'a dit qu'elle voulait un homme riche pour subvenir à ses besoins et putain, elle ignore à quel point je suis prêt à être le pigeon dont elle rêve. Je suis tellement prêt à me plier à la moindre de ses volontés, rien que pour avoir le privilège d'entendre ma musique préférée tous les jours ; celle de son rire cristallin et un peu fêlé qui me fait sourire comme un con. Ce son envoûtant que je n'ai plus entendu depuis trop longtemps.

Je fais craquer ma nuque en la balançant sur mon épaule gauche, dans une vaine tentative pour me détendre, avant de puiser le courage nécessaire pour aller appuyer sur la sonnette. Mon cœur tambourine dans ma poitrine à mesure que la poignée s'abaisse. Puis son visage juvénile apparaît et se décompose en me découvrant sur le seuil.

— Attends, s'il te plaît.

Avant qu'elle ne puisse me claquer la porte au nez, je la bloque avec mon pied et force l'entrée, tandis qu'elle recule en me jetant un regard noir, empli de mépris.

— Je viens seulement voir comment va la jambe de ton frère, me défends-je.

Son regard mauvais me fait me sentir comme une merde.

— Il n'est pas là. Il est au centre de rééducation.

— Je peux l'attendre ici ? risqué-je.

Sa moue énervée la rend sexy, mais je me garde bien de le lui faire savoir. Je suis à peu près certain d'empirer mon cas si je le fais.

— T'as du culot de venir ici après ce que tu as fait, crache-t-elle.

Ça me sidère toujours autant qu'elle me pense capable d'une telle chose.

— Je suis innocent, Andrea, je te l'ai déjà dit, me défends-je dans un soupir.

Elle croise les bras sous sa poitrine et me défie de ses deux émeraudes. *Qu'est-ce qu'elle est belle, bon sang.*

— Rien ne m'oblige à être aussi naïve que mon frère.

Fut un temps, ça aurait été tellement facile de nous rabibocher. Il m'aurait suffi de lui tendre mon petit doigt et de l'amadouer avec son film préféré, mais on a grandi. Des événements ont marqué notre amitié et l'ont entachée à l'encre indélébile.

— Qui est coupable dans ce cas ? intervient-elle, m'arrachant à mes pensées.

— C'est compliqué.

— J'ai failli mourir ! rugit-elle en agitant les mains en l'air.

— Pas du tout, je ne l'aurais jamais permis !

Elle part dans un rire amer, sans une once d'humour.

— Alors, je dois te dire merci, peut-être ?

Je la considère avec dureté. *Elle semble oublier que moi aussi j'ai pris des risques ce jour-là.*

— Ce serait un bon début, ouais.

Elle me présente rageusement son majeur avant de me tourner le dos pour se ruer dans la cuisine. Toutes sortes d'injures à mon égard fusent de sa jolie bouche tandis que je la suis d'un pas mesuré dans le couloir étroit. J'ai droit à absolument toutes les insultes du monde et lorsqu'elle a épuisé ses ressources, elle se met carrément à m'insulter avec classe.

— Pignouf ? répété-je, amusé.

— Oh, va te faire foutre ! s'agace-t-elle.

Même sa colère m'enivre. D'ailleurs, je dois faire preuve d'un effort considérable pour ne pas me laisser aller à la tentation de l'attraper par la taille et plonger le nez dans ses cheveux pour la respirer à pleins poumons. La supplier d'oublier cette guéguerre interminable et de reprendre là où ni rien ni personne n'était en mesure de nous séparer.

Putain, si je pouvais tout effacer. L'incendie. Ma déclaration. Revenir à cette époque où je me contentais de l'aimer comme un fou en silence. Je le ferais sans hésiter.

— Jamais je n'aurais fait ça, Andrea. Tu le sais.

Face à son silence, je progresse vers elle, jusqu'à poser mes mains sur le plan de travail dans son dos et l'emprisonner entre mes bras.

— Qu'est-ce que je peux faire pour quc tu mc croies ? Dis-le moi.

Ma poitrine écrase la sienne et mes yeux sont si ancrés au fond des siens que je peux sentir les genoux d'Andrea flancher. Mais elle fait preuve de courage et n'évite pas mes prunelles lorsqu'elle gronde entre ses dents serrées :

— M'oublier.

— Ne me demande pas l'impossible, répliqué-je à bout de souffle, les yeux rivés sur ses lèvres.

Je me sens brûler de l'intérieur. Sa bouche, toute proche, me donne envie de la dévorer. Je crois n'avoir jamais rien désiré d'aussi fort qu'en cet instant. Je déglutis avec difficulté, tant le désir que je ressens pour elle est démesuré.

— Je pars cette nuit pour New York, déclaré-je subitement.

— Et tu me dis ça parce que… ?

Demande-moi de rester, l'imploré-je dans ma tête.

— Je ne sais pas, tu n'as toujours rien à me dire ? me contenté-je de lui demander.

Sa bouche s'ouvre, puis se referme, tandis que sa poitrine monte et descend à chacune de ses respirations. *Elle sait très bien à quoi je fais référence.* Quelques semaines plus tôt, dans sa chambre, elle avait simulé une perte de mémoire, faisant mine de ne pas se souvenir de ce dont elle voulait me parler à ma fête d'anniversaire. Ce jour-là, je m'étais immédiatement imaginé des choses. J'avais même eu la folie de croire qu'elle comptait m'avouer des sentiments… mais la vérité c'est que plus le temps passe, plus elle me regarde avec ce dégoût dans les yeux. *Et plus je suis convaincu de m'être fait des idées.*

— Si.

Ou peut-être pas finalement.

Alors que l'espoir me regagne tout doucement, je déglutis tandis qu'elle reprend, le regard encore plus froid qu'il y a une seconde :

— Je te souhaite de te défaire de ton béguin pour moi.

Mes muscles se tendent et mes poumons se gonflent brusquement tandis que j'inspire un grand coup pour réguler la colère qui m'inonde. Un échec. Andrea sait frapper là où ça fait mal et putain, que Dieu m'en garde, cette peste ne loupe jamais sa cible. Elle vise toujours au même endroit : en plein dans mon cœur.

Je me suis inscrit en début d'année dans cette école prestigieuse de New York parce que l'idée de quitter ma mère et ses angoisses me séduisait et m'offrait, dans un sens, une issue de secours. Mais entre temps, des choses avaient changé. Pour commencer, je n'avais pas prévu de m'enticher de la petite sœur de mon meilleur ami.

Le plus dingue, c'est que je suis prêt à rester. Mais à la seule condition qu'elle veuille de moi. Sauf qu'une fois de plus, je me suis fait des films.

Je m'écarte.

— Tu ne le penses pas, articulé-je, blessé.

Son regard vert me toise avec distance tandis qu'elle me contredit :

— On ne se complaît pas tous dans le déni, Gabriel.

On a passé des sales moments, elle et moi. Je l'ai aimée et même parfois détestée, mais jamais aussi fort qu'aujourd'hui. Et pourtant, ça ne change quand même rien. Et si c'était à refaire, j'irais encore dans ces flammes la sauver au péril de ma vie.

Chapitre 28

Parce que mon amour pour toi est plus élevé que les mots. J'ai décidé de me taire.

Kalil Gibran

Andrea

Douze ans plus tôt

Visuellement, l'incendie qui s'est déclaré dans notre maison quelques semaines plus tôt semble presque n'avoir jamais eu lieu. Même si la façade reste sinistrée, les dégâts intérieurs ont été intégralement pris en charge par Ettore Belmonte, maire de notre ville et père de l'Antéchrist – je nomme : Louca Belmonte – ce qui a confirmé mes doutes quant à sa culpabilité. Ce malade mental y était pour quelque chose. Quelque chose que son très cher papa s'est empressé d'étouffer avec son fric. Gabriel Cerretani aussi était sur les lieux, mais comme pour Louca, la raison est restée floue. Je suspecte mon frère de savoir exactement qui est responsable du drame qui a bien failli nous coûter la vie, mais il n'a jamais rien voulu dire. Aujourd'hui, il se déplace avec une béquille à cause de sa jambe gauche qui a été blessée ce fameux jour.

Parfois, la nuit, lorsque je ferme les yeux, je me souviens de la chaleur des flammes qui léchaient les murs du couloir, embrasant la tapisserie et les posters qui y étaient accrochés. De la fumée qui saturait mes poumons, ma gorge…

— Je pars cette nuit pour New York, déclare-t-il sans me quitter des yeux, étudiant mon visage et mes réactions.

J'aimerais lui demander de regarder ailleurs, de me rendre la tâche plus facile, mais lui réclamer cette faveur reviendrait à admettre qu'il me déstabilise. À admettre que je suis loin d'être aussi forte que ce que j'essaye de laisser transparaître depuis qu'il s'est présenté à ma porte.

En prenant soin d'éviter ses iris argentés, je m'enquiers avec une fausse désinvolture :

— Et tu me dis ça parce que… ?

Comme je l'avais imaginé, mon ton condescendant fait son effet. Son visage se durcit, tandis que le gris de ses yeux s'obscurcit. La tension qui émane de lui est si palpable que c'en devient rapidement oppressant de partager le même air que lui.

— Je ne sais pas, tu n'as toujours rien à me dire ?

Sa voix claque dans la pièce et me noue un peu plus l'estomac.

— Si, répliqué-je en maîtrisant du mieux que je peux la tonalité de ma voix.

Suspendu à mes lèvres, son regard froid m'intime d'abréger ses souffrances et d'aller au bout de mon intervention. Je ne le fais pas languir plus longtemps :

— Je te souhaite de te défaire de ton béguin pour moi.

Les mots m'écorchent la langue. J'ai l'impression que ma propre salive m'empoisonne tant ces paroles sont fausses et cruelles. *Mais nécessaires.*

Lentement, Gabriel acquiesce. Son regard incisif se charge de haine, comme si pour la toute première fois, il s'accordait enfin le droit de voir mon vrai visage. Un visage composé de toutes pièces et qui n'est pourtant pas le mien. *Un visage que je hais encore bien plus que lui.*

— Tu m'en veux pour quoi, déjà ? De t'avoir sauvé la vie ? crache-t-il.

De m'avoir fait tomber amoureuse de toi alors que tu comptais m'abandonner.

Mais je me garde bien de le lui faire savoir et tâche de rester évasive.

— D'être entré dans ma vie.

Il s'humecte les lèvres d'un air mauvais, avant de les plisser jusqu'à faire apparaître une ligne dure.

— On est deux dans ce cas.

Sur ces mots déchirants, Gabriel me contourne en me bousculant d'un coup d'épaule.

Alors qu'il quitte la pièce, je le suis des yeux, pressée d'être enfin seule pour pouvoir laisser éclater ma frustration et ma peine. Mais Gabriel n'a pas esquissé trois pas qu'il marque l'arrêt au niveau de l'encadrement vide qui sépare le hall de la cuisine. Les sourcils froncés, il considère le carton qui traîne au sol dans le couloir. Ce ne sont rien que quelques affaires sans grand intérêt qui ont survécu aux flammes et que je suis venue récupérer avant de retourner chez Belen, dont les parents m'accueillent en attendant que les rénovations soient entièrement terminées ici.

Le meilleur ami de mon grand frère s'accroupit et retire quelque chose du haut du carton. J'avance d'un pas incertain et mes yeux s'arrondissent d'angoisse en réalisant que l'objet qu'il tient dans ses mains n'est autre que mon journal intime. En soulevant le carnet, la photo glissée à l'intérieur comme marque-page est tombée à ses pieds, comme une feuille qui se décroche d'une branche d'un arbre à l'arrivée de l'automne. Toujours sans prononcer le moindre mot, Gabriel la récupère en fronçant les sourcils. Ses yeux font un aller-retour entre moi et le cliché. Sur le papier glacé, on le voit faire l'idiot pour me faire rire. Ce jour-là, il m'avait laissé lui faire une petite couette sur la tête – avec ses cheveux courts ça n'avait pas été une mince affaire. Je l'avais convaincu d'accepter de réaliser le challenge Tiktok #puttherolexonmywrist avec moi. J'en éprouve un pincement au cœur à ce souvenir.

Alors que je me rassure en me disant qu'il va certainement reposer le carnet et la photo là où il les a pris, il me prend de court en ouvrant franchement mon journal intime.

— Rends-moi ça, exigé-je.

Mon ordre sonne creux à cause de ma voix chevrotante. J'ai l'impression de vivre un cauchemar éveillée.

Comme n'importe quel propriétaire d'un journal intime, je préférerais encore être brûlée vive que d'être lue. Et dans le mien, il n'y a pas une seule page sans que le nom de Gabriel apparaisse.

— R-rends-le m-moi ! tenté-je à nouveau.

Enfermé dans un mutisme inquiétant, La mâchoire de Gabriel se contracte à mesure qu'il parcourt de son regard acier mes pensées les plus intimes.

Gabriel, protesté-je en me jetant sur lui pour le faire réagir. Tu n'as pas le droit de faire ça !

Impuissante, je perds rapidement mes moyens et mon sang-froid. Je tire sur ses vêtements comme une acharnée et tente d'agripper son bras lorsque celui-ci se dresse pour mettre le carnet à une hauteur que même sur la pointe des pieds je ne parviens pas à atteindre.

— S'il te plaît, m'entends-je supplier.

Mais il n'a que faire de mes suppliques. Des larmes brûlantes recouvrent mes joues tandis que je le regarde bouger la tête de gauche à droite, suivant les mots que j'ai couchés sur le papier, certaine que personne ne tomberait jamais dessus.

Je ne sais pas ce qui est le plus dur entre ce sentiment d'insécurité et de vulnérabilité qui me prend à la gorge et l'instant où Gabriel baisse enfin le menton pour me regarder droit dans les yeux avec une lueur de dégoût insupportable.

— Tu comptais me le dire un jour ? crache-t-il entre ses dents.

Je secoue la tête, encore sous le choc.

Qu'est-ce qu'il a lu, au juste ?

— C'est un jeu pour toi ? poursuit-il en fulminant.

Je me contente de secouer la tête, tétanisée. Sa voix s'élève alors, plus forte encore que précédemment. Tellement forte que j'en sursaute, une main sur le cœur.

— Ça te fait triper de me foutre la haine, Andrea ? De me faire galérer depuis tout ce temps ?

Je pensais avoir déjà goûté à sa colère, mais visiblement, je m'étais trompée.

— Réponds ! hurle-t-il.

J'esquisse un pas en arrière.

— Non, déglutis-je, à bout de souffle.

Alors que je m'évertue à garder de la distance entre nos deux corps, il la réduit en m'acculant contre le mur dans mon dos. De sa main libre, qui ne tient pas mon journal, il frappe la tapisserie neuve du plat de la paume. Je hoquète sous la violence de son geste.

— Non ? répète-t-il, incrédule. Dans ce cas, pourquoi tu écris là-dedans que tu es amoureuse de moi alors que tu me fais croire le contraire depuis des mois ?

— Parce que tu vas part… Parce que c'était avant ! me reprends-je de justesse.

Son regard se fait plus sombre encore tandis que je répète dans un murmure :

— C'est ce que je ressentais *avant.*

Il expire brusquement, le regard fou, ses lèvres à quelques centimètres des miennes.

— Tu mens.

D'un mouvement vif, il s'éloigne de moi et me considère avec un rictus effroyable. Ses mains se crispent autour de mon carnet, comme s'il était sur le point de le broyer.

— Si tu le lis jusqu'à la fin, tu découvriras que je dis la vérité, renchéris-je.

C'est un mensonge. S'il le lit jusqu'à la fin, il ne découvrira rien de plus, si ce n'est que je l'aime encore. Désespérément. Davantage.

— Je ne te fais plus confiance, déclare-t-il au bout d'un moment.

Je me fige et il me défie en reculant d'un nouveau pas :

— Du coup, on va vérifier si ce que tu dis est vrai, Andrea.

La peur m'immobilise une seconde.

— Je t'interdis de lire une ligne de plus.

Ignorant mes menaces, il recommence à tourner les pages de mon journal, avide de découvrir la vérité.

— Arrête ! l'imploré-je.

Mais ma détresse ne suscite aucune réaction chez lui. Alors que je tire désespérément sur son bras pour qu'il me rende ce qui m'appartient, ma vision se fait floue à cause des larmes qui ne cessent de se déverser, comme de la pluie, sur mes joues. Je suis dans un état lamentable et je ne parviens même plus à me contrôler. Si bien que je me retrouve à ses pieds, contrainte de le supplier à genoux.

— Relève-toi, Andrea.

Le visage rivé au sol, je sanglote en boucle « s'il te plaît, arrête ».

— Pourquoi ?

Intriguée, je relève mes yeux rouges et brillants et les plonge dans les siens, avec un espoir qui s'éteint avant même d'avoir éclos. Son regard est tellement froid que j'en frissonne.

— Parce que tu me fais du mal.

Un rire nerveux et sec s'échappe de sa poitrine.

— Tu m'en fais aussi. Tout le temps.

— Pas intentionnellement, rétorqué-je d'une voix faible.

Mes mots le percutent.

— Va te faire foutre, Andrea.

Sur quoi, il détourne son visage du mien en pinçant les lèvres puis, d'un geste violent, il balance mon journal à travers la pièce.

Quand ses yeux reviennent se poser sur moi, j'ai la certitude que plus rien ne sera jamais comme avant. *Que cette fois, c'est vraiment fichu.*

— Je te déteste de t'être permis de te rendre aussi indispensable à ma vie. Putain, je te hais tellement, Andrea.

Chapitre 29

L'impossible se situe dans le cerveau
parce que dans le cœur, tout est possible.

Jessica Simard.

Andrea
Présent

Les soirées au club sont longues. Interminables. Barbantes. J'ai le droit de reprendre des clients puisque Gabriel m'en a laissé la possibilité, mais je ne parviens pas à m'y résoudre. À chaque fois que j'y songe, l'idée de toucher un autre homme me rebute. *Ou peut-être est-ce à cause de ce désir un peu tordu et inavouable qui refuse de quitter mon esprit ?* Celui de revoir Gabriel sur ce fauteuil, au centre de ma loge, qui me nargue et sur lequel j'ai dansé pour lui quelques semaines plus tôt.

Mais pourquoi reviendrait-il ? Après tout, on s'est tout dit.

Deux jours plus tard, c'est avec le cœur plus léger que je dépose ma lettre de démission sur le bureau de Luigi.

***

Installée dans le fauteuil douillet du salon majestueux de Belen et Louca, je rive mon attention sur la bouteille de vin blanc déjà bien entamée qui trône sur la table basse devant moi. J'attends le diagnostic de mes deux meilleures amies.

— Donc si j'ai bien compris, tu lui en veux d'être parti et lui te reproche de ne pas l'en avoir empêché, résume Belen après que j'ai monopolisé la conversation pendant environ une heure et demie.

J'ai mentionné les faits principaux, dans les grandes lignes, sans préciser que depuis un an je n'étais plus serveuse, mais bien danseuse dans le bar de Luigi. Même si mes copines ne me jugeraient pas, cela appartient à un passé que je préfère garder sous silence. Après tout, tout le monde a ses secrets.

— Et donc il n'a jamais cessé de t'aimer, et toi tu l'aimes toujours ? ajoute Asia.

Entendre leurs conclusions à voix haute me fait tiquer. J'opine en silence.

— Si tu veux éviter de te sentir comme Rachel à l'aéroport au retour de Ross, tu ferais mieux de ravaler ta fierté et de lui pardonner. Ces « je t'aime moi non plus » ont assez duré, intervient une seconde fois Belen en assénant une petite claque punitive sur ma cuisse.

Voyant que je n'ai rien à rétorquer et que je m'apitoie sur mon sort, Belen jette un regard par-dessus son épaule et apostrophe son bien-aimé, qui vient à l'instant de pénétrer dans l'immense cuisine ouverte sur le salon :

— Bébé, rends-toi utile et donne-nous ton point de vue de mec.

Louca récupère le café qu'il vient de se faire couler, tandis qu'il pose sa main libre sur son entrejambe avant de justifier sa bizarrerie :

— Je vérifiais juste si mes couilles ne s'étaient pas changées en vagin. Heureusement, ce n'est pas le cas.

— Oh allez ! protesté-je.

Belen appuie mon indignation en lui jetant un regard noir menaçant. En réaction, il soupire :

— Je vais te donner mon point de vue, mais seulement parce que j'ai envie de baiser ma femme ce soir.

Toujours aussi charmant ce Louca.

— Gabriel est fou amoureux de toi depuis qu'il est gamin, reprend-il. Il n'y a franchement rien d'autre à conclure, Andrea.

Chapitre 30

Gabriel
Présent

Je consulte pour la troisième fois consécutive le courrier reçu un peu plus tôt dans la soirée, qui confirme ce sur quoi j'enquête depuis plusieurs semaines maintenant. Précisément, depuis que j'ai franchi les portes de ce commissariat de police où Andrea, une main menottée, refusait mon aide en bloc, comme la tête de mule qu'elle est et a toujours été.

Comme je m'en doutais, la fausse monnaie n'a pas circulé de main en main au club dans lequel elle bosse à cause de l'un ou l'autre client aux activités douteuses. Ça vient directement du patron, Luigi Cavarelli, qui fait écouler ce fric factice dans une partie des salaires de son personnel. Finalement, le malfrat n'en avait pas que l'apparence.

Je sais que je lui avais promis de ne plus m'immiscer dans sa vie professionnelle, mais son frère m'avait demandé de l'aider et c'est exactement ce que je suis en train de faire. Parce que si elle se refait choper, je ne suis pas certain de pouvoir la sortir de cette merde aussi facilement que la première fois. C'est d'ailleurs la raison qui explique ma présence en bas de son immeuble, à sonner à l'interphone.

Une vingtaine de secondes plus tard, sa voix sexy vibre dans le haut-parleur.

— Gabriel ? Qu'est-ce que tu fais là ? s'étonne-t-elle en découvrant mon visage grâce à la petite caméra.

— Je dois te parler de quelque chose.

Silence. *Est-ce qu'elle vient de se barrer ?*

— Ça n'a rien à voir avec nous deux, je m'empresse d'ajouter.

Nouveau silence.

Une seconde.

Deux secondes.

Trois sec…

Alors que je commence à perdre espoir, la porte d'entrée s'ouvre dans un « riiing » sonore. Mon cœur s'affole tandis que je la franchis, avant de monter à son étage en tentant d'évacuer la tension qu'il y a dans ma nuque. Un échec. Cela fait déjà plusieurs jours qu'on a eu cette dispute en bas de chez elle et l'idée de la revoir me rend terriblement nerveux. *Est-ce qu'elle me déteste toujours ? Parce que, en ce qui me concerne, même si je lui en voudrai à vie de m'avoir caché ses sentiments durant tout ce temps, je reste incapable de la détester.* Lorsque les portes de l'ascenseur s'ouvrent sur une Andrea pieds nus et dans un ensemble débardeur-short riquiqui, un long frisson descend le long de ma colonne vertébrale. Du désir, ni plus ni moins. D'ailleurs, je crois que même si elle m'avait ouvert en combinaison de ski, ça m'aurait fait de l'effet.

Je sors de mon état de transe – avant de la faire complètement flipper – et lorsque mes yeux trouvent les siens, je les surprends à voyager eux aussi sur mon corps. Ce n'est pas la première fois que je la remarque en train de se rincer l'œil. Andrea a un faible manifeste pour mes costumes. Ma poitrine se réchauffe immédiatement en réalisant que l'attirance est toujours bien là, mutuelle et palpable, mais cachée derrière cette foutue distance que l'on s'impose depuis cette soirée au restaurant.

Comme tout bon connard qui se respecte, je toussote dans mon poing pour attirer son attention. Andrea redresse aussitôt le menton, les joues un peu plus roses que précédemment. *Trop mignonne.*

— Entre, déclare-t-elle en s'écartant du battant.

Je m'exécute, non sans profiter de l'occasion pour respirer son odeur affolante de massepain en la contournant. *Comment fait-elle pour toujours sentir aussi bon ?*

— Alors, qu'est-ce qui t'amène ?

Je ne suis absolument pas pressé de la quitter, mais je ne veux pas faire traîner les choses non plus, alors je ne perds pas de temps et vais droit au but.

— J'ai pensé qu'il serait plus prudent pour toi de prendre connaissance de ceci.

Je lui tends la copie du casier judiciaire bien garni de son patron et déclare :

— Luigi Cavarelli a déjà été confronté à la justice par le passé pour trafic de fausse monnaie. Trois fois, précisé-je tandis qu'Andrea parcourt la feuille des yeux. Une descente de police est prévue la semaine prochaine, il vaudrait mieux pour toi que tu ne sois pas dans les parages quand ça arrivera.

Andrea fronce les sourcils.

— Comment as-tu récolté toutes ces informations ?

Je me gratte le sommet de la tête, indécis. Je lui expliquerais bien que je me suis improvisé enquêteur ces derniers temps et que j'ai trouvé le moyen de m'introduire dans le bureau du vieux bandit en payant grassement ses vingt-deux employées présentes ce jour-là, mais elle me reprocherait d'avoir empiété sur sa vie privée, encore une fois. Après mûre réflexion, je décide de lui passer les détails et me contente d'asséner :

— Je te l'ai dit l'autre jour, Andrea. Je sais parfaitement comment utiliser mon argent.

Quand je fais référence à cette nuit où elle s'était pointée chez moi à quatre heures du matin en m'accusant du contraire, elle rougit en pinçant les lèvres. Je m'y attarde une seconde avant de relever les yeux et de me reconcentrer.

— Écoute, merci mais ça n'a plus d'importance, déclare-t-elle en me rendant les documents.

Ce n'est pas vraiment la réaction que j'avais espérée. *Elle est consciente qu'elle risque la taule si les forces de l'ordre apprennent qu'elle était au courant mais a décidé de fermer les yeux ?*

— Andrea, grondé-je. Tu réalises que…

Je n'ai pas le temps de la raisonner qu'elle s'empresse de me couper la parole :

— Gabriel, épargne ta salive, j'ai démissionné.

Là pour le coup, je suis sans voix.

— C'est…, commencé-je, en cherchant les mots justes. Une putain de bonne nouvelle.

Un mince sourire étire ses jolies lèvres pleines, attirant une fois de plus mon attention sur elles.

— Je te l'ai dit, moi aussi, que je ne comptais pas faire ce boulot toute ma vie.

Je hoche la tête avec sérieux, ravi de constater que mon petit nain de jardin n'a qu'une parole. Ce qui n'arrange pas mes affaires… Non… ça ne fait qu'amplifier mon intérêt pour sa personnalité, qui m'a toujours séduit.

— Et donc, tu projettes de travailler dans quel autre domaine ? Si tu as besoin d'un coup de pouce, je connais du monde. Je peux…

Elle lève une main pour m'interrompre et comme je suis littéralement aux pieds de cette fille depuis ma plus tendre enfance, je lui obéis et la boucle bien sagement.

— Je n'ai besoin de l'aide de personne. Je suis une grande fille.

— Et c'est tout à ton honneur, rétorqué-je en retour, m'efforçant d'être conciliant.

Après quoi, un silence s'installe entre nous et j'ignore comment le combler. Enfin si, j'ai quelques idées qui me viennent en tête, mais elles sont toutes inappropriées et déplacées.

— Très bien… je… bon, j'étais simplement venu te mettre au courant alors maintenant, je vais rentrer. Passe une bonne soirée, Andrea.

Alors que j'ai presque atteint la porte, elle me retient :

— Attends, ne pars pas tout de suite. J'ai quelque chose à te donner.

Elle lève deux doigts dans ma direction, m'intimant de ne pas bouger. Une minute plus tard, elle revient se planter face à moi avec une enveloppe dans la main droite, qu'elle me tend.

— Qu'est-ce que c'est ? demandé-je en plissant le front.

— De l'argent.

J'arque un sourcil.

— J'ai l'air d'en manquer ?

Ma remarque – un brin arrogante je l'admets – lui fait lever les yeux au ciel.

— Écoute, j'ai rayé tes jantes, tu as fait remplacer ma porte ainsi que la batterie de ma voiture avant de la faire remorquer jusqu'à chez moi et puis… il y a tes honoraires.

Je penche la tête sur le côté et la sonde d'un air amusé.

— Mes honoraires ? Mais tu ne les connais même pas.

Sans se laisser démonter, la belle brune lève le menton bien haut et me toise de ses deux émeraudes magnifiques qui ne me laissent jamais de marbre. *Jamais*.

— À combien s'élèvent-ils ? s'intéresse-t-elle.

Vu l'épaisseur de l'enveloppe, bien trop élevés pour que ça suffise à les couvrir. Mais je ne lui fais pas savoir, car ça ne ferait que l'embarrasser et j'ai horreur de ça.

— Ça n'a pas d'importance puisque je ne veux pas de ton argent, fais-je remarquer d'un ton calme et posé.

Face à mon refus, elle plaque franchement l'enveloppe contre mon torse.

— Il fallait y penser avant de faire toutes ces choses pour moi, rugit-elle du tac au tac.

C'est sexy son besoin d'indépendance, mais je ne céderai pas. Pas cette fois.

— C'est plus fort que moi lorsqu'il est question de toi.

Ma confession fait papillonner ses longs cils noirs et épais sur son regard de biche. À chaque fois que nos routes se croisent, je la trouve un peu plus belle que la précédente. *Est-ce possible ?*

— Laisse-moi te remercier, tente-t-elle à nouveau.

Je secoue la tête, catégorique.

— Me laisser faire ces choses, c'est déjà me remercier, Andrea.

Elle ouvre la bouche pour protester et c'est à mon tour de lui couper l'herbe sous le pied.

— Écoute, je n'ai pas envie de me disputer avec toi.

— Alors accepte cette enveloppe, bon sang !

Son regard envoûtant s'assombrit et la menace que j'y perçois me provoque un début d'érection. Franchement, regardez-la en train de me donner des ordres, alors qu'elle doit lever les bras au-dessus de sa tête pour atteindre une taille décente. *Adorable*.

— C'est toujours non.

— Gabriel ! s'agace-t-elle.

— Tu veux vraiment me remercier ?

Elle fait oui de la tête.

— Enterrons le passé, proposé-je, sans réfléchir.

Andrea déglutit, prise au dépourvu. *Je vais peut-être un peu vite en besogne ?*

Avant qu'elle ne panique davantage, je m'empresse d'ajouter :

— Il serait mieux pour tout le monde qu'on parvienne à mettre nos griefs derrière nous, tu ne penses pas ? La bande se refréquente, on va être amenés à se voir à diverses occasions. Le mariage de Belen et Louca qui approche. Bref, on devrait au moins essayer d'être amis.

Amis. C'est tout juste si je n'ai pas envie d'éclater de rire en prononçant ce mot qui m'écorche la langue. Mais je refuse de faire la même erreur que par le passé. Cette fois, si la condition pour la garder près de moi est de taire mes sentiments, je le ferai. Peu importe l'effort et le temps que cela me demandera. Peu importe ma santé mentale. Peu importe que je ne m'en remette jamais.

Chapitre 31

On n'oublie pas en un jour quelqu'un
qu'on aurait voulu aimer pour toujours.

Capsules temporelles.

Andrea
Neuf ans plus tôt

— Andrea, tu rêvasses encore, se plaint Giada Sarratore.

Elle me fouette les fesses avec son torchon sale en ajoutant :

— Cette chambre ne va pas se laver toute seule, meuf.

Et c'est bien dommage.

Je travaille cet été en tant que femme de ménage dans une *Masseria* dans le sud de l'Italie. Nettoyer les saletés des autres est un métier qui peut paraître ingrat, mais le salaire est correct et les horaires plutôt bons. Ça me fait penser qu'aujourd'hui, nous finissons notre journée de travail à 14 h, ce qui nous laisse tout le reste de l'après-midi pour aller à la plage pour nous baigner et bronzer.

— Il manque des serviettes de bain dans la 12 et puis on aura terminé, m'informe Giada après avoir brièvement consulté notre planning capturé sur son iPhone.

— Je m'en charge, annoncé-je.

— T'assures, chou ! s'écrie-t-elle dans mon dos, avant que je ne quitte la suite qu'on vient d'astiquer de fond en comble.

Située au milieu des oliveraies dans le Gargano, la *Masseria* dans laquelle je bosse s'élève sur plusieurs niveaux, raccordés par des petites marches en pierre. Les chambres sont toutes dotées d'entrées indépendantes et juchées dans les hauteurs des collines du site.

Peu importe où nous nous trouvons, nous surplombons la piscine et son bassin turquoise ainsi que les vignobles environnants. Au-delà, on peut voir la ville de Peschici. D'après Giada, le prix d'une nuitée dans cet hôtel luxueux s'élève à plus de six cents euros, petit-déjeuner non inclus – autant dire que les vacanciers qui séjournent ici sont plutôt aisés.

La porte de la chambre 12 est entrouverte lorsque je frappe pour signaler ma présence.

— Entrez, aboie une voix masculine.

Non.

Mon estomac fait un bond. Ce timbre grave et chaud ne m'est pas inconnu, puisque mon cerveau en a enregistré chaque vibration. J'avance dans la pièce d'un pas incertain, envisageant un instant de faire demi-tour tandis que le verso de sa silhouette apparaît dans mon champ de vision et me cloue sur place.

Bon sang. Merde.

Cela doit faire au moins trois ans que je ne l'ai pas revu. Mon frère et lui avait repris contact pendant sa rééducation, mais ils s'étaient à nouveau éloignés quand Francesco avait eu confirmation du toubib qu'il ne remarcherait plus jamais comme avant. Autrement dit, qu'il pouvait dire adieu au niveau pro qu'il convoitait au foot.

Probablement intrigué par mon silence, l'occupant de la chambre 12 tourne le dos au balcon sur lequel il était accoudé une seconde plus tôt, pour me considérer.

Figée sur place, comme si je venais d'apercevoir un fantôme, j'observe l'ami d'enfance de mon grand frère. Il distille toujours ce même truc indescriptible dans l'atmosphère qui fait immédiatement battre mon cœur plus fort dans ma poitrine.

— Andrea ? s'étonne Gabriel. Qu'est-ce que tu fais ici ?

En posant la question, il a balayé ma tenue d'un regard vertical. Mon tablier noué sur ma robe grise et mes sabots – tout sauf glamours – devraient le mettre sur la piste.

— Je travaille dans cet hôtel pour les vacances, confirmé-je toutefois.

Il hoche la tête, la mine assombrie. *Est-ce ma présence qui l'enchante si peu ou est-ce l'emploi que j'occupe dans cet hôtel ?* C'est drôle, j'avais presque eu la folie d'oublier à quel point les riches sont allergiques aux pauvres.

Quelques années plus tôt, je lui avais souhaité à contrecœur de se défaire de ses sentiments pour moi. Mais je ne m'étais pas préparée à y faire face. Son regard détaché, presque dégoûté face à mon accoutrement de femme de chambre est si flagrant que j'en rougis de honte.

— Je venais juste déposer des serviettes pour la piscine, déclaré-je, pressée de me tirer d'ici.

Silencieux, Gabriel désigne le coin de son lit, m'intimant de les déposer dessus. Je m'exécute, puis me dirige vers la porte en sentant ses yeux méprisants dans mon dos.

— Attends, me retient-il alors que ma main repose déjà sur la poignée.

Lentement, je me détourne, ignorant du mieux que je peux les battements affolés dans ma poitrine.

— Autre chose ? demandé-je, sur le même ton que celui que j'emploie pour m'adresser aux clients de l'hôtel – professionnel et monocorde.

Une fois de plus, Gabriel m'observe scrupuleusement avec cette contrariété dans le regard particulièrement vexante. Je ne sais plus où me mettre. J'envisage une seconde de me jeter par-dessus la rambarde du balcon, mais après mûre réflexion, j'écarte cette option puisque je risque fortement d'atterrir dans la piscine de l'hôtel et de survivre.

— Tu as l'air fatiguée, commente-t-il contre toute attente.

Son regard désapprobateur sur mon accoutrement était déjà suffisamment humiliant. Alors me faire savoir que j'ai une mine affreuse tandis que lui resplendit, ça c'est carrément cruel.

— Ça va, le contredis-je.

Mais mon ton sec ne le décourage pas.

— Si tu veux, tu peux rester un peu ici et te reposer, je n'aurais qu'à dire au patron que je t'ai retenue pour m'aider à ranger mes bagages.

L'envie de lui rétorquer d'aller se foutre sa pitié là où je pense me tente, mais, soudain, je me souviens de cette phrase que ledit patron ne cesse de brailler à tout bout de champ, comme quoi le client est roi et je me ressaisis.

— Merci mais je termine bientôt mon service de toute façon, décliné-je.

Il hausse les épaules.

— Très bien, comme tu veux.

Après quoi, il se détourne pour m'offrir son dos sculpté et je prends ça pour une invitation à déguerpir de sa piaule. *C'est ça, ciao.*

Quelques minutes plus tard, je rejoins Giada dans la chambre que nous partageons dans une zone éloignée réservée aux membres du personnel saisonnier. Lorsqu'elle libère la salle de bain, je file sous la douche à mon tour, pressée de me débarrasser de mes vêtements de service, que je jette en boule au sol.

Fraîche et enfin libérée de toutes corvées, je rejoins ma copine et collègue sur le lit double que nous partageons et sur lequel elle est installée en tailleur, en train de fixer le téléviseur qui diffuse un épisode de la saison trois de *L'amie Prodigieuse*.

— Alors, qu'est-ce que j'ai manqué ?

— *Lenù* se rend chez sa sœur cadette *Elisa*, qui vit désormais chez *Marcello Solara*.

Intéressant.

— Par contre cette moustache, c'est pas possible, s'offusque Giada face au nouveau look de Marcello.

Elle continue d'émettre des commentaires sur chaque personnage tandis qu'elle fait glisser vers moi l'un des deux plats emballés dans du film alimentaire posés devant elle. Elle a dû les récupérer en cuisine de Pasquale, qui a pris l'habitude de les lui filer en cachette.

— Mange, t'es maigre comme un clou, m'ordonne-t-elle sans quitter la télé des yeux.

Je pousse un soupir.

— J'ai pas très faim.

L'odeur des détergents bourrés d'alcool a souvent le don de me couper l'appétit. Et puis mes retrouvailles gênantes avec Gabriel m'ont vraiment remuée.

— Mange au moins tes légumes, tente-t-elle.

J'abdique en enfonçant ma fourchette dans une morille que je mâchouille sans grande conviction.

— Tu tentes un régime ? T'es au courant que t'es parfaite, hein ?

Je soupire.

— Rien à voir avec ça, promets-je. Et merci pour le compliment.

— Il est sincère, ma biche.

Giada Sarratore est le genre de fille exubérante et extravertie qui n'a pas peur de dire tout haut ce qu'elle pense, mais pas non plus le genre mesquine qui se cache derrière sa soi-disant franchise pour vous blesser gratuitement. Elle n'a aucun mal à vous complimenter et est toujours prête à vous conseiller et vous aider. C'est typiquement le genre de fille qui vous rend votre sourire dans la rue, au lieu de vous scruter de la tête aux pieds avec dédain. Et je dois bien admettre qu'après l'examen visuel dont j'ai fait l'objet tout à l'heure dans la chambre de Gabriel, ça fait un bien fou de l'entendre me dire qu'elle me trouve en forme.

— Il y a des connotations sexuelles partout, ou c'est mon esprit qui est trop tordu ? s'enquiert-elle subitement.

— Hum ?

Je me détourne brièvement de l'écran pour aviser son assiette, qu'elle fixe en fronçant les sourcils comme s'il s'agissait du *Da Vinci code*.

— Le dressage ressemble à un pénis, non ?

Je m'esclaffe et rétorque :

— C'est surtout Pasquale qui tente de te faire passer un message.

— Qui te dit que cette assiette ne t'était pas destinée ?

Je pose un doigt contre mes lèvres, faussement pensive.

— Peut-être parce que ce ne sont pas mes fesses qu'il reluque dès qu'il en a l'occasion, mais les tiennes ?

Sa bouche se tord tandis qu'elle se met à réfléchir à voix haute :

— Ouais, pas con.

Environ une heure plus tard, nous quittons notre chambre avec nos sacs de plage en lin Vanessa Bruno – payés exclusivement grâce aux pourboires généreux amassés le mois dernier – suspendus à nos épaules. Pour notre virée à la plage, j'ai enfilé une mini-jupe en jean et un top en crochet par-dessus mon bikini. En ce qui concerne mes cheveux, Giada m'a convaincue de ne pas les lisser et de les laisser sécher à l'air libre. D'après elle, ça me donne un côté sexy et sauvage.

Alors qu'on dévale la dernière volée de marches pour rejoindre le portail, pressées d'aller nous baigner, j'entends une portière de voiture qui claque puis quelqu'un m'appeler avec stupéfaction :

— Andrea ?!

Les sourcils froncés, je fais volte-face, avant de me détendre en reconnaissant Bruno Cerretani.

— Mon Dieu, mais oui ! C'est bien toi ! s'exclame-t-il, enthousiaste, en me faisant signe d'approcher.

Donc Gabriel est ici avec ses parents et ne les a pas avertis de ma présence, noté-je mentalement tandis que je rends son accolade chaleureuse à Bruno.

En parlant du loup, je le repère justement par-dessus l'épaule de son père. Poings enfoncés dans les poches, une casquette AMI vissée sur son crâne, il se met à progresser dans notre direction, l'air un peu exaspéré. *Il pourrait cacher sa joie, non ?*

— Mon Dieu, que tu es belle ! s'émerveille Bruno en m'écartant de lui pour me contempler avec minutie. Mais que fais-tu ici ? Tu séjournes dans cet hôtel, toi aussi ?

— En fait, je travaille ici, rectifié-je avant de me tourner vers la blonde à ma droite et de retrouver mes bonnes manières. Oh, euh, je vous présente mon amie et collègue, Giada Sarratore. Giada, je te présente Bruno Cerretani et son fils, Gabriel.

Celle-ci serre la main de Bruno puis celle du grand brun renfrogné, tandis que je m'enquiers auprès du patriarche :

— Elisa n'est pas avec vous ?

Il balaye ma réflexion de la main d'un air amusé.

— Oh, tu la connais ! Elle fait du shopping en ville.

Évidemment.

Il marque une pause pour me jauger une ultime fois, avec une fierté carrément paternelle dans le regard qui me réchauffe immédiatement la poitrine.

— Elle va être si heureuse lorsque je vais lui dire que tu es ici, s'émeut-il.

Il ne me laisse pas le temps de rétorquer que le plaisir est partagé, qu'il enchaîne aussitôt :

— Dis-moi, que fais-tu ce soir ?

Je réfléchis une seconde à la question avant de bredouiller :

— Euh rien, il me semble.

— Alors viens dîner avec nous, conclut-il.

Est-ce que le « nous » inclut leur fils ?

Coincée, prise de court, je jette furtivement un œil en direction de Giada qui a désormais le nez scotché à son portable et qui ne m'est d'aucune aide.

— Euh, c'est d'accord, accepté-je, sans avoir trop le choix – ni le temps de trouver une excuse pour échapper à l'invitation.

— C'est génial, se félicite monsieur Cerretani. Bon, allez, je ne vous retiens pas plus longtemps, ton amie et toi.

Je secoue la tête timidement, avec un large sourire qui se veut rassurant.

— Aucun souci, on comptait juste rejoindre l'arrêt de bus pour aller à la plage.

— Le bus sous cette chaleur ? Hors de question ! Gabriel va vous y conduire, il s'apprêtait justement à y aller, lui aussi.

Il se tourne vers son fils et lui tend ses clés de voiture. Après quoi, il fait mine de consulter sa montre, l'air de penser « déjà si tard ? » puis déclare :

— Oh, on dirait bien que c'est l'heure de l'apéro ! Allez, amusez-vous bien les enfants ! s'enthousiasme-t-il en s'éloignant déjà, visiblement de très bonne humeur.

Même si Gabriel est bien éduqué et fait preuve de maîtrise pour ne rien laisser transparaître, je sais que l'idée de m'avoir dans ses pattes – même pour seulement quelques minutes de trajet en voiture – ne l'enchante absolument pas. Giada, qui n'y voit que du feu, lui tape sur l'épaule avec un clin d'œil coquin :

— Merci de jouer les taxi, Gabi.

Sans se départir de son petit sourire en coin ravageur, elle le contourne pour aller s'installer du côté passager de la Porsche Macan. Après une longue inspiration, je rejoins la banquette arrière, au milieu.

— Putain, cette caisse est phénoménale et suréquipée, s'émerveille Giada tandis que Gabriel s'engage sur la route, après avoir dépassé le portail. Ça te dérange si je fais une story Insta ?

L'esprit ailleurs, Gabriel hoche distraitement la tête :

— Fais-toi plaisir.

Alors que Giada gigote dans tous les sens possibles et imaginables sur son siège tout en se bombardant de selfies, je sens le regard de Gabriel dévier dans le rétroviseur. Je serre les cuisses et l'ignore, mal à l'aise et très pressée d'arriver à destination.

Soudain, Giada se tourne franchement sur son siège et m'interpelle, avec toute la finesse du monde :

— Pourquoi t'es aussi silencieuse ?

Ses grands yeux marron se plissent avec malice et vont de Gabriel à moi.

— Attendez, vous avez un passif, tous les deux ?

Aussitôt, Gabriel et moi répondons en chœur :

— Non !

Je croise le regard plissé de Gabriel dans le rétroviseur et m'empresse de le fuir en déglutissant. Pas dupe, Giada se met à sourire comme le chat dans *Alice*.

— Vous avez un passif, conclut-elle.

Cette fois, ni lui ni moi ne la contredisons. Un silence de mort s'installe alors, jusqu'à ce que la ligne d'horizon de la mer apparaisse derrière le pare-brise.

Gabriel trouve rapidement une place de parking, puis coupe le moteur après que Giada a insisté environ un milliard de fois pour qu'il se joigne à nous. D'après elle, c'est triste et glauque d'aller zoner tout seul à la plage pour un beau gosse de son acabit. *N'importe quoi.* J'ai bien essayé de la dissuader d'insister en lui faisant les gros yeux – à plusieurs reprises – mais la garce m'a ignorée à chaque fois.

Mes sandales suspendues au bout de mes doigts, je soupire d'aise en sentant le sable chaud sous mes pieds. Le milieu d'après-midi est vraiment le meilleur moment pour venir se baigner car c'est *Il Pisolino*[1].

— Installons-nous ici, propose Giada.

Tandis que j'aide mon amie à étendre l'énorme drap de bain tout en défiant la brise, Gabriel, lui, s'installe à même le sable.

— Je vais me baigner, annonce-t-il.

Et ma bouche s'assèche lorsqu'il fait passer son tee-shirt par-dessus sa tête, exposant des abdominaux en béton. J'entends Giada soupirer « bordel de merde », tandis que mes yeux hébétés s'égarent sur son torse nu taillé comme une sculpture grecque, avant de glisser vers le début de son V qui plonge dans son short griffé. Gabriel n'a décidément plus rien de juvénile. Absolument tout est viril chez lui. Sa voix, son visage avec cette barbe courte qui le creuse de façon torride, sa taille de Titan, ses larges épaules, ses yeux plus gris que bleus, perçant et intimidants… Bon sang, je pourrais continuer d'énumérer tous les attributs séduisants qui composent son apparence pendant encore des heures et des

1. La sieste, en italien.

heures, mais je viens de me souvenir que les verres de mes lunettes de soleil n'étaient pas si opaques.

Lorsqu'il est suffisamment loin, Giada commente d'une voix d'outre-tombe :

— Il est chaud patate.

Incapable de nier, je soupire :

— Ouais, je sais.

— Je ne sais pas ce qui s'est passé entre lui et toi, mais il est évident qu'il y a de la tension sexuelle entre vous, intervient-elle d'un air rêveur.

Je lève les yeux au ciel et repense à ses yeux qui me toisaient avec dégoût dans sa chambre, pas plus tard que tout à l'heure. *J'en doute.*

Quelques minutes plus tard, Gabriel revient sur le sable. Le mouvement langoureux de l'eau salée qui ruissèle dans le creux de ses tablettes de chocolat est un spectacle aussi envoûtant qu'obscène. À un point tel que j'ai du mal à détourner la tête.

— Tu veux les toucher ?

Prise sur le fait, je détourne rapidement mes yeux de son torse pour croiser ses prunelles aiguisées et… *taquines ?*

— Hein ? Quoi ?

La courbe de sa mâchoire frémit à mesure qu'un sourire en coin arrogant se dessine sur sa belle gueule.

— Mes abdos, précise-t-il.

Et je percute, morte de honte.

— Sans façon, riposté-je sèchement, ne sachant plus où me mettre.

Par chance, Gabriel n'ajoute rien d'autre et ne prolonge pas mon embarras. Il se contente de retirer sa casquette et de l'enfoncer sur mon crâne en me conseillant :

— Tiens, tu vas attraper une insolation.

— Il se soucie de ton bien-être, c'est trop sexy. Je fonds, commente discrètement Giada à mon oreille.

Mais Giada a tout faux. Il n'y a vraiment rien de sexy là-dedans. J'ai juste l'impression d'avoir à nouveau quatorze ans et d'essayer de plaire à un mec qui ne me voit dorénavant comme rien de plus qu'une petite sœur qu'on a envie de materner. Rapidement, cela provoque en moi un besoin carrément vital d'éteindre ces sentiments fraternels en lui pour en éveiller d'anciens.

Je retire la casquette et la lui rends avec un sourire feint.

— Merci mais je ne suis plus une gamine à qui on dit ce qu'elle doit faire.

Le beau brun ouvre la bouche pour intervenir, mais je le coupe dans son élan en ajoutant :

— Je vais me baigner.

Sans un regard de plus pour lui, je me mets debout et retire mes vêtements pour finir seulement vêtue de mon bikini deux pièces minuscule. J'avance dans le sable avec la brûlure de la paire d'yeux gris qui suit mes mouvements à la trace – et en remerciant mentalement Belen de m'avoir convaincue d'essayer le « Squat challenge », qui avait fini par porter ses fruits en me conférant un popotin qui n'a rien à envier à celui de Candice Swanepoel.

Chapitre 32

Gabriel
Neuf ans plus tôt

Que ce soit clair, le temps ne guérit aucune blessure. Ce sont des conneries que l'on sert aux gens pour qu'ils se raccrochent à quelque chose. J'en ai eu la confirmation il y a quelques heures, lorsque j'ai revu Andrea Cardinale dans ma chambre d'hôtel alors qu'elle venait m'apporter des serviettes de bain. *Quelle ironie.* À croire que la vie me hait et veut me narguer en la foutant sur mon chemin à quelques jours de mon retour en Amérique pour ma dernière année d'études.

— Juste un verre, insiste Giada pour la énième fois. Pour te remercier de nous avoir conduites.

Bon sang que cette fille m'épuise. Je laisse échapper un soupir et cette dernière interprète mon exaspération comme un « oui ».

— Bien, parce que c'est impoli de refuser un verre à une dame, décrète-t-elle en me tirant par le coude.

Voilà comment je me retrouve à une table d'un bar de plage en compagnie d'Andrea et de sa persuasive et irritante collègue.

Le serveur passe à notre table pour la deuxième fois, calepin à la main, mais Andrea est toujours indécise face au menu qu'elle tient devant elle. Je la soupçonne de ne pas connaître la moitié des cocktails présentés sur la carte. Du coin de l'œil, je me laisse aller à l'observer un peu. La pointe de sa langue dépasse et je me surprends à trouver ça mignon. Avant de me sentir terriblement con et niais. Non, en fait, je me foutrais bien des gifles d'être autant incapable de passer à autre chose avec une fille que je n'ai jamais réussi à avoir, même rien qu'une petite seconde.

Pressé de passer commande et d'en finir avec cette journée en sa compagnie, je pointe du doigt le troisième cocktail en partant du haut.

— Prends une Piña Colada, tu devrais aimer ça, c'est à base de noix de coco.

— Tu crois ? s'assure-t-elle en me regardant par-dessous ses cils épais.

Je me contente de hocher la tête et ai la présence d'esprit de ne pas préciser que je l'avais déjà vue déballer un Bounty en sortant de la bibliothèque de notre bahut. C'était un mardi, elle ne m'avait pas vu, mais moi oui. J'avais même serré la mâchoire et durci dans mon pantalon lorsqu'elle avait croqué dans la barre chocolatée en fermant les yeux. Je crois qu'elle avait carrément gémi, mais j'étais trop loin pour entendre quoi que ce soit. Et c'est tant mieux car j'étais dans un tel état obsessionnel ce jour-là que j'en aurais joui comme un puceau dans mon boxer.

Andrea suit mon conseil avant de rendre sa carte au serveur qui la gratifie d'un clin d'œil. *Connard.*

Connard que je ne peux pas blâmer non plus puisque Andrea Cardinale est, au bas mot, canon. J'essaye de ne pas prêter attention à la manière dont ondulent naturellement ses cheveux, ni à la façon dont le vert de ses yeux paraît limpide lorsqu'un rayon de soleil les traverse, mais c'est plus fort que moi. Au bout d'un moment, je déglutis et m'oblige à regarder ailleurs. C'est à cet instant précis que je croise le regard de sa copine, qui n'a pas perdu une miette de moi en train de reluquer sa pote.

Je n'ai pas le temps de me maudire pour mon manque cruel de discrétion qu'un grand blond au style surfeur fonce vers notre table en écartant les bras avec exubérance.

— Qui voilà ! s'exclame-t-il, histoire que tout le bar se retourne sur lui et l'entende.

Le blondinet cogne son poing contre l'épaule de Giada, qui doit forcément être sa frangine vu la ressemblance plus que frappante, avant de se pencher dans le cou d'Andrea pour y déposer un baiser. Mon estomac se tord.

C'est qui ce putain d'enfoiré ?

Je serre les poings, à deux doigts d'intervenir, lorsque Andrea prend les devants et repousse ce crétin en rouspétant et le traitant de pot de colle. Mais c'est loin d'être suffisant et je me détends à peine.

— Salut, mec.

Pot de colle avance la main pour me checker et la tentation d'ignorer son poing dressé me taraude. Je décide finalement de jouer le mec cool et de faire comme si je n'en avais rien à foutre – déjà que Giada a remarqué quelque chose.

— Michele, se présente-t-il.

J'ai envie de lui rétorquer que je m'en branle complet, mais ma bouche s'assèche lorsqu'il dépose une main sur l'épaule d'Andrea. D'un air sombre, j'observe son pouce caresser sa clavicule dans des gestes circulaires qui font bouillir le sang qui circule sous ma peau. Mais le plus dur à encaisser, c'est de réaliser qu'Andrea semble habituée au comportement tactile de ce mec.

— Gabriel, articulé-je entre mes dents en tentant du mieux que je peux de chasser la tension lancinante dans ma nuque.

Après quoi, quelqu'un apostrophe *Pot de colle* depuis la rue et nous voilà enfin débarrassés de ce merdeux qui s'éloigne aussitôt.

Mais même après qu'il a déserté mon champ de vision, je ne parviens pas à me départir de ma colère. Pire, elle s'accentue. Tellement que lorsque le serveur revient à notre table avec nos consommations, il termine à peine de déposer une bière devant moi que je la porte à mes lèvres et la vide cul sec, sous les regards perplexes d'Andrea et de sa copine.

Je sais qu'elle ne me doit rien et que je n'ai pas le droit d'être jaloux, mais qu'est-ce que j'y peux si ça me fait un mal de chien ?

La question qui tourne sans arrêt dans ma tête depuis plusieurs minutes m'échappe avant même que je le réalise :

— C'est ton mec ?

Chapitre 33

Andrea
Neuf ans plus tôt

— C’est ton mec ?

Sa question me surprend. Tout comme cette tension carrément palpable qui émane de son corps, comme s’il se retenait de… *eh bien je n’en ai pas la moindre idée.*

— Non, ricané-je de l’absurdité.

— Pourquoi tu le laisses te toucher alors ?

Il y a de la contrariété dans sa voix. *Ou est-ce du mépris ?* Je lui répondrais bien que ça ne le regarde pas, mais je suis devancée par Giada qui s’exclame soudain :

— Oh mon Dieu !

Excitée comme une puce, elle se penche par-dessus la table et dresse son portable sous mon nez pour que je lise le SMS qui vient de s’afficher sur son écran d’accueil. C’est un message d’Alessio – son plan cul, qu’elle rêve secrètement d’épouser.

— M’en veux pas, m’implore-t-elle en se levant de table.

Son sac déjà suspendu à son épaule, une clope mentholée entre les doigts, et la voilà déjà prête à s’envoler.

— Gabriel, c'était sympa de te rencontrer. Tu raccompagneras mon amie, hein ? J'ai une urgence.

S'envoyer en l'air, une urgence ?

— *Hasta la vista !* crie-t-elle en agitant la main comme une miss.

Et elle nous plante là, Gabriel et moi, à la terrasse de ce bar pas assez bruyant pour deux personnes qui n'ont rien à se raconter. Je crois même pouvoir affirmer que, de toute ma vie, je n'ai jamais été aussi mal à l'aise. J'en viens presque à regretter la présence de Michele, le frère de Giada. Il est vrai que ce dernier est plus lourd qu'un paquebot qui transporterait du plomb et beaucoup trop tactile, mais il réussirait certainement à détendre l'atmosphère avec deux ou trois de ses blagues débiles qui impliquent systématiquement une brune, une blonde et une rousse.

Je jette un coup d'œil furtif dans la direction de Gabriel. Il vient de s'adosser au fond de sa chaise en soupirant franchement et me voilà un cran plus nerveuse encore. Visiblement, l'idée d'être coincé avec moi ici ne l'enchante pas des masses. *Bon, au moins on est deux.*

— Tu sais, tu n'es pas obligé de me raccompagner, lâché-je.

— Je sais.

C'est tout. Il n'ajoute rien de plus tandis qu'il coince une Marlboro entre ses lèvres, les yeux rivés vers la ligne d'horizon. Après quoi, les minutes s'égrènent, plus gênantes les unes que les autres.

— T'as bientôt fini ta boisson ? s'impatiente-t-il en jetant un coup d'œil au cadran de sa montre, avant de se reconcentrer au loin, sur les enfants qui jouent à défier les vagues.

Je baisse les yeux sur le cocktail devant moi et réalise avec effarement que je n'ai encore rien bu. Pas une seule goutte. Tout aussi pressée que lui de m'en aller, je m'active, remue nerveusement mon cocktail avec ma paille et aspire ma Piña Colada par grosses lampées. *Ce truc est vraiment chargé en alcool,* songé-je. Je redoute déjà le moment où je devrai me lever de cette chaise pour marcher droit.

— Comme je te l'ai déjà dit, tu n'es pas obligé de m'attendre. Michele peut me ramener.

À la mention de ce dernier, un rictus anime son visage.

— Tu m'étonnes, ricane-t-il froidement.

Je n'aime pas ce qu'il sous-entend.

— C'est un ami.

Un peu exaspéré, il appuie ses coudes sur les accoudoirs de sa chaise et soupire.

— Toujours aussi naïve, hein ?

— Va te faire voir.

— Et têtue comme un âne, constate-t-il en me détaillant brièvement, avec un air condescendant qui me fait plisser le nez.

Le besoin de rendre le change se fait pressant. Je me compose un air féroce et hausse un sourcil en observant à mon tour :

— Et toi, toujours aussi jaloux.

Il laisse échapper un petit rire nerveux, sans aucune chaleur. Je me crispe légèrement, craintive, dans l'attente de ses paroles qui, je le sens, vont me blesser.

— Décidément, tu ne peux vraiment pas te fier à ton instinct. Je n'en ai plus rien à foutre de toi, Andrea. Je suis passé à autre chose.

Je ne m'étais pas trompée. Ses mots me blessent. Et plus que de raison.

— Alors tu ne verras pas d'inconvénients à ce que je me fasse raccompagner par Michele.

Quand je recule ma chaise, prête à me lever, il me retient par le poignet, m'intimant de rester assise.

— Fais pas la maligne, m'avise-t-il.

Je m'extirpe de sa poigne et repose mes fesses là où elles étaient une seconde auparavant – je ne comptais pas vraiment solliciter Michele, de toute manière. Et puis, il n'a même pas le permis.

Je retire la paille de mon verre et le descends en trois gorgées, furieuse et profondément vexée.

— Allez, on se tire, déclare Gabriel, juste après avoir considéré mon verre désormais vide.

Je commence à sortir mon portefeuille lorsque Gabriel pose sa main sur la mienne pour arrêter mon geste.

— Non, Andrea. C'est pour moi, décrète-t-il fermement après avoir planté son regard sévère dans le mien.

Le simple contact de sa main sur la mienne me fait un peu trop d'effet. Je déglutis et dégage ma paume pour jouer avec le pendentif de mon collier. Gabriel dépose un billet sur la table, sans attendre qu'on lui rende sa monnaie – après tout, ce ne sont que des préoccupations de pauvres – puis repousse sa chaise avant de se lever. Je veux l'imiter, sauf qu'à l'instant où je me redresse, mes jambes se dérobent. Mais je n'ai pas le temps de glisser au sol et de me donner en spectacle car Gabriel me rattrape aussitôt.

— Tout va bien ? s'enquiert-il, la panique teintant sa voix grave et profonde.

— Je n'aurais pas dû boire avec le ventre vide, bredouillé-je.

Aussitôt, sa main vient se poser sur mon front en sueur. Derrière ma vision trouble, je croise son regard gris agité et mon cœur bondit. *Il est peut-être passé à autre chose, mais il continue de se faire du souci pour moi.* Le réaliser me réconforte un peu.

Alors qu'il me fait me rasseoir, j'enfouis ma tête entre mes mains, mes coudes posés sur la table du bar. *Allez, reprends-toi, petite nature.*

Je l'entends commander de l'eau et de la nourriture à un serveur qui passe par là et ne peux m'empêcher de le provoquer :

— Pour quelqu'un qui n'en a soi-disant plus rien à foutre de moi, je te trouve bien concerné par mon…

— Oh, la ferme, Andrea, me coupe-t-il, exaspéré.

Je lui lance un regard noir, à défaut d'avoir la force de me chamailler avec lui.

Quelques minutes plus tard, un serveur réapparaît avec un hamburger qui fait la taille de ma tête et une montagne de frites. Mon ventre gargouille à leur vision et arrache un sourire discret à Gabriel.

— Mange, me presse-t-il.

Subitement affamée, je ne me fais pas prier. L'alcool m'a ouvert l'appétit. J'ignore les couverts que le serveur a déposés à ma droite et prends le sandwich à pleines mains. Je l'approche de ma bouche grande ouverte avant de suspendre mon geste.

— Tu comptes me regarder manger ?

Un sourire en coin assumé retrousse ses lèvres, tandis que ses yeux pénétrants et infiniment gris me défient :

— Pourquoi ? Ça te gêne ?

— Oui, admets-je en rougissant.

On dit que l'honnêteté paie toujours, pourtant Gabriel semble bien décidé à jouer les cons jusqu'au bout. Il se penche légèrement vers moi, suffisamment pour que je bloque une seconde sur sa bouche sensuelle.

— Ouais, ben je regarde encore où je veux. Alors bouffe et tais-toi.

Une douche froide aurait été moins efficace.

J'expire un coup en commentant « charmant », puis croque dans le burger. Il est délicieux mais j'ai du mal à le savourer pleinement. Jusqu'à aujourd'hui, je n'avais jamais été aussi nerveuse à l'idée de manger devant quelqu'un mais, face à Gabriel, j'en viens presque à oublier comment procéder. *Mâcher puis avaler, c'est ça ?*

Alors que je me contrôle pour ne pas m'étouffer sous son éternel regard amusé, je le distingue pencher la tête en arrière pour recracher la fumée de la nouvelle cigarette qu'il vient d'allumer. Il ne me lâche pas une seconde du regard.

— T'as de la sauce Ketchup juste là, dit-il en pointant son propre menton.

Je m'essuie avec ma serviette tandis qu'il poursuit en désignant de l'index un point au milieu de son front :

— Là aussi.

Je fronce les sourcils et m'empourpre violemment. *Comment diable ai-je bien pu aller m'en mettre là-haut ?*

Alors que je me frotte vigoureusement le front avec ma serviette, son sourire s'élargit. Il est en train de se payer ma tête.

— Hilarant, commenté-je en le fusillant des yeux.

Je ne peux toutefois pas masquer mon amusement en mordant dans une frite et ça ne lui échappe pas. On s'échange un sourire complice avant même de le réaliser. C'est Gabriel qui est le premier à en prendre conscience. Soudainement renfrogné, il reporte son attention loin devant lui, vers la plage. *Je crois qu'il vient de se souvenir qu'on est censés se détester.*

Chapitre 34

Ceux qui vivent, ce sont ceux qui luttent.

Victor Hugo

Andrea
Présent

Le coup de massue est phénoménal. Mon cœur dégringole dans ma poitrine tandis que je me répète en boucle qu'il tient seulement à être mon ami.

Mon ami !

À croire que j'avais besoin d'entendre cette abomination de sa bouche pour réaliser que je n'en ai pas la moindre envie.

Peut-être que, comme l'a souligné Louca, Gabriel étant amoureux de moi depuis l'enfance, il est maintenant arrivé à la conclusion qu'il en avait marre de fonder de l'espoir en nous.

Lorsqu'il m'offre son dos pour la seconde fois, après avoir déposé l'enveloppe pleine de fric sur l'îlot de ma cuisine, je me surprends à lui proposer :

— Tu veux rester dîner ?

Je dois tellement avoir l'air désespérée à le retenir ainsi.

Il n'a encore rien dit, ni accepté, ni refusé, que j'ajoute, un peu essoufflée :

— J'allais... euh... justement me cuisiner quelque chose.

Une expression étrange anime son visage. *Ou est-ce un sourire un peu moqueur ?* Difficile d'en juger. Et s'il était mal à l'aise ? Peut-être qu'il n'a aucune envie de rester mais qu'il ne sait pas comment esquiver mon invitation soudaine ?

Merde.

Je m'empresse de rectifier le tir :

— Enfin, si tu veux. Tu as peut-être déjà quelque chose de prévu...

Il secoue la tête de gauche à droite.

— Non, je n'ai aucun plan pour ce soir. C'est avec plaisir que je dînerai avec toi.

Le soulagement m'envahit, puis la panique en réalisant que je lui ai proposé de préparer à manger. À la base, j'avais prévu de me commander une pizza, étant donné mes piètres talents de cuisinière.

Gabriel efface passagèrement mes inquiétudes avec une remarque sarcastique :

— Par contre, tu es au courant qu'on est chez toi et que, par conséquent, tu ne pourras pas t'enfuir, cette fois ?

Je hausse un sourcil et établis le constat suivant :

— Mais je peux toujours te mettre dehors.

Il acquiesce en me décochant un clin d'œil taquin qui suffit à faire pulser mon sang à une vitesse fulgurante.

— Dans ce cas, je vais tâcher de me tenir à carreau.

Surtout pas, me surprends-je à songer tandis qu'il retire sa veste de costume avec grâce pour la déposer sur le dossier de mon fauteuil.

— Je te préviens déjà, je compte la récupérer, celle-ci, dit-il sur le ton de l'humour.

Je ris nerveusement, déconcentrée. Sa chemise blanche, impeccable, souligne sa musculature taillée en V avec une telle précision que ça m'assèche la bouche.

— Tout va bien ? s'enquiert-il en surprenant mes yeux baladeurs.

Ce léger sourire moqueur que je ne connais que trop bien vient de refaire son apparition, m'indiquant qu'il sait pertinemment à quel point il est séduisant et loin de me laisser indifférente.

— À merveille, riposté-je en déglutissant avec peine.

Pressée de fuir l'intensité de ses prunelles qui me traquent, je l'invite à me précéder dans la cuisine et fais de mon mieux pour ne pas admirer ses fesses, dans son pantalon qui doit certainement valoir le triple de mon loyer.

Trop tard, j'ai regardé et… wow.

Gabriel étant immense, l'espace de ma cuisine m'apparaît très vite ridiculement petit. Et étouffant.

J'ouvre le frigo, jette un œil dedans, sans avoir la moindre idée de ce que je pourrais cuisiner avec une tomate, trois pommes, une brique de lait, des œufs, des saucisses Knacki et du beurre. Je jette un regard par-dessus mon épaule et surprends Gabriel hausser un sourcil à mon intention.

— Un problème ?

Je mordille ma lèvre inférieure, tandis que les siennes s'incurvent.

— J'ai un aveu à te faire.

Son sourire s'étend et il feint de ne pas déjà savoir de quoi il s'agit :

— Quoi donc ?

— Je ne sais absolument pas cuisiner. Je me nourris principalement grâce à Uber Eats.

Amusé, Gabriel se lève du tabouret et avance jusqu'à moi d'un pas lent. Soudain, toute trace de légèreté déserte son visage. Sa démarche assurée, ses yeux plantés dans les miens, il me donne l'impression d'être tout en bas de la chaîne alimentaire, alors que lui règne au sommet. Je me mets à trembler de la tête aux pieds à mesure que son ombre me recouvre… avant de me prendre une douche froide lorsqu'il se contente de me contourner pour aller se poster face à mon réfrigérateur.

Il balaye son contenu et élude :

— On peut faire des crêpes.

— D-des crêpes… pour dîner ?

Il reporte son attention sur mon frigo et souligne, après avoir pincé les lèvres :

— On n'a pas beaucoup d'autres options.

Sur quoi, il retrousse les manches de sa chemise et la vue de ses avant-bras mats, musclés et veinés, suffit à me rendre toute chose. Mes genoux flanchent même un peu sur le coup.

— … la farine et du sucre.

La voix de Gabriel me paraît lointaine, jusqu'à ce que ses doigts apparaissent sous mes yeux hébétés et qu'il les fasse claquer. Je sursaute.

— Hein, quoi ?

Merde, je ne l'ai pas entendu me parler, trop occupée à l'imaginer sans ses fringues.

— Je disais : est-ce que tu as de la farine et du sucre ?

— Oh ! Euh… oui ! Je dois avoir ça.

Je m'inflige une claque mentale et m'active. J'en trouve dans un placard que j'atteins sur la pointe des pieds. *Quelle idée de génie d'avoir été mettre ces foutus ingrédients dans le fond, là où je ne peux pas les atteindre !*

Alors que je m'étends de tout mon long, juchée sur la pointe de mes orteils, je sens le corps chaud et robuste de Gabriel frôler le mien. Un hoquet de surprise m'échappe lorsqu'il pose les mains sur ma taille et me soulève du sol, sans le moindre effort.

— Oh… euh, merci, bredouillé-je.

Je me dépêche d'attraper ce que je cherchais et lorsque c'est fait, Gabriel me repose au sol et mes pieds retrouvent la terre ferme. Mais en ce qui concerne mon cœur, il fait des bonds dans ma poitrine, en lévitation.

Contrairement à moi, Gabriel semble tout à fait impassible. Il est retourné derrière la plaque de cuisson, sur laquelle il vient de déposer une poêle qu'il a sortie de je ne sais où.

Voyant à quel point il maîtrise la situation, je ne peux pas m'empêcher de me sentir complètement inutile dans cette cuisine.

— Je vais ouvrir une bouteille, déclaré-je. Pour accompagner les crêpes, plutôt du blanc ou du rouge ?

— Aucun des deux, rétorque Gabriel, amusé. Mais choisis, tout me va.

Contrairement à lui, qui semble très à l'aise avec la situation, moi il me rend terriblement nerveuse et j'ai le besoin carrément vital de me détendre. Je choisis une bouteille de blanc et m'affaire à remplir deux verres. Puis j'en fais glisser un vers lui, tandis que je porte le mien à mes lèvres.

Gabriel m'imite et prend une gorgée, sans me quitter des yeux. Sa pomme d'Adam s'agite et une vague de chaleur se répand dans mon corps. Merde, même lorsqu'il boit, il parvient à rendre ça sexuel. *Ou alors c'est moi qui disjoncte totalement.* Je me demande s'il se rend compte de l'effet qu'il a sur moi ? L'éventualité me pousse à détourner le regard avec embarras.

— Ce n'est pas un grand cru, précisé-je pour faire diversion.

— C'est très bien, me rassure-t-il de sa voix grave et chaude qui me fait replonger illico dans mon verre de vin.

Nom de Dieu, il faut vraiment que je me calme.

Je détourne les yeux de son cou viril lorsqu'il déclare, après avoir cassé la coquille d'un œuf :

— La prochaine fois, c'est toi qui cuisineras quelque chose pour moi.

Lorsqu'il mentionne de remettre ça, mon pouls s'agite anormalement.

— D'accord, accepté-je le défi. Une salade de fruits ?

— Des crêpes ce sera très bien.

— Très bien pour une intoxication alimentaire, tu veux dire ?

Ma réflexion lui vole un sourire complètement craquant. J'adore sa façon de ne pas se retenir en ma présence. Tout comme j'envie sa légèreté et son aisance alors que je suis une véritable boule de nerfs au moindre mouvement et sourire qu'il esquisse.

— Comment comptes-tu te trouver un mari riche qui subviendra à tes besoins si tu ne sais même pas lui faire à bouffer ? ricane-t-il.

Ces propos me révolteraient s'ils étaient prononcés par quelqu'un d'autre, mais il s'agit de Gabriel Léandro Cerretani. Le mec qui ne vit que pour me provoquer depuis l'enfance.

— Justement, je cherche un mari riche qui subviendra à mes besoins, pas un homme des cavernes qui m'épousera pour mes compétences en tant que ménagère.

Il esquisse un lent sourire, avant de lâcher avec une condescendance sans frein :

— Je sais que je t'ai déjà dit que je me porterais bien volontaire, mais considère dès aujourd'hui que l'offre ne tient plus, nain de jardin.

J'affiche une moue révoltée et lui donne une petite tape sur la poitrine.

— J'ai d'autres talents, je te signale !

Je réalise le second sens de ma phrase au même instant où les joues et la pointe des oreilles de Gabriel s'échauffent légèrement.

— Et quels sont-ils ? s'enquiert-il d'une voix soudainement plus basse et suave.

En parlant, il a cessé de mélanger la mixture qui, au passage, a l'air très réussie, pour me détailler de la tête aux pieds. Bien que ses intenses yeux gris me déshabillent, je tâche d'avoir l'air insensible en rétorquant :

— Tu m'as l'air bien intéressé pour quelqu'un de désintéressé.

Sans me départir de ma soudaine témérité, je m'approche, suffisamment pour que nos bras se touchent et enfonce le doigt dans la préparation pour la goûter.

— Sache qu'ils sont suffisamment bons pour effacer toutes mes lacunes.

Ses yeux s'assombrissent en plongeant dans les miens. Et alors que je ressors mon index de ma bouche dans un « pop », j'ajoute avec nonchalance :

— Pas mal, mais ça manque de fleur d'oranger.

Ma provocation le fait déglutir, faisant saillir une veine dans son cou, ainsi que les muscles de sa mâchoire. Face à ce spectacle, je me surprends à serrer les cuisses en retenant mon souffle.

Gabriel plonge à son tour son doigt dans le saladier avant de le lécher.

— Elle est très bien ma préparation, constate-t-il, renfrogné.

Alors qu'il s'apprête à essuyer le reste de pâte qui s'est écoulé de son index avec une serviette, j'agis sans réfléchir, sous une pulsion. J'enroule ma main autour de son poignet sans parvenir à en faire complètement le tour et porte son doigt à mes lèvres. Je le suce et il me regarde faire, interdit, et les yeux embrasés.

— Je maintiens ce que j'ai dit, ça manque d'un…

Je n'ai pas l'occasion de dire un mot de plus qu'il agrippe brusquement ma taille et m'accule contre le plan de travail.

— À quoi tu joues, Andrea ?

Inutile de nier. J'en ai marre de faire semblant de ne rien ressentir. Alors, le menton haut et fier, je décide d'assumer.

— J'ai envie de toi, déclaré-je en le regardant droit dans les yeux.

Il expire un coup, en pressant ses hanches contre moi. Sa virilité impressionnante enfoncée dans mon ventre me fait pousser un râle, tandis qu'il admet enfin à son tour :

— Moi aussi.

Ravie de constater que nous sommes sur la même longueur d'onde, je tente de l'embrasser en agrippant les pans du col de sa chemise. Mais je n'ai pas le temps de l'attirer à moi pour presser mes lèvres contre les siennes qu'il saisit mes poignets et les plaque le long de mes flancs en m'écartant de lui.

— Mais si je te laisse m'embrasser, je ne m'arrêterai pas. Et je n'ai aucune envie de me retrouver dans ton lit demain matin et de voir que tu regrettes parce que tu auras réalisé que tu m'en veux encore.

J'ouvre la bouche et parviens à bredouiller, complètement déconcertée :

— Tu… me repousses ?

Un rire nerveux s'échappe de sa gorge tandis que ses traits se durcissent, rendant le gris de ses yeux ombrageux.

— Ne te méprends pas, Andrea. J'ai envie de toi. Comme un fou. Mais je veux du sérieux et tu m'as déjà brisé le cœur une fois. Je ne te laisserai pas le faire une deuxième fois. Alors si tu n'es pas sûre de ce que tu veux, évite de m'allumer.

Bouche bée, il me faut quelques secondes pour réagir :

— C'est une menace ?

Il soutient mon regard.

— Un conseil d'*ami*.

Sur quoi, il me décoche un clin d'œil, avant de poser un baiser délicat sur mon front. Puis, comme si de rien n'était, il retourne s'affairer derrière ma plaque de cuisson et continue de s'atteler à la confection de ses foutues crêpes.

Bon sang, mais qu'est-ce qui vient de se passer là ?

— Où ranges-tu tes assiettes ?

Sa voix me rappelle à l'ordre. J'inspire un coup et reprends mes esprits. *Enfin, comme je peux.*

— Le placard sous le four…

Gabriel se penche légèrement et je ne réalise que je reluque ses fesses de manière appuyée que trop tard. Précisément lorsqu'il refait volte-face avec un rictus canaille.

Et dire qu'il y a encore quelques semaines, il me défendait dans ce commissariat de police… et là, il me fait des crêpes pendant que je le mate dès que l'occasion se présente.

La vie est vraiment pleine de surprises.

— À quoi tu penses ?

Merde. Trouve quelque chose, vite.

— Oh, je… eh bien, j'étais en train de me dire que c'était la première fois qu'un mec cuisinait pour moi, mens-je.

Ce qui, après réflexion, n'est pas vraiment un mensonge, puisque c'est la vérité. Seulement, ce n'était pas vraiment ce qui était en train de me traverser l'esprit.

— Mes ex n'étaient pas vraiment…

— Andrea, me coupe Gabriel sur un ton tranchant.

Ses yeux gris furieux se posent sur moi et me privent d'oxygène. Je n'en ai jamais vu d'aussi déstabilisants.

— Si tu pouvais éviter de parler devant moi des autres hommes que tu as eus dans ta vie, ça me ferait vraiment plaisir.

Je le dévisage et cherche une once d'humour dans son regard, sans succès. Je m'humecte les lèvres, incapable de me dominer.

— Les amis, c'est censé parler de tout. Tout partager, non ? le provoqué-je.

Mon ton faussement innocent lui fait serrer la mâchoire encore plus fort. Ça ne réussit qu'à le rendre plus séduisant. Je sais que je ne devrais pas tant aimer son côté jaloux et possessif, pourtant c'est le cas. Et presque autant que la façon dont ses réactions se répercutent sur son corps. N'y tenant plus, mes yeux se baladent, des veines de ses avant-bras qui se font plus proéminentes aux articulations de ses belles mains qui se mettent à saillir.

— Un conseil : ferme-la, Andrea. Ou je vais être contraint de te faire regretter de jouer les garces avec moi.

Je déglutis, tentant de garder la face du mieux que je peux. La vérité, c'est que ses paroles m'excitent autant qu'elles m'impressionnent.

— Là, c'est une menace, constaté-je.

Il sourit de façon odieuse, tout en secouant lentement la tête.

— Une promesse, bébé, me corrige-t-il.

Chapitre 35

La racine des pensées, c'est le cœur.

Vraie et fausse sagesse
– La Bible, livre de l'Ecclésiastique

Gabriel
Neuf ans plus tôt

Allongé sur le dos avec les mains croisées derrière ma tête et les yeux rivés au plafond, je me repasse en accéléré les événements de cette interminable après-midi.

Après avoir quitté le bar de plage – sans se dire grand-chose et en se lançant des regards furtifs à la dérobée – Andrea et moi sommes rentrés à l'hôtel où nous avons croisé mes parents. Maman l'a serrée très fort contre elle, avant de s'être assurée qu'elle comptait bien venir ce soir au restaurant. Andrea a confirmé sa présence et, ensuite, elle a regagné sa chambre et moi la mienne. C'était il y a déjà deux heures. Deux heures que je suis incapable de penser autre chose qu'à elle. Cent-vingt putains de minutes à rêvasser à propos de ces grands yeux verts brillants. À cette bouche pulpeuse. À cette poitrine généreuse qui débordait de ce haut de bikini qui lui allait un peu trop bien. À ce petit cul ferme et rebondi. À la fente délicate de ce nombril… Je me redresse d'un coup en me passant nerveusement une main sur le visage.

Stop, bordel.

Un joint, une micro-sieste et une douche bien froide plus tard, me voilà assis à la table de ce resto chic de fruits de mer en compagnie de mes parents. Comme elle n'est pas encore arrivée, je ne peux m'empêcher de demander où elle est.

— Et Andrea ?

J'ai pris un air détaché et désinvolte en posant la question qui semble avoir fait mouche. *Tant mieux.*

Ma mère m'informe :

— Elle m'a envoyé un SMS tout à l'heure pour me prévenir qu'elle viendrait par ses propres moyens. Elle ne devrait plus tarder.

Aussitôt, mon poing posé sur ma cuisse sous la table se crispe. Je me demande si « venir par ses propres moyens » implique l'autre connard de Michele et ça me casse sévèrement les couilles de réaliser à quel point la possibilité me met les nerfs – avant de ne plus y penser du tout la seconde qui suit et de sentir mon cœur se mettre à battre la chamade.

Elle vient d'arriver.

J'ai senti sa présence, avant même d'avoir eu besoin de l'apercevoir franchir la porte d'entrée du restaurant.

La bouche soudainement très sèche, je peine à déglutir à mesure que mes yeux voyagent sur sa silhouette. Sa robe légèrement patineuse et intégralement boutonnée lui arrive à mi-cuisse, dévoilant des jambes fines et dorées par le soleil. *Putain, qu'elle est belle.* Je n'ai jamais rien vu d'aussi parfait. Et je n'exagère même pas. On dit que plaire à tout le monde c'est plaire à n'importe qui. Eh bien Andrea est de celles à pouvoir faire changer de bord une fille. Du genre à faire démissionner un prêtre de ses fonctions. Un ange qui, avant de tomber du ciel, a forcément dû croiser Satan, car sa beauté sans pareille est si saisissante qu'elle fait tourner la tête et devient obsédante. Chaque trait de son visage est d'une justesse et d'une douceur si rare que ça force la fascination. Certaines n'arrivent même pas à atteindre ce stade de perfection en ayant recours à la chirurgie.

Alors qu'elle s'installe à la table, elle me jette une œillade furtive avant de détourner le regard aussitôt en rougissant légèrement. Je dois certainement la mettre mal à l'aise à l'examiner ainsi, mais je ne parviens pas à décrocher mes yeux d'elle. Du moins, pas sans y revenir constamment.

Mon père plaisante à propos de je ne sais quoi qui ne m'intéresse guère et Andrea éclate d'un rire franc et mélodieux. De mon côté, impossible de me détendre et de profiter du moment. Pour cause, je n'arrête pas de cogiter et j'en arrive toujours à la même conclusion : j'ai beau être parti étudier à des milliers de kilomètres et avoir coupé les ponts, dès qu'elle ressurgit dans ma vie, je reviens au point de départ : je la veux.

Le réaliser me renfrogne et me fait plonger dans une humeur massacrante. Si bien que je reste silencieux durant tout le reste du repas, sans jeter un seul regard de plus dans la direction de la petite sœur de Francesco Cardinale.

Chapitre 36

Les commencements
ont des charmes inexprimables.

Molière

Andrea
Neuf ans plus tôt

Jusqu'à ce soir, j'ignorais encore quel goût pouvait bien avoir une langoustine et, merde, c'est vraiment délicieux. Et suffisamment pour en faire une nouvelle raison qui décrédibilise le célèbre dicton selon lequel l'argent ne fait pas le bonheur.

Quand un serveur nous apporte l'addition, j'insiste pour payer ma part, mais Bruno est catégorique.

— Avec moi, les femmes ne paient pas !

Après quoi, nous nous dirigeons vers la sortie du restaurant, tandis que je remercie pour la énième fois les parents Cerretani pour ce somptueux dîner. Bien que Gabriel soit resté silencieux tout le long de la soirée, ça m'a fait plaisir de passer du temps avec Bruno et Elisa. Ça m'a rappelé Rome, ma famille et mes amis. Maman m'appelle régulièrement pour prendre de mes nouvelles, Asia et Belen aussi, mais revoir des visages familiers est vraiment réconfortant.

Le taxi réservé un peu plus tôt dans la soirée par Elisa vient de se garer le long du trottoir. Le couple m'a proposé de le partager, mais je préfère rentrer comme je suis venue : à vélo.

Bruno passe ses clés de voiture à Gabriel, qui ne compte manifestement pas rentrer avec eux à l'hôtel.

— Et si tu emmenais Andrea avec toi à cette fête ? propose ce dernier avec spontanéité.

Visiblement peu enchanté à cette idée, le sollicité se décompose à la proposition de son paternel.

Mal à l'aise, je vole à son secours.

— C'est très gentil mais je vais rentrer, vraiment.

Elisa secoue la tête.

— Gabriel, je compte sur toi pour convaincre cette tête de mule. Elle travaille trop, ça lui ferait du bien de s'amuser un peu.

Après sa tirade, elle me décoche un clin d'œil, puis grimpe dans la voiture où l'attend déjà monsieur Cerretani. Une fois que leur taxi a quitté notre champ de vision, je m'empresse de rassurer Gabriel, qui se trouve toujours à ma gauche :

— T'inquiète pas, je ne compte pas venir.

— C'est comme tu veux, Andrea, lâche-t-il après avoir haussé les épaules.

Il se montre poli en me laissant le choix de l'accompagner ou non, mais il est évident qu'il ne souhaite pas que j'accepte son invitation.

— Je préfère rentrer, merci.

Je commence à m'éloigner lorsqu'il m'interpelle :

— Et comment comptes-tu rentrer ?

De la pointe du menton, je désigne le vélo cadenassé à un piquet vers lequel je suis en train de me diriger – le patron de la *Masseria* les met à disposition du personnel saisonnier afin que nous puissions nous déplacer sans nous ruiner dans les transports.

Gabriel observe le deux-roues en plissant les yeux.

— T'es venue à vélo ? On ne t'a pas déposée ?

Il semble surpris… *ou soulagé ?*

Hum, bizarre.

— À vélo, confirmé-je.

Avant de lui tourner le dos, je le surprends hocher lentement la tête, comme s'il était occupé à rassembler mentalement les pièces d'un puzzle. Je décide que c'est le bon moment pour me retirer.

— Amuse-toi bien. Salut !

Sur ce, j'enfourche mon vélo après l'avoir détaché du portique, puis descends la bordure du trottoir pour prendre à droite et longer une rangée de maisons blanchies à la chaux.

Je roule depuis environ une minute lorsque son SUV arrive à ma hauteur.

— Tu vas dans le sens opposé de l'hôtel, me fait remarquer Gabriel après avoir abaissé la vitre.

Gardant l'équilibre du mieux que je peux, je regarde bien droit devant moi.

— Je ne rentre pas tout de suite, déclaré-je.

— Pourquoi ?

Ça ne le regarde pas, toutefois je l'informe :

— Je partage une chambre avec Giada et disons qu'elle… euh, comment dire… elle l'a privatisée pour cette nuit avec son plan… enfin son mec, quoi.

Je continue de pédaler et Gabriel roule toujours à ma vitesse.

— Alors tu devrais venir à la fête avec moi.

— Tu n'as pas envie que je vienne, fais-je d'un ton cassant.

— Et depuis quand tu rates une occasion de me faire chier ?

Je lève les yeux au ciel tandis qu'il se met à insister :

— Ce sera toujours mieux que de passer le temps sur ton vieux vélo en pleine nuit… En plus, la chaîne ne va pas tarder à dérailler.

À l'instant où il le fait remarquer, la chaîne se retire effectivement des maillons et je freine sec en posant un pied au sol.

Merde.

Gabriel pile à son tour, puis se gare le long de la route. Il descend de sa Porsche et contourne le capot en retroussant les manches de sa chemise sur ses avant-bras hâlés.

— Fais voir.

J'actionne la béquille avec le pied et descends du deux-roues. Gabriel s'accroupit une minute près de mon vélo pour évaluer l'état critique de ma chaîne, avant de se relever.

— Elle est trop usée. Je peux la remettre mais elle déraillera au bout de deux mètres.

Je vois. Génial !

Résignée, je laisse Gabriel charger mon tas de ferraille dans le coffre de sa voiture. Quand c'est fait, il s'installe derrière le volant et moi côté passager.

— Je déteste m'incruster, soupiré-je alors que j'attache ma ceinture.

— C'est une fête, Andrea. La plupart des gens qui seront présents seront des incrustes.

Avant que je n'émette d'autres arguments, il me réduit au silence en allumant la radio. Et une dizaine de minutes plus tard, il fait rouler la Macan dans une allée presque aussi longue que celle du château de Versailles.

Une fête chez des gosses de riches. Merveilleux.

Comme à chaque fois que je m'apprête à me mélanger à ce monde qui n'est pas le mien, le même sentiment désagréable m'emplit. Je ne me sens pas assez habillée. Pas assez riche. Pas assez instruite. Pas assez *tout*.

Gabriel gare la voiture de son père là où d'autres véhicules luxueux sont déjà alignés. Et quelques secondes plus tard, me voilà en train de marcher à ses côtés tandis que nous nous approchons de la porte d'entrée grande ouverte.

— Cerretani ! crie quelqu'un dans la foule.

Aussitôt, une bande de mecs rapplique pour lui taper amicalement dans le dos. J'évalue rapidement ces derniers, vêtus de fringues de marque et de baskets de créateurs, qui affichent des sourires arrogants à la hauteur de leurs comptes en banque : complètement démesurés. *La crème de la crème.* Je reste un peu en retrait, tout en me souvenant que pendant le dîner, Elisa a mentionné qu'ils venaient régulièrement dans le Sud depuis quelques années. Cela doit expliquer pourquoi Gabriel semble connaître pas mal de monde ici.

— On allait justement s'en rouler un. Tu viens ? lui propose l'un de ses amis.

Gabriel jette un œil furtif dans ma direction et, avant qu'il ne s'apprête à décliner la proposition alléchante, je l'incite :

— Vas-y, c'est bon. T'en fais pas pour moi, je suis une grande fille.

Il fronce les sourcils en me fixant intensément, comme pour s'assurer que je le pense. Je tâche d'avoir l'air confiante en hochant vivement la tête, alors qu'en réalité je suis mal à l'aise à l'idée de poireauter seule, au milieu de tous ces gens que je ne connais pas.

— Tout va bien, t'inquiète, mens-je.

Après une brève hésitation, il finit par acquiescer.

— Je tire une taffe et je reviens, promet-il.

Dans mon coin, je l'observe distraitement se faire accaparer par ces types quand, soudain, une magnifique brune se joint au groupe et se jette dans les bras de Gabriel.

— Je me demandais quand on te reverrait ! Ça fait quoi, au moins trois ans, non ?! lui reproche-t-elle.

Je tends l'oreille et entends Gabriel lui apprendre qu'il étudie à l'étranger désormais. Le sosie officiel de Emily Ratajkowski s'en émerveille et réplique qu'elle aussi suit des études de droit. *Comme par hasard !* Plus je les observe, plus je me dis qu'ils formeraient un couple parfait. Deux avocats beaux et sexy et issus de la haute…

N'ayant aucune envie de participer à leurs retrouvailles plus longtemps, je m'éloigne un peu, jusqu'à trouver refuge dans la cuisine où je me mets à soupirer de soulagement en trouvant une canette de Coca Zéro parmi tous les alcools forts qui jonchent les différents plans de travail.

Alors que je décapsule la canette pour en verser dans un gobelet où j'ai préalablement mis un fond de rhum, une voix m'interpelle dans mon dos :

— T'es la femme de ménage, c'est ça ?

Piquant un fard, je pivote sur mes talons. Je reconnais immédiatement l'étudiant qui approche. Il fumait avec Gabriel et les autres quand je les ai quittés.

— Pardon ?

— Tu nettoies dans l'hôtel où dort Gabi et ses parents, non ?

Gabriel m'a donc présentée comme telle ? La femme de ménage, c'est ce que je suis pour lui ?

Je refoule l'envie de vomir mes fruits de mer, sans même prendre la peine de préciser que ce n'est qu'un job étudiant. *Après tout, à quoi bon ? Qu'est-ce que ça change ?*

— Je peux te confier un secret ? reprend ce dernier.

Sans me laisser le temps de l'envoyer balader, il réduit la distance qui nous sépare et se penche dans mon cou pour murmurer à mon oreille :

— T'es la meuf la plus canon de la soirée.

Il s'écarte et affiche un sourire qui se veut craquant. Je le trouve beau garçon, mais sans plus.

— Marco, se présente-t-il en me tendant sa paume d'un geste formel.

J'accepte sa poignée de main et me présente à mon tour :

— Andrea.

Une fois les présentations faites, il ne lâche pas ma main. Au contraire, il se sert de cette prise pour tirer légèrement sur le bout de mes doigts et me rapprocher de lui. *Il est vraiment lourd.* Je m'apprête à le repousser gentiment, lorsque je croise le regard de Gabriel par-dessus son épaule. Mes yeux se laissent prendre au piège par ses mirettes grises pendant quelques secondes, avant qu'il ne les baisse sur la main de Marco qui saisit toujours la mienne. Aussitôt, les muscles de son cou se raidissent et il rive à nouveau ses prunelles dans les miennes. Sa mine contrariée et ses sourcils froncés semblent me dire texto : « Mais qu'est-ce que tu fous, bordel ? ».

Alors qu'il se met à progresser dans notre direction, je change d'avis et laisse Marco m'imposer sa proximité.

— Alors, Andrea, tu passes une bonne s…, commence ce dernier, avant d'être coupé net dans son élan par Gabriel.

Par un Gabriel très furieux, pour être plus précise.

— Ça fait un quart d'heure que je te cherche, crache l'enfoiré furax en question lorsqu'il arrive à ma hauteur.

Visiblement, me trouver en compagnie de son pote le dérange.

Marco passe un bras sur mes épaules et prend ma défense :

— Calme-toi, mec. Je faisais juste connaissance avec ta bonne.

La situation est humiliante, mais je ne m'écarte pourtant pas de Marco. Sans me démonter, je plante mes yeux dans ceux de Gabriel et lui révèle ainsi tout le dégoût qu'il m'inspire.

— Andrea, s'étrangle-t-il, embarrassé. Je n'ai pas dit…

N'ayant pas la moindre envie de l'écouter se défendre pitoyablement, je m'entends proposer à Marco :

— Allons danser, je m'ennuie.

Sur ce, j'avale mon rhum-Coca d'une traite puis refourgue mon gobelet vide dans les mains de Gabriel. Je traîne Marco sur la piste et marque l'arrêt là où il ne peut pas nous rater. Autrement dit, au beau milieu du salon. Sur mon passage, quelques filles me dévisagent du genre « c'est qui celle-là ? », mais je suis tellement remontée contre l'autre enfoiré que je ne m'en formalise pas.

Alors que je commence à remuer les hanches au rythme lancinant de la musique, le regard meurtrier de Gabriel refuse toujours de se détourner. Le couplet de la version speed up de *Obsession* de Mellina Tey résonne tandis que je glisse au sol pour remonter suavement contre le corps de Marco.

Hooked, like an addict
Enchaîné, comme un toxico,
keep me on my fours on the mattress
Maintenu à quatre pattes sur le matelas,
I'm your prophet
Je suis ton prophète
and I predict that I'm your new obsession
Et je prédis que je suis ta nouvelle obsession

Je m'apprête à répéter le mouvement, lorsque Gabriel se plante devant moi avec ses larges épaules tendues, sa mâchoire contractée et ses yeux gris métallique rivés dans les miens comme des agrafes.

— Joue pas à ça, siffle-t-il.

Je hausse un sourcil.

— C'est une menace ?

Ses narines se dilatent.

— Non, un putain d'ordre.

— Que je sois la femme de ménage qui astique ta chambre d'hôtel ne t'autorise pas à me donner des putains d'ordres.

Ma remarque acerbe fait mouche. Dépassé, Gabriel passe une main sur son visage avant de la faire disparaître dans sa nuque.

— Excuse-moi de t'avoir présentée comme ça, je ne savais pas quoi dire d'autre et…

Il s'interrompt et serre les dents en avisant les mains que Marco vient de poser sur mes hanches pour presser plus étroitement son bassin contre mes fesses.

— Putain, dis-lui d'éloigner ses mains de ton corps ou c'est moi qui m'en charge.

Je prends un air désabusé et rétorque innocemment :

— Je pensais que tu n'en avais plus rien à foutre de moi.

— Andrea, m'avise-t-il.

Son ton menaçant fait déferler une nouvelle vague de colère en moi.

— Va te faire voir, craché-je.

Incapable de jouer le jeu de la fille détachée plus longtemps, je finis par abandonner Marco au beau milieu de la chanson pour m'éloigner d'un pas pressé. Je me fraye un passage parmi la foule, Gabriel sur mes talons, tout en songeant à emprunter l'immense escalier qui mène à l'étage et qui m'a l'air bien moins fréquenté que le rez-de-chaussée.

— Arrête-toi, s'il te plaît.

Il tente de me faire entendre raison en agrippant le haut de mon bras, mais je me dégage aussitôt de sa poigne d'un geste brusque. Pour toute réponse, je lève la main au-dessus de ma tête et lui fais un doigt d'honneur, sans cesser d'avancer dans le couloir qui mène je ne sais où.

— Putain, mais arrête de faire ta gamine, Andrea ! Parle-moi, merde !

C'en est trop. Je fais volte-face et il déglutit.

— J'ai rien à te dire, craché-je en le poussant des deux mains.

Comme il ne bouge pas d'un poil, je m'agace et retente le coup. Mais j'ai l'impression d'essayer de pousser contre un mur de béton. Je m'apprête à essuyer mon troisième échec lorsque Gabriel perd patience et saisit mes avant-bras pour m'acculer contre une porte du couloir.

— Et qu'est-ce que j'étais censé dire d'autre, hein ? s'emporte-t-il d'une voix sèche. « Regardez, je vous présente la meuf qui m'a friendzoné durant toute mon adolescence » ?

Je reste muette tandis qu'il reprend avec véhémence :

— Tu m'as demandé de tirer un trait sur toi et je n'ai jamais réussi. C'est ça que tu veux entendre ? Entendre à quel point ma vie tourne autour de la seule fille qui n'a jamais voulu de moi ? La seule fille qui…

Sans réfléchir, folle de rage et d'autre chose aussi que je refuse de nommer, je le réduis au silence en écrasant mes lèvres sur les siennes… avant de m'écarter et écarquiller les yeux en réalisant ce que je viens de faire.

J'ouvre la bouche, m'évertue à trouver une excuse valable qui justifierait mon impulsivité, mais Gabriel ne m'en laisse pas l'occasion. Il attrape mon visage entre ses mains et me rend mon baiser dans une version plus sauvage. Plus obscène. Et plus brutale encore.

Lorsqu'il s'interrompt, c'est pour grogner contre mes lèvres :

— J'en ai marre de me disputer avec toi.

Juste avant de replonger sa langue dans ma bouche et de me faire gémir.

Ses baisers incendiaires, ses mains expertes partout sur ma peau et son érection écrasée contre mon ventre obtiennent raison de moi.

— Moi aussi, ahané-je.

On s'était trop retenus jusqu'ici. Gabriel était parti et je ne l'avais pas empêché. J'en avais souffert et lui aussi. Alors il est peut-être effectivement venu, le temps d'y mettre un terme et de succomber.

Chapitre 37

♫ 40 (Sped Up)

Romee Maye ♫

Gabriel
Neuf ans plus tôt

Hors d'haleine, je mets la main sur la poignée de la porte dans son dos et nous fais entrer. Sa bouche toujours contre la mienne, je la dévore, incapable de m'arrêter.

— Où est-ce qu'on est ? demande-t-elle dans un halètement.

Je balaye rapidement la chambre des yeux et tombe sur un cadre photo posé près du lit. On y voit un couple d'une cinquantaine d'années. *La suite parentale,* en déduis-je. Andrea suit la direction de mes yeux et on se met à rire. Avant de ne plus avoir envie de rire du tout lorsque mes yeux avides retombent dans les siens et que je l'attrape à la gorge pour reprendre possession de sa bouche.

De ma main libre, je remonte le bas de sa robe et caresse ses fesses dénudées en m'assurant :

— Est-ce que je vais trop loin ?

En guise de réponse, Andrea secoue la tête et agrippe mes cheveux. Je pousse un grognement et fais glisser ma paume jusqu'à sa chatte, que je caresse par-dessus sa culotte.

— Bon sang, t'es trempée, fais-je remarquer d'une voix rauque.

Elle rougit et je fonds à nouveau sur sa bouche, boursoufflée par mes assauts. Ma main droite caresse toujours son entrejambe tandis que la gauche vient saisir sa main qui tire sur mes cheveux afin de la poser sur mon érection.

— Regarde dans quel état tu me mets, sifflé-je.

Sur cette constatation, je me laisse tomber à genou et retrousse franchement sa robe. J'embrasse et mordille la peau de son ventre, tout en baissant sa culotte.

— Putain, même ici, t'es belle, dis-je en embrassant son pubis.

Alors que je prends l'une de ses jambes pour la faire passer par-dessus mon épaule et observer sa perfection, Andrea hoquète.

— Gabriel… qu'est-ce que tu…

Elle s'interrompt pour gémir au même instant où je baise sa fente humide de ma langue. *Putain, j'ai rêvé un nombre incalculable de fois de la goûter de cette façon.*

Ses mains s'enfouissent dans mes cheveux et tirent sur mes mèches brunes lorsque je m'écarte de quelques centimètres pour souffler sur son petit bouton rose, avant de me remettre au travail. Sans la quitter des yeux, je me mets à léchouiller paresseusement son clitoris de la pointe de ma langue, tandis que mes mains pétrissent son cul.

— Gabriel, geint-elle.

Je bande comme un fou au rythme de ses plaintes.

— Andrea, rétorqué-je d'une voix profonde qui contraste avec sa voix qui vacille.

Ses yeux révulsés me révèlent qu'elle ne va pas tarder à venir. Du pouce, j'écarte ses replis et la lèche plus franchement tandis que j'enfonce mon majeur dans sa chatte. Sa prise dans mes cheveux devient douloureuse alors qu'elle presse mon visage contre son entrejambe en gémissant d'une façon trop sexy. *Ces râles désespérés, je ne risque pas de les oublier de sitôt.* Quelques secondes plus tard, elle jouit contre mon visage, rassasiée et pantelante.

— Putain je pourrais lécher cette chatte pendant des heures et des heures, confessé-je, avant de mordre la chair tendre à l'intérieur de sa cuisse sous une pulsion carrément animale.

— Gabriel ! proteste-t-elle.

Je me remets debout après avoir remonté sa culotte et rabaissé sa robe pour la recouvrir, puis plonge mes yeux affamés dans les siens.

— Quoi, je suis un peu trop franc pour toi ?

Elle secoue la tête, rougissante et excitée.

— Non, continue.

Je souris, satisfait.

— Qu'est-ce que tu veux savoir d'autre ?

— Dis-moi ce dont tu as envie, risque-t-elle.

Mon sourire s'affirme tandis que ma queue tressaute. J'hésite et elle s'en rend compte.

— Dis-le-moi, insiste-t-elle avec sa candeur qui me fait durcir plus fort que le granit.

J'expire un coup, plante mes yeux brûlants dans ses iris verts et lâche prise :

— J'ai envie de tes lèvres bandantes étirées autour de ma queue.

Un silence s'installe tandis qu'Andrea écarquille les yeux. *Merde, j'ai été trop loin ?*

— Excuse-moi, j'ai peut-être été un peu *trop* franc pour le c…

Je m'étrangle avec ma salive, incapable d'aller au bout de ma phrase, lorsqu'elle s'agenouille à mes pieds et renverse le visage pour me regarder par-dessous ses longs cils de biche. Ses intentions sont claires et je crois que mon sang vient d'arrêter de s'oxygéner.

— Rien ne t'oblige à faire ça.

— Je sais, rétorque-t-elle du tac au tac.

Excité, le souffle court, je pose une main sur sa joue avant de caresser du pouce sa lèvre inférieure. Je l'écarte du doigt, jusqu'à dévoiler ses dents du bas, fantasmant déjà sur l'image de ma bite qui va et vient dans sa bouche.

— Tu es sûre d'en avoir envie ?

— J'ai envie de te faire du bien. Comme tu viens de le faire avec moi.

Ma bite dressée appuie plus fort contre la fermeture Éclair de mon jean. *Elle est trop bandante, putain.*

— Ce n'est pas un donné pour un rendu, tu le sais, hein ?

Elle hoche la tête et argue :

— J'en ai envie.

Et moi je ne peux rien te refuser.

Du bout de ses doigts maladroits, elle défait le bouton de mon pantalon, puis glisse ma braguette vers le bas. L'idée de me faire sucer d'une seconde à l'autre par Andrea dans une chambre de parfaits inconnus – qui pourraient très bien être nos parents – banalise l'acte, mais ça ne le rend pas moins torride. Juste plus salace.

— Si tu changes d'avis, je ne me fâcherai pas, la rassuré-je.

Je ne sais pas pourquoi je suis autant prévenant avec elle. Je ne l'ai jamais été avec les autres filles.

— Tais-toi, me supplie-t-elle.

Après quoi, elle abaisse mon jean puis mon boxer pour libérer mon sexe tendu. Ma respiration s'accélère quand elle me prend dans son poing et contemple ma tige avec des yeux gourmands.

— Arrête de m'allumer, sifflé-je, déjà sur la corde raide à la simple vision de ma queue à deux centimètres de ses lèvres déjà luisantes.

Putain, je me conduis comme si c'était ma première fois. Faut vraiment que je me détende.

Mais à l'instant où ma queue entre en contact avec la pointe de sa langue, je manque d'éjaculer comme un puceau.

Andrea prend appui sur mes fesses et, sans passer par quatre chemins, me suce ni trop vite, ni trop lentement, avec juste ce qu'il faut de pression. Comme une star de porno. Il est évident qu'elle a déjà taillé des pipes. L'idée me contrarie et je me mets à donner des coups de reins pour accompagner ses va-et-vient et peut-être aussi avec la volonté un peu tordue de la punir. Elle encaisse, manque de s'étouffer sur ma bite, me regarde par-dessous ses cils noirs épais tout du long. Et je vois trouble. Je prends appui en posant une main sur le mur devant moi, tandis que de l'autre, j'empoigne ses cheveux. Je l'écarte légèrement et la gronde :

— Je ne sais pas si je dois m'estimer heureux ou être fou de rage que tu t'y prennes aussi bien.

Elle papillonne des cils et bredouille :

— Je… c'est la première fois que je fais ça…

Non, impossible. Elle s'y prend trop bien.

Je fronce les sourcils, l'air sévère.

— Tu me dis ce que je veux entendre, Andrea ?

Elle secoue la tête pour nier et je réalise qu'elle dit la vérité.

— Putain, tu veux ma mort.

Sur cette accusation, je me retire immédiatement de sa bouche et l'aide à se relever.

— Excuse-moi d'avoir été brusque.

Elle secoue la tête et noue ses mains dans ma nuque pour approcher ma bouche de la sienne. Ses beaux yeux verts louchent vers mes lèvres avides d'elle.

— Ne t'excuse pas, j'ai aimé ça.

Je serre les mâchoires.

— Et toi ne me dis pas des trucs comme ça, parce que tu vas me rendre fou, Andrea.

Elle hoche la tête de son air candide et innocent qui m'atteint en plein cœur.

— On peut s'arrêter là, proposé-je.

Je vais certainement demeurer frustré pour la fin de mes jours si je ne la possède pas dans les minutes qui viennent, mais je ne dois pas perdre de vue qu'elle est très certainement vierge et que ça peut faire beaucoup d'un coup sur une soirée…

Andrea dépose un baiser chaste contre mes lèvres, avant de prendre les commandes en se montrant plus audacieuse. Sa langue trouve la mienne et elle gémit contre ma bouche :

— Je t'ai réservé toutes mes premières fois. Celle-ci en fait partie.

Mon cœur rate un battement.

Je ferme les yeux une fraction de seconde avant de les rouvrir. Mes paupières sont tellement lourdes qu'elles me donnent l'impression de peser une tonne.

— Je ne veux pas juste être le premier. Je veux être le seul, Andrea.

— C'est ce que je veux aussi.

Le sang bat à mes tempes et même si je suis persuadé que l'adrénaline lui fait dire des choses qu'elle ne pensera plus demain, je me laisse convaincre.

Je m'éloigne de la porte après avoir tourné la clé dans le verrou pour nous enfermer. Quand je reviens me concentrer sur le visage d'Andrea, je la devine stressée. Je pose une main sur sa joue et l'embrasse tendrement. J'essaye d'être doux et patient. De me retenir de lui sauter dessus comme un fauve et de mesurer la pression de ma main sur sa taille.

Ma main descend sur son corps pour aller attraper l'ourlet de sa robe.

— Je peux ?

Elle dodeline de la tête et je la retrousse lentement, jusqu'à la faire passer par-dessus sa tête. Mon sang s'embrase à mesure que j'avise sa poitrine généreuse qui déborde largement de son soutien-gorge. Une fois de plus, je me contiens et tâche d'y aller doucement. À mon tour, je fais passer mon tee-shirt par-dessus ma tête et le laisse tomber au sol. Sans la lâcher des yeux, je comble le mince écart qui sépare sa poitrine de mon torse et au moment où elle s'y attend le moins, je fonds sur sa bouche pour aller attraper sa lèvre inférieure entre mes dents.

Putain, j'ai tellement faim d'elle.

Je descends dans son cou pour le mordiller, puis redresse la nuque pour murmurer à son oreille :

— Tu me fais perdre la tête, Andrea. Et pas seulement depuis ce soir.

Je marque une pause puis précise :

— Depuis toujours, en fait.

Je dégrafe son soutien-gorge qui tombe à nos pieds, puis plonge le visage dans son décolleté. Ses marques de bronzage font palpiter mon sexe et je m'aventure là où personne n'a jamais été. Je suce ses tétons et les mordille, jusqu'à ce qu'ils soient aussi durs et pointus que la pointe d'un clou.

Andrea halète, essoufflée par les sensations que lui procure ma bouche qui dévore chaque centimètre carré de sa peau.

— Je n'arrive pas à me rassasier de toi, avoué-je d'une voix sombre et frustrée.

Je la fais reculer jusqu'à ce qu'elle tombe sur le lit derrière elle. Ses cheveux noirs soyeux encadrent son visage d'ange tandis que sa poitrine monte et descend rapidement. Je m'humecte les lèvres en baissant les yeux sur ses cuisses légèrement écartées qui m'offrent une vue sensationnelle sur sa culotte dont le centre est humide.

Je m'allonge au-dessus d'elle, en prenant appui sur les avant-bras et constate à voix haute :

— T'es tellement belle.

Je lui ai déjà dit, mais à cet instant, je ne l'ai jamais autant pensé, putain.

Ses joues rosissent plus fort et ça la rend adorable. Non, mignonne à en crever.

Je descends sur son corps et retire sa culotte, que je fais rouler centimètre par centimètre jusqu'à ses chevilles. Quand c'est fait, je me redresse au bout du lit et attrape mon portefeuille dans ma poche arrière pour en sortir une capote que je déchire avec les dents.

Mes yeux fous plantés dans les siens, je pivote légèrement la tête pour cracher avec dédain le morceau d'alu au sol. Le pouls affolé à cause de l'anticipation de l'acte, je déroule le latex sur mon érection puis m'installe entre ses jambes. Je penche la tête vers son visage et ma langue trouve immédiatement la sienne.

Elle l'ignore peut-être, mais je suis aussi stressé qu'elle.

J'expire un grand coup pour me calmer et empoigne ma queue que je dirige à l'entrée de son petit trou étroit et humide.

Pitié, faites que je tienne au moins dix secondes.

D'un coup de reins mesuré, j'enfonce mon gland dans sa chair tandis qu'elle agrippe mon cou. *Je ne suis même pas encore à fond et c'est déjà trop bon.* Mais je ne dois pas perdre de vue que c'est sa première fois et que son plaisir passe avant le mien.

— Si c'est trop pour toi, tu m'arrêtes, lui ordonné-je.

Elle hoche la tête, terrorisée. Je capture son menton délicat entre mes doigts et insiste :

— Promis ?

— Oui, couine-t-elle.

J'embrasse ses joues, le bout de son nez, ses lèvres puis donne un coup de reins un peu plus brusque que le premier et la déflore. Une larme roule sur sa joue que je cueille en m'immobilisant.

— Ça va ?

Elle répond par un hochement de tête et bientôt je recommence à bouger en elle. *Bordel, c'est tellement putain de bon.* Je dois me retenir de lui dire à quel point elle est serrée et super bonne. À quel point m'enfoncer en elle est fantastique, car mon intrusion continue de la faire grimacer alors ce serait malvenu. Andrea est ridiculement petite alors que je suis immense. M'en rappeler me fait immédiatement ralentir la cadence.

— Tu veux que j'arrête ?

— Surtout pas.

Bien. Je continue tandis que, concentré sur ses jolis traits, je savoure la douleur mélangée au plaisir se refléter sur son visage, jusqu'à ce que le plaisir prenne le dessus et que ses gémissements se mêlent aux miens.

— Je dois t'avouer quelque chose, haleté-je.

— Quoi ? s'enquiert-elle à bout de souffle.

J'augmente la puissance et la cadence de mes va-et-vient.

— Je suis toujours amoureux de toi. J'ai…

Je m'interromps, submergé par la vague de plaisir qui grimpe dans mes veines.

— … jamais arrêté…

Andrea s'accroche à moi, ses talons sur mes fesses, ses ongles enfoncés dans mon dos. Je l'embrasse et grogne contre ses lèvres :

— … de t'aimer.

Je m'enfonce profondément dans une ultime poussée en gémissant. Andrea pousse un râle rauque en se resserrant autour de ma bite comme si elle voulait l'étrangler. Et je jouis dans la capote au moment où je plante mes dents dans son cou pour la marquer.

Chapitre 38

On reconnaît le bonheur
au bruit qu'il fait en partant.

Katherine Pancol

Andrea
Neuf ans plus tôt

Plus jeune, je m'étais promis de réserver toutes mes premières fois au seul homme que j'aie jamais aimé. Et j'ai tenu parole jusqu'ici. Mais si hier a été la meilleure soirée de ma vie et qu'à aucun instant je n'ai regretté ce que nous avons partagé Gabriel et moi, aujourd'hui je me sens plus que jamais perdue.

— Bouge-toi les fesses, râle Giada en me surprenant à rêvasser.

Elle passe à côté de moi pour me donner un coup de hanche, mais ça n'efface quand même pas les souvenirs d'hier soir qui refusent toujours de quitter mon cerveau.

Alors que je pouvais encore sentir les séquelles de son intrusion dans ma chair fragile, nous avons quitté la fête dans la précipitation. Durant tout le trajet en voiture jusqu'au complexe hôtelier, la main de Gabriel recouvrait la mienne, posée sur ma cuisse nue. Il y dessinait des cercles délicats du pouce et le simple contact de sa peau sur mon épiderme avait un effet considérable sur tout mon être. C'en était presque effrayant.

— *Tu regrettes ?* m'a-t-il demandé avec une pointe de panique dans la voix.

J'ai répondu que non. Et c'était la vérité à cet instant.

Une fois le portail de la *Masseria* franchi, Gabriel s'est dépêché de se garer et m'a embrassée avec passion et dévotion, ravivant ce feu dans le creux de mon estomac pas encore tout à fait éteint – il ne l'est toujours pas, d'ailleurs. Il a ce pouvoir sur moi aussi radical et rapide que de craquer une allumette.

Nous sommes restés encore une heure dans la voiture de Monsieur Cerretani à nous étreindre et à nous aimer. À compenser toutes ces années d'éloignement. Mais je commençais tôt mon service ce matin et Giada allait finir par s'inquiéter que je ne sois toujours pas rentrée. Alors on s'est séparés et chacun a regagné sa chambre.

Ce matin, en me levant avec ce sourire aux lèvres dont j'étais incapable de me défaire, je n'attendais qu'une chose : que ma journée de travail s'achève pour le retrouver. Pour continuer de nous aimer, nous embrasser et nous toucher. Mais la journée est quasi terminée, et il n'est nulle part. Je lui ai envoyé plusieurs messages qui sont restés sans réponse et j'ai songé que peut-être il avait changé de numéro – après tout, celui qui est mémorisé dans mon portable date du pensionnat. Mais il ne répond pas non plus sur Instagram. Pas plus sur Facebook.

— Tu te fais du mal pour rien. Je suis sûre qu'il dort toujours et que son téléphone est éteint.

— Il est presque 14 h, Gia.

Peu importe les efforts de Giada pour me rassurer, je sens que quelque chose cloche.

Et si il était parti ?

Juste comme ça.

Sans un mot.

Sans un dernier baiser.

Comme si de rien n'était.

Et si il avait juste attendu de prendre ma virginité pour plier bagage ?

Et si j'avais commis la plus grosse erreur de ma vie en réservant toutes mes premières fois au seul homme doté de la capacité de me briser le cœur une seconde fois ?

***

Gabriel

Une partie de moi, aussi bête soit-elle, avait espéré que posséder Andrea rien qu'une fois me libérerait de mon obsession pour elle. Mais j'étais loin de m'imaginer que ce serait tout le contraire. Et que ça raviverait tout.

Que ça décuplerait tout.

Elle tient mon cœur au creux de sa paume étroite. Une pression de celle-ci suffirait à le réduire en miettes. Je le sais parce que cela s'est déjà produit. La seule différence avec aujourd'hui, c'est que je ne suis pas certain de pouvoir m'en remettre si l'histoire venait à se répéter.

Au niveau de la porte d'embarquement, mon téléphone vibre. C'est un SMS d'Andrea qui s'étonne de ne pas m'avoir vu de la journée à la *Masseria*.

J'hésite à lui répondre, mais ça me paraît inutile puisque je lui ai déjà tout dit.

Hier soir, j'ai eu la faiblesse de lui avouer que mes sentiments étaient restés intacts. Que je n'avais pas été capable de l'oublier comme elle me l'avait si gentiment demandé quelques années plus tôt. Et elle n'a rien répondu à ça. Plus tard dans la soirée, on n'en a toujours pas reparlé.

Je commets l'erreur de cliquer sur la photo de son contact pour la faire apparaître en grand et, du pouce sur l'écran, je me surprends à caresser son sourire mutin. Je devrais supprimer cette photo…

Chapitre 39

Andrea
Présent

Plusieurs exemplaires de mon CV fraîchement imprimés bloqués sous le bras et un Caramel Macchiato brûlant dans la main droite, j'arpente les rues de Rome en songeant que j'ai fait une plutôt bonne impression à la gérante de cette boutique qui vend des sacs de luxe vintage sur la *Via Ludovisi.*

On verra si elle décide de me rappeler.

Alors que je porte mon gobelet Starbucks à mes lèvres, la vitrine d'un prestigieux fleuriste sur ma droite attire mon attention. Je suis littéralement en train de baver devant les bouquets super classes exposés en devanture, lorsque je me mets à prêter serment : le jour où un homme m'offre ce genre de fleurs, je jure que je l'épouse sur le champ.

— Andrea ?

Mon cœur s'emballe en reconnaissant la voix grave et chaude qui s'adresse à moi. Je m'écarte de la vitrine sur laquelle ma bouche avait formé un petit nuage de buée pour pivoter sur mes bottines Prada et faire face à mon interlocuteur.

— Gabriel, le salué-je en retour en le dévisageant, encore surprise de le rencontrer par pur hasard.

Il porte un complet Nike tech qui rend sa carrure d'ancien sportif qui s'entretient impressionnante. Franchement, je ne suis pas certaine que ce soit légal d'être aussi torride à une heure aussi matinale. *Ou à n'importe qu'elle autre heure de la journée, en fait.*

Je garde cette remarque pour moi et lui demande, un peu trop curieuse à mon goût :

— Qu'est-ce que tu fais là ?

Alors que j'arrache mes yeux de sa silhouette longiligne athlétique pour les remonter vers son visage, je tombe sur l'énorme bouquet qu'il tient dans ses mains larges et soignées et qui me fait aussitôt pâlir de jalousie. Mon cerveau ne tarde pas à tirer des conclusions. Gabriel vient d'acheter des fleurs pour une femme et la femme en question n'est certainement pas moi, puisqu'on n'a pas prévu de se voir ni aujourd'hui, ni demain. Ni les autres foutus jours de la foutue semaine à venir.

Je suis dégoûtée. Et encore, le mot est faible.

Pourquoi t'offrirait-il des fleurs ? ne puis-je m'empêcher de me dire. On ne s'est pas revus depuis que je l'ai invité à faire des crêpes chez moi. D'ailleurs c'est tout ce qu'on a fait ce soir-là : manger des crêpes. Il est vrai qu'on s'est échangé quelques textos les jours qui ont suivi – qui m'ont d'ailleurs tenue éveillée pratiquement toutes les nuits, parce que même échanger par SMS avec lui est enivrant – mais rien de plus.

Je dois avouer que sa prise de distance me blesse dans mon ego. Il n'a pas cherché à me revoir, n'a rien proposé depuis cette soirée. *Peut-être s'attend-il à ce que je fasse le premier pas ?*

— J'étais parti pour faire un peu de sport. J'aime bien courir le matin quand les rues sont encore calmes.

D'où le training. Je remarque au même instant les pointes de ses cheveux humides et ses joues légèrement rosées. *Donc même après l'effort il reste canon*, je note mentalement, complètement exaspérée de ce constat.

— Puis je suis tombé par hasard sur ce fleuriste qui propose de ravissantes fleurs et je me suis dit…

J'ouvre la bouche, à deux doigts de l'interrompre pour lui signifier qu'il n'a pas à se justifier car après tout, il a le droit de sortir avec qui il veut puisque nous ne sommes que des amis, lorsqu'il termine sa tirade et m'en dissuade :

— … qu'elles plairaient à ma mère. Elle vient passer quelques jours à Rome, m'informe-t-il.

Oh.

Mon cœur s'apaise immédiatement. Et je me sens aussi un peu conne et excessive pour le coup.

— Et toi alors ? Qu'est-ce que tu fais là ?

Encore déconcertée par le soulagement fou qui m'a pris aux tripes de savoir qu'il n'y a pas une autre femme, je réagis à peine lorsqu'il s'enquiert en désignant mon gobelet d'un signe bref du menton :

— C'est du café ?

Je termine tout juste de confirmer en hochant la tête qu'il s'en empare et bois plusieurs gorgées. *Pourquoi j'aime autant l'idée que ça ne le dérange pas de boire après moi ?*

— Je suis allée déposer quelques CV, dis-je en brandissant inutilement ces derniers.

Il s'empare de l'un d'eux et le parcourt rapidement des yeux.

— Jolie photo.

Je hausse les épaules alors qu'il me rend le papier.

— Merci.

Sa facilité à me complimenter m'a toujours mise dans tous mes états lorsque j'étais gamine. *Ça ne devrait pas continuer, bon sang.*

Alors qu'il me refourgue mon gobelet dans les mains en commentant « pas assez caféiné », il poursuit sans transition :

— Tu fais quoi samedi soir ?

Une fois de plus, mon cœur se met à tambouriner, anticipant la suite.

— Rien, admets-je.

— Moi non plus, se contente-t-il de rétorquer.

Euh, d'accord ?

Je devine qu'il se mord l'intérieur de la joue pour réprimer un sourire railleur lorsque sa bouche se tord légèrement.

— Et donc tu attends que je te propose de sortir ? supposé-je en arquant un sourcil.

Il me pince affectueusement la joue, avant de la tapoter doucement comme le ferait une mamie gâteuse.

— Toujours aussi perspicace, nain de jardin.

Ce toucher, bien qu'il soit innocent, m'embrase des orteils à la racine des cheveux. Je chasse sa main en répliquant d'un ton mordant :

— Et pourquoi ce ne serait pas à toi de me le proposer ?

Son regard s'intensifie et se fait si perçant que j'en éprouve des difficulté à le soutenir.

— Hum, laisse-moi réfléchir, fait-il en entourant sa mâchoire de sa main. Peut-être parce que la dernière fois que je t'ai invitée à sortir, tu t'es barrée et m'a laissé comme un con à la table du restau ?

Déstabilisée, je ris pour masquer ma gêne, avant de me défendre comme je peux :

— Je t'ai invité à dîner chez moi depuis.

Avec une expression entre la consternation et l'amusement, il croise ses bras sur son torse, faisant ressortir les muscles de ses épaules et de ses pectoraux.

Lève les yeux, Andrea.

— Tu veux parler de la fois où c'est moi qui ai fait la cuisine pendant que toi, tu sifflais du vin en matant mes fesses dès que j'avais le dos tourné ?

Oh mon Dieu. J'ai été si peu discrète ? Je me sens rougir comme une pivoine.

— Je ne t'ai pas maté, mens-je en sentant mes joues devenir brûlantes.

— Bien sûr que si, contre-attaque-t-il avec une lueur malicieuse.

— Et comment tu pourrais le savoir au juste ? T'as des yeux dans le dos, peut-être ?

— La vitre de ton four, bébé.

Bébé. Pourquoi ce simple mot me donne l'effet d'entrer en combustion ?

— Comment tu faisais déjà ? reprend-il en se faisant la réflexion à lui-même.

Il penche la tête en se mordant la lèvre inférieure dans une imitation grotesque de ma propre personne et je ne sais plus où me mettre. Mes doigts se crispent autour de mon gobelet.

— Stop ! C'est bon, je capitule ! Ton cul est pas mal, je l'admets ! Et je ne faisais pas cette tête-là, arrête d'exagérer !

Un lent sourire taquin s'esquisse sur ses lèvres sensuelles tandis qu'il se délecte de mon malaise en ajoutant :

— Je me serais contenté d'un rendez-vous au cinéma ou dans un bar, mais ta franchise est louable. Et si, Andrea, tu faisais exactement cette tête-là. Et crois-moi, ce n'était pas pour me déplaire.

Il est en train de flirter là, on est d'accord ? J'ai envie de rentrer dans son jeu, mais je suis bien forcée d'admettre qu'il m'intimide énormément. J'ouvre la bouche pour dire quelque chose, n'importe quoi, pour ma pitoyable défense, mais je suis interrompue par mon portable qui se met à sonner. Je le sors de la poche de ma veste et découvre que l'appel vient de Belen. Ça doit certainement concerner son mariage qui approche à grands pas.

— Je dois prendre l'appel, déclaré-je.

Je lui décoche un clin d'œil faussement serein et commence à m'éloigner à reculons, plus que soulagée de me sortir de cette discussion ô combien gênante où moi, Andrea Cardinale, la reine de la provoc, se fait détrôner.

— D'accord. On se voit samedi ! s'écrie-t-il.

Je mets mon téléphone contre mon épaule pour couvrir ma voix et l'informe :

— Mais je ne t'ai même pas invité à sortir !

Il fait mine de ne pas m'entendre protester et se met à renchérir :

— Un ciné ? La séance de 20 h ? C'est ça que tu dis ?

Je secoue la tête en continuant de m'éloigner. *Non mais il a quel âge ? Treize ans ?*

— Ce n'est absolument pas ce que j'ai dit !

— Tu dis que tu as hâte, c'est ça ? Moi aussi, bébé !

Je lui tourne le dos pour lui cacher le sourire complètement niais qui me barre désormais le visage. J'ai effectivement hâte de le revoir, mais je ne vais certainement pas le lui dire. Pas quand il prend un malin plaisir à jouer à ce jeu où plus il me rejette, plus je le veux. Jeu auquel je suis déjà en train de perdre. Et de façon lamentable.

Une fois que je suis suffisamment loin – toujours en train de sourire bêtement – j'entends chantonner :

— Allô ? Allôôô ?

Oh merde ! Je m'empresse de coller mon portable à mon oreille en priant pour que-

— C'était écœurant à vomir et beaucoup trop mignon, putain ! jubile Belen.

Trop tard pour prier. Elle a visiblement tout entendu et je ne peux que la rejoindre sur chaque point.

***

L'horloge murale Jasper Morrison de ma cuisine n'affiche pas encore 18 h lorsque la sonnette de mon appartement retentit. *Ça doit être le livreur pour ma commande Zara.* Je me précipite vers le boîtier près de ma porte d'entrée avant de me figer sur place, à deux doigts de l'arrêt cardiaque. Gabriel se trouve sur le petit écran rectangulaire, beau comme un dieu malgré la résolution médiocre que me renvoie l'image.

Une pointe d'angoisse me tord l'estomac tandis que j'enfonce le bouton du micro avant de le maintenir appuyé.

— Je peux savoir ce que tu fiches déjà ici ? On avait dit la séance de 20 h, il me semble.

Non ?

— Je sais mais j'ai pensé qu'on pourrait dîner avant.

Je baisse des yeux horrifiés sur mon accoutrement composé d'un legging Galaxy que j'aurais dû balancer aux ordures en 2010 et mon tee-shirt moulant « Free Britney ».

— Tu aurais dû penser à m'avertir aussi.

Son regard pétillant et intelligent rencontre le mien alors que je fixe l'écran qui filme en direct. Je m'empourpre en posant une main contre ma joue en surchauffe. *Quel soulagement que lui ne puisse pas me voir. Le connaissant, il se délecterait de mes réactions disproportionnées.*

— Pas faux. Bon, tu me fais monter ?

J'appuie sur le bouton et soupire :

— C'est ouvert.

Après quoi, je pique un sprint vers la salle de bain où je me brosse rapidement les dents, applique une dose de parfum dans mon cou et le creux de mes poignets puis réarrange mon chignon désordonné sur le haut de mon crâne.

Toc. Toc.

Je me fige, avant d'ordonner à mon reflet dans la glace au-dessus de ma vasque :

— Tu es pathétique ! Détends-toi, c'est Gabriel ! Ton Gabriel !

Quand je lui ouvre et le découvre sur mon palier, mon pouls bat si fort qu'il m'alarmerait si je n'étais pas aussi occupée à le reluquer. Il porte un jean brut et fuselé ainsi qu'un pull à col rond bleu marine qui fait ressortir l'argenté de ses iris. La panoplie de l'avocat pompeux est terriblement séduisante, mais la version décontractée, elle, est tout aussi à couper le souffle. Une barbe de trois jours creuse sa mâchoire et il sent subtilement le parfum. Un truc ambré aux notes de cœur de cardamome qui me donne envie de l'attirer à moi pour le renifler comme un primate en rut. Pour ma défense, Gabriel a le physique d'un mec qui pourrait tout aussi bien être un frère caché des Hemsworth.

Lorsque je sors de ma torpeur, je le surprends en train de me jauger avec une expression proche de l'hilarité.

— Décidément, la discrétion n'est pas ton point fort, nain de jardin.

— Et toi, si tu veux qu'on reste amis, évite de te pointer à l'improviste. Surtout lorsque je ressemble à ça.

Il rit franchement, dévoilant une rangée de dents blanches éclatantes. Ça suffit à mes tétons pour durcir éhontément sous mon tee-shirt. Soudain, je me souviens que je ne porte pas de soutien-gorge. Avant que Gabriel ne remarque quoi que ce soit, je me dirige déjà vers la salle de bain en lançant :

— Je passe rapidement sous la douche. Fais comme chez toi !

Une fois la porte de la salle d'eau minuscule de mon appartement refermée dans mon dos, je m'y adosse quelques secondes en expirant un grand coup. Inutile de paniquer.

Je vais aller dîner avec Gabriel, puis on ira voir un film au ciné. Classique. J'ai déjà fait ça avec d'autres hommes et ça s'est toujours bien passé, répété-je mentalement, comme un mantra.

Alors pourquoi, avec lui, j'ai la sensation d'avoir à nouveau quatorze ans et d'aller à mon tout premier rencard ? ne puis-je m'empêcher d'admettre.

Sans parvenir à trouver une réponse à ma question, je file sous le jet brûlant. Je m'épile entièrement entre les jambes en songeant qu'on ne sait jamais et quand c'est fait, je me dépêche de sortir de la cabine de douche et de me frictionner avec une serviette. Je sèche rapidement mes cheveux avant de les attacher en une haute queue de cheval. Je me maquille discrètement – un peu de mascara, du blush et du gloss – puis fonce dans mon dressing.

En me faufilant d'une pièce à l'autre, j'en profite pour jeter brièvement un œil en direction du salon. Gabriel est installé dans mon fauteuil face à ma télévision qui diffuse un match de foot et il a l'air absorbé par ce qui se passe à l'écran.

— Je fais au plus vite, lancé-je.

Je l'entends brièvement me répondre « À ton aise » avant de m'enfermer dans mon dressing. D'un regard circulaire et agité, je scanne rapidement mes penderies avant de jeter mon dévolu sur une minirobe tailleur noire. Par-dessus, j'enfile mon blouson Courrèges, avant de parfaire mon look avec des bottes en cuir droites et montantes, sans prendre la peine d'enfiler des bas.

J'inspecte une ultime fois mon apparence dans la glace et me trouve sexy, sans donner l'impression d'en avoir trop fait non plus. Exactement l'effet recherché.

C'est plus que satisfaite de mon apparence que je rejoins Gabriel dans le salon d'une démarche confiante, un brin femme fatale.

— Suis prête, annoncé-je.

Installé avec ses jambes écartées et un bras nonchalamment posé sur l'accoudoir du fauteuil, lorsque je me poste devant lui, Gabriel se redresse d'un coup. Lentement, comme en état de transe, ses yeux gris voyagent de mon visage à mes jambes nues tandis que sa mâchoire se crispe. Il ne prononce pas le moindre mot, mais son regard brûlant est suffisamment éloquent ; il aime beaucoup ce qu'il voit. Dans mon dos, des supporters hurlent après que l'une des deux équipes a marqué un but, mais Gabriel semble s'en foutre royalement. Ses billes métalliques sont toujours focalisées sur moi tandis qu'il avale sa salive, avant de se racler la gorge, mal à l'aise :

— Tu es…

Il s'interrompt, semblant à court de mots, avant de déglutir une nouvelle fois et de se préoccuper :

— Tu ne vas pas avoir froid avec les jambes nues ?

Je souris.

— Non, papa.

Sur ce, je le force à se lever du fauteuil en tirant sur son bras et en ordonnant :

— Emmène-moi déguster des sushis, ça fait une éternité que j'en ai pas mangé.

Chapitre 40

Gabriel
Présent

Il est déjà presque 19 h 30 lorsqu'on entre dans le troisième restaurant de sushis bondé de monde. Aucune table n'est disponible – plutôt prévisible pour un samedi soir – et d'après la serveuse qui nous a accueillis, le temps d'attente est d'environ quarante-cinq minutes.

Je me tourne vers une Andrea déçue et propose :

— On prend à emporter et on mange dans la voiture ?

L'ombre d'un sourire s'esquisse sur ses lèvres pulpeuses – beaucoup trop attirantes pour ne pas que je m'y attarde – tandis qu'elle accepte en agitant sa bouille d'ange de haut en bas.

Qu'est-ce que j'aime être à l'origine de ces sourires.

Andrea passe commande, sa tête enfouie derrière le menu qu'elle tient devant elle. Amusé, je l'observe faire en me tenant en retrait. Elle est si concentrée sur le dépliant de sushis qu'on croirait qu'elle s'apprête à prendre la décision la plus déterminante de toute sa vie.

— Le numéro douze, le quatorze, le seize. Non, pas le seize, le dix-neuf, change-t-elle d'avis. Quelle est la cuisson de ceux aux Wagyu ?

Elle devrait penser à respirer.

— À point, lui répond mollement l'étudiant derrière la caisse.

— Parfait. Est-ce que vous pouvez ajouter le numéro vingt-trois, le vingt-quatre et supprimer le douze pour mettre le treize à la place, s'il vous plaît ? Oh et trois pièces de Gyoza au bœuf ! Ils sont bien au bœuf ?

L'étudiant acquiesce, note, puis barre au stylo les numéros sur son calepin, au gré des changements d'envie d'Andrea. Il a tellement appuyé sur le papier en biffant le numéro douze que ses jointures ont blanchi.

— Dernier mot ? s'enquiert-il, l'air ennuyé.

Mal à l'aise, Andrea bredouille un timide « euh, oui… désolée, c'est que tout a l'air si bon » et c'est là que j'entre en scène. Je me place à ses côtés et jette un regard noir appuyé à l'étudiant, qui semblait sur le point de lever ses yeux au ciel pour réprimer son agacement. Je hausse un sourcil, le défiant d'oser le faire devant moi. *Juste, essaye, petit con.* Il blêmit, avant de se composer immédiatement un sourire forcé en réalisant qu'il a tout intérêt à faire preuve de bonne volonté. Après quoi, il nous sort le récapitulatif de notre commande et j'insère ma CB dans le terminal de paiement.

— Non, c'est pour moi, intervient Andrea en retirant ma carte bancaire pour enfoncer la sienne à la place.

C'est cela, oui. Catégorique, je l'écarte doucement du coude – mais suffisamment pour l'empêcher de retenter quoi que ce soit – puis remplace sa carte par la mienne. Pendant qu'on se chamaille pour régler la note, l'étudiant derrière le bar nous fixe, tour à tour, interdit.

— Gabriel ! proteste Andrea. Je refuse que tu paies encore pour moi !

Comment lui expliquer, sans passer pour un connard vaniteux, que je suis suffisamment blindé pour décider d'acheter ce restaurant sur le champ sur un coup de tête, sans même prendre la peine de consulter mon banquier, s'il m'en prenait l'envie ?

Ne trouvant aucune façon subtile de le lui faire comprendre, je me contente d'intimer au caissier de valider la transaction d'un signe du menton.

— Je ne sais pas si tu as remarqué, mais on n'est plus dans les années 1920. Aujourd'hui, les femmes peuvent payer pour les hommes sans que ceux-ci se sentent attaqués dans leur ego, pense-t-elle utile de me préciser d'un ton cinglant.

Une quinzaine de minutes plus tard, nous sortons du restaurant japonais et sommes accueillis par une pluie fine et chaude. Je retire ma veste et nous abrite avec tandis que nous courons jusqu'à ma voiture, garée sur le trottoir d'en face. Une fois à l'intérieur avec les portières verrouillées, Andrea passe ses jambes sous ses fesses et déballe les plateaux de sushis qu'elle dresse un peu partout dans ma Ferrari – sur le tableau de bord ainsi qu'entre nos deux sièges. Elle est tellement excitée à l'idée de manger que ses gestes sont pressés et maladroits. D'ailleurs, lorsqu'elle manque de renverser la sauce soja d'un coup de coude en plein sur le cuir encore neuf de ma bagnole avec un « oups », je dois me retenir de ne pas l'étrangler avec un « oups » à mon tour.

À la place, je me contente d'une pichenette sur le front et elle se plaint en gémissant :

— Aïe !

— Oups, rétorqué-je à mon tour avec un sourire feint.

Elle ricane, avant de fourrer un sushi dans sa bouche en secouant sa main droite pour souligner à quel point il est bon. Je la taquine, incapable de résister :

— À quand remonte la dernière fois où tu as pris un repas ?

— Oh, la ferme, pouffe-t-elle après avoir avalé.

Elle s'empresse d'en engloutir un autre, si énorme qu'il lui fait des joues de Bugs Bunny. Mais là encore, elle reste incroyablement désirable.

— Ceux. Au. Foie. Gras. Et. Miel. Sont. Ex. Quis, déclare-t-elle en marquant des pauses pour mâcher.

Quand elle ferme les yeux en gémissant d'extase, je bande dur. En vérité, j'ai commencé à bander chez elle, lorsqu'elle s'est pointée dans cette tenue qui me donne envie de la bouffer toute crue tellement elle est irrésistible.

— C'est lequel que t'aimes le moins ? demandé-je, mettant fin, par la même occasion, à mes pensées cochonnes.

Du bout de son index, elle m'indique ceux au thon rouge. Je jette mon dévolu sur l'un de ceux-là.

— Tu vas vraiment me laisser les meilleurs ? m'interroge-t-elle, stupéfaite.

J'acquiesce, impassible.

— Arrête d'être parfait, me reproche-t-elle.

J'avale et rétorque :

— En quoi c'est une mauvaise chose ?

— C'est une mauvaise chose quand tu ne cesses de répéter qu'on doit essayer d'être amis.

Sa franchise me surprend, mais je tâche de ne rien laisser filtrer et, surtout, de ne pas perdre de vue mon objectif. Je porte ma canette de Fanta à mes lèvres avant de mettre les choses aux clair :

— Ce statut changera quand tu seras sûre de savoir ce que tu veux, Andrea.

Puis juste comme ça, sans prévenir, elle enjambe notre repas pour me rejoindre sur mon siège et me chevaucher. Elle faufile une main derrière ma nuque et oriente ma tête de façon à ce que mes yeux soient bien en face des siens.

— Qu'est-ce que tu fais sur mes genoux, Andrea ?

Ma voix rauque et affectée par le désir l'encourage :

— Plus tu me rejettes, plus je te veux. Tu me manipules. C'est mal.

Sur ces accusations, elle plaque ses lèvres sur les miennes en pressant son bassin contre mon érection. Sa langue ne tarde pas à trouver la mienne, tandis que ses doigts impatients tentent déjà de défaire la boucle de ma ceinture. Bien que je n'en ai aucune envie, je mets fin à notre baiser et saisis ses poignets pour lui défendre d'aller plus loin.

— Je me préserve, nuancé-je, le souffle court.

Elle tente de reprendre possession de ma bouche, mais je l'esquive. Face à mon rejet, une lueur d'embarras jaillit de ses beaux yeux verts.

— On devrait y aller doucement, insisté-je d'un ton calme et prévenant qui ne parvient quand même pas à la détendre.

Même si elle ne dit rien, je sais qu'en la repoussant je l'ai vexée.

— D'accord. Je… oui tu as raison, capitule-t-elle en réalisant que je suis ferme dans ma décision.

Pas que dans ma décision, d'ailleurs.

Alors qu'elle tente de descendre de mes genoux pour retourner sur son siège, j'emprisonne son menton dans ma paume et braque ses yeux en direction des miens.

— Juste au cas où ça ne serait pas encore bien clair dans ta jolie petite tête, Andrea. Je suis fou amoureux de toi. Crois-moi, c'est très dur pour moi de te résister. Mais comme je te l'ai dit. Il n'y a qu'une sorte de relation que je veux avec toi.

Je suis tenté d'aller plus loin dans mes explications mais mon petit doigt me dit que si je lui en dis trop, elle va fuir. Et ce n'est pas ce que je veux. À la place, je propose :

— Allons-y doucement, d'accord ?

Andrea hoche la tête et je dois faire preuve d'un effort surhumain pour ne pas dévorer ses lèvres roses et gourmandes. Une vraie torture.

— Maintenant, retourne t'asseoir avant que je ne change d'avis et te baise ici, en face de ce foutu restaurant.

La jolie brune voit immédiatement à mes yeux que j'en suis capable. Elle s'exécute puis, au bout d'un moment, elle avoue :

— Ça ne m'aurait pas dérangée.

Je me tourne brièvement vers elle pour la fusiller du regard. Ma queue dure comme le béton me fait mal et mes poings sont si serrés que les jointures menacent de craquer sous ma peau. Avant que je ne reconsidère ma décision, je grogne :

— Bon sang, la ferme Andrea. Par pitié.

Elle rit, produisant ce son rauque et sexy, et ça me rend dingue.

Chapitre 41

♫ *You and me*

Meute ♫

Andrea
Présent

Je m'approche doucement de Belen, admirant sa robe haute-couture conçue entièrement en dentelle qui lui va comme un gant. La traîne brodée est en place et le voile est rejeté dans son dos tandis qu'elle fait les cent pas dans l'hôtel prestigieux dans lequel nous nous préparons. Celui-ci est à un jet de pierre de la Basilique Saint-Pierre dans laquelle Louca et elle vont échanger leurs consentements.

Alors qu'Asia tente de suivre le rythme infernal de Belen qui va et vient dans la suite en tentant de réajuster une épingle à son chignon déjà impeccable, je tends un verre d'eau à la mariée.

— Tu es…, commencé-je, avant d'être interrompue par celle-ci qui fait mine de prier, mains jointe pointées vers le plafond.

— Bonté divine ! De l'eau, Andrea ? Mais va plutôt me chercher du champagne !

J'allais dire « magnifique », mais elle vient de rompre le charme.

— Une vraie chieuse, terminé-je avec un sourire forcé.

Alors que je me dirige vers la porte pour m'exécuter, Asia lance dans mon dos :

— J'ai vu Gabriel, Matteo et ton frère emporter un seau à champagne dans la suite où se prépare Louca.

Juchée sur mes talons aiguilles, je traverse le couloir et vais frapper à l'unique autre suite du bâtiment. Des rires masculins fusent derrière la porte, avant qu'un Gabriel hilare ne m'ouvre. Lorsqu'il m'aperçoit, son sourire diminue pour se faire malicieux.

— Belen a retrouvé la raison ? Elle ne veut plus se marier avec ce fou furieux de Belmonte ?

— Enfoiré ! crie le marié au loin.

Je laisse échapper un rire en secouant la tête. *Malheureusement non.*

— En fait, je venais voir si vous n'aviez pas une bouteille en trop. La mariée a besoin de se détendre.

Alors que j'avance d'un pas pour entrer, Gabriel appuie une épaule contre le chambranle et me barre la route. Intriguée, je monte sur la pointe des pieds et tente de regarder par-dessus son épaule. Qu'est-ce qu'ils fabriquent là-dedans… ?

— Je rêve où Belmonte est en train de fumer un pétard ?

— Belen n'est pas la seule à avoir besoin de se détendre, rétorque-t-il pour défendre son ami.

Après quoi, il me fait signe de patienter, disparaît une seconde, avant de réapparaître avec une bouteille de Ruinart dans la main droite.

— Et voici.

Alors que j'avance la main pour la récupérer, nos doigts se touchent. Je tressaille et Gabriel s'en aperçoit. Je le devine au sourire qui fend sa belle gueule. Et pas n'importe quel sourire. Celui-ci est à tomber et le place sur le baromètre de la sexytude juste derrière celui de James Franco. *Ou peut-être qu'il arrive à égalité.*

Soudain, je repense au baiser qu'il m'a refusé dans sa voiture et la retombée sur Terre est brutale. Depuis, je suis sexuellement frustrée. Ce salaud avec sa beauté enjôleuse a réveillé un désir en moi si puissant que ça me tient parfois éveillée la nuit.

C'était peut-être là toute son intention ?

Je le remercie et tourne les talons, pressée de mettre les voiles, lorsqu'il me retient de sa voix profonde et orgasmique… *attendez, je viens quand même pas de penser ça, si ?*

Lentement, je me tourne pour lui faire à nouveau face et ses yeux prennent la liberté de me déshabiller. Il avise ma robe couleur vanille jusqu'à faire coulisser ses prunelles, qui ne cessent de s'assombrir, sur mes escarpins dorés. Cet examen audacieux me fait recroqueviller les orteils.

— T'es renversante, comme toujours.

— Merci, bredouillé-je, le feu aux joues.

Mon poing se crispe autour de la bouteille de bulles et sa fraîcheur me ramène illico à la réalité.

Bon sang, moi aussi j'ai besoin de boire un coup.

— On se voit tout à l'heure devant l'autel, annoncé-je avant de m'enfuir.

Littéralement.

***

Une cover au violon et saxophone de *You & Me* retentit dans la Basilique Saint-Pierre, tandis que Belen remonte l'allée décorée de rameaux et de fleurs blanches, comme sortie d'un rêve.

Devant l'autel, Louca, dans son costume ajusté qui lui rend totalement justice, n'a d'yeux que pour sa future et très prochainement épouse. L'émotion dans ses yeux me noue la gorge. C'est comme s'il se retenait de hurler à la Terre entière à quel point il l'aime. Plus je l'observe, plus son regard m'est familier. Mes yeux dévient vers Gabriel qui se tient de l'autre côté de l'autel. Et là, je comprends. Il me regarde avec la même intensité que celle qui habite les yeux de Louca lorsqu'il regarde Belen. Comme animé de la même passion dévorante qui transpire de tous les pores de Matteo lorsqu'il se trouve tout près d'Asia.

Mon cœur se met à cogner rapidement, en parfaite discordance avec les musiciens qui jouent leurs dernières notes.

Élégant dans son costume bleu nuit à simple boutonnage et aux revers classiques, il ne m'est pas difficile de l'imaginer rien qu'un instant à la place de Louca. Le fantasme prend des proportions si démesurées dans mon esprit que me souffler dessus suffirait à me faire m'effondrer comme un château de cartes.

Le marié prend le micro pour citer Saint-Paul et je sors doucement de ma torpeur.

— « J'aurais beau parler toutes les langues de la terre et du ciel. S'il me manque l'amour, je ne suis qu'un cuivre qui résonne, une cymbale retentissante. »

Louca continue de citer la Bible en se l'appropriant avec foi et passion :

— « J'aurais beau avoir toute la connaissance de Dieu, et toute la foi jusqu'à transporter les montagnes, s'il me manque toi, *Belen*, je ne suis rien. J'aurais beau distribuer toute ma fortune aux affamés, j'aurais beau me faire brûler vif. S'il me manque toi, cela ne me sert à rien. »

Louca, avec ce magnifique passage biblique, conquiert absolument tout le monde dans la basilique – Sainte-Hélène et Saint-André inclus.

— « L'amour prend patience ; l'amour rend service ; l'amour ne jalouse pas ; il ne se vante pas, ne se gonfle pas d'orgueil ; il ne fait rien de malhonnête ; il ne cherche pas son intérêt : il ne s'emporte pas ; il n'entretient pas de rancune ; il ne se réjouit pas de ce qui est mal, mais il trouve sa joie dans ce qui est vrai ; il supporte tout, il fait confiance en tout, il espère tout, il endure tout. Mon amour ne passera jamais pour toi, Belen. »[1]

---

1. 1 Cor 12,31-13,8°.

Chapitre 42

On peut toujours séparer les corps
mais pas les Âmes.

John Joos

Gabriel
Présent

Ce salaud de Belmonte a presque failli tous nous faire chialer comme des bébés à l'église. Même Matteo avait les yeux brillants en l'écoutant. Je fais le malin, mais je n'étais pas si loin de verser ma larmichette moi aussi. Parce que tout ce qui se disait dans cette basilique faisait méchamment écho à tout ce que je désire depuis un bon bout de temps.

Perdu dans la contemplation de la *Piazza del Popolo*, qui crée une toile de fond sensationnelle au lieu de réception, je repense à Louca qui s'était un jour confié à moi. Lorsque nous étions adolescents, il avait évoqué une fille qui lui faisait éprouver des sentiments avec lesquels il n'était pas très à l'aise. Cette fille c'était Belen. Ça a toujours été elle pour lui. Et c'est pareil pour moi. Ça a toujours été Andrea.

— Du champagne, monsieur ?

J'accepte volontiers et attrape une coupe sur le plateau du serveur avant de le remercier. En quelques gorgées, je vide mon verre, avant de chercher Andrea du regard. Évidemment, je ne mets pas bien longtemps à la repérer. *Comment louper une beauté pareille, en même temps ? Faudrait être aveugle. Ou complètement gay.* Elle se tient près du lac artificiel en compagnie du petit Faël, qui enserre sa cuisse pendant qu'elle passe ses doigts dans ses bouclettes brunes.

Le veinard.

L'estomac sens dessus-dessous, je reste planté là, tout seul, absorbé par le fantasme d'Andrea portant mes enfants qui prend doucement vie dans mon cerveau. *Putain, avec ses gènes, il n'y a pas à dire, ils seraient magnifiques.*

Je réalise seulement que je me suis mis à progresser vers elle lorsque son parfum vient chatouiller mes narines et que le petit Faël me percute de plein fouet en voulant courir en direction de sa maman, qui vient de l'appeler pour venir prendre la pose à côté de sa tante Belen. Je l'écarte de mon chemin en lui ébouriffant les cheveux, puis me remets en marche pour me positionner dans le dos d'Andrea.

— Je te préviens, cette fois si tu songes à te baigner, je ne te rejoindrai pas…

Aussitôt, Andrea s'étouffe avec son cocktail, qu'elle venait de porter à ses lèvres. *Merde, je crois que je lui ai fait peur.* Elle se met à tousser et je décide de me rendre utile en l'aidant. Je lui tape dans le dos, sauf que je ne maîtrise pas ma force et me montre un peu trop brusque. Ma paume termine à peine de s'abattre entre ses omoplates que son verre encore rempli valdingue en plein sur sa robe.

— Merde, Gabriel !

Déjà, elle me dépasse et traverse les jardins jusqu'à gagner la salle de banquet – heureusement vide d'invités puisque l'apéritif se prend à l'extérieur. Je la suis, presque sans efforts. *Presque.* Il faut dire qu'Andrea se déplace vite pour quelqu'un qui ne dépasse pas le mètre soixante et qui porte des talons presque aussi hauts que la coupole de la Basilique Saint-Pierre.

Alors qu'elle fonce dans les toilettes pour dames, la porte n'a pas le temps de se refermer totalement que je me faufile en l'écartant de la main. Dans des gestes nerveux et précipités, elle attrape une serviette qu'elle passe sous l'eau, avant de frotter la tache poisseuse dans son décolleté.

— Je vais t'aider, déclaré-je. Je…

J'oublie ce que je m'apprêtais à dire lorsque je commets l'erreur de remarquer ses tétons qui transpercent le tissu de sa robe.

Lève les yeux, connard.

— Désolé.

Andrea hausse un sourcil.

— Tu t'excuses pour quoi, au juste ? D'avoir maté mes seins ou d'avoir ruiné ma robe de demoiselle d'honneur ?

Je passe une main dans ma nuque en soupirant :

— Les deux.

Mon honnêteté me vaut un sourire. *Je prends.*

— Bon, aide-moi à la retirer.

La bouche sèche, je m'étrangle de plus belle :

— Q-quoi ?

— Ma robe, précise-t-elle, agacée. Je vais la retirer pour la faire sécher sous le sèche-mains.

Astucieux, mais complètement dangereux.

Sans plus attendre, elle me présente son dos, m'intimant de faire glisser la tirette.

— C'est pour aujourd'hui ou pour demain ? s'impatiente-t-elle.

Je m'exécute, sans pouvoir me retenir de la taquiner.

— Je ne te savais pas si autoritaire, dis donc.

Mon commentaire me vaut un regard noir par-dessus son épaule. Mais mon amusement s'atténue à mesure que sa peau laiteuse, parfaite, se dévoile à moi et me rend fébrile. Lorsque j'atteins sa taille, sa robe tombe, dévoilant le haut de son string. Je détourne aussitôt le regard – histoire de ne pas passer pour un pervers une seconde fois en l'espace de deux minutes – mais je fais l'erreur de regarder vers le miroir suspendu au-dessus des vasques. Sa poitrine, que je rêve d'avoir en bouche pour en sucer les pointes roses, me déconcentre et me fait oublier tous mes principes.

— Gabriel ! me presse Andrea. Qu'est-ce que tu attends ? Va monter la garde derrière la porte !

— Euh… ouais, euh une seconde, bredouillé-je.

Andrea fait volte-face. Par chance, elle a eu le bon sens de couvrir sa poitrine de ses mains.

— Non, tout de suite, objecte-t-elle. Qu'est-ce qui ne va pas ?

En posant la question, elle pointe ma silhouette d'un regard oscillant à la verticale avant de bloquer sous la boucle de ma ceinture. Ses yeux s'arrondissent en constatant mon érection… manifestement visible si j'en crois son expression mortifiée.

— Arrête de me regarder comme ça, je ne suis qu'un homme après tout, tenté-je de me défendre.

Ma réplique me vaut un regard meurtrier qui ne parvient toutefois pas à me faire débander.

— Débarrasse-toi de ça. Le moment est mal choisi.

Mais oui, tout de suite, Andrea. Comme si c'était aussi simple !

— Fallait y penser avant de te foutre à poil devant moi, lui reproché-je d'un ton hargneux.

Andrea ouvre la bouche, semblant à la recherche d'une réplique cinglante. Finalement, elle se contente de déclarer sur un ton neutre et indifférent :

— Fallait pas me faire renverser mon verre en plein sur ma robe.

— Je ne l'ai pas fait exprès, m'exaspéré-je.

Se foutant bien de mes excuses, elle me désigne la porte de la pointe de son menton.

— Monte la garde de l'intérieur, au moins ! Rends-toi utile !

J'abdique avec un signe discret de la tête.

— Bien, chef.

Obéissant, je vais m'adosser contre la porte. Pour faire passer le temps, je me laisse aller à admirer un peu le spectacle.

— Te gêne surtout pas.

— Je n'y comptais pas, rétorqué-je d'un ton espiègle.

Toute mon attention est rivée sur elle. Mes yeux affamés passent de ses jambes fines et toniques à ses fesses rebondies, puis de son ventre plat à ses seins ronds et aussi blancs que la neige.

Bon Dieu, pourquoi en plus d'être jolie comme un cœur et une garce attachante, il a fallu qu'Andrea Cardinale soit super bonne ?

À cette réflexion, je réalise que mon érection vient de gagner en centimètres et qu'à moins d'un miracle, il va me falloir un bon moment pour m'en défaire.

— Un souci ? demande-t-elle, faussement innocente.

Je relève la tête et surprends son regard s'attarder sur la bosse qui déforme mon pantalon. Lorsqu'elle relève les yeux pour les plonger dans les miens d'un air provoc, je mords l'intérieur de ma joue pour réprimer un rire nerveux. Je vois clair dans son jeu. Au fond, cette situation l'amuse plus qu'elle ne la contrarie.

— T'es une vraie garce, tu le sais ça ?

Elle ricane, renfile sa robe à présent sèche, avant de me présenter son dos, comme un ordre qui se passe de mots. Alors que je m'exécute et m'approche pour coincer la tirette entre mon pouce et mon index, Andrea reprend la parole :

— Tu m'as rembarrée à deux reprises. Tu pensais vraiment que je n'allais pas riposter, *bébé* ?

Je remonte avec précaution la fermeture Éclair et marque l'arrêt entre ses omoplates. Du dos de la main, j'écarte ses cheveux pour ne pas les coincer dans la tirette. Je remarque que sa peau est bouillante lorsque j'effleure brièvement sa nuque. Mes yeux croisent les siens dans la glace.

— Tu ne joues pas fairplay, *bébé*.

Alors que je remets ses cheveux en place pour les laisser cascader dans son dos après avoir terminé de remonter le zip, Andrea presse son bassin contre le mien. Sans me demander mon avis, mon érection prend la liberté de se nicher juste au-dessus de ses fesses, dans le creux de son dos.

— Je croyais qu'on était d'accord pour y aller doucement.

Mon souffle balaye sa joue tandis que je la fusille du regard dans le miroir.

— J'ai changé d'avis, je n'ai pas envie d'être ton amie.

Ma paume glisse de ses cheveux à sa nuque, puis court délibérément sur la chute de ses reins. Ses pupilles dilatées ne quittent pas les miennes dans l'immense miroir qui nous renvoie le désir infernal impossible à contester que l'on éprouve l'un pour l'autre.

— De quoi as-tu envie, alors ?

Sa lèvre inférieure tremble. Je rêve de la capturer entre mes dents pour la mordre puis l'aspirer.

— Que tu me baises, ahane-t-elle.

D'un geste brusque, j'enroule ses mèches autour de mon poing pour écraser son dos contre mon torse. Mon sexe palpite, comme s'il cherchait déjà à s'enfoncer à l'intérieur d'elle pour atteindre le Saint-Graal.

— Tu sais que ce ne sera pas sans conséquences.

— Je le sais, affirme-t-elle avec foi.

— Tu sais aussi qu'à l'instant où ma queue entrera en toi, tu m'appartiendras ?

C'est plus fort que moi, j'ai besoin de m'assurer qu'elle sait où elle met les pieds.

— Je ne suis pas un objet, je n'appartiens à pers…

Je tire plus fort sur son cuir chevelu et colle ma bouche à son oreille.

— Andrea…, sifflé-je, menaçant. Tu joueras les Simone de Beauvoir plus tard. J'ai besoin de te l'entendre dire.

J'ai du mal à reconnaître ma voix à cause de la vulnérabilité qui la transperce.

Comme elle ne s'est toujours pas exécutée, à l'aide de ma prise je lui fais légèrement tourner la tête. Ses yeux louchent vers ma bouche à quelques millimètres de la sienne. Elle avance le menton, volontaire. Je l'esquive au dernier moment, pour exiger d'une voix ferme :

— Dis-le.

Résignée, avide de mes lèvres, ma beauté cède :

— D'accord. Je suis à toi.

Elle marque une pause pour inspirer brusquement avant de reprendre :

— Je n'ai jamais rien désiré d'aussi fort qu'être à toi. Même quand je faisais semblant de te haïr, je n'avais envie que de toi. Est-ce suffisant pour toi ? grogne-t-elle.

C'est tellement plus que ce que je pouvais espérer.

— Ça fera l'affaire, sifflé-je.

Après quoi, je prends possession de sa bouche une bonne fois pour toutes. Je l'embrasse avec violence et urgence. Comme si le temps nous était compté dans un sablier.

Le seul et unique moment où je romps notre baiser, c'est pour réclamer contre ses lèvres gonflées par mes assauts :

— Maintenant dis-moi, dans quelle position veux-tu que je te baise, Andrea ?

Sans prendre la peine de me faire un dessin, elle se cambre et m'offre son postérieur.

C'est on ne peut plus clair.

Je remonte avidement sa robe au-dessus de sa taille et empoigne ses fesses à pleines mains en retenant un grognement animal dans ma poitrine. Je m'humecte les lèvres en admirant sa petite chatte fendue par son string lorsque j'écarte franchement ses fesses.

Divine.

Je m'accroupis, fais glisser le bout de dentelle jusqu'à ses chevilles, et plonge la tête vers ses fesses pour la mordre. Je recule légèrement pour admirer sa chair rougie. Et lorsque j'avance à nouveau le visage, c'est pour lécher son petit trou.

— Gabriel ! proteste-t-elle, choquée que je m'aventure à cet endroit.

Alors que ma langue caresse cette zone sensible entre ses fesses, elle jette une main dans son dos pour empoigner mes cheveux. Je continue de la titiller, jusqu'à ce qu'elle gémisse et marmonne des paroles incompréhensibles, avant de m'attaquer à sa petite chatte que je lape franchement du plat de la langue, et de m'attarder sur son clitoris que je léchouille paresseusement. Ses doigts dans mes cheveux se crispent et elle me supplie :

— S'il te plaît.

Excité, je ne la fais pas languir plus longtemps. Je continue de taquiner son bouton rose jusqu'à ce que sa poigne dans mes cheveux se relâche quand elle a fini de jouir.

Je me redresse, essuie ma bouche du revers de la main et plante mes yeux dans les siens dans le miroir.

— Je croyais que tu ne suppliais pas.

Ses yeux s'écarquillent en se remémorant notre discussion de l'autre soir, au restaurant.

— Va te faire foutre, grogne-t-elle.

En ricanant, je baisse mon pantalon et empoigne mon érection, tandis que de ma main libre je lui écarte bien les fesses pour faire glisser ma bite jusqu'à sa chatte trempée. Je me lubrifie de sa mouille puis frappe mon gland contre son clitoris.

— Oh, s'il y en a bien un de nous deux qui va se faire foutre, c'est toi, mon cœur.

Sur ce, sans plus de cérémonie, je la pénètre d'un profond coup de reins jusqu'aux couilles. On gémit en même temps d'extase tellement c'est putain de bon.

J'entame un lent va-et-vient, la laissant s'adapter à moi tandis que mes yeux oscillent entre mon sexe qui entre et sort et ses beaux yeux verts qui me fixent avec une intensité troublante à travers la glace. C'est torride. Ses pommettes rougissent et avant qu'elle ne baisse le menton, ma main saisit sa gorge et la force à maintenir le contact visuel.

— Laisse-moi voir à quel point t'es belle quand tu jouis autour de ma queue, bébé.

Sur ces belles paroles, j'augmente la cadence de mes coups de bassin et ses billes vertes roulent vers le haut, me laissant voir le blanc de ses yeux. Ses gémissements se mêlent aux miens, ses seins ronds se balancent au rythme infernal de mes poussées.

Putain, quelqu'un pourrait entrer à tout moment dans les chiottes et pourtant ça ne suffit quand même pas à nous arrêter.

J'agrippe une de ses cuisses pour poser son genou sur le plan de travail en marbre et la pilonne. Ses pieds ne touchent même plus le sol, mais l'angle est si parfait que je dois plaquer ma paume sur la bouche d'Andrea pour étouffer ses cris qui ne laissent pas la moindre place à l'imagination.

— Mon Dieu ! halète-t-elle lorsque ma main dérape.

— Pas besoin d'autant de cérémonial, tu peux te contenter de m'appeler Gabriel, grondé-je en me retirant pour m'enfoncer centimètre par centimètre.

— Va te faire foutre.

Je ris comme un fou, à deux doigts de basculer dans l'orgasme le plus intense de toute ma putain de vie.

— Rappelle-moi, qui est en train de se faire foutre, là ?

En posant la question, je la martèle de trois coups de reins brutaux. Andrea jouit dans un cri étouffé et je la suis de peu. Je me retire pour éjaculer sur ses fesses en jurant entre mes dents.

Bordel de merde.

Pantelante, elle se laisse faire tandis que je sors mon mouchoir de ma poche pour l'essuyer. Puis je rabaisse sa robe froissée sur ses cuisses et embrasse le milieu de son dos.

— C'était..., commence-t-elle.

— Fantastique ?

— J'allais dire inapproprié.

J'enroule la main autour de son poignet et la fais doucement pivoter vers moi.

— Tant que tu ne me dis pas que c'était une erreur, je peux tout entendre.

Elle rougit, avance les lèvres pour m'embrasser, avant d'être interrompue lorsque quelqu'un frappe à la porte. *Qui que ce soit, je le hais.*

— Andrea Cardinale, je ne sais pas ce que tu fous enfermée là-dedans avec l'un des témoins du marié – n'essayez pas de nier, je vous ai vus entrer dans ces toilettes – mais si tu ne rappliques pas rapidement, Belen va lancer un avis de recherche et moi je vais te massacrer. Elle va bientôt procéder au lancer du bouquet et elle tient à ce que ce soit toi qui l'attrapes.

Asia Williencourt n'est plus la petite chose fragile qu'elle était au pensionnat.

— Très bien, j'arrive ! lance Andrea.

Le sourire aux lèvres – tout comme moi – elle remet rapidement de l'ordre dans ses cheveux emmêlés. Heureusement, grâce à la haute qualité du tissu de sa robe, celle-ci n'a pas gardé trop de plis. En revanche, pour ce qui est de son visage, lui, il la trahit. Pommettes roses, lèvres gonflées, cou rougissant… Coller un Post-it sur son front stipulant « je viens tout juste de m'envoyer en l'air » ne serait pas beaucoup plus explicite.

Je m'approche pour murmurer à son oreille :

— Que ce soit bien clair, que tu attrapes ce foutu bouquet ou non, je ferai quand même de toi ma femme, Andrea.

Ses yeux hagards fouillent les miens, avant de s'arrondir en réalisant que je suis on ne peut plus sérieux.

— Q-quoi ? couine-t-elle.

Elle m'a très bien entendu.

Quand Asia s'impatiente derrière la porte en tapant de son poing, je désigne ladite porte du menton, l'intimant d'aller rejoindre son amie.

— On en reparlera plus tard, lui assuré-je.

Ses beaux yeux verts agités ont du mal à se concentrer à un seul endroit.

— D-d'accord, bredouille-t-elle.

Incertaine, elle me contourne, complètement désorientée. À un point tel qu'elle n'a pas encore fait deux pas qu'elle manque de trébucher. Je la rattrape, un peu trop amusé et attendri à l'idée de lui faire perdre tous ses moyens avec une telle banalité.

Chapitre 43

Si l'on n'est pas sensible, On n'est jamais sublime.

Voltaire

Andrea
Présent

« *Que ce soit bien clair, que tu attrapes ce foutu bouquet ou non, je ferai quand même de toi ma femme, Andrea.* »

Bon sang, il n'y avait pas une once d'humour dans son regard. C'était à mi-chemin entre une promesse et… une fatalité.

— Attention les filles ! Un… deux… tr…

Encore secouée par la promesse de Gabriel, je ne cherche pas à rattraper le bouquet lorsqu'il est jeté dans les airs par Belen. Mais étant donné qu'elle m'a volontairement visée, il atterrit sans grande surprise sur ma tête.

Aïe, merde !

Alors que je me masse le crâne en grimaçant, je croise le regard de Gabriel, qui rit discrètement derrière les deux doigts qu'il a portés à ses lèvres.

Perdue dans ses billes grises envoûtantes, je ne prête aucune attention à la fille qui se jette sur le bouquet maintenant à mes pieds – dont quelques pétales demeurent encore coincés dans mes cheveux – en s'écriant :

— Je l'ai !

***

La salle de banquet de forme ovale est d'une architecture en marbre époustouflante. L'argenterie baroque et la vaisselle en porcelaine ne font qu'accentuer l'authenticité des lieux. Sans compter les tapisseries originales datant du XVIe siècle parfaitement conservées.

Je rêverais de me marier dans un endroit aussi chic que celui-ci, songé-je.

À cette pensée, mon regard divague vers le bar dans le fond de la salle. Gabriel s'y tient, accompagné de deux hommes avec qui il discute. Après ses déclarations dans les toilettes, nous n'avons pas eu l'occasion de reparler. On s'est simplement échangé quelques regards – les siens, appuyés – à la dérobée. Ni lui ni moi ne cherchons à nous éviter, mais quand lui n'est pas en pleine discussion avec des connaissances, c'est moi qui le suis.

Quand je le regarde ainsi, si soigné, poli et distingué, j'ai du mal à croire que c'est le même homme qui m'a prise sauvagement contre les lavabos, il y a à peine quelques heures. Le souvenir de nos ébats pointe le bout de son nez tandis que Gabriel me décoche un clin d'œil coquin. S'il avait la faculté de deviner mes pensées, je serais dans la merde. Parce qu'alors il saurait que dès l'instant où je l'ai vu dans son costume ce matin dans le couloir de l'hôtel, je le désirais déjà ardemment. J'avais une folle envie de lui sauter dessus pour lui arracher ses vêtements. Même chose devant l'autel.

Une magnifique chanson de Claudio Baglioni ouvre le bal. Tout le monde n'a d'yeux que pour le couple que forment Belen et Louca. *Qu'est-ce qu'ils sont beaux ensemble.* Sans vouloir être extrême, les Beckham ne leur arrivent pas à la cheville. Pas même l'ancien couple iconique Cassel/Belluc…

— Tu danses ?

Une main large et soignée s'érige devant mes yeux rêveurs. Je me redresse et les lève lentement vers ceux de Gabriel. Qu'est-ce qu'ils sont beaux…

Qu'est-ce que je disais, déjà ? Ouais, peu importe.

— Je veux bien.

Avec une main dans le bas de mon dos, il m'entraîne vers la piste. Ses paumes se déplacent alors sur mes hanches et ce simple contact me brûle la peau.

Comment est-ce possible ? Ce mec était en moi tout à l'heure. Ce toucher ne devrait pas me faire tant d'effet en comparaison.

Soudain, l'une de ses mains remonte mon dos pour se poser derrière ma nuque, son pouce caressant ma joue en des demi-cercles. Là encore, je surréagis.

— Est-ce que je t'ai déjà dit à quel point je te trouve belle, Andrea ? demande-t-il en me regardant droit dans les yeux.

Sa voix éraillée n'arrange rien à mon corps déjà en ébullition. Loin d'être insensible à sa proximité, je confirme d'une voix fluette que j'ai du mal à reconnaître :

— Oui… plusieurs fois.

Du plus loin que je me souvienne, il ne s'en est jamais caché.

— Non, je veux dire, réellement, insiste-t-il.

Je fronce les sourcils, pas certaine de bien comprendre où il veut en venir.

— Ta beauté m'a toujours interpellé, poursuit-il d'un ton sérieux.

Sa main se déplace et du creux de sa paume, il vient encadrer mon menton.

— Gamin, je me mettais à transpirer rien qu'en obtenant un regard de ta part.

Mon cœur bat la chamade sous l'intensité de son regard. L'air entre nous semble crépiter. J'en oublie les invités et la musique, que je ne parviens même plus à entendre. À cause de sa capacité à me livrer ses pensées les plus intimes, sans filtre et de son pouce qui redessine le contour de mes lèvres légèrement entrouvertes, avides d'être baisées par les siennes.

— Je respirais mieux quand tu étais heureuse. Et quand tu ne l'étais pas, j'avais envie de réduire le monde en cendres. Je n'en suis pas sûr, mais je crois que je suis tombé amoureux de toi la première fois que je t'ai vue. J'étais un ado et tu n'avais que onze ans, c'est bizarre ?

Je secoue la tête, incapable de parler tant ma gorge est serrée à cause de l'émotion. Et à cause d'autre chose que je ne parviens pas à aborder.

— Tu as l'air nerveuse, constate-t-il.

Allez, lance-toi, il te tend une perche !

Je me jette à l'eau :

— Tu as dit quelque chose tout à l'heure…

L'ombre d'un sourire apparaît sur son visage et me fait déglutir.

Merde. Merde. Merde. C'est mauvais signe.

— Que tu as certainement pensé sous le feu de l'action, m'empressé-je d'ajouter face au sourire du beau brun qui ne cesse de s'élargir.

Il rit parce que je suis tombée dans le panneau. Parce que j'ai cru à l'éventualité absurde de devenir un jour Madame Cerretani.

Je cherche rapidement de quoi limiter l'humiliation qui me guette, sans succès. Rediriger la conversation ? Vers quoi ? La météo ? La robe spectaculaire de Belen ? Mes résultats en recherches d'emploi ? Ou alors de-

— Tu veux parler du moment où je t'ai dit que je comptais t'épouser ?

Je jure que mon cœur vient de s'arrêter pendant une nanoseconde.

— J'étais tout ce qu'il y a de plus sérieux, Andrea.

Mes yeux s'écarquillent et ça provoque son hilarité. De l'index, il tapote le bout de mon nez.

— J'ai omis de clarifier certains points quand j'étais en toi.

J'inspire profondément lorsqu'il mentionne notre partie de jambes en l'air – incroyable au passage.

— Tu es à moi, Andrea. Rien qu'à moi. Quand je te regarde, je ne me dis pas seulement à quel point tu es belle et à quel point j'ai envie de toi. Non, quand je te regarde, je me demande aussi les têtes qu'auront nos enfants. Si tu préférerais qu'on aille vivre en ville ou à la campagne. Si pour notre lune de miel je planifie plutôt une croisière ou un road trip en cabriolet Roadster des années 1960.

Imperturbable, il range une mèche folle derrière mon oreille et poursuit :

— Je pense aussi à la joie qu'éprouvera ma mère lorsque je lui annoncerai la nouvelle.

Il baisse la voix et ajoute sur le ton de la confidence :

— Parce que je pense qu'elle t'aime presque autant que moi.

Je ris et pleure à la fois. Gabriel reprend :

— Et surtout, je pense à la fierté avec laquelle je vais parader à ton bras, parce que putain, bébé, t'es un avion de chasse et comme je te l'ai dit tout à l'heure, je ne suis qu'un homme. Un homme fou amoureux de toi.

Sa remarque me fait glousser et je laisse doucement ma joue tomber dans sa paume.

— Maintenant réponds quelque chose sinon je vais claquer devant une centaine de personnes.

Je ris de plus belle, les yeux mouillés et le regard flou avant de prendre enfin la parole :

— J'en veux trois. Deux filles et un garçon.

Et là, quelque chose se produit. Des larmes se forment et se contiennent dans les beaux yeux gris du garçon que j'aime soudainement encore un peu plus fort.

— Mon cœur, je ne sais pas si tu es au courant mais on ne peut pas encore contrôler le sexe des bébés.

On pleure tous les deux, bras dans les bras. Je suis à peu près certaine qu'il ne reste plus que nous sur la piste mais là encore, impossible de m'en soucier. Pas quand l'amour de ma vie se penche à mon oreille et murmure de sa voix suave et profonde :

— Mais je te promets de te faire autant de bébés que tu veux, jusqu'à ce que tu atteignes au moins deux filles et un mec. Parce que je veux te combler autant que je t'aime. Sans aucune limite.

Épilogue

Certains fument d'autres boivent
et d'autres tombent amoureux.
Chacun se tue à sa manière.

Auteur inconnu

Gabriel
Huit mois plus tard

En me réveillant ce matin, je tombe immédiatement sur le regard vert furieux d'Andrea. Je suis prêt à parier qu'elle me regarde ainsi depuis un bon moment. La forte probabilité devrait m'effrayer, mais ce n'est pas le cas. Même en colère, cette déesse mal lunée reste la chose la plus sexy que j'aie jamais vue.

— Attends, pourquoi tu-

Je m'interromps. Ça y est, ça me revient.

— Tu m'en veux encore pour la blague d'hier, conclus-je.

Hier soir, j'ai fait un truc pas cool. Alors que ma beauté s'appliquait du vernis sur les ongles de pieds, à même le sol, face à une rediffusion du *Diable s'habille en Prada*, je n'ai pas pu résister à l'envie de la taquiner un peu. Rien de méchant, vraiment. Je me suis approché, j'ai posé un genou au sol et suffisamment proche pour que sa bouche s'ouvre en grand, à deux doigts de hurler « OUI ». Mais je me suis contenté de refaire mes lacets qui étaient, soit dit en passant, déjà parfaitement noués.

— Trop perspicace !

Son ironie me fait rire.

— Oh, ça va, c'était rien qu'une petite blague.

Je sais que c'est un chouïa cruel ce que j'ai fait. Mais à ma décharge, c'est tout ce que j'ai toujours voulu. Sentir qu'Andrea me veut autant que moi, je la veux. Et putain, au risque de passer pour une ordure, c'est jouissif d'échanger les rôles.

Alors que je tente de l'attirer contre mon torse pour nous rabibocher sous la couette, elle s'écarte d'un bond et sort du lit. Elle contourne le matelas pour se planter face à moi, mains sur les hanches.

— Une blague ? Tu as été le seul à rire !

— Oui ben je suis un avocat, pas un clown, Andrea.

Lorsqu'elle grimpe à nouveau sur le lit pour me balancer un oreiller dans la tronche, je comprends qu'user de l'ironie face à une Andrea vexée est à proscrire. Mais comme mentionné plus haut, une Andrea en colère vaut tout l'or du monde, alors je ne m'arrête pas en si bon chemin.

— Je te l'ai dit, bébé, jamais je n'épouserai une piètre cuisinière...

Sur ces paroles, je sors à mon tour du lit pour me diriger vers la salle de bain attenante à sa chambre. Comme je suis aussi nu que le jour de ma naissance, je n'ai pas besoin de vérifier par-dessus mon épaule pour savoir qu'Andrea est en train de mater mes fesses.

— J'ai d'autres talents, je te l'ai dit, siffle-t-elle dans mon dos.

Je me tais lorsqu'elle entre dans la cabine de douche, juste après moi. Bien que je l'aie déjà baisée dans à peu près toutes les positions du Kamasutra, la vision de son corps dénudé me rend toujours aussi dingue.

— Montre-moi en un, susurré-je.

Sans se faire prier, elle s'agenouille. Ses yeux rivés dans les miens, elle s'humecte les lèvres avec gourmandise. Je pense qu'elle ne peut être plus claire.

Je déglutis tandis qu'elle empoigne mon érection et se met à me sucer comme une affamée, sans passer par quatre putain de chemins.

— Brave fille, je grogne.

Je sais que je ne mérite pas cette pipe de rêve. Je sais qu'il va y avoir un putain de retour de flamme, peut-être même des représailles, parce que merde, quel genre de femme suce le mec qu'elle rêve d'étriper ? Pas la mienne en tout cas. Je tressaille mais pas à cause de la peur. Ma beauté vengeresse s'y prend tellement bien que je suis à deux doigts de jouir alors que ça ne fait pas vingt secondes que je baise sa bouche.

— Hum, bébé, je…

Soudain, alors que je suis à un putain de cheveu d'éjaculer, elle arrête tout. Elle se relève et m'offre un sourire de diablesse.

— … Andrea, l'avisé-je, le regard fou.

Elle ne va quand même pas me laisser dans cet état…

Sans se départir de son immense sourire de garce, elle sort de la cabine en emportant mon drap de bain.

Apparemment si, bordel.

Je sors à mon tour de la douche et la pourchasse jusque dans sa chambre, foutant de la flotte partout dans l'appart. *Rien à battre*, songé-je avant de réaliser que c'est probablement moi qui vais devoir nettoyer ce sol si je veux garder mes parties génitales intactes.

— Tu vas terminer bien sagement ce que tu as commencé. Enfin pas trop sagement non plus.

Son majeur me répond en premier. Puis elle réplique, après s'être enroulée dans la serviette de bain :

— Où est la bague ?

Dans un des placards de ta cuisine.

— Qui te dit qu'il y en a une ? ricané-je devant sa moue indignée.

Ouais, je sais, j'abuse.

***

Andrea

— Ça fait des mois que je te réclame des crêpes le matin, Andrea. Je n'en ai encore jamais eu. Excuse-moi, mais je commence à penser que tu n'es pas une femme à marier, ma chérie.

Non mais c'est quoi son délire avec les crêpes ? Mike Delfino *a bien épousé* Suzane Mayer *en connaissance de cause.*

— Je ne sais pas cuisiner, Gabriel ! Tu le savais pertinemment.

— Laisse-moi en juger par moi-même !

Alors que je me rue dans le couloir en direction de la cuisine, Gabriel me suit en emportant son pantalon de la veille qu'il enfile en marchant.

— Très bien, t'étonne pas si tu finis à l'hôpital pour indigestion aigüe, le préviens-je.

Il hoche la tête et je peux presque entendre un sourire dans sa voix :

— Je prends le risque.

Bien, allons-y dans ce cas.

Gabriel s'installe derrière le bar sur un tabouret et m'observe d'un air curieux et impatient. Tout ça parce que je vais lui concocter quelque chose qui va certainement le rendre malade pendant des jours et des jours.

— N'oublie pas de prononcer tes dernières paroles quand tu t'apprêteras à gouter mes cr-

En plaisantant – à peine – j'ouvre le placard où je range la farine, le sucre et toute la panoplie pour pâtisser – chose que je ne fais jamais.

— Crêpes, finis-je essoufflée.

Je sautille et tâtonne de la main, essayant d'atteindre la farine.

— Et de m'ajouter à ton testa-

Je m'interromps net. Mes doigts viennent de se poser sur quelque chose qui n'est ni de la farine, ni du sucre. Je récupère l'objet en retombant sur mes talons, bouche bée.

— Tu as trouvé quelque chose d'intéressant ? s'enquiert Gabriel sur un ton innocent et calculé.

Ma voix s'étrangle :

— Depuis quand est-elle cachée ici ?

Sa réponse ne tarde pas.

— Le lendemain du mariage de Belen et Louca, je suis passé chez le bijoutier. On a travaillé environ cinq mois sur le modèle, donc je dirais que ça fait déjà presque trois mois qu'elle est dans ce placard. Trois mois que tu me refuses des crêpes au petit-déjeuner.

Son ombre me recouvre, puis sa main passe par-dessus mon épaule pour me prendre l'écrin.

Au ralenti, désorientée, je me tourne pour lui faire face. Je tombe sur son sourire qui creuse la fossette discrète sur sa joue droite et me sens fondre un peu plus sur place.

— Pourquoi l'avoir cachée là ? m'entends-je demander.

— Je te l'ai dit, jamais je n'aurais pris le risque d'épouser une piètre cuisinière.

— Mais tu ne les as même pas encore goûtées ces foutues crêpes.

Il incline brièvement la tête, me donnant raison.

— Pas faux. En fait, c'est juste pour le fantasme de te voir derrière les fourneaux, bébé.

Mes yeux se font menaçants.

— J'espère que tu rigoles.

Il fait mine de réfléchir, avant de poser un genou au sol et de ne plus me quitter des yeux.

— Peut-être que ça me faisait juste délirer de te voir si impatiente d'être mienne alors que la bague était à portée de main depuis tout ce temps ?

En d'autres circonstances – s'il n'était pas à deux doigts de me faire sa demande – je lui en aurais volontiers collé une.

— Tu... es... cruel, admets-je difficilement.

Gabriel arque un sourcil avec insolence et relève :

— Ça va t'empêcher de m'épouser ?

— Absolument pas.

Alors, il ouvre l'écrin et dévoile une émeraude de taille marquise entourée de diamants de forme baguette qui laisserait Grace Kelly sans voix. Je laisse échapper un petit hoquet de surprise face à la beauté surprenante de la bague.

— Elle te plaît ?

— Elle est… parfaite.

— Je ferai passer le mot au bijoutier. Le pauvre homme n'a pas cessé de faire des allers-retours entre Rome et Anvers pour trouver une émeraude aussi verte que la couleur de tes iris.

En parlant, il fait glisser la bague à mon doigt et je pleure tout du long. Lorsqu'il se redresse, il cueille mes larmes du pouce.

— Je t'aime, soufflé-je avant d'écraser mes lèvres sur les siennes.

Gabriel me rend mon baiser, avant d'y mettre un terme pour prendre ma main dans la sienne et embrasser le doigt qui porte sa bague.

— Putain, moi aussi.

J'aime la conviction qui transperce sa voix. Mais je n'oublie pas qu'il m'a fait languir. Trop languir.

— Bon ben, il me reste plus qu'à faire ces crêpes, j'imagine ?

Alors que je commence à me détourner, il me charge sur son épaule et me donne une petite fessée.

— Bébé, le petit-déjeuner c'est toi, depuis le début.

FIN

PLAYLIST

Mood, VillaBanks
Just Friends, MIRA
T'Amo, Mahmood
What You Need, The Weeknd
Margherita, Riccardo Cocciante
Empty, PLAZA
Dirty Sí, VillaBanks
Sobredosis, Lpee, Lala Licia
Worst, Always Never
Treason, Tinashe
Obsession (Sped Up), Mellina Tey
40 (Sped Up), Romee Maye
You and me, MEUTE

Et voilà, c'est [illegible]
ces de ce-là me [illegible]
aime écrire [illegible]
Ils ont m[illegible]
effectivement [illegible]
Je tiens à [illegible]
soutien [illegible]
et au fil de [illegible]
des livres [illegible]
toujours avec [illegible]
champagne.

Merci à ma [illegible]
je t'ai déjà [illegible]
ami à venir [illegible]
un récent souvenir [illegible]
en direction [illegible]
cette fois ? La [illegible] Mot qu[illegible]
Celui qui apaise les tensions [illegible] la veste du type qui
dégringole et tombe sur [illegible] car bien [illegible] dériva-
biliser. C'est moi [illegible] en re[illegible]
mis

Merci à mon [illegible]
posez toujours [illegible] que [illegible]
je vous remballe [illegible] précis [illegible]
votre engouement [illegible]

Remerciements

Et voilà, c'est fini. Snif 😭. Je sais pas vous, mais ces deux-là me manquent déjà. Qu'est-ce que j'ai aimé écrire ce dernier tome sur Gabriel et Andrea… Ils ont mon cœur ♥. De tous mes romans, c'est officiellement mon couple préféré.

Je tiens à remercier l'homme de ma vie et son soutien incroyable. Merci d'être toujours si patient et si fier de crier sur tous les toits « ma *copine* écrit des livres ! ». Je précise *copine* car mon annulaire est toujours vide d'un diamant taille émeraude couleur champagne.

Merci à ma meilleure amie d'exister. Et puisque je t'ai déjà fait assez de déclarations pour les vingt ans à venir, je vais me contenter de te remémorer un récent souvenir – je ris déjà. Le train de Paris en direction de Bruxelles. *Avec qui on va se disputer, cette fois ?* La valise qui tombe. Moi qui m'emballe. Célia qui apaise les tensions. La veste du type qui dégringole et tombe sur elle pour bien la décrédibiliser. C'est trop, fou rire, je m'en remets toujours pas.

Merci à mon entourage proche. Même si vous posez toujours beaucoup trop de questions et que je vous remballe, sachez que j'apprécie quand même votre engouement. Ah non, vous pouvez pas le savoir parce que je vous autorise toujours pas à me lire. Mince, alors, mdr.

Merci aux lecteur·rice·s. Sans vous, l'aventure n'aurait pas la même saveur.

Et enfin, merci à mes supers éditrices, Virginie et Cécile.

De la même autrice
dans la collection Ito

Dark Pretty Boy
Toxic Pretty Boy

hachette s'engage pour l'environnement en réduisant l'empreinte carbone de ses livres. Celle de cet exemplaire est de :
350 g éq. CO_2
Rendez-vous sur www.hachette-durable.fr

PAPIER À BASE DE FIBRES CERTIFIÉES

« Pour l'éditeur, le principe est d'utiliser des papiers composés de fibres naturelles, renouvelables, recyclables et fabriquées à partir de bois issus de forêts qui adoptent un système d'aménagement durable. En outre, l'éditeur attend de ses fournisseurs de papier qu'ils s'inscrivent dans une démarche de certification environnementale reconnue. »

Édité par Hachette Livre dans la collection Ito
Hachette Livre S. A. – 58, rue Jean Bleuzen,
CS 70007, 92178 Vanves Cedex
editionsBMR@hachette-livre.fr

Composition : PCA
Achevé d'imprimer en Espagne par Blackprint
Dépôt légal 1re publication : juillet 2025
5205918 – ISBN : 978-2-017-30611-5 – Édition : 01
Dépôt légal : juillet 2025